FEGORIA

ICH LIEBE DAS LEBEN

Für meinen wundervollen Sohn Joshua und meinen Mann Philipp. Danke, dass ihr mich unterstützt und euch die unzähligen Notizzettel zu meinen Büchern nie stören. Ich liebe euch über alles.

Für meine Eltern, die meine Lesesucht immer gefördert haben, mir viele Bücher kaufen mussten, und den Rest meiner verrückten Familie.

Und für alle, die nie aufhören, Märchen zu lesen und das Magische in der Welt sehen. Für all die Träumer unter uns.

INHALTSVERZEICHNIS

EINS

Ich schultere den Rucksack und versuche, das Brennen meiner Nackenmuskulatur zu ignorieren. Da es nicht meine erste Wanderung – und auch nicht die Letzte – ist, könnte man meinen, dass mein Körper dies mit Leichtigkeit wegsteckt, was allerdings nicht der Fall ist. Vielleicht sollte ich vermehrt trainieren, statt über Büchern zu hocken, oder einfach weniger einpacken. Ja, das wäre eine Alternative. Leider scheine ich es nur vor jedem Fußmarsch erneut zu vergessen.

Bereit, meine Reise fortzusetzen, wippe ich auf dem Fußballen auf und ab. »Leute, seid ihr bald so weit?« Ich drehe mich ungeduldig meinen beiden Freunden zu, die das tausendste Selfie von sich und dem riesigen Berghang machen. Ein Foto kann ich verstehen, zwei oder gar drei ebenso, aber muss man es so übertreiben? Von den gefühlt einhundert Bildern werden sie sowieso nur eines für ihre Blogs nehmen. Ein Hoch auf das digitale Zeitalter. Als sie mich gefragt haben, ob ich Lust hätte, zu wandern, habe ich nicht damit gerechnet, dass sie jeden ihrer Schritte bei Instagram, oder sonst wo, posten würden. Mal ganz im Ernst: Man sieht sich ohnehin zu selten und anstatt die Zeit zu nutzen, so etwas? Hier spielt das reale Leben und nicht die virtuelle Welt, verdammte Axt. Außerdem ist es super unhöflich. Punkt.

Momentan stehen wir mehr, als dass wir wandern, und mein Rücken schmerzt unheimlich von diesem blöden Rucksack. Wenn ich nicht in Bewegung bleibe, wird das sicherlich kein gutes Ende nehmen. Ich wippe noch einige Male auf und ab, schaue dann ungeduldig zu ihnen hinüber. Die beiden sind jedoch so vertieft in ihre Fotosession, dass sie mich gar nicht hören oder hören wollen. Sie kichern und posieren für ihre Fotos, während ich die Augen verdrehe. »Hier spielt das echte Leben, Leute«, brumme ich und schlendere langsam voraus. Sie werden mich hoffentlich irgendwann einholen, ansonsten werde ich ihnen Essen von zu Hause schicken, damit sie eine neue Story, eine Food-Story, zum Posten haben.

Mein Körper verlangt bereits nach einer warmen Dusche, einem leckeren Stück Kuchen und einem weichen Kissen, denn die Sonne steht mittlerweile nicht mehr so hoch am Himmel. Es wird kühler und obendrein sind wir schon ewig unterwegs. Am besten wäre jetzt ein saftiger Schokoladenkuchen mit Karamellglasur. Allein der Gedanke lässt mir das Wasser im Mund zusammenlaufen, mein Magen knurrt leise. Ich lecke mir über die Lippen und ziehe ein Kaugummi aus meiner Tasche, den ich mir schnell in den Mund schiebe, auch wenn er meinen Heißhunger auf Süßigkeiten überhaupt nicht befriedigt. Während ich dicht an der Felswand entlanglaufe und hinauf in den noch blauen Himmel schaue, lasse ich Kaugummiblasen platzen, die den Duft von Erdbeeren versprühen. Keine meiner cleversten Ideen – es sorgt nur dafür, dass sich mein Magen nach etwas Essbaren verzerrt.

Erste rosa Streifen breiten sich am Himmel aus, ein Zeichen, dass es nun wirklich Abend wird. Ich habe keine Lust, beim Einbruch der Nacht nach dem Weg zu suchen. Oder noch schlimmer, in der Kälte zu übernachten. Wer weiß, was hier für Tiere in der Dunkelheit umher streifen. Wieder schaue ich kurz zurück, doch das Bild meiner Freunde ist unverändert, also laufe ich langsam alleine weiter.

Die frische Luft tief inhalierend, bemerke ich, dass mir die Ablenkung vom Lernen sehr guttut. Das Studium ist echt hart und verlangt mir einiges ab, aber das habe ich bereits vorher geahnt. So ist das mit Wünschen und Zielen, es kostet manchmal mehr Schweiß und Disziplin, als einem lieb ist, dennoch ist Aufgeben keine Option für mich. Was ich beginne, ziehe ich bis zum Ende durch. Basta!

Ich lasse meine Hand beim Laufen über den rauen, kalten Stein des Berges gleiten. Kleine Kiesel lösen sich unter meinen Fingern und kullern zu Boden. Wie lange der Berg hier wohl schon steht? Der Gedanke, dass er seit Dinosaurierzeiten existiert, ist faszinierend. In meiner Vorstellung sehe ich ein Mammut, wie er an dem Bergrücken schnuppert, und muss lächeln. Ja, Fantasie habe ich immer ausreichend. Meine Gedanken schweifen an ferne Orte und ich summe sanft vor mich hin. Die Minuten verstreichen. Ewig kann mich die Tagträumerei nicht vor der Kälte schützen, die in meine Kleider kriecht, also drehe ich mich erwartungsvoll seufzend um. Zu weit will ich mich schließlich nicht von den anderen entfernen.

»Leute«, rufe ich gereizt und stelle fest, dass ich ein gewaltiges Stück alleine zurückgelegt habe. Was für Bilder machen sie nur so lange? Das kann doch nicht ihr Ernst sein! Warten oder gehen? Tja, das ist die Frage, mit der ich mich auseinandersetzen muss. Oder soll ich zurückgehen und sie hinter mir herschleifen? Immerhin wäre das eine Alternative.

In diesem Moment erregt etwas an der Bergwand meine Aufmerksamkeit, weshalb ich mich der Nische zuwende. Wieso ist mir das nicht eben aufgefallen? Sie ist nicht riesig, aber ich könnte eventuell so hineinpassen, wenn ich Kopf und Bauch einziehe. Neugierig beiße ich mir leicht auf die Unterlippe. Die Langeweile verleitet mich dazu, dichter heranzugehen.

Ein kurzer Blick zu meinen Freunden zeigt mir, dass sie weit hinter mir endlich ihre Rucksäcke schultern und laut über etwas lachen. Na ja, zumindest kommen sie nun in Wallung. »Leute, ich schau mir das hier mal an«, rufe ich, woraufhin sie winken und direkt wieder in die andere Richtung schauen. Anscheinend hat sie etwas abgelenkt, aber sie haben mich wenigstens gehört und gesehen, was mich ein wenig beruhigt. Das heißt schließlich, sie merken noch, dass ich da bin, denke ich leicht verärgert.

Die Nische ist wirklich nicht sonderlich breit. Ich lehne mich vor, um zu schauen, was genau meine Aufmerksamkeit erregt hat. Der Stein scheint unter meinen Fingern zu pulsieren, was ich ganz klar meiner Fantasie zuschreibe. Es wirkt fast so, als drängt Licht aus der Nische, was allerdings unmöglich ist und meine Neugierde noch steigert. Der Berg ist viel zu klobig, dass Licht von der anderen Seite durchdringen könnte. Ich nage kräftiger an meiner Lippe – eine Geste, die ich immer mache, wenn ich nervös oder aufgeregt bin. Meine Neugierde wächst von Sekunde zu Sekunde und ich versuche, mich durch den schmalen Schlitz zu drücken, was mir jedoch nicht gelingt. Mein Rucksack ist eindeutig zu breit und störrisch. Kurz zögere ich und trete noch einmal zurück. Meine Gedanken drehen sich nur darum, dass ich wissen will, was in diesem Felsspalt steckt. Was soll schon passieren? Nur ein kurzer Blick, die anderen haben genügend Zeit, mich einzuholen. Außerdem kann ich so die Kälte vertreiben, mich bewegen, ohne vor Langeweile zu sterben.

Ich setze den Rucksack auf dem Boden ab und ziehe die Wasserflasche an den Mund, um einen Schluck zu trinken. Das Wasser schmeckt durch die Flasche leicht metallisch, mein Mund verzieht sich. Danach lasse ich die Schultern einige Male kreisen und stöhne vor Entzücken auf. Es tut so gut, die Last endlich los zu sein. Meine Freunde halten mich oft für waghalsig, weil ich ständig allen Dingen auf den Grund gehen muss. Das liegt einfach in meiner Natur. Mich interessiert, was hinter Dingen verborgen liegt oder welche Geschichte sie zu erzählen haben. Genau deswegen will ich, seit ich denken kann, Geschichte studieren. Und nun, mit vierundzwanzig Jahren, habe ich mein Studium fast beendet und schon viel von der Welt gesehen. Meine Familie nennt mich liebevoll *Tomb Raider*, was völliger Schwachsinn ist. So läuft es im echten Leben nie ab. Dennoch liebe ich diese Filme. Ich bin ja nun keine Archäologin oder so, aber manchmal ertappe ich mich bei dem Wunsch, ein wenig mehr Abenteuer zu erleben.

Meinen Rucksack lasse ich stehen und beginne, mich langsam, Stück für Stück, durch den schmalen Spalt zu schieben. Den Bauch muss ich ordentlich einziehen und kann nur schwer atmen. Für jemanden mit Platzangst wäre das hier sicherlich die Hölle auf Erden. Mit den Händen taste ich mich an der Wand voran, was kleine Steine zu Boden rieseln lässt.

Licht! Ich sehe definitiv Licht. Wo kommt es her? Über mir befindet sich ausschließlich Gestein, was ein Hereinscheinen unmöglich macht. Wie eine Motte werde ich vom Licht angezogen und schiebe mich immer weiter durch den engen Spalt. Vielleicht ist diese Aktion wirklich dämlich, doch es ist so, als müsste ich dem Licht auf den Grund gehen. Es ist ein Gefühl, tief in mir, das mich weiter drängt.

Ich zucke zusammen, als etwas mein Gesicht streift und quietsche erschrocken auf. »Was zum …«, flüstere ich, als ich merke, dass Blätter auf mich hinab rieseln. Blätter? Wo kommen die her? Der Platz ist nicht ausreichend, um mich umzusehen. Zumindest sind es keine Spinnen oder andere ekelige Tiere, womit ich weniger gut umgehen kann und da eher ein richtiges Mädchen bin. *Lara Croft* hat damit hingegen weniger Probleme – also doch keine Schatzjägerzukunft für mich. Schmunzelnd schiebe ich mich vorsichtig weiter. Eine frische Brise weht mir entgegen und ich atme geräuschvoll ein. Die Luft, die abgestanden riechen müsste, versprüht eher etwas Frisches und Erdiges. Sie riecht anders als sonst, sauberer, was merkwürdig ist. Irgendwie bringt mich das ganz durcheinander, nichts passt an diesem Ort zusammen. Das Licht wird immer heller und Nebel umwandert meine Füße. Völlig verrückt. Nebel in einem Berg? Vielleicht befindet sich hier drinnen eine Höhle oder gar Dinosaurier – das wäre es. Bei dem Gedanken muss ich unwillkürlich breit grinsen. Als ob das nicht schon jemand vor mir gefunden hätte.

Plötzlich bemerke ich die Stille um mich herum. Vor der Nische ist das Rauschen des Windes zu hören gewesen, der Gesang der Vögel und das Geraschel vom Wald. Hier hingegen ist es still, nur mein Atem klingt laut in meinen Ohren. Mein Herz rast, meine Hände schwitzen. Das ist nicht normal. Auf keinen Fall. Halluziniere ich etwa? Habe ich Sauerstoffmangel? Ich sollte umdrehen und es dabei belassen. Wäre da nicht dieses Gefühl … Es ist, als würde es flüstern: Komm, Alice! Komm! Nur noch ein paar Meter, sage ich zu mir selbst, dann drehe ich um. Mutig taste ich mich weiter voran und muss nun den Kopf nicht mehr einziehen, was eine Wohltat ist.

Nach zwei weiteren Minuten ist der Nebel plötzlich so dicht, dass ich nichts mehr, außer das milchige Weiß, sehe. Realistisch betrachtet, müsste es eher stockduster sein. Zögernd bleibe ich stehen. Bis hier hin und nicht weiter. Es wird Zeit, umzudrehen. Völlig egal, wie groß meine Neugierde ist, das ist mir dann doch zu suspekt.

Als ich mich zurückschieben will, zurück zu meinen Freunden, gelingt es mir nicht. Ich versuche, einen Fuß in die Richtung zu setzen, aus der ich gekommen bin, doch er stößt gegen Stein. »Was soll das?«, fluche ich und taste den Stein ab. Wo ist der Weg hin? Er kann unmöglich weg sein! Wie vom Erdboden verschluckt, als ist er nicht da gewesen. Habe ich eine Abzweigung genommen und es nicht bemerkt? Angst durchfährt meine Venen. Es geht nur noch voraus, weiter in den Nebel und in den Berg hinein. Kein Weg zurück? Der Gedanke bereitet mir eine Gänsehaut. Ich bin sicher ausschließlich geradeaus gegangen. Der Weg muss doch da sein! Es ist wie verhext, hinter mir ist und bleibt kalter, feuchter Stein.

»Was hast du dir da nur wieder eingebrockt«, schimpfe ich mit mir selbst und könnte mich ohrfeigen. Ich bin eine komplette Idiotin. Da ich keine andere Wahl habe, schiebe ich mich immer weiter. Was soll ich auch sonst tun? An die Wand gepresst stehen bleiben und auf meine Freunde warten? Meine Hände gleiten über den kalten Stein. Nach einigen Metern wird die Decke höher und der Weg breiter. Ich atme tief ein und strecke mich, ehe ich vorsichtig weitergehe. Es ist kühl geworden. Ob die anderen meinen Rucksack gefunden haben? Sie werden sicherlich Hilfe nach mir schicken. Oje, meine Eltern werden richtig sauer sein.

Ein Bruchteil von Sekunden bin ich in meinen Gedanken gefangen, ehe ich weichen Boden unter meinen Füßen bemerke und den Berg verlasse. Ist das etwa Waldboden? Mein Mund klappt ungläubig auf und zu, während meine Füße im weichen Boden versinken, obwohl vor ein paar Sekunden noch hartes Geröll unter mir gewesen ist. Das Laub fällt raschelnd von den Bäumen und regnet auf mich hinab, verfängt sich dabei in meinen langen Haaren. Nebel umwandert die Baumstämme und ich fröstle vor Kälte und Furcht. Wie kann es plötzlich Nacht sein? Entweder werde ich verrückt oder ich sollte schleunigst umdrehen. Gedacht, getan: Ich will zurückgehen, doch statt den Pfad erneut zu betreten, drehe ich mich im Kreis. Wo ist der verdammte Berg hin? Was ist hier nur los?

Alleine in einem gruseligen Wald stehend, zweifle ich jetzt erst recht an meinem Verstand. Kopfschüttelnd drehe ich mich immer wieder um meine eigene Achse, halte Ausschau nach dem Rückweg. Das … ist verrückt. Ungläubig lache ich auf. Ein Berg verschwindet nicht einfach so. Warum ist es Nacht? Warum ist es so kalt und neblig? Wir haben Sommer, das Laub fällt noch nicht von den Bäumen. Ich bin doch erst einen Moment im Berg, keine Stunden. Es kann unmöglich Nacht sein. Mein Herz rast im wilden Galopp, kalter Schweiß bedeckt meine Haut. Ich habe nie verstanden, wieso es Angstschweiß heißt, jetzt kapiere ich es. Auszurasten bringt mich zwar nicht weit, aber ich bin kurz davor.

Lange bin ich nicht im Berg gewesen, rede ich mir abermals zu. In dem Berg, der verschwunden ist, wohlgemerkt. Vermutlich ist das einer dieser verrückten, sehr realen Träume. Gleich wache ich sicherlich auf und lache herzhaft darüber. So wird es sein. Oder ich bin an dem Baum, an dem ich vorhin Pause gemacht habe, eingenickt. Alles klingt logischer als das, was mir gerade widerfährt.

Musternd nehme ich meine Umgebung wahr. Selbst die Bäume wirken anders auf mich. Majestätisch und groß ragen sie empor. Sie sehen viel älter aus als all die Bäume, die ich je zu Augen bekommen habe. Wenn ich es nicht besser wüsste, würde ich denken, ich bin an einem anderen Ort, oder in einer anderen Welt. Die Blätter sind viel größer, die Bäume knochiger und der Wald riecht anders. Gesünder? Kann ein Wald überhaupt gesünder riechen? Sogar der Mond schaut aus, als sei er viel näher an der Erde. Alles scheint vorzeitlicher, unberührter. Ja, das ist es. Es erweckt den Eindruck, dass dieser Wald alt und unentdeckt ist.

Mein Herz rast immer noch wie verrückt und meine Angst steigt ins Unermessliche. Mein Verstand versucht, die Lage zu analysieren, doch es gibt schlicht keine Erklärung für das Hier und Jetzt. »Wach auf!«, ermahne ich mich, während ich mir ins Bein kneife, aber es bleibt unverändert: Ich stehe tatsächlich im Wald.

Ein Brüllen lässt mich zusammenzucken und ich halte mir schützend die Hände über den Kopf. Alles in mir ist sofort in Alarmbereitschaft. Meine Instinkte setzen ein, können das Geräusch jedoch nicht zuordnen. Mein Gehirn kennt kein Tier, das so brüllt. Über mir rast eine riesige Kreatur durch die Bäume und verursacht, dass mehr Blätter auf mich hinab fallen – es ähnelt einem Wasserfall aus Laub. Ich starre dem Wesen hinterher, schüttle benommen den Kopf. Vielleicht hat es einen Erdrutsch gegeben und ich liege bewusstlos am Berg … Wie soll ich mir sonst das Tier mit Flügeln erklären, das direkt über mir geflogen ist? Wenn ich es nicht besser wüsste, würde ich sagen, es ist ein Drache. Klar, auch das noch! Wird ja immer schöner hier! Meine Beine gleichen einem Wackelpudding und ich lasse mich an dem Baum hinter mir hinab gleiten, der mir gerade in wenig Halt gibt, während ich mich sammeln muss.

Drache, prähistorische Blätter, Berge … die verschwinden.

Mit den Händen fahre ich mir durch mein Haar, meine Finger zittern dabei wie verrückt. »Ein Drache«, murmle ich wiederholt leise vor mich hin und schaue hinauf in den Himmel, doch selbst den sehe ich in der Nebel- und Wolkenmasse nicht mehr. Es ist mitten in der Nacht und ich habe keine Ahnung, wo ich langgehe oder was ich überhaupt machen soll.

Wenn man nicht weiß, wohin der Weg einen führt, ist es dann nicht egal, wohin man geht? Wer hat das noch gleich gesagt? Es ist ein Märchen gewesen … Die Grinsekatze? Wie auch immer, hier kann ich jedenfalls nicht bleiben, so viel steht fest. Mir ist eiskalt und ich reibe meine Arme. Meine Jacke liegt sicher und warm in meinem Rucksack, vor dem nicht existierenden Berg.

Ich zwinge mich, trotz wackliger Beine, aufzustehen und laufe langsam los, während ich versuche, mich in der Dunkelheit zurechtzufinden. Es ist unmöglich. Selbst wenn ich den Himmel sehen könnte, bezweifle ich, dass hier die gleichen Sterne strahlen. Es ist nicht nur ein Gefühl, eher so, als wüsste mein Unterbewusstsein mehr, als mein Verstand erkennt. Schatten wandern zwischen den Bäumen hindurch und fast meine ich, ein Flüstern wahrzunehmen, was aber auch die Bäume und das sich im Wind bewegende Laub sein können. Es ist die perfekte Horrorfilmkulisse … Ich hasse Horrorfilme!

Mondlicht bricht gelegentlich durch den Nebel und taucht den Wald immer wieder für kurze Augenblicke in sanftes Licht, verlängert die Schatten. Es trägt dazu bei, dass sich meine Angst noch steigert. Die Schatten scheinen sich zu bewegen, was sicher Teil meiner Einbildung ist. Angst gaukelt einem vieles vor, davon habe ich momentan genug. Ich habe kein Zeitgefühl, laufe einfach weiter geradeaus. Irgendwann werde ich ja irgendwo ankommen müssen.

Nach einer gefühlten Ewigkeit, vielleicht auch nur ein oder zwei Stunden – wie lange ich schon unterwegs bin, weiß ich wirklich nicht -, halte ich an. Es muss doch jemanden geben, der mir helfen kann. »Hallo?« Meine Stimme klingt zittrig, eine Antwort erhalte ich dennoch nicht. Nur das Flüstern ist allgegenwärtig, was dafür spricht, dass ich tatsächlich nicht ganz dicht bin. Ich reibe mir immerfort die Arme und schaue mich um. Kein Haus in Sicht. Nichts. Mein blödes Smartphone, um jemanden anrufen zu können, steckt im Rucksack, wo es mir herzlich wenig hilft. Ebenso wenig die verdammte Taschenlampe, welche auch warm und sicher in meinem Rucksack verweilt. Geile Aktion, Alice!

Ich drücke mir zwei Finger auf die Nasenwurzel, kneife meine Augen zusammen und bete kurz zum Allmächtigen, dass er mich aus diesem Albtraum erlöst. Das klingt echt verrückt! Nein, es klingt nicht nur verrückt, das ist es wahrhaftig. Weiter, ich habe keine Wahl. Irgendwann wird dieser Wald zu Ende sein. Es muss hier Menschen geben, Häuser, Zivilisation.

Nach einigen hundert Metern bleibe ich stocksteif stehen. In der Ferne sehe ich die Umrisse eines Menschen im Nebel und mein Herz macht einen freudigen Hüpfer. Habe ich es doch gewusst! Mensch bedeutet, ein Handy ist in greifbarer Nähe. Das wiederum bedeutet, Hilfe holen zu können, also laufe ich los. »Hey«, rufe ich dem Schatten zu und meine Furcht ist abrupt vollkommen vergessen. Glücksgefühle durchströmen mich bei der Aussicht, dass mir jemand helfen wird und ich nicht allein in diesem Wald bin. Bald werde ich zu Hause sein und lache bei einer Tasse heißen Kakao über diese absurde Geschichte. Vor allem über den großen Vogel, den meine Fantasie zu einem geflügelten Untier gemacht hat. Mein Gefühl rät mir zwar, anzuhalten, doch das ignoriere ich gekonnt. Das Bedürfnis, nicht mehr alleine zu sein, überwiegt alles andere. »Hey«, rufe ich erneut lautstark. »Ich habe mich verlaufen, kannst du mir helfen?«

Vor mir lichtet sich der Nebel und ich stoppe, als ich dem Menschen nahe genug bin, um zu erkennen, wie riesig er ist. Er steht mit dem Rücken zu mir und überragt mich sicher um drei Köpfe. Was zum Henker … Er ist so breit wie ein Schrank und ehe mein Versand mir mitteilen kann, dass er kein Mensch ist, dreht sich das Wesen, mit einem blutigen Stück Fleisch im Mund, um. Neben seinen Füßen liegt etwas, was einst ein Hirsch gewesen sein muss. Jetzt ist es nur noch ein roher Fleischhaufen, auf dem ein Geweih steckt. Eisengeruch vom Blut weht mir entgegen, was einen Würgereiz aufkommen lässt. Mein Mund öffnet sich vor Entsetzen und Ekel, doch es entweicht kein Ton, nicht der klitzekleinste Ton. Ich versuche, japsend Luft zu holen, und unterdrücke den Würgereflex, der meinen Hals hinauf kriecht. Langsam trete ich den Rückzug an, Schritt für Schritt, nur weg von diesem Ding. Ich will so viel Abstand wie möglich zwischen uns bringen. Plötzlich ist der Gedanke, wieder alleine im Wald zu sein, viel verlockender als die Gesellschaft dieses Wesens.

Oh mein Gott! Es hebt den Blick, starrt mich an und die Welt um mich herum scheint zu verstummen. Ich höre das Blut in meinen Ohren rauschen. Das Ding lässt sein Fleischstück zu Boden fallen, wo es mit einem widerlichen Platschen landet. Mein Blick folgt automatisch dem Fleischbrocken. Ob es wirklich ein Hirsch war, vermag ich nicht zu sagen, ich will es auch gar nicht wissen. Ich will nur nicht genauso enden.

Mein Magen rebelliert allmählich gewaltig. Bedächtig

hebe ich meinen Blick und starre das Ding vor mir wieder an. Was bist du, denke ich. Sein Körper ist grau und sieht ledrig aus, mit abstehenden Ohren und Haaren an seinen viel zu langen Armen. Seine Hände sind so groß wie eine Pizza, mit langen gebogenen gelben Fingernägeln – er ist wahrhaftig abstoßend.

Speichel fliegt mir aus seinem Mund entgegen, als er mich wütend anbrüllt. Sein fleischiges Gesicht verzieht sich dabei zu einer furchtbaren Fratze und entblößt Zahnstummel, die der Albtraum eines jeden Zahnarztes wären. Die Laute, die es ausstößt, sind als Sprache nicht zu erkennen. Sie klingen grob, nein, animalisch und nicht menschlich. Es ist wie der Schrei eines mürrischen Bären. Anscheinend habe ich ihn gestört, denn er wirkt mächtig verärgert.

Ich hebe die Hände zum Zeichen, dass ich ihm nichts Böses will, während ich mich schleichend entferne. Schritt für Schritt taste ich mich rückwärts vor, während das Ding mit den Zähnen knirscht und seine gelben Augen sich zu Schlitzen verengen. Sein Kiefer mahlt kräftig aufeinander, Blut fließt aus seinen Mundwinkeln und tropft auf seine haarige Brust. Er reißt das Geweih vom Boden, beißt hinein und es zersplittert in seinem Maul. Wenn er mir Respekt einflößen will, hat er Erfolg damit. Ich bin kurz davor, mir vor Angst in die Hose zu machen. Immerhin ist mein Arm nicht viel dicker als das Geweih, welches er mühelos zerteilt hat. Wie soll ich mich verhalten? Was ist das für ein Wesen? In einer Doku haben sie gesagt, man darf keine ruckartigen Bewegungen machen, wenn man von wilden Tieren angegriffen wird. Unter welche Kategorie fällt es? Tier? Monster? Mutierter Neandertaler?

Mein Herz pocht wie wild und ich habe das Gefühl, es springt mir gleich aus der Brust. Ich glaube, dass mein Versuch, unauffällig zu verschwinden, funktioniert, doch aus heiterem Himmel stürmt das Ding, überraschend schnell für die Masse, die es bewegt, auf mich zu. Entsetzt schreie ich auf und wirble ruckartig herum. Mein Körper reagiert wie von selbst, meine Beine laufen davon. Noch nie bin ich schneller gelaufen als jetzt. Egal, was die Doku meint, das ist der Moment, in dem man seine Beine in die Hände nehmen und nur rennen muss.

»Fuck«, fluche ich atemlos und springe über jegliches Gehölz, während Godzilla, wie ich ihn in diesem Moment taufe, hinter mir alles zu Kleinholz verarbeitet. Ich ignoriere Äste und Zweige, die an mir reißen und mir ins Gesicht schlagen. Adrenalin vertreibt sämtliche Schmerzen. Meine Lunge brennt bei jedem Schritt, doch ich wage es nicht, langsamer zu werden, denn ich ahne, dass es mein Tod bedeuten würde.

Wie kann das Ding so beweglich sein? Ist das überhaupt möglich? Ich blicke über meine Schulter. Ein fataler Fehler, wie ich im nächsten Moment feststelle. Ehe ich es verhindern kann, stolpere ich über eine Baumwurzel und taumle, bevor ich mit der Stirn gegen einen dicken, tief hängenden Ast knalle und einen Moment nur Sterne vor den Augen sehe. Schmerzvoll presse ich die flache Hand gegen meine Stirn, die sich feucht und klebrig anfühlt. Mein Schädel droht zu explodieren. Alles, was gerade zählt, ist dieser albtraumhaften Gestalt zu entkommen, weshalb ich mich zusammenreiße, und mich sammle.

»Gruaaa«, brüllt das Ding hinter mir auf und ist mir bereits dicht auf den Fersen. Ich muss hier weg, komme was wolle! Trotz der Schmerzen, meine Seite brennt von den sich krampfenden Muskeln, zwinge ich mich, weiter zu laufen. Meine Beine sind wie mit Blei gefüllt, doch ich renne und renne. Panisch suche ich nach einem Ausweg und mein Blick fällt direkt auf die Bäume – etwas anderes gibt es hier ohnehin nicht. Dieses Wesen ist so schwer, dass sicherlich kein Ast es aushalten kann. Das ist meine Chance, wahrscheinlich meine einzige, denn lange werde ich mein Tempo nicht mehr halten können. Meine Muskeln sind jetzt schon kurz vorm Aufgeben.

Ich schaue in die Baumkronen und suche nach einem erreichbaren Ast. Kaum entdecke ich einen, nehme ich

Anlauf, renne auf ihn zu und springe ab. Meine Finger umschließen das raue Holz. Durch den Schwung kann ich mich hinauf hangeln und beginne sofort, zu klettern. Früher bin ich eine ziemlich gute Turnerin gewesen, auch wenn die Schulzeit Jahre her ist, so etwas verlernt man nicht. Wenn ich eines kann, dann ist es das. Diese Leidenschaft habe ich sogar während meines Studiums verfolgt. So viele verdammte Felswände habe ich schon erklommen, da finde ich auch hier genug Halt. Ast für Ast ziehe ich mich hinauf in die Baumkrone und fühle mich fast sicher, als plötzlich der ganze Baum bebt. Erschrocken greift meine Hand ins Leere und ich rutsche schmerzhaft ein Stück nach unten. Holzsplitter bohren sich in meine Hände und ich beiße die Zähne zusammen, klettere tapfer weiter. Es geht um mein Leben, ein paar Holzsplitter sind nichts dagegen.

Unter mir versucht Godzilla, mich vom Baum zu schütteln und brüllt wie verrückt. Seine Laute sind wutgeladen, voller Entrüstung und Zorn. Wie kann ich mich auch wagen, ihm zu wiedersetzen, wo ich auf seinem Speiseplan stehe! »Verpiss dich«, schreie ich, doch er brüllt umso lauter. Wo bin ich hier nur gelandet? Als es nicht mehr höher geht, klammere ich mich an einem der Äste fest und der Baum ächzt unter der Kraft der Schläge. Er rüttelt wie ein Irrer am Stamm und ich bin naiv genug, um zu glauben, dass der Baum das lange aushält. Er knarrt schon und beginnt zu schwanken. Dieses Vieh muss unmenschliche Kräfte haben und eine unbezwingbare Gier nach mir, dass es den kompletten Baum entwurzelt. Mir rollen Tränen die Wangen hinab, ich schnaube wütend.

»Ich schmecke total eklig«, brülle ich. »Geh doch einfach und such dir ein anderes Festmahl. Ich bin giftig und ranzig, du wirst dir den Magen verderben, außerdem bleibe ich dir in deinem hässlichen Hals stecken.« Ich weiß noch nicht mal, ob das Vieh mich versteht. Es grunzt und knurrt nur, hört nicht auf, den Baum zu bearbeiten. So will ich nicht sterben! Ich will überhaupt nicht sterben! Vor allem nicht von diesem Monster gefressen werden. Lange wird der Baum nicht mehr durchhalten. Mir bricht der Schweiß aus jeder Pore meines Körpers, mein Oberteil klebt an meinem Rücken und mein Verstand arbeitet auf Hochtouren. Mir will kein Ausweg einfallen, weshalb ich mich fester an den Ast klammere und Stoßgebete gen Himmel schicke. Wenn es einen Gott gibt, muss er doch eingreifen. »Hilfe!«, brülle ich, doch niemand antwortet mir. Nicht mal ein Vogel ist zu hören, nichts und niemand, der sich darum schert, dass ich gleich gefressen werde. Ich breche einen Ast ab und werfe damit nach ihm, doch er bemerkt es nicht. Ehe ich mir eine Lösung überlegen kann, kippt der

Baum langsam zur Seite und ich brülle wie am Spieß. Mein Schrei hallt durch den ganzen Wald. Jetzt schrecken sogar einige Vögel aus dem Schlaf auf und fliegen kreischend in der Luft herum. Es kommt mir vor, als fällt der Baum in Zeitlupe. Mein Blick haftet auf den immer näher kommenden Boden und ohne lange zu überlegen, springe ich zum nächsten Baum hinüber. Mein nächster fataler Fehler, denn meine Hände finden erneut keinen Halt und ich falle wie ein Stein in die Tiefe. Ich rausche durch Geäst, welches mir die Haut zerkratzt. Zwar federt es meinen Sturz ein bisschen ab, trotzdem ist der Aufprall so hart, dass mir Luft aus der Lunge entweicht. Stöhnend bleibe ich liegen und schaue in den Himmel, wo sich nun allmählich Sterne zeigen. Der Nebel wabert um mich herum und ich fühle mich so benommen, dass ich kaum etwas wahrnehme, außer den Schmerz meines geschundenen Körpers.

Irgendwie bin ich froh über die Dunkelheit, die sich um mich legt. Ich fühle mich ganz wattig und wende den Kopf leicht zur Seite. Das Ding! Ich schaue es genau an. Mein Blickfeld verschwimmt schlagartig, ich blinzle rasch, als das Ding auf mich zustürmt, doch etwas springt ihm in den Weg. Nicht mehr fähig, zu reagieren, wird alles um mich herum schwarz und ich versinke dankbar in der Finsternis.

ZWEI

Schon den ganzen Abend liegt irgendwas in der Luft. Unzufrieden blicke ich mich um. Es ist, als hat die Welt einen Moment den Atem angehalten und ihn dann mit aller Kraft ausgestoßen. Es fühlt sich an, als ist etwas Elementares passiert, von dem wir nur nichts mitbekommen haben. Eine Erschütterung, die durch alle Schichten unserer Welt geht.

Wir sind auf dem Heimweg, unsere Patrouille ist zu Ende, Mitternacht naht. Ich wende mich nach links zu meinen Gefährten und halte schließlich inne. Stirnrunzelnd mustere ich die Umgebung, wechsle einen stummen Blick mit den anderen und werde das ungute Gefühl nicht los, irgendetwas Wichtiges verpasst zu haben. Die Bäume wehklagen leise, rufen nach uns. Es wütet tief im Inneren unserer Heimat, dem dichten alten Wald, und fügt ihm Schmerzen zu. Ihr Flüstern und Rufen hallt von Baum zu Baum. Ich seufze schicksalsergeben. So viel dazu, dass es eine ruhige Nacht wird.

Ein Schrei durchdringt den Wald und ich wende ruckartig meinen Kopf in die Richtung, aus der er gekommen ist. Meine Hand legt sich automatisch um den Knauf meines Schwertes. Es ist ein Reflex, der unwillkürlich eintritt. Immer öfter kommt es zu Angriffen in unseren Wäldern, weswegen wir mehr Patrouillen aussenden müssen, um unsere Heimat zu verteidigen. Es sind dunkle und düstere Zeiten, denen wir die Stirn bieten. Orks, Trolle und all das Gesindel werden mutiger. Pure Dummheit treibt sie in unsere Wälder, denn hier finden sie den Tod – kein Reh kann das wert sein. Doch dieser Schrei klingt nicht nach einem Reh, sondern nach einer Frau. Einer menschlichen Frau, die in unseren Wäldern ebenso wenig heimisch ist wie andere Wesen.

Meine Füße berühren kaum den Boden, so schnell laufe ich, während Laub aufgewirbelt wird. Die Schritte der anderen sind im Gleichschritt mit meinem. Wir sind ein eingespieltes Team, ergänzen uns perfekt. Vögel fliegen kreischend in den Himmel und schimpfen über ihre gestörte Nachtruhe. Mein Blick folgt ihnen kurz, visiert den Ort an, von wo sie aufgeschreckt sind. Wieder dröhnt ein Schrei zu uns herüber. Meine Ohren hören nicht weit von uns einen Baum knarren und krächzen. Sein Wehklagen säuselt in mir nach. Was auch immer dort sein Unwesen treibt, ist stark und hat in unserem Wald nichts zu suchen. Es wird hier definitiv sein Ende finden, den Preis dafür zahlen, dass es unsere Grenzen überschritten hat.

In einem Bruchteil von Sekunden erblicke ich einen Troll. Groß und widerwärtig steht er in Nebelschwaden gehüllt vor einem der alten, majestätischen Bäume. Sein Gestank lässt mich die Nase rümpfen. Wütend reißt er am Stamm und der Baum entwurzelt zusehend. Die mächtigen Wurzeln geben auf und lösen sich aus dem Erdreich. Sandklumpen und Laub fliegen durch die Luft, als er langsam zur Seite kippt und die Erde aufreißt. Zwei Eichhörnchen segeln durch die Luft, landen glücklicherweise sicher auf anderen Baumstämmen. Der Troll grunzt zufrieden und Siegesgebrüll schallt durch den Wald. Du freust dich zu früh, denke ich knurrend, als abermals ein Schrei erklingt und die nächtlichen Geräusche übertönt. Weitere Vögel flüchten meckernd in den dunklen Himmel.

Mein Blick wandert den Baum hinauf, erfasst die Situation. In der Baumkrone entdecke ich eine junge Frau, die sich panisch an einen dicken Ast klammert. Sie beschimpft den Troll mit fremdartig klingenden Worten, bringt mich einen Moment aus dem Konzept. Der Baum kippt allmählich, sie stößt sich vom Ast, auf dem sie hockt, ab und springt in den Baum, der ihr entgegenkommt. Wäre sie eine Elbin, wie ich zuerst angenommen habe, würde sie nun in dem anderen Baum sitzen, doch sie findet keinen Halt und kracht laut durch das Geäst.

Mit einem dumpfen Aufprall landet sie im Laub auf dem Boden, wirbelt es dabei auf. Der Nebel wabert kurz auseinander, fließt dann zurück zu ihr und bedeckt sie fast vollständig. Sie bleibt am Boden liegen, das Heben und Senken ihrer Brust erkenne ich allerdings. Sie lebt! Schmerzhaft muss es für ein mickriges menschliches Wesen dennoch sein. Diese zarten Körper, die nichts aushalten, gleichwohl unseren von der Form ähneln. Sie stöhnt voller Pein auf und ich knurre zornig. Die Anspannung der anderen spüre ich deutlich, sie sind genauso wütend wie ich.

Der Troll brüllt, die Baumstämme vibrieren von seinem Schrei. Er will sich seine Beute holen, sich an seinem Opfer laben, aber ich springe ihm vor die Füße. Mein Blick hebt sich, ich lächle ihn kalt an. Heute gibt es kein Menschenfleisch für ihn, er ist zu weit gegangen. Er hätte in seinem Revier bleiben sollen, statt in unserem zu jagen. Stockend wandert mein Blick, bis ich ihm in die kalten gelben Augen schaue, die blutunterlaufenen sind. Rote Adern ziehen sich hindurch. Haare sprießen aus seiner Nase und den Ohren, rosa Speichel rinnt aus seinem Mund, zeugen davon, dass er heute schon gespeist hat. Blut besudelt seine vernarbte Brust – ein weiteres Indiz. Der Anblick reicht, meinen Zorn wie eine Flamme hochzuzüngeln. Er hat getötet, in unserem Reich.

Ich verabscheue Trolle ebenso wie sie uns. Er hätte in den Bergen bleiben sollen, wo er hingehört. Er riecht nach Kupfer, Eisen und Unrat. Ich presse angewidert die Zähne zusammen, ehe ich kalt lächle. Er mustert mich und ich lasse mein Schwert in der Hand kreisen, provoziere ihn. »Heute gibt es keine Beute für dich. Du hast dir den falschen Wald ausgesucht, hier ist unser zu Hause.«

Seine Augen treten aus den Höhlen. Speichel spritzt auf meine Hände, als er schnaubt. Angewidert rümpfe ich die Nase und lasse ihn dabei nicht aus den Augen. Cian und Noam treten neben mich, bilden eine undurchdringbare Reihe. Trolle geraten geradezu in Raserei, wenn sie uns erblicken. Nicht, dass sie sonst besonders schlau wären, aber dann sind sie noch unvorsichtiger. Sie wollen unser Blut, komme was wolle. Sie wollen sich an unserem Fleisch erfreuen, es ist eine Delikatesse für sie.

»Hör auf, zu spielen. Lass es uns einfach beenden und ab nach Hause. Die Nacht ist fast vorbei«, fordert Noam, bevor ich zustimmend nicke. Wir umkreisen den Troll mit wenig Abstand. Er ahnt, dass er einen Fehler gemacht hat, sein Instinkt sagt es ihm gewiss, warnt vor uns. Kampflos gibt er sein Leben und seine Beute mit ziemlicher Sicherheit nicht auf. Schlagend beißt er nach uns, doch wir sind schnell und geschickt, ausgebildete Kämpfer. Immerfort weichen wir seinen Hieben aus, während unsere Schwerter seinen ledernen Körper treffen. Blut rinnt aus seinen Wunden, aber er zuckt nicht einmal zusammen. Noch nicht. Er hat keine Chance gegen uns drei. Nicht mal gegen einen von uns, dafür sind wir zu flink. Ich ducke mich wiederholt unter seinen Pranken hinweg, mein Schwert findet prompt sein Ziel.

Dem Troll entfährt ein lautes *Uff*, als es ihn durchbohrt, doch er gibt nicht auf, packt mein Schwert mit beiden Pranken. Er ahnt wahrscheinlich, dass dies sein Todeskampf ist. Er will es mir entreißen, jedoch ist mein Griff eisern. Ich entziehe es ihm, er brüllt vor Wut und Schmerzen. Er wirbelt herum, um von mir wegzukommen, holt mit seiner fleischigen Pranke aus, schlägt sie Cian vor die Brust, womit dieser sicher nicht gerechnet hat. Seine gelben Nägel kratzen dabei lautstark über die Rüstung, wodurch mein Bruder durch den Schwung von den Füßen gerissen wird. Mit voller Wucht kracht er gegen einen Baumstamm, Laub prasselt auf ihn hinab und die Bäume wehklagen.

»Was ist das gewesen, kleiner Bruder?«, ziehe ich ihn belustigt auf. Der Blick, den er mir daraufhin zuwirft, ist mehr als finster, indessen er knurrend aufsteht. Seine Augen blitzen zornig vor Wut. Damit werde ich ihn die nächsten Tage gnadenlos aufziehen, denn das ist seit Jahren nicht mehr passiert. Noam springt zurück und mein Schwert erwischt den Troll an seinen Waden. Er fletscht die Zähne, dreht sich schwungvoll zu mir. Seine Augen ziehen sich zusammen, fixieren mich. Er will sich auf mich stürzen, doch Noam schlägt ihm von hinten den Kopf ab. Blut bespritzt Bäume um uns herum sowie meine Stiefel, während sein Körper laut zu Boden sackt.

Ich trete den Kopf angewidert zur Seite, die gelben Augen gucken mich stumpf an. Dieser Gestank, einfach widerlich. Einer weniger auf der Welt, nichtsdestotrotz streifen noch immer zu viele von ihnen umher, auf der Suche nach Opfern zum Fressen. »Ich hasse diese abartigen Kreaturen«, knurre ich, als ich mich zu der Frau umdrehe. »Jetzt wagen sie sich bereits in unseren Wald. Das muss aufhören.« Dann nehme ich mir endlich die Zeit, sie anzusehen. Sie scheint bewusstlos zu sein. Ihr blutrotes Haar liegt dabei wie ein Fächer um ihr Gesicht im bunten Laub. Der Nebel wabert um sie herum, verleiht ihr etwas Magisches, sie wirkt fast wie eine Waldnymphe, so friedlich liegt sie dort.

Ich lege den Kopf schief und mustere sie genauer. Ihr Gesicht ist entspannt, als schläft sie nur, wäre da nicht die Platzwunde an ihrer Stirn, aus der ein bisschen Blut austritt. Ihr schlanker Körper steckt in merkwürdigen

Kleidern, die ich vorher nie gesehen habe. Die Stoffe wirken rau, aber robust. Ihr Schuhwerk ist klobig, aus Material, das ich nicht kenne oder was Frauen sonst tragen. Sie ist wunderschön, das kann ich nicht leugnen. Ich habe das merkwürdige Bedürfnis, ihr die Strähne, die der Wind ihr ins Gesicht weht, aus jenem zu streichen, allerdings werde ich diesem Verlangen nie nachkommen – so bin ich nicht. Etwas in mir regt sich, doch es ist genauso schnell wieder verschwunden, wie es gekommen ist. Ich fühle mich eigenartig, wenn ich sie ansehe und das ärgert mich maßlos. Warum denke ich überhaupt über sie nach? Ich kenne sie nicht und habe kein Interesse daran, das zu ändern. Es liegt daran, dass sie so fremd wirkt, und an dem Mitleid, das ich für ihre Pein durch den Troll empfinde.

»Sie ist wahrlich attraktiv, nur was ist sie?« Noam geht in die Hocke und mustert sie ebenso ausgiebig wie ich zuvor. »Solche Kleider habe ich noch nie gesehen.« Er zupft an ihrem Obergewand, das eng an ihrem Körper anliegt, aber keine Reize zeigt.

»Ein Mensch?« Cian reibt sich die Seite und stellt sich zu uns. Sein braunes Haar hängt ihm wirr ins Gesicht, was er umgehend hinters Ohr klemmt, während er sein Schwert zurück in die Lederscheide steckt und das Blut zuvor an einem großen Blatt abwischt.

»Für einen Menschen ist sie fast zu schön. Ihr Haar, so was habe ich noch nie gesehen.« Noam wirkt nachdenklich. Sachte hebt er eine Strähne ihres langen Haares hoch. Ich denke darüber nach, ob es so weich ist, wie es aussieht, doch das frage ich ihn besser nicht, er würde mich für verrückt erklären. Wieso auch immer mich ihr Anblick verwirrt, ich will nicht weiter grübeln, sondern endlich nach Hause. Die Nacht ist lang gewesen, also bücke ich mich und hebe sie in meine Arme, um hier wegzukommen. Das Flüstern der Bäume verstummt, sie sind zufrieden, dass wir den Troll getötet haben, der ihnen Schmerzen bereitet hat. Sanft raschelt das Laub im Wind, weht uns dabei lose Blätter vor die Füße.

Mir steigt der Duft des Mädchens in die Nase. Sie riecht frisch und süß. Kurz schließe ich die Augen, atme tief ein. Sie duftet bezaubernd nach Vanille. Ihr Haar, auch wenn ich es nicht habe wissen wollen, ist genauso seidig, wie es anmutet. Kein Mensch in ihrem Alter hat in den Dörfern so ein gepflegtes Äußeres, dafür ist die Arbeit zu hart. Ist sie eine Adelige? An ihren langen Wimpern glitzern Tränen, während auf ihrer Stirn eine dicke Beule die Platzwunde betont. »Wir müssen sie mitnehmen«, brumme ich widerwillig. Ich ahne, dass sie mir Ärger machen wird. Mein Gefühl täuscht mich selten – sie schreit regelrecht danach.

»Vielleicht ist sie auf dem Weg zu uns gewesen?« Cian reibt sich den Nacken. »Wer weiß, womöglich kommt sie aus einem der Flussdörfer von der anderen Seite des Berges und hat uns um Hilfe bitten wollen oder sich verlaufen.«

»Mach dich nicht lächerlich. Sie soll alleine über die Bergroute gekommen sein, wo es von Trollen wimmelt? Niemals! Außerdem wäre sie maßlos dumm – als Frau – ohne Begleitung unterwegs zu sein.« Wir machen uns auf den Heimweg, wobei ich die Fremde die ganze Zeit in meinen Armen trage. Sie ist leicht wie eine Feder. Ihr kleiner Körper schmiegt sich in meine Arme, während ihr Kopf an meiner Brust ruht. Es fühlt sich nicht richtig an, sodass ich sie am liebsten an Cian, der sich immer noch unauffällig die Stirn reibt, reichen möchte, doch ich kann es nicht. Ich versuche, ihren himmlischen Duft zu ignorieren, was mir schwerfällt, weil er zu exotisch ist. Warum fällt mir überhaupt auf, wie gut sie riecht?

»Eventuell ist sie ja kein Mensch.« Noam beäugt sie weiterhin neugierig, wobei der Blick, den er ihr zuwirft, mich innerlich knurren lässt. Er sollte kein Interesse an ihr haben, schließlich wissen wir nicht, wer oder was sie ist. Egal, denn dass uns ihr Erscheinen Missvergnügen bereiten wird, spüre ich bereits innerlich. Zusammen mit einem anderen Gefühl, welches ich nicht verstehe. Möglicherweise zieht mich ihr äußeres Erscheinungsbild an, was weiß ich. Was auch immer es ist, es ist unwichtig.

DREI

Mein Körper fühlt sich völlig zerschlagen an. Mühsam öffne ich die Augen, ein schmerzhaftes Stöhnen entweicht mir ungewollt. Meine Lider schließen sich wie von selbst wieder, während es in meinem Kopf fürchterlich hämmert. Das muss der schlimmste Kater meines Lebens sein! Was für verrückte Träume ich gehabt habe, unfassbar. Dafür würde jeder Psychiater Eintritt zahlen oder mich sogar direkt einweisen sowie im Anschluss den Schlüssel im Meer versenken. Drachen und Berge, die verschwinden … Absolut lächerlich!

Ich sammle mich kurz, zwinge meine Augen umgehend dazu, sich erneut zu öffnen. Blinzelnd gewöhne ich mich schwerfällig an die Helligkeit, die in meinen Augen brennt. Mein Blick huscht umher, doch am liebsten möchte ich einfach weiter schlafen oder besser aufwachen, denn das, was ich sehe, kann kaum der Realität entsprechen. Der Raum ist mir völlig fremd. Ich liege in einem großen Bett, unter einer schweren, weichen Decke. Versuchsweise bewege ich meine Füße, woraufhin die Decke raschelt. Immerhin scheint mein Körper zu funktionieren, auch wenn er wehtut. Über mir befinden sich dicke Vorhänge, die das Bett umranden. Durch einen kleinen Schlitz dringt minimal Licht. Da ich weder der Typ für Besäufnisse noch für One-Night-Stands bin, bezweifle ich, dass ich mit jemanden nach Hause gegangen bin. Diese Erklärung fällt demnach weg, aber das, woran ich mich erinnere, ist so verrückt, dass ich eher das Besäufnis in Betracht ziehe. Durch den Schlitz sehe ich ein Feuer im Kamin prasseln. Vorsichtig beuge ich mich vor. Die Schmerzen in meinem Rücken sind zwar höllisch, dennoch muss ich wissen, wo ich bin. Den Vorhang ziehe ich achtsam zur Seite, schaue mich genauer um. Augenscheinlich bin ich alleine, was mich etwas beruhigt. Die Decke, der Boden und die Wände sind aus Holz, Äste und grüne Zweige wachsen durch ein Fenster in den Raum. Es wirkt, als sitze ich direkt in einem Baum. Alles scheint aus einem Stück Holz geschaffen worden zu sein. So etwas habe ich noch nie gesehen, aber es ist wunderschön, einzigartig. Ein riesiger Kleiderschrank nimmt fast die komplette Wand ein. Er ist ebenfalls aus Holz und reich verziert mit wundervollen Schnitzereien. Blumenranken schlängeln sich die Länge hinauf, gehen in große Blüten über und verdünnen sich zu weiteren Ranken, die Kreise bilden. Ein wahres Meisterwerk. Mitten im Raum steht ein rustikaler Tisch mit zwei Stühlen und einem silbernen Krug darauf.

Plötzlich merke ich, wie ausgedörrt mein Hals ist. Mühsam kämpfe ich mich aus der weichen Decke, was schwerer ist, als man denkt. Meine nackten Füße berühren den Boden. Entsetzt schaue ich an mir hinab. Nackte Füße? »Was zum …«, fluche ich laut. Wo sind meine Jeans und meine Stiefel hin? Das ist doch ein schlechter Scherz! Jemand hat mich tatsächlich ausgezogen, als ich geschlafen habe. Der Gedanke gefällt mir überhaupt nicht. Jetzt trage ich ein helles, weiches Kleid mit goldenen Ranken. Es schmiegt sich eng an meinen Oberkörper, betont so ziemlich jede Rundung, die ich besitze, und läuft von der Hüfte abwärts großzügig aus. Es ist so gar nicht das, was ich sonst im Alltag trage, oder was ich bezahlen könnte. Mit den Händen betaste ich meinen Kopf, bemerke, dass sogar mein Haar geflochten ist, welches in einem langen Zopf an meinen Rücken hinunter fällt. Wie kann ich mich daran nicht erinnern? Hat man mich betäubt? Was ist mit mir passiert? K.-o.-Tropfen? Eine Entführung? Würde man mich dann in solch ein Zimmer stecken? Unvorstellbar. Das widerspricht sich alles. Verdammt, meine Kopfschmerzen sind kaum auszuhalten.

Vorsichtig tapse ich zum Tisch und bleibe einen Moment unschlüssig stehen. Mein Durst ist übermenschlich, weshalb ich zögerlich den Krug greife und an dem Inhalt schnuppere. Es riecht zwar nach nichts, sieht aus wie Wasser, doch wer sagt mir, dass es nicht mit Drogen versetzt ist? An meiner Lippe nagend bin ich hin und her gerissen. Der Durst ist so schrecklich, dass ich alles für ein Glas Wasser geben würde. Während ich weiterhin hadere, drehe ich den Krug in meinen Händen und kann nicht anders, als ihn ebenfalls zu bewundern. Er ist aus Silber, sehr filigran gearbeitet, mit Kristallen versetzt, die seinen Rand schmücken. Ein weiteres Meisterwerk. Selbst der Kelch auf dem Tisch passt dazu und zeugt von ungeheuren handwerklichen Fähigkeiten. Das muss alles ein Vermögen kosten und sie stellen es mir einfach ins Zimmer? Sie kennen mich gar nicht. Was, wenn ich eine Diebin wäre? Diese Teile gehören in ein Museum, sie wirken antik und unfassbar alt. Ich habe noch nie ein vergleichbares Stück in den Händen gehalten, nur in Geschichtsbüchern gesehen. Ob ich will oder nicht, meine Neugierde übernimmt die Oberhand.

Ich erkunde den Raum weiter, fahre mit den Händen über das Holz der Wände, was mich meinen Durst völlig vergessen lässt. Es wirkt, als ist der Raum komplett aus einem Stück Holz hergestellt worden, was bei der Größe schier unmöglich ist. Solche großen Bäume gibt es nicht. Staunend öffne ich den großen Schrank, der mit wunderschönen Kleider bestückt ist. Vorsichtig betaste ich die weichen Stoffe, die unter meinen Fingern rascheln. Ein Stück ist schöner als das andere. Ich seufze verzückt, denn schließlich träumt jedes Mädchen von solchen Kleidern. Den Schrank lasse ich offen und setze meine Erkundung fort. Langsam fahre ich mit den Händen über die Ablage des Frisiertisches, schaue in den Spiegel. Ich erkenne mich in diesem schönen Kleid selbst kaum wieder. Es betont meine helle Haut, lässt mein rotes Haar leuchten wie noch nie. Zöpfe, Frisuren allgemein, sind nicht unbedingt meine erste Wahl, ein einfacher Pferdeschwanz genügt, für alles andere habe ich zwei linke Hände. Dieser Zopf, wer auch immer ihn geflochten hat, ist allerdings perfekt und lässt mich strahlen. Unter meinen grünen Augen liegen tiefe Schatten, an meiner Stirn habe ich eine dicke Beule vom Ausmaß eines Golfballs. Ich verziehe bei dem Anblick das Gesicht. Kein Wunder, dass mich solche Kopfschmerzen plagen. Die Platzwunde hat jemand gesäubert, während das Blut bereits geronnen ist, es scheint zu heilen. Gut, wenigstens etwas Positives. Wer auch immer mich hergebracht hat, hat mich ebenso versorgt. Dann kann es ja kein schlechter Mensch sein. Meine Arme sind von Kratzern übersät. Ich ahne, dass mein Rücken nicht besser aussieht, was die Schmerzen erklärt. Wenn ich mich recht erinnere, bin ich von einem Baum gefallen. Na ja, eher gesprungen. Kann ich dieser Erinnerung trauen? Das wäre absurd.

Ich wende mich vom Spiegel ab, trete ans Fenster. Vorsichtig schiebe ich die Ranken beiseite, die sich weicher anfühlen, als erwartet, bevor ich hinaus luge. Heilige Maria! Offensichtlich träume ich doch. Vor mir erstreckt sich eine Welt, wie ich sie noch nie gesehen habe. Keine Ahnung, was ich erwartet habe, das jedenfalls nicht. Ich blinzle ungläubig in die Sonne, die warmen Strahlen kitzeln meine Nase. Alles, was ich sehe, versuche ich, zu erfassen, um es für immer in meinen Gedanken abzuspeichern – so wunderschön ist es.

Das Zimmer gehört zu einem verdammt großen Baum, einem riesigen Klotz. Obwohl ich mich vorbeuge, ist es mir unmöglich, seine Baumkrone zu sehen und dessen Ausmaß einzuschätzen. Er bildet den Mittelpunkt einer ganzen Reihe solch majestätischer Bäume, in denen ich Menschen sehe, die in den Stämmen leben, und deren Bäume durch dicke Äste verbunden sind. Das ist verrückt und wunderschön zugleich. Wie kann man so friedvoll mit der Natur leben? Wo bin ich nur gelandet?

Ich lehne mich weiter vor, ein Vogelschwarm, bunt wie der Regenbogen, wird dabei von mir aufgeschreckt. Sie haben neben meinem Fenster auf einem Ast gesessen, jetzt steigen sie hinauf in den Himmel wie bunte Farbkleckse. Verärgert piepen die kleinen Schönheiten und lassen mich bei so einer Farbpracht auflachen. Solche Vögel leben sonst nur im Paradies, ganz bestimmt. Leuchtende, satte Farben, dass ich mich wie ein Kind im Märchen fühle. Meine Angst ist, bei dem Wunder, welches sich mir gerade offenbart, völlig vergessen. Ich liebe Märchen seit Kindheitstagen und fühle mich, als bin ich mitten in einem gelandet. Vorsichtig strecke ich meine Hand nach einem kunterbunten Vogel aus, der auf dem Ast sitzt, doch er dreht mir den Rücken zu. Schnell hopst er einige Zentimeter von mir weg, ich kann es ihm nicht verdenken. Ich bin mir sicher, dass hier ist nicht mein Zuhause oder die Welt, wie ich sie kenne. Wo auch immer ich bin, ich muss weit, weit weg sein. Solche Bäume gibt es bei uns nicht, diese bunten Vögel sind mir fremd – ich habe schon einiges auf der Welt gesehen. Wir sind in meiner Kindheit viel gereist, aber das, nein, das habe ich noch nie erlebt oder gar davon gehört.

Ein Räuspern lässt mich zusammenzucken, wobei ich mir den Kopf am Fenster stoße. »Verdammt«, fluche ich erbost, während ich herum fahre. Behutsam taste ich dabei meinen Kopf ab, wieder eine Beule mehr. Wenn das so weitergeht, ist mein Kopf bald von Beulen übersät – was für eine schöne Aussicht. Ich schaue zu dem Störenfried, ziehe scharf die Luft ein und erröte umgehend. Mist! Der Typ im Türrahmen ist wahnsinnig sexy, zumindest ist es das Erste, was mir sofort auffällt. Er kann nicht viel älter sein als ich, vielleicht Mitte oder Ende zwanzig – höchstens, dennoch wirkt er anders als die Männer, die ich an der Uni treffe. Er wirkt … erwachsener, reifer und auf eine gefährliche Weise attraktiv, verdammt attraktiv sogar. Unauffällig zupfe ich an meinem blöden Kleid herum, weil ich mich unter seinem Blick plötzlich nackt fühle. Mist, er ist wirklich heiß! Mein Gesicht gleicht farblich wahrscheinlich einem Feuerlöscher. Ich weiß, dass ich ihn anstarre, aber ich kann nicht anders. Hoffentlich steht mein Mund nicht offen beim Gaffen, damit würde ich neben meiner verbeulten Gestalt einen brillanten Eindruck hinterlassen. Ich schaue ihm ins Gesicht, eisblaue Augen blicken mir abweisend entgegen. So kühl er auch sein mag, das hält mich nicht davon ab, ihn weiterhin zu mustern. Jetzt ist es eh egal. Sein Gesicht ist maskulin, mit markanten Wangenknochen und einer geraden Nase. Seine Lippen sind sinnlich geschwungen und … Unwillkürlich frage ich mich, wie sie wohl schmecken, ob man die harten Züge weg küssen kann, mit denen er mich fast feindselig anschaut. Gott, was für ein lächerlicher Gedanke.

Ich ignoriere seinen Blick konsequent, während ich die Musterung fortsetzte. Genauso stelle ich mir einen griechischen Helden in Sagen vor. Herkules oder Adonis mussten so ausgesehen haben, wenn sie schwarzes, volles Haar gehabt hätten. Mein Blick heftet sich weiter an seinen schönen Mund, dessen Oberlippe etwas schmaler als die Unterlippe ist. Dass ich sie überhaupt mustere, macht mich verlegen und nervös. Ein wenig schäme ich mich sogar. Ich zwinge mich, meine Augen loszulösen, weil ich den Rest von diesem Mann sehen will, ach was, sehen muss, und bleibe an seinen Ohren hängen, die halb vom Haar verdeckt sind. Hat er etwa spitze Ohren? Nein, das kann nicht sein. Wahrscheinlich nur eine optische Täuschung durch den Lichteinfall im Zimmer.

Die Augen kneife ich kurz zusammen, verdränge die Ohren aus meinen Gedanken, und öffne sie wieder. Fast befürchte ich, dass er verschwunden ist, doch er steht an Ort und Stelle. Warum sagt er nichts? Ich setze meine Musterung unverhohlen fort. Es ist wie ein Zwang, dem ich nachgebe. Ich sauge das Bild geradezu in mich hinein und entdecke dann, dass er eine Rüstung trägt, die zudem strahlend glänzt – wie kurios. Sein Oberkörper ist unglaublich breit, nimmt beinahe den ganzen Türrahmen ein. Seine starke Brust, die sich darunter befindet, kann ich mehr als nur erahnen. Sein Körper wirkt kräftig und athletisch. Verdammt, er ist riesig. Bestimmt einen, wenn nicht anderthalb Köpfe größer als ich. Er strahlt Männlichkeit und Autorität aus, und das auf eine Art und Weise, die mich irgendwie anzieht, vollkommen hippelig macht. So etwas kenne ich nur aus Filmen oder Büchern, er wirkt ganz und gar wie ein Krieger. Völlig anders als alle Männer, die ich bis jetzt getroffen habe. Im Vergleich dazu kann ich die anderen auch nicht unbedingt Männer nennen. Wenn ich an Ian, mein letztes Date, denke, ist er im Vergleich ein Junge, der sich im Wachstum befindet. Klar, Ian ist sportlich und muskulös, kommt aber bei Weitem nicht an dieses Exemplar heran, er hat nicht mal ansatzweise solch eine herbe Ausstrahlung.

Mein Mund fühlt sich trocken an. Stimmt, fast vergessen – und schon spüre ich die brennende Hitze in meinem Gesicht. Okay, womöglich habe ich ihn zu intensiv gemustert, aber das wird er bei seiner Wirkung auf andere Menschen bestimmt gewohnt sein. Ich wette, ihn starren den ganzen Tag unzählige Frauen an. Vielleicht sabbern sie dabei sogar genauso wie ich. Meine Freundin Jenny wäre so ein Fall, sie würde hier vor seinen Füßen zerfließen und glücklich sterben wollen.

»Kommt«, knurrt er mich an, woraufhin ich überrascht eine Augenbraue hebe. Kommt? Also ernsthaft, wie klingt das denn? Warum ist er überhaupt so harsch? Habe ich ihm etwas getan? Seine Stimme ist rau und dunkel, ob ich will oder nicht, sie jagt mir Schauder über den Rücken, Schauder der angenehmen Sorte.

Ich bin wütend auf mich selbst, denn ich benehme mich wie ein Teenie. Ganz schlimm! Als wäre ich wieder sechzehn mit verrückt spielenden Hormonen. »Wo bin ich?« Ich verschränke die Arme vor der Brust und schaue abwartend in seine blauen Augen. Bevor ich nicht ein paar Antworten bekomme, bewege ich mich kein Stück. Vor allem nicht bei diesem Tonfall – schöne Augen hin oder her, so nicht.

Auch er hebt eine Augenbraue empor, mustert mich fast abfällig, was mich rasend macht. Wie ich solche Blicke hasse. »Wo solltet Ihr denn sein? Als ob Ihr nicht erkennt, wo Ihr Euch befindet. Ist das nicht Euer Ziel gewesen? Der einzige Ort, den man im Nebelwald findet, ist unser Schloss. Da stellt sich eher die Frage, wo wollt Ihr hin, wenn nicht hierher?« Er beobachtet meine Reaktion genau, das sehe ich an seinem Blick. Wie geschwollen redet er eigentlich und was erhofft er nun, zu hören? Ich kann die Geschichte selbst kaum glauben.

»Im Nebelwald?«, wiederhole ich deshalb, um Zeit zu schinden, was mir aber herzlich wenig bringt. Nebelwald. Das habe ich ja noch nie gehört. »Wo soll der Nebenwald liegen?«, hacke ich nach und merke, dass er ungeduldig wird.

»In Fegoria. Was soll diese Fragerei?« Seine Augen sind kühl und achtsam. Er denkt bestimmt, dass ich mit ihm spiele, ihn anlüge. Sein Körper spannt sich merklich an, ist auf der Hut. Ich habe keine Ahnung, warum er der Meinung ist, dass ich lüge. Was würde mir das bringen?

»Wer bist du und wo sind meine Sachen?« Ich zeige auf meine nackten Füße. »Ich brauche meine Schuhe und meine Hose, die brauche ich noch dringender – definitiv!« Ich will dieses Kleid loswerden, in dem ich mich plötzlich eingeengt fühle. Irgendwie ist mir nicht wohl unter seinen Blicken, es ist so, als bin ich in diesem körperbetonten Stofffetzen, das mehr zeigt, als es verdeckt, nackt. »Und wer hat mich überhaupt umgezogen? Das ist eine bodenlose Frechheit. Es ist sogar strafbar.«

»Eure … Kleider«, betont er merkwürdig und geht gar nicht richtig darauf ein. »Ihr tragt doch ein Kleid. Ist es Euch etwa nicht fein genug? Nehmt damit vorlieb oder geht nackt, es ist mir gleich. Nun kommt, wir werden erwartet. Ich habe keine Zeit für diese Albernheiten oder lästiges Gefrage.« Er lehnt sich mit verschränkten Armen an den Türrahmen. Sein Blick ist unnachgiebig, er hört nicht auf, mich zu mustern. Ist das eine Retourkutsche für meine Musterung? Außerdem, Albernheiten? Nackt? Alleine der Gedanke lässt die Röte wieder in meine Wangen schießen. Seine Muskeln spannen sich noch deutlicher an, wie er da lehnt, und ich habe die Befürchtung, die Farbe einer Tomate anzunehmen. Oh Gott, hoffentlich hängen mir keine Sabberfäden aus dem Mund. Aber mal ernsthaft, er hat etwas so Männliches an sich, dass mir gänzlich heiß ist und ich ihn unentwegt anglotzen muss. Er könnte sich ja auch die Mühe machen, weniger sexy im Türrahmen zu stehen und seine Muskeln nicht zu betonen. Das macht er sicherlich extra.

Verlegen trete ich von einem Bein aufs andere. Das ist mir noch nie passiert. Vor allem nicht bei einem Mann, der so unterkühlt ist wie er. Ich bin keines von diesen Mädchen, die gutes Aussehen beeindruckt. Was finde ich nur an ihm? Warum fühle ich mich von ihm angezogen? Ich bin echt kein oberflächlicher Mensch, das kann nicht der Hauptgrund sein. »Also in diesem Ton gar nicht«, erwidere ich, in dem Versuch, meine Unsicherheit zu überspielen, schnippisch.

Er lacht auf »Ihr seid ganz schon vorlaut für einen Menschen, der zu uns in den Wald gekommen ist und dessen Leben ich gerettet habe. Ein Danke wäre angebrachter, als diese zickige Art.«

»Für einen Menschen? Was bist du denn, bitte?«, schnaube ich, während er mich eindringlicher mustert. »Ich wollte hier nicht her. Ich wollte nach Hause und falls du mein Leben gerettet hast, was ich bezweifle, danke.«

»Ich?«, hinterfragt er nahezu ungläubig. »Was ich bin? Ein Elb! Ich dachte, das hättet Ihr bei Eurer Musterung erkannt. Außer es mangelt Euch an Intelligenz wie vielen Eurer Gattung.« Seine Mundwinkel zucken, während mir noch heißer wird – aus Scham. Er will mich verlegen machen, was ich längst bin, das macht ihm sichtlich Spaß. Leider hat er damit sogar Erfolg. Verlegener geht es nicht.

»Ein Elb? Ja, klar. Verarschen kann ich mich selbst. Und was ist das für ein Ding gewesen, das mich angegriffen hat? Ein Genexperiment? Vermutlich hast du mich nicht gerettet, sondern ein Experiment vertuscht.«

»Ein Gen-was?« Er schüttelt den Kopf, man hört ihm die Ungeduld in seiner Stimme an. »Genug von diesem Unfug. Es gibt zwei Möglichkeiten: Entweder nehmt Ihr jetzt Eure Schuhe und kommt freiwillig mit oder ich packe Euch und Ihr könnt Eure Fußbekleidung vergessen. Für dieses Theater fehlen mir Zeit und Geduld. Der König wartet auf Euch. Außerdem habe ich Besseres zu tun.«

»Du kannst mich nicht zwingen. Ich will sofort telefonieren«, beharre ich, während er mich anschaut, als bin ich verrückt. Ich duze ihn aus Prinzip, weil ich es total albern finde, wie er mit mir spricht.

»Ihr redet so fremdartig, das ist verwirrend«. Dass er

aufs Duzen nicht eingeht, nervt mich gewaltig. Er wirkt so … mittelalterlich.

»Ich rede völlig normal und jetzt …«, setze ich an, während er sich von der Tür abstößt und betont langsam auf mich zukommt.

»Ich habe Euch gewarnt.« Plötzlich verzieht sich sein Mund zu einem schiefen Grinsen und ich sehe, wie es ihn erfreut, dass ich mir keine Schuhe geholt habe – als hat er es gehofft.

»Was? Finger weg!« Ich hebe empört die Hände, doch das stört ihn nicht sonderlich. Schneller als ich gucken kann, hänge ich über seiner Schulter, während er mich hinaus trägt, als wiege ich nichts. Vor Überraschung bin ich einen Moment sprachlos, doch ich erhole mich schnell von dem Schock. Ich strample, fluche und trommle gegen seinen Rücken, allerdings scheint es ihm nichts auszumachen. Da kann ich genauso gut gegen einen Stein schlagen, dieser Muskelberg ignoriert meine Bemühungen komplett. »Du verdammter Hinterwäldler, lass mich sofort runter«, zische ich, aber er ignoriert mich weiterhin, was mich noch wütender macht. Ich könnte gerade Kleinholz aus ihm machen. Warum muss er so groß und stark sein? Fast wie ein Bär. Ich fühle mich wie eine kleine winzige Maus, die von einem Elefanten umgehauen wird. »Ahrrggg, du blöder Esel! Ich will runter.« Ich meckere und zetere den ganzen Weg, er hingegen trägt mich so mühelos wie einen Sack Federn, was irgendwie beeindruckend sexy ist, mich trotzdem rasend macht.

VIER

Ich muss mir ein Lachen verkneifen. Sie ist so klein und winzig. Wie sie sich aufregt, ist fast schon niedlich – ich amüsiere mich wahrlich. Sie schimpft wie einer der Zwerge, die genauso aufsässig und dickköpfig sind wie diese Frau, nur dass sie dabei unschuldig aussieht und beides gewiss nicht zusammenpasst. So hat noch nie eine Frau mit mir geredet, was mich schon etwas beeindruckt. Ich kann mich nicht mal erinnern, dass mich jemals ein Mann so beschimpft hat oder sich dies trauen würde.

Erheitert lache ich in mich hinein. In diesem eigenartigen Wesen steckt Feuer – oh ja, Feuer und Temperament. Allerdings verwirrt sie mich damit auch unheimlich, denn sie ist völlig anders, als erwartet. Trotz ihrer mickrigen Größe strahlt sie eine Stärke aus, die ich so nicht von menschlichen Frauen kenne. Sie zeigt keinerlei Ängste vor mir, was nicht heißt, dass sie keine haben könnte. Vielleicht ist sie eine Meisterin des Verbergens oder zu unintelligent, die Gefahr, die von mir aus geht, zu sehen. Schlafend hat sie so sanft und friedlich gewirkt, dass ich niemals mit so einer Lebhaftigkeit gerechnet habe. Zwar habe ich sie gewarnt, dass meine Geduld am Ende ist, doch sie hat nicht hören wollen, und immer mehr alberne Fragen gestellt. Der König wartet auf uns und ich habe für solche Albernheiten nicht den ganzen Tag Zeit. Telefonieren, was soll das sein? Ein anderes Wort für meditieren? Geister beschwören? Ist sie eine Schamanin?

Ihre wütenden, grünen Augen blitzen in meinen Gedanken auf, ebenso ihr Fluchen, als sie sich den Kopf am Fensterbrett gestoßen hat. Ich kenne keine Frau, die annähernd solche Flüche ausstößt, vor allem mit so fremdartigen Begriffen. Allein dass diese zarten Lippen solche Worte kennen, ist auf eine ganz verdrehte Art und Weise attraktiv, aber auch nur, weil es sonst niemand wagt. Es ist erfrischend, mehr nicht.

Ich habe sie eine Weile beobachtet, was mich mittlerweile ärgert. Warum ich die Zeit verschwendet habe, ist mir ein Rätsel, aber sie hat mein Zuhause so staunend betrachtet, dass ich mich nicht abwenden habe können. Es ist, als sehe ich meine eigene Welt zum ersten Mal durch ihre Augen. Ich will wissen, wer sie ist und was sie im Wald gesucht hat. Ist sie eine Bedrohung? Eine Spionin? Dass sie nach Hause will, halte ich für eine Lüge. Kein Mensch geht ohne Grund, nachts und alleine, in den Nebelwald. Etwas an der Geschichte stimmt nicht und ich werde herausfinden, welchen Bären sie mir aufgebrummt hat.

Mit großen Schritten laufe ich durch die Gänge. Immer wieder schauen uns Elben nach und tuscheln hinter vorgehaltenen Händen. Mir ist es völlig egal, sollen sie denken, was sie wollen. Das Mädchen brummt noch wütend vor sich hin, als ich im Arbeitszimmer des Königs ankomme. Ohne anzuklopfen, trete ich ein. Sofort wenden sich mir drei Köpfe zu.

»Crispin.« Der König nickt mir zu, während ich das Mädchen mit Schwung absetze. Zu meiner Überraschung versucht sie, mich zu schubsen, gerät dadurch allerdings selbst aus dem Gleichgewicht und taumelt. Mein Arm schnellt vor und greift nach ihr, ehe sie umfällt. Das ist knapp gewesen. Sie ist so gefährlich wie ein junger Wolf. Lächerlich, dass sie denkt, sie kann mich umstoßen.

»Was sollte das denn?«, frage ich ehrlich überrascht und bin auch etwas belustigt über diese Geste. Ihre Augen glühen und sprühen beinahe Funken.

»Was sollte das denn?«, äfft sie mich nach. Mein Bruder lacht leise im Hintergrund.

»Cian«, ermahnt der König ihn. Er verstummt augenblicklich, aber seine Schultern zucken verdächtigt. Er muss sich zusammenreißen, nicht zu lachen, obwohl er sich augenscheinlich königlich amüsiert, dass jemand so mit mir spricht. Ich verstehe ihn. Das Verhalten dieser

Frau ist wirklich komisch und zugleich erfrischend. »Wie ich sehe, habt Ihr meinen Sohn schon kennengelernt.« Mein Vater schaut das Mädchen von oben bis unten an. Er schätzt sie ab und versucht, durch die Beurteilung ihrer Optik, Informationen zu erhalten – als ob er das könnte. Er überschätzt sich gewaltig, wie immer.

»Ihr Sohn?« Sie schaut erst ihn, dann mich an. »Tut mir leid, aber bei seinem Benehmen ging ich eher davon aus, dass er … Ach, vergessen Sie es. Ich will nicht unhöflich sein. Telefonieren würde ich sehr gerne, wenn es möglich ist.« Sie tritt vor und strafft die Schultern, wirkt wie ausgewechselt, höflich und wohlerzogen. Interessant und beleidigend zugleich!

Mein Vater und Kelalan, der dritte Mann im Raum, wechseln Blicke. Kelalan ist der magische Berater meines Vaters. Er lebt sporadisch bei uns im Schloss, so wie es ihm beliebt oder er gebraucht wird. Seit einiger Zeit reist er allerdings kaum noch, sodass er öfter hier verweilt als früher. Vielleicht macht sich sein Alter langsam bemerkbar, denn er muss mehrere Jahrhunderte auf dem Buckel haben. Zu meiner Jünglingszeit ist er längst der alte weißhaarige Mann gewesen, der er heute ist. Seit diesem Tag hat er sich äußerlich nicht verändert, sogar seinen blauen Umhang trägt er Jahr aus und ein.

»Ich bin Elon, König der Lichtelben. Das sind meine

Söhne: Crispin, mein Ältester, sowie Cian, mein Jüngster. Das ist Kelalan, mein engster Vertrauter und Berater.« Vater mustert ihre Reaktion genau. »Die Frage ist, wer seid Ihr, Mädchen, und was führt Euch in unseren Wald?«

Sie beißt sich auf ihre volle Unterlippe, während ich mich zwinge, woanders hinzusehen. Diese Art von Ablenkung will ich nicht, vor allem nicht von dieser Frau, die schlimmer schimpft als der Stallmeister. »Ich bin Alice, Alice Field aus Talsprings und ich würde jetzt echt gerne jemanden anrufen, um zurück nach Hause zu gehen. Das hier ist verrückt, ich gehöre nicht her, wie Sie sicher merken.«

Alice, was für ein merkwürdiger Name, ebenso ihre Sprache. Sie ist so … fremdartig. Frech und vorlaut, normalerweise haben Menschen Respekt vor meinesgleichen. Ob ich will oder nicht, meine Neugierde siegt und ich mustere sie erneut. Wo soll Talsprings liegen? Sie wirkt nicht wie eine Bäuerin vom Flussvolk. Dafür geht sie zu stolz und aufrecht. Ihre Hände haben keine Schwielen und ihr Körper ist gut genährt. Narben sind keine vorhanden, jedenfalls nicht sichtbar, ihr Haar glänzt außerdem wie Seide. Sie wirkt königlich, aber aus den Königshäusern kann sie unmöglich stammen, dort bin ich bereits zu Gast gewesen. An sie, ihre leuchtenden

Haare, würde ich mich gewiss erinnern. Kelalan tritt vor und legt ihre Kleidung auf dem Tisch ab. Sie will etwas sagen, zögert dann jedoch, wartet ab, während ich sie im Auge behalte. Was verschweigt sie uns?

»Elon, erinnert Ihr Euch an unser Gespräch vor ein paar Jahren, als ich Euch sagte, dass es eine Erschütterung in der Welt gab?« Kelalan breitet die Sachen vor sich aus, taxiert sie eindringlich. Wovon sprechen die beiden? Was für eine Erschütterung? Alice starrt währenddessen auf ihre Sachen, ringt nervös mit den Händen. Sie fürchtet sich vor uns, was ich an ihrer Körpersprache erkenne. Egal, wie mutig sie redet oder sich gibt, sie ist nicht dumm, hat Angst. Kluge Frau. Mein Vater, den ich interessiert verfolge, erscheint plötzlich unruhig. »Erzählt uns, was passiert ist, Mädchen, und lasst nichts aus«, fordert Kelalan Alice auf und schaut sie aus seinen alten Augen warmherzig an, doch diese Sanftheit täuscht. Kelalan wirkt zwar wie ein harmloser Mann, aber das ist er bei Weitem nicht.

Alice seufzt. »Es gibt hier kein Telefon, oder?« Was auch immer ein Telefon sein soll, anscheinend ist es ihr wichtig und hat Hoffnung in ihr geweckt, die jetzt offenbar schwindet, denn ihr Körper sackt leicht zusammen. Kelalan schüttelt verneinend Kopf. »WLAN? Handys? Eine Tageszeitung?«, erkundigt sie sich und klingt leicht frustriert, während mein Bruder und ich einen fragenden Blick wechseln. Was sollen das für Dinge sein? W-Was? Ich höre, wie ihre Stimme zittert und will einen Schritt vortreten, um sie zu trösten, doch ich kann mich gerade so zügeln. Überrascht über mich selbst, gehe ich einige Schritte zurück, bis mein Rücken die Wand berührt. Cian schaut mich leicht verwirrt an. Was geht es mich an, wie sie sich fühlt? Irgendwas stimmt nicht mit mir, dass ausgerechnet sie mein Mitleid weckt.

»Erzählt uns, was passiert ist, Kind«, bittet Kelalan erneut und ich verbessere ihn in meinem Kopf – ein Kind ist sie beileibe nicht. Nichts an ihrem Körper ist kindlich, eher wohl gerundet. »Erzählt! Vielleicht können wir Euch dann sogar helfen.« Kelalan führt sie zu einem der Stühle, auf dem sie sich niederlässt und weiterhin nervös ihre Hände knetet.

Meinem Blick ausweichend, beginnt sie, von einer Welt, in der Menschen durch … Telefone miteinander reden, zu erzählen. Telefone? Wozu soll das gut sein? Pferde aus Silber folgen in ihrer Geschichte, die mit Brennstoffen fahren sollen. Von ihrem Studium der Geschichte berichtet sie ebenso, was wahrscheinlich heißt, dass sie eine Gelehrte ist. Mich wundert es, immerhin ist sie so jung. In ihrer Welt gibt es keine Magie, keine Elben, nur Menschen. Sie regieren den Ort, von dem sie kommt. Das Ganze klingt nahezu verrückt und unwirklich. Wo soll dieser Ort sein? Dann berichtet sie von ihrer Wanderung und endet damit, wie sie hier im Schloss erwacht ist. Wie kann sie durch den Berg gegangen sein und er einfach so verschwinden? »Und dann hat mich dieser … Neandertaler ohne meine Schuhe hier abgestellt.« Sie schaut mich anklagend an und ihre Erzählung endet. Die Geschichte klingt so verrückt, dass ich sie nicht glauben kann. Sie muss lügen, auch wenn ihre Körpersprache das Gegenteil behauptet. Ich erkenne Lügner. Wie viele Verhöre habe ich schon geführt? Unzählige. Sie blickt uns offen an, statt den Blick verlegen abzuwenden, weder schwitzt sie, noch ist ihre Atmung beschleunigt. Ihre Mimik passt zu der Geschichte, sodass auch die Emotionen glaubhaft sind. Nein, wie eine Lügnerin wirkt sie nicht auf mich.

»Ich habe Euch die Wahl gelassen, doch Ihr wolltet nicht mitkommen«, ermahne ich sie, derweil mein Vater missbilligend die Lippen aufeinanderpresst, und mich die Erinnerung an dieses Geschehen amüsiert.

»So ist mein Sohn.« Er schüttelt den Kopf und schaut mich sichtlich verärgert, mit zusammen gezogenen Augenbrauen, an. Ich erwidere seinen Blick mit einem Lächeln.

»Dann hättest du Cian schicken sollen, er hätte eventuell anders gehandelt«, teile ich ihm meine Gedanken schulterzuckend mit. Er ist der nettere Sohn, was mein Vater weiß, immerhin hat er mich erzogen und das nicht mit Samthandschuhen. Er hat einen Thronfolger ohne Mitleid gewollt, den hat er bekommen. Seine Zähne treffen knirschend aufeinander. Er will etwas erwidern, doch Kelalan schneidet ihm das Wort ab.

»Das ist jetzt nicht wichtig.« Der Zauberer schaut Alice eindringlich an. »Ich habe es kaum für möglich gehalten, nichtsdestotrotz wird in den alten Schriften immer von anderen Welten gesprochen, die nebeneinanderliegen und doch getrennt sind. Vor einigen Jahren haben Elon und ich die Vermutung gehabt, dass jemand einen Weg gefunden haben muss, eines der Tore zu öffnen, um etwas in die andere Welt zu schicken. Die Welten wissen allerdings, wann irgendwas nicht hineingehört, daher haben sie sich wieder geöffnet und das zurückgeschickt, was eigentlich in unsere Welt gehört … Dich! Zumindest ist das die einzige Erklärung, die ich habe. Das Universum hat für einen Ausgleich gesorgt und alles an seinen ursprünglichen Platz geschickt. Die Frage ist nur, wer bist du und warum wurdest du fortgeschafft?«

Mein Blick heftet sich auf die Frau vor mir, deren Atmung sich beschleunigt. Soll das etwa heißen, sie kommt wirklich aus einer anderen Welt?

FÜNF

Ich möchte lachen, herzhaft und heftig, bis ich umfalle. Eine andere Welt? Elben? Hört hier jemand zu? Versteckte Kamera oder so? Vielleicht machen meine Freunde sich einen Witz daraus und haben einen Haufen Schauspieler engagiert? Alles andere ergibt keinen Sinn. Das kann unmöglich real sein. Das ist … Nein! Unfassbar!

Ich reibe mir mit kalten Händen über das Gesicht und stöhne. Warum musste ich bloß diesen blöden Berg betreten? Warum bin ich nicht bei meinen Freunden geblieben und habe mich an der Fotosession beteiligt? Jetzt habe ich den Salat – und was für einen. Die Erklärung dieser Fremden klingt leider sehr plausibel, akzeptieren kann ich es nur nicht. Ach was, das will ich ohnehin nicht. Es wäre absolut krank! Ich will einfach wieder zurück. Mein Gehirn kann nicht begreifen, was hier passiert. Egal, wie fremd alles wirkt, es kann keine andere Welt sein, sondern die gute alte Erde, wo ich morgens an jeder Ecke meine heiße Schokolade bekomme und Gummibärchen bis zum Umfallen essen darf. Ob es hier Gummibärchen gibt? Da ist noch etwas, was ich nicht akzeptieren kann: ein Leben ohne Schokolade und

Chips! Gott, was stimmt nicht mit mir, dass das gerade mein Problem ist?

»Ich bin ein Mensch. Nullachtfünfzehn – nichts Besonderes. Ich gehöre nicht hierher«, erwidere ich leise, während mich die vier Männer so eindringlich mustern, dass mir schlecht wird. Unruhig rutsche ich auf dem Stuhl hin und her. Am liebsten möchte ich aufspringen und schreiend durch den Raum rennen. Sie glauben mir nicht, ich glaube mir selbst kaum, immerhin ist ein ganzer Berg hinter mir verschwunden. Wenn das keine Magie ist, was dann? Was ist mit den Berichten über das Bermudadreieck oder ähnlichen Geschichten? Sind das auch Erschütterungen, wodurch jemand in eine andere Welt gezogen wird?

»Ich denke, es ist mehr in Euch, als wir sehen. Ihr müsst Eure Wurzeln in Fegoria haben. Die Frage ist, wer hat Euch, oder vor allem warum wurdet Ihr fortgeschafft? Nichts passiert ohne Grund.« Stöhnend drücke ich die Handballen kurz auf meine Augen.

Kelalan wendet sich an den König. »Es gibt einen Zauber, machtvoll und … Nun, er kann uns einen Blick in die Vergangenheit erlauben.« Der alte Mann mit dem langen weißen Bart schaut mich wieder an. Was ich in seinem Blick lesen kann, gefällt mir nicht. Er mustert mich wie eine Laborratte.

»Ich will keinen Zauber an mir testen. Das ist absurd. Meine Eltern sind normal. Will und Meggie Field. Krankenschwester und Polizist – genauso nullachtfünfzehn wie ich.« Ich sehe ihnen an, dass sie mit diesen Begriffen nichts anfangen können. Ebenso wie Handys sind Polizisten für sie nur Begriffe einer fremden Welt. Wie kann ich es ihnen erklären? Ich seufze und bin leicht genervt. »Eine Heilerin und ein, äh … Wachmann?«, biete ich ihnen erklärend an, was sie mit einem Nicken bestätigen.

»Ehrenhafte Berufe.« Der jüngere Prinz lächelt mir aufmunternd zu, doch ich habe keine Kraft, seine Geste zu erwidern. Crispin, der grimmige Prinz, sagt nichts. Er beäugt mich, als bin ich ein exotisches Tier, dass er zu ergründen versucht. Würde ihn ein Lächeln umbringen? Ich wende mich von ihm ab, drehe ihm bewusst den Rücken zu.

»Oh Gott, wo bin ich hier bloß gelandet?«, flüstere ich kraftlos und zucke noch weiter zusammen. Das Ganze ist so verrückt, es gleicht einem Albtraum. Seine Augen spüre ich in meinem Rücken, unmöglich sie auszublenden. Ich fühle mich, als bin ich ins Mittelalter zurückversetzt worden. Es gibt nicht mal Glas vor den Fenstern. Elben? Pfff! Klar, Elben … Unfassbar!

»Ihr habt keine Wahl. Ihr könntet eine Gefahr für uns sein, für unser Volk. Wir müssen wissen, wer oder was

Ihr seid.« Der König sagt dies so bestimmend, dass ich ahne, keine Chance zu haben. »Ihr wirkt wie ein Mensch, und doch ist etwas an Euch, was nicht zusammenpasst. Dem müssen wir auf den Grund gehen. Ihr könnt freiwillig mitmachen oder nicht, die Entscheidung liegt bei Euch.« Egal, was sie vorhaben, sie werden es umsetzen. Mir wird flau in der Magengegend. Definitiv habe ich hier keinerlei Mitspracherecht! Kein besonders schöner Gedanke, der zudem mein Gefühl der Hilflosigkeit verstärkt, welches sowieso in mir wütet. Was erwartet der König für eine Antwort, wenn ich so oder so dazu gezwungen werde?

Zu meiner Überraschung mischt sich der jüngere Prinz ein. Er steht seinem Bruder in nichts nach, was sein Aussehen betrifft. Sein Haar ist etwas länger und schokoladenbraun, ebenso seine Augen. Er ist ein wenig kleiner und breiter als sein Bruder, aber schlank und viel größer als ich. Seine Schultern sind ebenfalls breit und es zeichnen sich deutliche Muskeln an seinen Armen ab. Sein Gesicht ist ebenmäßig und bildhübsch, wie das von Crispin und seines Vaters, der so verdammt jung aussieht, dass ich mich frage, wie er zwei erwachsene Söhne haben kann. Im Gegensatz zu den beiden Prinzen sind die Augen des Königs alt und gefühllos. Ich sehe keine Wärme in ihnen. Vielleicht täusche ich mich. Angst lässt mein Herz wild klopfen, dabei habe ich mich nie als besonders ängstlich eingestuft. Einen Zauber will ich ganz bestimmt nicht an mir testen lassen, einfach nur fort von hier, das will ich. Zu viel, was ich zu verarbeiten habe und sicherlich niemals schaffen werde.

»Sie ist ein Mensch, ich spüre keine Magie an ihr. Nichts.« Cian mustert mich von oben bis unten. »Und wenn sie erst vierundzwanzig Sommer erlebt hat, ist sie keine der Unsterblichen.« Kurz lächle ich ihm zu, als Zeichen meiner Dankbarkeit.

»Manchmal trügt der Schein«, wirft der alte Mann ein, »und es kann sein, dass die Zeit in der anderen Welt anders vergeht als bei uns.«

»Was … für ein Zauber soll das sein?«, hinterfrage ich vorsichtig. Wenn sie schon komische Dinge mit mir planen, muss ich genau wissen, um was es geht. Das ist mein gutes Recht. Egal, was Cian sagt, sie werden es ausführen, das erkenne ich am Blick des Zauberers.

»Der Zauber dringt in Euren Kopf ein und lässt zu, dass Ihr Eure Erinnerungen mit uns teilt. So frühe Erinnerungen, die Ihr selbst vergessen habt. Ich kann den Zauber so lenken, dass wir genau die Zeitspanne sehen, die wichtig für uns ist. Wir werden sehen, ob und wie Ihr in die andere Welt gelangt seid.« Er stützt sich auf seinem Stab ab.

Was erwartet er jetzt? Applaus? Das klingt ja alles schön und gut, aber seine Mimik gefällt mir nicht. Er schaut mich an, als bin ich ein neues Forschungsobjekt, die Ratte im Käfig. Seine Augen haben etwas Verschlagenes, etwas, dem ich nicht traue. »Ich will das nicht«, flüstere ich heiser. »Ich will nur nach Hause. In meine Welt.«

Die beiden Brüder scheinen sich mit Blicken zu unterhalten, und ich frage mich, ob sie für oder gegen den Zauber sind. Sie sagen kein Wort, schauen sich an und Cian nickt flüchtig. Widersprechen wagt jedenfalls keiner von beiden. Ich erwarte eigentlich auch keine Hilfe von ihnen, erst recht nicht von dem Älteren der beiden, der mich anglotzt, als habe ich zwei Köpfe. Blöder, arroganter Kerl. Neandertaler.

»Hier ist Euer Zuhause, die andere Welt hat Euch zurückgegeben. Sie hat dafür gesorgt, dass alles wieder seinen Platz im Universum einnimmt.« Fast sanft schmunzelt der Zauberer, als redet er mit einem Kind, doch ich bin gewiss kein Kind und schon gar nicht blöd.

Er ist verrückt! Sie sind alle verrückt!

Ich gehöre auf die Erde, bin ein wahrhaftiger Mensch, das wird ihr blöder Zauber beweisen, hoffe ich zumindest. Wenn nicht, dann weiß ich auch nicht weiter. Mein Leben wird nie wieder so sein wie zuvor, da bin ich mir sicher. Egal, was passiert. »Mein Platz ist nicht hier«, zische ich verzweifelt. Wollen sie mich nicht verstehen? »Daran kann kein Zauber etwas ändern. Ich bin hier fremd. Alles hier ist fremd. Selbst wenn ich von hier kommen würde, es wäre nie mein Zuhause – ich kenne diese Welt nicht.« Wie soll ich mich je zurechtfinden? Es gibt hier Trolle! Trolle! Allein das Wort jagt mir Angst ein. Wer weiß, was hier noch herumkriecht!

»Lasst es mich testen. Wenn Ihr recht habt und Ihr nicht aus dieser Welt stammt, werde ich einen Weg finden, Euch zurückzuschicken«, lockt er mich und weiß, dass er mich damit einwickelt. Ich würde alles dafür tun, den Ort zu verlassen, an dem mich grässliche Monster zum Mitternachtssnack verspeisen wollen und mich arrogante Prinzen völlig aus der Bahn werfen.

Meine Freunde fallen mir wieder ein – was sie wohl denken? Ob sie mich suchen oder sich die Schuld geben? Immerhin ist nur mein Rucksack zurückgeblieben. Gibt es die Nische im Felsen wirklich, oder bin ich wie von Erdboden verschluckt? Werde ich einer dieser Fälle, die nie aufgeklärt werden?

»Versprich es«, fordere ich und er nickt. Was, wenn er wirklich recht hat und ich hierbleiben muss? Das ist zwar zu verrückt, um es in Erwägung zu ziehen, aber allein, dass ich hier bin, ist der Inbegriff meiner Verrücktheit.

Ich drehe mich um, mein Blick trifft den von Crispin. Dieses Mal halte ich ihm stand. Einen Moment habe ich den Wunsch, mich in seine Arme zu werfen, um mich vor dem Rest der Welt beschützen zu lassen, aber das ist ebenso schwachsinnig. Wieso denke ich überhaupt an so etwas? Vermutlich, weil seine breiten Schultern dazu einladen, mich dahinter vor dem Rest der Welt zu verstecken. Seine Augen sind fest auf mich gerichtet und spiegeln gemischte Gefühle wider, die ich nicht deuten kann. Er wirkt nicht mehr so selbstsicher wie vorhin, was jedoch täuschen kann.

Ich wende mich schnell wieder ab, denn ich will nicht weiter über ihn nachdenken. Sorgen habe genügend andere. Er ist ein Elb, eine Märchengestalt, die mich hasst, rufe ich mir zur Vorsicht ins Gedächtnis. Er ist der Legolas dieser verrückten Welt. Oje, glaube ich mir eigentlich selbst?

»Dann fang an«, erbitte ich. »Umso schneller bin ich zu Hause, kann Schokolade essen und diesen Ort vergessen.« Abermals wandern meine Augen zur Seite, zu dem attraktiven Elben, der seinen Blick nicht abwendet. Was er wohl gerade denkt?

»Mutig ist sie ja, das muss man ihr lassen«, flüstert Cian ihm zu, doch ich höre seine Antwort nicht, falls er sich dazu herablässt, ihm eine zu geben. Er ist arrogant und selbstgefällig, etwas, das ich gar nicht leiden kann. Solchen Typen gehe ich prinzipiell aus dem Weg.

»Lasst uns alleine.« Kelalan richtet sich auf und zeigt auf die beiden Prinzen. Er verweist sie mit einer Geste des Raumes.

»Was? Nein!« Cian ist empört und tritt einen Schritt vor. Seine Miene spiegelt Zorn wider.« Wir werden bleiben.« Crispin strafft die Schultern, sein Ton ist bestimmend. Ganz der Monarch. Er scheint es gewöhnt zu sein, seinen Willen durchzusetzen, und ich sehe ihm an, dass er nicht nachgeben wird. Seine malerischen Lippen pressen sich entschlossen aufeinander, er reckt das Kinn leicht vor. Seine ganze Körpersprache zeigt, dass er nicht kampflos nachgeben wird, vor allem wird es für den Gegner ein harter Kampf werden.

»Nein, Ihr werdet gehen, wenn Kelalan es will.« Elon duldet keinen Widerspruch und strahlt durch sein energisches Auftreten Autorität aus, doch Crispins Blick ist unnachgiebig. Er wird nicht aufgeben und wie er so dasteht, wirkt er viel eindrucksvoller als der König. Alles an ihm ist majestätisch. Es fällt mir nicht schwer, ihn mir anstelle seines Vaters als Herrscher vorzustellen. Wäre ich der Feind, würde ich mir in die Hosen machen, wenn er es auf mich abgesehen hat.

»Der Zauber verlangt viel Konzentration. Ihr lenkt sie

ab.« Kelalan mustert uns drei genau. Er merkt sehr wohl, dass ich immer wieder zu den beiden Prinzen sehe. Mir ist egal, ob sie bleiben oder nicht, ich will es nur hinter mich bringen. Ich bin ein Mensch und gleich haben sie den Beweis, dann darf ich hoffentlich in meine gute alte Jeans schlüpfen und, so Gott will, diesen Ort verlassen. Vermutlich kann ich auch gleich eine Therapie beginnen, um das hier zu verarbeiten. Meine Hände sind schweißnass. Unauffällig wische ich sie zum wiederholten Mal an dem blöden Kleid ab.

»Ich bin der zukünftige König und sollte dabei sein«, beharrt Crispin, seine Augen auf mich gerichtet, ehe er sich seinem Vater zuwendet, um ein Duell ohne Worte auszutragen. Die Stimmung im Raum ist deutlich angespannt, ich halte die Luft an. Die Ähnlichkeit zwischen ihnen scheint nicht nur äußerlich, beide sind zudem Dickköpfe und willensstark.

»Crispin, du überschreitest deine Grenzen«, knurrt Elon, während Crispin ihn schief angrinst, was mein Herz hüpfen lässt und den König wütend zum Schnauben bringt. Ein Grübchen an seinem Kinn sorgt dafür, dass er weicher, menschlicher wirkt – nicht mehr so unnahbar und perfekt. Auch wenn dieses Lächeln nicht an mich gerichtet ist, schmelze ich dahin, ohne es verhindern zu können. Oh Gott, ich verwandle mich in eine hohle Nuss. Das muss an der Beule liegen – Gehirnerschütterung? Es ist zumindest denkbar.

»Vater, ich überschreite keine Grenzen, die ich für sinnvoll erachte, das weißt du. Ich habe sie gerettet, somit habe ich das Recht darauf, zu erfahren, wer oder was sie ist. Immerhin bin ich der Thronfolger und wenn es eine potenzielle Gefahr gibt, muss ich davon unterrichtet werden.« Über seinen Mut kann ich nur staunen, ich hätte sofort gekuscht. Elon sieht so aus, als wolle er Crispin zum Frühstück verspeisen. Der Ausdruck im Gesicht seines Vaters ist mordlustig, er mahlt deutlich mit den Zähnen, aber zu meiner Überraschung gibt er nach und nickt.

»Dieses Mal lasse ich dich gewähren, Sohn, doch zügle deine Wortwahl. Noch bin ich dein König und somit ist mein Wort Gesetz. Diesem Gesetz hast auch du dich zu fügen.« Elon wirkt sauer.

»Du bist ebenso mein Vater. Ich habe das Recht, meine Meinung zu äußern. Ich lasse mir nicht den Mund verbieten. Von niemanden«, hält Crispin dagegen und ich ziehe zischend den Atem ein. Mein Kopf huscht von links nach rechts, abwechselnd von einem zum anderen, gespannt drauf, was als Nächstes kommt. Hier liegt deutlich mehr in der Luft als dieser Streit. Was ist das zwischen den beiden? Cian schaut seinen Bruder gequält an, er hätte schon klein beigegeben, ganz sicher. Er wirkt auf jeden Fall, als ist er nachgiebiger und nicht so willensstark wie Crispin.

»Cian, verlass den Raum!« Elon dreht sich zu seinem jüngsten Sohn um und weist mit dem Zeigefinger zur Tür. Cian kann seine Karten nicht so geschickt zu seinen Gunsten ausspielen wie sein arroganter, überheblicher und dreister Bruder. Obwohl, das muss ich mir eingestehen, er mir von beiden Prinzen der liebere wäre, da Crispin mich verdammt nervös macht. Wahrscheinlich steigt dem Neandertaler genau dieser Erfolg zu Kopf, weshalb er ein absoluter Blödmann ist.

Cian verlässt den Raum, die Tür kracht hinter ihm ins Schloss und die Wände wackeln. Die anderen scheint es aber nicht zu stören, sie ignorieren das Verhalten des jüngeren Prinzen gekonnt. Meine Hände zittern wie Espenlaub. Ich schiebe sie unter meine Beine, in der Hoffnung, sie dadurch ruhig zu halten. Meine Angst sollen sie nämlich nicht sehen. »Ich habe kein gutes Gefühl dabei«, teile ich meine Bedenken mit, woraufhin der Zauberer seine Hand kurz auf mein Bein legt.

»Ich passe auf Euch auf, versprochen. Egal, was passiert, Mädchen, ich helfe Euch. Ich sehe, dass Ihr ein gutes Herz habt.« Soll mich das jetzt beruhigen? Wenn ja, schlägt es fehl. Was, wenn sie meinen, ich sei eine

Bedrohung? Muss ich dann sterben? Mein Leben in einem Kerker verbringen? Was für Möglichkeiten habe ich? Kann mir jemand meine Rechte vorlesen? Gibt es hier so etwas, Rechte?

Kelalan murmelt einige Worte in einer Sprache, die ich nicht verstehe. Plötzlich wird es um uns herum dunkel. Es wird deutlich kälter im Raum und ich schaudere unwillkürlich. Ein paar Strähnen haben sich aus meinem langen Zopf gelöst und werden mir von einer Windböe aus dem Gesicht geweht, während sich die Kerzen selbst entzünden. Mein Körper fühlt sich merklich schwerer an, als stoße ich auf Widerstand, oder die Luft um mich herum ist in Blei getaucht.

Eine mit Flüssigkeit befüllte Schale wird vor mir auf den Boden gestellt, unauffällig spähe ich hinein, unfähig mich abzuwenden, während Kelalan unaufhörlich seinen Zauber brabbelt. Seine Stimme ist ein monotoner Singsang, einschläfernd. Mühsam halte ich mich wach. Jegliches Zeitgefühl geht mir verloren, indes ich unablässig in die Schale starre, die unerwartet dunkler wirkt. Es macht den Eindruck, als entzieht jemand dem Raum sämtliches Licht, denn ich kann nur noch auf die schwarze Tinktur schauen, die vor mir am Boden ist. Alles um mich verblasst zunehmend. Ich sehe keine Konturen, keine Umrisse, höre nichts außer Stille. Eine Stille, die alles verschlingt, auch den leisesten Ton. Crispin, der König und der Zauberer verschwinden aus meinem Blickfeld, werden unwichtig. Sie sind niemand. »Was …«, flüstere ich benommen, doch niemand antwortet mir. Es ist angsteinflößend. Ich vergesse, was ich eigentlich habe fragen wollen. Mein Kopf wird immer wattiger. Furcht durchfährt mich wie ein Blitz. Was passiert hier? Der kurze, klare Moment sorgt für ein Wechselbad der Gefühle in mir. »Crispin?«, entfährt es mir. Ich würde sogar den Weihnachtsmann persönlich rufen, solange er mich aus dieser Finsternis und Benommenheit holt. Es ist schrecklich. Ich fühle mich verlassen und einsam. Tiefe Traurigkeit erfasst mich – bin ich je so einsam gewesen?

»Entspann dich«, murmelt Kelalans Stimme, als ist sie direkt in meinem Kopf. Ich will mich umdrehen, doch mein Körper gehorcht mir nicht.

»Ich habe gehofft, etwas mehr als Finsternis im Kopf zu haben«, brumme ich, eine Antwort bleiben sie mir allerdings schuldig. Sie könnten wenigstens lachen, zeigen, dass sie mich hören. Mir ein winziges Zeichen geben, dass ich nicht alleine bin. Ich atme tief ein und versuche, das zu tun, was er gesagt hat. Einatmen, ausatmen. Dies wiederhole ich immerzu, bis mein Körper langsam ein wenig die Anspannung verliert. Wie von Zauberhand erscheint ein Licht vor mir im Wasser, wonach ich automatisch die Hand ausstrecke. Weiter lehne ich mich vor, bis meine Fingerspitze die Flüssigkeit berührt. Kaum fühle ich sie an einem Finger, werde ich von einem Schmerz erfasst, der mir Tränen in die Augen treibt und ich schreie, schreie wie am Spieß.

SECHS

Erschrocken fahre ich zusammen, als Alice anfängt, zu schreien und sich dabei krümmt. Hat sie etwa Schmerzen? Mein Herz donnert gegen meine Brust und ich ziehe lautstark Luft ein. Sie rutscht vom Stuhl, stößt die Schale mit dem Wasser, welches sich im Nu auf dem Boden ausbreitet, um. »Was macht Ihr?«, brülle ich voller Zorn und will zu ihr, doch mein Vater ergreift meinen Arm und umklammert ihn eisern. »Ihr bringt sie um«, rufe ich, was mein Herz nun geradezu zum Galoppieren bringt, um sich kurz danach direkt schmerzhaft zusammen zu ziehen. Sie wirkt klein und hilflos, wie sie dort am Boden kauert und nicht aufhört, zu schreien. Ich balle die Hände zu Fäusten und suche Kelalans Blick. Das kann nicht richtig sein. Das habe ich nicht gewollt, aber … Warum kümmert es mich überhaupt, ob sie leidet?

»Das ist der Zauber. Niemand hat behauptet, dass er einfach ist.« Kelalan klingt, als teile er mit, dass es heute regnet, als ist nichts weiter. Fällt nur mir auf, dass Alice offensichtlich Todesqualen erleidet? Er murmelt Wörter der alten Sprache, die lediglich die Zauberer sprechen. Die Wut baut sich stärker in mir auf, meine Fingerknochen knacken, so sehr presse ich die Faust zusammen. Alice laufen Tränen die Wangen hinab, sie bricht auf dem Boden vollends zusammen. Ihr Schluchzen frisst sich in mein Herz, während ich mich wie ein Untier fühle, dass ich das überhaupt zulasse.

»Crispin«, jammert sie leise. Ob ich will oder nicht, mein Herz zerreißt in tausend Stücke. Warum ruft sie ausgerechnet nach mir? Ich fühle mich so hilflos wie noch nie in meinem langen Leben. Ich will kein Mitleid haben, oder mit ihr fühlen. Und doch passiert gerade genau das.

»Was tut ihr mir an?« Ihre Stimme bricht abermals, sie umklammert ihre Beine, wiegt sich vor und zurück, während das Wasser plötzlich wieder in die große Schale gezogen wird.

Im Raum ist es gespenstisch still. Wir starren das Wasser an, auf dem sich Bilder zeigen, während Alice abgehackt atmet. Meine Augen huschen abwechselnd von ihr zur Schale. Ich hadere mit mir, ob ich mich zu ihr hocke, entscheide mich dann aber dagegen. Ich zwinge mich, die Schale anzusehen, was mir einen eiskalten Schauder beschert. Kelalan und mein Vater wirken beunruhigt. Unter gerunzelter Stirn wechseln beide bedeutungsvolle Blicke miteinander. »Das ist Kota.« Entsetzt umklammere ich mein Schwert, als könnte ich ihm in ihrer Erinnerung etwas zuleide tun.

»Kota sowie eine fremde Frau. Sie ist keine Albin.« Mein Vater schaut mich ernst an. Kota, der beste Krieger der Nachtalbe, gefürchtet und verachtet von meinem Volk. Kota ist tot. Anscheinend löst sich jetzt das Rätsel, wie er vor vielen Jahren gestorben ist, als man nur seinen Leichnam fand. Wer oder was ist aber die fremde Frau, die gemeinsam mit Kota ein Bündel vor sich auf den Waldboden legt? Die beiden schauen sich immer wieder suchend um. Wenn es nicht unmöglich wäre, würde ich sagen, dass ich Angst in Kotas Augen erkenne. Ich stand Kota schon im Kampf gegenüber, ihn fürchtet nichts und niemand, doch hat er genau in diesem Moment Angst. Er greift nach der Hand dieser Frau, fährt mit einer Klinge darüber. Sie zuckt nicht einmal mit den Wimpern, schaut stattdessen liebevoll auf das kleine Bündel vor sich am Boden. Man sieht das Gesicht des Neugeborenen, das friedlich schlummert. Rotbackig und winzig.

Kota beobachtet die Frau dabei, wie sie ein Pergament auseinanderfaltet und beginnt, daraus vorzulesen, während er ihr Blut in einer Schale auffängt und mit seinem mischt. Wer ist sie? Eine Zauberin? Ein Mensch? Wind kommt auf, reißt an ihren langen blonden Haaren, weht es aus ihrem schönen Gesicht. Kota verteilt das Blut kreisförmig am Boden, sodass beide innerhalb des Kreises stehen. Dann stellt er sich hinter die Schönheit, während sie gemeinsam immerfort die gleichen Worte wiederholen, die ich allerdings nicht verstehe. Sie müssen alt sein, sehr alt. So alt wie Kelalans Zauber, wenn nicht gar älter. Es ist die alte Sprache. Woher haben sie einen so mächtigen Zauber? Ein aufkommender Sturm, der einem Tornado ähnelt, entwurzelt schlagartig die umliegenden Bäume. Feuer flammt auf und züngelt den Tornado hinauf, doch die zwei lassen nicht ab. Das Feuer beginnt, sie zu umschließen. Kota umklammert die Hand seiner Geliebten. Es wirkt so liebevoll, dass ich kaum fassen kann, was dort geschieht. Er ist ein Nachtalb, ein Mörder. Die Feuerwand schließt beide vollends ein, müde wechseln sie einen letzten Blick, ehe sie erneut auf das Bündel blicken – dies tun sie voller Liebe, Hingabe, was nicht in meinen Kopf will. Kota hat ein Kind? Warum hat das niemand bemerkt? Und warum hat er es fortgeschickt? Was ist der Zweck gewesen? Ist er so gestorben? Er hat sich für sein Kind, sein Fleisch und Blut, geopfert? Das passt nicht zu dem Bild, was ich von dem gnadenlosen Krieger habe, der ganze Städte in Schutt und Asche gelegt hat.

Wir sehen, wie ein Licht aufflackert und uns Einsicht in eine fremde Welt offenbart. Hohe Häuser, dicht an dicht, und das Bündel verschwindet im Lichtstrom, ehe die Flammen beide verzerrt. Zurückgeblieben sind nur ihre toten Körper, von Magie und Flammen zerfressen. Ich stoße geräuschvoll Luft aus, die ich unbewusst angehalten habe. Plötzlich sind die Bilder verschwunden und das Wasser in der Schale wird klar. Alice bleibt bewusstlos am Boden liegen und ich handle nach meinem Gefühl, auch wenn alles in mir dagegen spricht. Ich reiße mich von meinem Vater los, der daraufhin leicht taumelt. Verärgert runzelt er die Stirn, doch das ist mir egal. Ich beuge mich hinab und hebe Kotas Kind, meine angeborene Feindin, vorsichtig in meine Arme, fühle ihren Puls, der durch ihre Adern poltert. Das ist zu viel für ihren zarten Körper gewesen. Mein Herz rast ebenfalls und ich versuche, zu verstehen, was ich gesehen habe, vor allem wen ich dort in meinen Armen bette.

Sie soll Kotas Tochter sein? Eine Albin? Somit ist sie mein Feind! Verdammt, ich sollte sie töten, nicht schützend die Arme um sie legen. Vorsichtig streiche ich ihr eine Strähne des roten Haares aus dem Gesicht. Sie sieht Kota in keiner Weise ähnlich, sie sieht nicht mal ansatzweise aus wie wir oder ein Alb. Allein ihre Ohren, die nicht so spitz sind wie meine, aber auch nicht so rund wie die der Menschen. Allerdings ist mir das vorher nie aufgefallen, da der Unterschied tatsächlich nur minimal ist. Sie ist so winzig, dabei sind alle Elben und Albe hochgewachsen. Wer ist ihre Mutter? Was ist sie gewesen? Ihr Vater ist einer der Nachtalbe, wieso fühle ich keinen Hass, sondern Sorge?

Ich schaue meinen Vater abwartend an. Er ist offensichtlich nicht weniger geschockt als ich. Es ist deutlich erkennbar, wie es in seinem Kopf arbeitet. Sein Kiefer mahlt ununterbrochen, doch er sagt keinen Ton. »Was sollen wir jetzt tun? Sie hinrichten lassen? In den Kerker stecken?« Er rauft sich die Haare, während ich bei seinen Worten zischend die Luft einziehe. Das kann ich nicht. Der Gedanke, sie … Nein! Warum auch immer, ich muss sie vor diesem Schicksal bewahren. Wenn ich in ihr sanftes Gesicht sehe, erblicke ich keinen dieser grausamen Alben.

Kelalan wirkt zornig. »Elon, beruhige dich. Wir wissen nichts über sie oder die andere Welt. Vielleicht kann sie uns einen Vorteil verschaffen. Sie jetzt zu töten, wäre dumm.«

»Bis sie uns verrät«, zischt mein Vater zurück, während er im Raum auf und ab geht. Kota ist gefährlich gewesen und nicht zu unterschätzen. Wer weiß, ob dies keine Falle der Alben ist. Womöglich ist alles genau so geplant worden.

»Er hat sich verliebt, du hast es doch gesehen. Lass uns abwarten, wie es sich entwickelt. Allenfalls wird es uns nutzen, dass wir sie haben«, beharrt er und mein Vater funkelt ihn wütend an.

»Was verlangst du nur von uns? Ihr Vater ist ein Nachtalb, nicht irgendwer. Er hat hunderte unserer Leute auf dem Schlachtfeld getötet. Egal, wie harmlos sie wirkt, sie ist ein Risiko.«

»Das weiß ich.« Kelalan lässt sich auf einem Stuhl nieder, scheint augenblicklich um einiges älter zu sein.

»Sie hat in ihrer Welt gerade mal vierundzwanzig Sommer erlebt und sie altert«, werfe ich ein. »Es ist nichts Albisches an ihr. Nichts. Alben sind genauso unsterblich wie wir. Schaut sie euch an.«

Kelalan lacht freudlos auf. »Warte ab, junger Prinz. Das Erbe wird jetzt, wo sie hier ist, erwachen. Wenn ich mir bei einem sicher bin, dann dass Kotas Tochter die Fähigkeiten, ebenso das Können ihres Vaters geerbt haben wird. Ich vermute, dass sie aufhören wird zu altern, eben wie normale Albe und Elben. Die Welt, in der sie aufwuchs, ist anders. Sie ist anders als wir. Sie hat keine Ahnung von dieser Welt, ihrem Erbe oder der Verantwortung, die sie nun trägt. Castiell darf nicht von ihr erfahren. Er würde sie besitzen wollen wie alles, was er als mächtig oder einzigartig erachtet. Sie wäre seine Trophäe, Kotas einziges Kind. Es wäre für ihn das Größte, sie in ihren Reihen zu haben, sie für seine Zwecke zu nutzen. Er würde alles dafür tun, dass sie mit ihrem Volk kämpft, denn Kotas Name hat Macht. Wir müssen sie davon überzeugen, verborgen zu bleiben, sich als unser Gast zu verstecken. Wir müssen sie auf unsere Seite ziehen und vielleicht wird sie sich uns anschließen, möglicherweise für uns spionieren.« Er will damit nichts anders sagen, als dass sie unsere Gefangene bleibt. Sie wird nie wieder wirklich frei sein und der Gedanke, sie auszunutzen, behagt mir ganz und gar nicht. Alice ist viel zu zart und zerbrechlich. Wenn die anderen erfahren, was sie ist, wird man sie verachten. Sie wird eine Aussätzige sein.

»Und wenn wir sie zurücklassen, in der anderen Welt?«, frage ich und mustere sie erneut. »Dort ist sie für uns nicht von Bedeutung.« Das ist das Einzige, was sie sich wünscht. Er hat recht, sie ist hier eine Fremde, wird es immer bleiben. Wenn sie zu Castiells Spielball wird, wird sie unser Feind sein. So oder so, findet sie vermutlich durch eine Seite den Tod, das behagt mir nicht. Stellt sie sich gegen uns, wird es mit hoher Wahrscheinlichkeit meine Klinge sein, die sie trifft. Der Gedanke, sie gehen zu lassen, lässt meinen Magen ebenfalls rumoren, aber … Ja, was aber? Es fühlt sich richtig an, sie gehen zu lassen, ihr ein anderes Leben zu ermöglichen. Niemand sollte ein Leben als Aussätziger führen müssen. Bei jedem würde es mich stören, versichere ich mir selbst. Es geht nicht nur um sie allein.

»Mach dich nicht lächerlich, Sohn.« Mein Vater schüttelt den Kopf. »Wir können sie nicht gehen lassen. Sie ist wertvoll. Wenn Kelalan sich ihrer annehmen will, soll er dies vorerst tun. Sollte sie eine Gefahr werden oder sich gegen uns wenden, wird sie durch unsere Hand sterben. Wir haben die Karten in der Hand, somit entscheiden wir, was passiert. Sie hat diese eine Chance. Ich hadere damit, sie überhaupt am Leben zu lassen. Wer weiß, was wir irgendwann für einen Preis zahlen müssen, aber ich vertraue auf Kelalans Worte, dass es sich auszahlen wird.« Das Schlimme ist, ich weiß, dass er recht behält. In jedem anderen Fall hätte ich für den Tod gestimmt, in diesem Fall fühle ich anders. Was ist nur in mich gefahren? Das sieht mir nicht ähnlich.

»Wir dürfen niemanden sagen, wer sie ist.« Kelalan schaut uns eindringlich an. »Niemanden! Ich werde ihr die Geschichte unserer Welt erklären, sie ist wissbegierig. Sie hat gesagt, sie studiert die Geschichte der anderen Welt. Unter Umständen kann sie mir einiges erzählen, was obendrein Nutzen für uns hat. Wir werden lügen, wo wir lügen müssen – sie ist das Kind eines Menschen und einer Elbin, mehr müssen die anderen nicht erfahren. Äußerlich gleicht sie eher dem Volk der Menschen.

Auch wenn sie bildhübsch ist, gibt es Menschen, die mit elbenähnlicher Schönheit gesegnet sind. Niemand wird Verdacht schöpfen.« Meine Zähne pressen sich zusammen. Gegen die Entscheidung bin ich wehrlos. Selbst wenn ich will, ich kann sie nicht zurückschicken, dafür fehlt mir die Macht und das stößt mir bitter auf. Mein Vater wird sie nicht gehen lassen, also füge ich mich.

»Sie wird hier im Schloss leben, wo wir sie bewachen. Sie wird keinen Schritt alleine unternehmen.« Elon nickt seinem Freund zu. »Und du, Crispin, du wirst zum *Violetten Ozean* reisen, deine Mutter soll unverzüglich in den Palast zurückkehren. Sie sollte hiervon erfahren, und zwar schnell.«

Ich finde die Idee absurd, das Schloss gerade jetzt zu verlassen. Mein Herz zieht sich qualvoll zusammen, obwohl ich sonst nichts lieber mache, als die Welt zu bereisen, weit weg von meinem Vater. Es fühlt sich an, als müsste ich hierbleiben. Solch ein Empfinden habe ich noch nie verspürt. Liegt es an ihr? »Ich dachte, ich soll sie bewachen?« Tief atme ich ein und versuche, eine ausdruckslose Mine an den Tag zu legen. Die Reise zum *Violetten Ozean* wird immerhin mehrere Tage dauern. Tage, an denen ich mein Volk nicht schützen kann. Es geht um das Volk, nicht um sie.

»Nein, wir werden ihr Noam zuteilen. Er ist wie ein

Bruder für dich und ich vertraue ihm. Er wird keine Fragen stellen.« Mein Vater begutachtet meine Reaktion genau, während ich schmerzhaft die Zähne zusammenbeiße. Wenn ich nur an das Interesse denke, welches Noam an Alice gehabt hat, könnte ich auf der Stelle explodieren, doch ich will meinem Vater keinen Vorwand bieten, mein Verhalten zu hinterfragen. Sogar Kelalan mustert mich mit zusammengezogenen Augenbrauen. Ich darf niemandem eine Angriffsfläche bieten, sondern muss achtsam, gar auf der Hut sein.

»Wie du wünscht, Vater. Ich breche noch heute auf.« Mit Alice in meinen Armen erhebe ich mich. »Ich werde sie in ihre Gemächer bringen, danach dann sofort in die Ställe. Erwartet mich in einigen Tagen mit Mutter zurück.« Die Blicke der beiden Männer spüre ich in meinem Rücken, doch ich ignoriere sie gekonnt.

SIEBEN

Als ich erwache, ist es bereits tief in der Nacht. Mein Kopf schmerzt, daher bleibe ich im Bett liegen und lasse meine Gedanken schweifen. Mir fehlt eh die Kraft, aufzustehen. Was für eine scheiß Situation. Nicht nur, dass ich mich völlig zerschlagen fühle, nein, jetzt noch so etwas. Kein Mensch? Der Gedanke ist völlig … absurd.

Sie werden mich nicht gehen lassen. Nicht nachdem, was wir gesehen haben. Sie haben recht, ich gehöre hierher, aber teilweise auch wieder nicht. Ich habe viele Fragen, vor allem an meine Eltern. Meine Eltern! Eigentlich sind sie es gar nicht. Na ja, gut, schon irgendwie … Ich fühle mich betrogen und zugleich sehne ich mich nach ihnen. Immerhin sind sie die einzigen Eltern, die ich kenne.

Es fühlt sich an, als wäre ich sechs Jahre alt und sie müssten mich beschützen, mir sagen, dass alles gut werden wird, dass es unter meinem Bett keine Monster gibt. Genau genommen entspricht es sogar der Wahrheit, denn die Monster warten hier auf mich, nicht unter meinem Bett. Sie befinden sich in der grausamen Welt, in der ich verweile, ob ich will oder nicht.

Meine Kindheit ist bilderbuchhaft gewesen. Meine Eltern haben mich immer unterstützt, mir jeden Wunsch von den Augen abgelesen. Sie haben mit mir die Welt bereist, mir wundervolle Orte gezeigt und mich geliebt. Mein Wunsch, Geschichte zu studieren, wurde erst durch unsere Reisen geweckt. Alte Kulturen, neue Orte, all das fasziniert mich bis heute.

Der Gedanke treibt mir Tränen in die Augen, die ich ungeniert laufen lasse. Weinen tut gut, es befreit mich, also schluchze ich laut auf. Nun werde ich sie nie wiedersehen, ich kann mich nicht mal verabschieden oder ihnen sagen, dass ich sie liebe. Nicht ein einziges Foto habe ich bei mir, ausschließlich meine Erinnerungen, die sicherlich bald verblassen werden. Ich bin mir sicher, sie werden niemals aufhören, nach mir zu suchen oder mich vergessen. Ich muss daran glauben, dass es vielleicht eines Tages ein Wiedersehen geben wird. Ein winziger Funke Hoffnung, tief in mir. Wenn sich die Tür in eine andere Welt einmal geöffnet hat, kann sie es bestimmt auch wieder, um auf die andere Seite zu gelangen. Es muss jemanden geben, der weiß, wie es funktioniert, nur muss ich diese Person finden. Egal, ob es Jahre dauern wird.

Was werden die Elben mit mir machen? Ich habe gespürt, dass sie das Gesehene schockiert hat. Wer sind meine echten Eltern? Elben? Warum sehe ich dann so anders aus? Meine Ohren sind ganz normal – na ja, fast, diese kleinen Höcker oben drauf zählen kaum. Außerdem bin ich nicht ansatzweise so schön oder groß wie sie. Ich weiß, dass ich nicht hässlich bin, aber kein Vergleich zu diesen Schönheiten.

Bis zum Morgengrauen bleibe ich reglos im Bett liegen, weine um das, was ich in meiner Welt verloren habe. Um meine Familie, meine Freunde und mein Leben, das ich so sehr liebe und durch meine eigene Dummheit aufs Spiel gesetzt habe. Die ersten Vögel beginnen draußen zu singen. Sie tanzen vor meinem Fenster auf den Ästen und nicht mal ihre bunte Pracht muntert mich auf. Die Sonne wirft ihr Licht auf den Boden, während der aufgewirbelte Staub durch das Zimmer tanzt. Als es leise an meiner Tür klopft, beschließe ich spontan, meine Situation zu einem Abenteuer zu machen, von dem ich später meinen Kindern erzählen kann, sollte ich es überstehen und dieses Glück empfangen können. Genau das habe ich nämlich vor: Überleben um jeden Preis! Man sollte immer versuchen, das Positive an einer Situation zu finden. Tja, das fällt mir hier schwer, aber … Ja, die weiche Decke ist toll. Auf das Klopfen reagiere ich nicht. Sie sollen verschwinden und mich in Ruhe lassen. Ich will niemanden sehen oder sprechen, sondern für mich sein. All dies zu verarbeiten, das steht mir jawohl zu oder etwa nicht? Es klopft noch einmal und dann höre ich, wie sich die Tür öffnet.

»Alice?« Die Stimme des Zauberers erkenne ich sofort. Ihn will ich am allerwenigstens sehen, diesen verräterischen Hund. Der Zauber ist grausam und brutal gewesen. Nie zuvor musste ich solche Schmerzen erdulden. Von wegen er hilft mir, er hilft nur sich selbst.

»Geh weg«, zische ich und ziehe mir die schwere Decke über den Kopf. Vielleicht sollte ich einfach aufhören, zu atmen, und mich aus diesem Albtraum erlösen, was aber meinem ursprünglichen Plan zu Nichte machen würde. Für so etwas bin ich ohnehin nicht der Typ Mensch, ich liebe das Leben und seine Geheimnisse schließlich.

»Alice, steht auf, ich muss mit Euch reden.« Kelalans Stimme ist unnachgiebig, er duldet keinen Widerspruch.

»Zwing mich doch«, brumme ich angriffslustig unter der Decke hervor und weiß, dass ich mich kindisch verhalte, was mir jedoch momentan total egal ist. Er ist mir egal.

»Glaubt mir, das wollt Ihr nicht«, antwortet er völlig neutral, dennoch jagen mir seine Worte Angst ein. Wer weiß, wozu er fähig ist? Wenn ich an gestern denke, will ich es gar nicht herausfinden.

Die Decke schlage ich zurück und stehe widerwillig auf. Ich trage immer noch dieses blöde Kleid, welches ich mir ganz sicher später vom Körper reißen werde und nie wieder anziehe. Mit vor der Brust verschränkten Armen stelle ich mich vor ihn. »So, da bin ich, My Lord.« Die Worte spucke ich ihm gerade zu entgegen.

»Das wird ein hartes Stück Arbeit. Ihr seid so … störrisch.« Er schüttelt den Kopf. »Und das auf meine alten Tage. Was haben die Götter sich nur gedacht?«, murmelt er in seinen langen Bart. Ja, da stimme ich ihm zu, was haben sie sich nur gedacht?

»Schick mich einfach zurück. Das wäre für uns alle das Beste«, schlage ich vor und seine grauen Augen blicken mich mitleidig an. Ich hasse Mitleid! Ich will es nicht! »Und ich hätte gerne meine Sachen zurück, wenn wir schon dabei sind.« Meine stinknormale Jeans.

»Setzt Euch, Mädchen, wir müssen reden.« Er zeigt mit der knochigen Hand auf einen der Stühle. Wäre die Situation eine andere, würden mir die Holzschnitzereien in Form von Blüten sofort ins Auge fallen, doch jetzt habe ich keinen längeren Blick dafür.

»Ich stehe lieber, danke.« Dass ich mich unmöglich benehme, ist mir bewusst, aber ich kann nichts dagegen tun. Er macht mich so schrecklich wütend. Alles macht mich wütend. Für sie ist es normal, ich muss bleiben und

Ende der Debatte – dabei gab es nicht mal eine faire Diskussion. Sie bestimmen über mich, als bin ich ein Kind. Gibt es hier kein Grundgesetz?

»Erinnert Ihr Euch an gestern?«, fragt er, woraufhin ich mürrisch nicke. Sicher erinnere ich mich. Vor allem an die Schmerzen, die sein scheußlicher Zauber ausgelöst hat. »Es ist wichtig, dass Ihr mir jetzt genau zuhört. Wenn Ihr etwas nicht begreift, fragt nach. Habt Ihr verstanden?«

Gleich platzt mir endgültig der Kragen. »Ich will hier auch mal was klarstellen, Merlin, oder wer auch immer du bist. Ich bin nicht dumm. Mein Studium habe ich fast beendet und sogar sehr gute Noten. Die halbe Welt habe ich bereist und spreche fließend vier verdammte Sprachen. Ich. Bin. Nicht. Dumm. Also rede nicht mit mir, als bin ich acht Jahre alt.«

»Dann benehmt Euch nicht so«, kontert er. »Ihr wollt wie eine Frau behandelt werden? Dann seid auch eine. Wenn Ihr leben wollt, werdet Ihr das tun, was ich Euch sage. Ich biete Euch meine Freundschaft und meine Hilfe an, was mehr ist, als Ihr verdient, Alice. Ja, als Freund darfst du mich beim Namen nennen, Mädchen. Dein Vater ist ein grausamer Mörder und du bist nun unsere Bürde. Sei besser dankbar.«

Ich schnappe nach Luft. »Dankbar«, zische ich und er verdreht die Augen.

»Die Götter stehen mir bei«, murmelt er.

»Ich will keine Bürde sein, ich will nicht mal hier sein.« Die Hände werfe ich in die Luft, um irgendwas zu tun. Ich gestikuliere damit in seine Richtung, doch ich bin so empört, dass mir einige Sekunden nichts einfällt. »Was ist mit meinen Sachen? Und ich kann nichts für meinen Vater, den ich, solltest du es vergessen haben, nicht mal kenne. Außer du redest vom guten alten Will, dem Polizisten, der mich großgezogen hat, und der dir gerne mal etwas über Freiheitsrechte erzählen kann.«

»Die Kleider habe ich vernichtet. Ich habe sie gestern Abend ins Feuer geworfen, sie würden nur Fragen aufwerfen, die wir nicht beantworten können oder wollen. Es ist wichtig, dass du schnell lernst, dich wie eine von uns zu benehmen. Wenn du derart klug bist, wie du behauptet, sollte dies kein Problem darstellen, oder?« Er hebt eine Augenbraue, woraufhin ich schnaube.

Meine Sachen verbrannt? Ich glaube, ich spinne. Der Gedanke lässt mich fast wieder in Tränen ausbrechen. Das letzte Stück meines Zuhauses ist somit auch fort. Wir schaffen es dennoch, ein normales Gespräch zu beginnen, indem er mir erzählt, wer mein Vater ist. Seine Erzählung schockiert mich. Mein Vater ist ein Mörder? Ich bin zur Hälfte ein Nachtalb? Nachtalb – wie das klingt. Ich sollte Trauer empfinden, weil mein Vater tot ist, doch im Moment fühle ich nichts, rein gar nichts. Sie sind Fremde, die mich in einer anderen Welt ausgesetzt haben. Vielleicht aus Scham vor dem, was sie gezeugt haben. Kelalan ist sich sicher, dass ich unsterblich bin, was völlig lächerlich ist. Er beschreibt mir genau, wodurch Elben und Albe ihr Leben verlieren können, beinahe wie Vampire in diesen blöden Büchern. Erstechen, Kopf abschlagen oder verbrennen – ist notiert. Keines davon steht in nächster Zeit auf meiner To-do-Liste. Aber und abermals betont er, dass niemand wissen darf, wer meine Eltern sind, zu meinem eigenen Schutz. Und ja, ich höre die Drohung, die in seinen Worten liegt. Meint er, ich würde an die große Glocke hängen, dass mein Vater ihr größter Feind gewesen ist? Wohl kaum. Und wer meine Mutter ist, wissen sie nicht mal. Sollte ich eine Gefahr werden, werden sie nicht zögern, zu handeln, was meinen Tod bedeuten wird. Wie ich soeben gelernt habe: entweder köpfen, verbrennen oder erstechen. Wunderbare Aussichten. Ich bin eine Gefangene ohne Rechte. Er mag es, Gast des Hofes nennen, ich weiß hingegen, dass es nicht der Wahrheit entspricht. Gästen steht es frei, zu kommen oder zu gehen, wann sie wollen. Eine Wahl habe ich allerdings nicht. Ich höre ihm aufmerksam zu und versuche, mir so viel wie möglich zu merken. Nur mein Verstand hindert mich daran, vollkommen auszurasten, also sauge ich das Wissen in mich hinein, um es später für mich zu nutzen. Wissen ist Macht. Das einzige Ziel, das ich habe, ist nach Hause zu kommen. Das heißt, ich muss jemanden finden, der mir hilft und solange muss ich mitspielen. Gute Miene zum bösen Spiel. Soll er doch denken, dass ich einsichtig bin, mich einleben will, dann ist er wenigstens der Naive von uns. Wenn er meint, dass ich hierher gehöre, bitte, soll er mir Unterricht erteilen. Er wird seinen Irrtum schnell genug selbst bemerken. Es muss hier sicherlich noch mehr Magier geben, von denen einer hoffentlich die Fähigkeit haben wird, dieses Tor erneut zu öffnen. Zack, dann bin ich weg. Auf Nimmerwiedersehen, auf Weihnachtskarten können sie lange warten. Er erzählt mir viel über die Welt, in der ich ab jetzt leben werde. Jedes seiner Worte zerrt an meinem Verstand. Elben, Trolle, Orks, Albe, Oger … Mein Kopf raucht bei all den Märchenfiguren, die es hier geben soll. Vermutlich treffe ich im Garten sogar ein Einhorn oder Rumpelstilzchen – das ist verrückt.

Wir sitzen einige Stunden, vielleicht zwei oder drei, zusammen, ehe er meine Gemächer verlässt und ich völlig ausgelaugt aufs Bett falle. Mein Kopf qualmt von der Flut an Informationen. Unsterblich? Ein komischer Gedanke. Warum sollte man unsterblich sein wollen, wenn alle, die man liebt, eines Tages von einem gehen werden? Ich habe nie besonders sein wollen, ausschließlich so glücklich wie meine Eltern werden. Einen Mann finden, der mich liebt und ein sorgenfreies Leben führen. Mit diesem Gedanken döse ich ein und träume von einem Krieger mit blauen Augen, der in meinem Traum ein Lächeln für mich über hat und nicht nur finster guckt.

Der restliche Tag ist ereignislos, weil ich ihn in meinen Gemächern verbringe. Niemand stört mich, anscheinend hat Kelalan meine Bitte um Ruhe akzeptiert, für diesen Tag zumindest.

Am Morgen stellt der Zauberer mir meine Leibwache vor, Noam. Es ist schwer, Noam nicht zu mögen, auch wenn ich mir es fest vorgenommen habe. Er ist witzig und aufgeschlossen, ganz anders als die Elben, die ich bis jetzt getroffen habe. Sein langes, blondes Haar trägt er offen, nur die Ränder sind leicht geflochten. Am auffälligsten sind seine grünen Augen, die vor Lebenslust und Witz funkeln. Er wird zu meinem Schatten und verbringt die meiste Zeit an meiner Seite, außer der König verlangt nach ihm, dann übernimmt der jüngere Prinz seinen

Platz. Er ist ebenfalls freundlich und hilfsbereit. Das Gegenteil seines großen Bruders, der mir dennoch im Kopf herumgeistert, ob ich will oder nicht.

Die nächsten acht Tage verbringe ich ununterbrochen mit einem der beiden oder beiden zusammen. Sie sind bemüht, mir das Gefühl zu geben, frei zu sein, was schier unmöglich ist. Wir sind zwar viel an der Natur, aber doch bin ich eine Gefangene, was alle wissen. Egal, wie viel wir uns außerhalb meines Zimmers aufhalten, ich fühle mich eingesperrt. Sie fragen mich nie nach meiner Heimat, wovor Kelalan mich sowieso gewarnt hat: Ich soll darüber niemals sprechen! Trotzdem würde ich es wagen, aber ich gehöre auch zu den schrecklich neugierigen Personen. Vermutlich liegt auf ihnen das gleiche Verbot, sonst würden sie sich sicher erkundigen. Da ich nicht weiß, wie weit ich beiden wirklich trauen kann, rede ich nicht über mein Zuhause, sondern frage sie über ihre Heimat aus. Sie sind sehr gesprächig, reden und reden. Vor allem Noam, der es kaum schafft, fünf Sekunden am Stück still zu sein. So erfahre ich von den *Lagunen*, in denen Meerjungfrauen leben, die wunderschön wie auch grausam sind. Am besten gefällt mir die Geschichte, dass Crispin von einem Einhorn gebissen wurde, obwohl ich Noam unterstelle, dass er sich diese Geschichte ausgedacht hat. Die Vorstellung allein ist herrlich: Das zarte Tier meiner Fantasie beißt dem griesgrämigen Prinzen ordentlich in den Hintern.

Die beiden leihen Bücher aus der Bibliothek aus und zeigen mir Bilder von weiteren Wesen. Sie erklären mir, welche gefährlich sind, welche eher harmlos. Berggeister, Waldgeister und Nymphen sind nur einige davon, ehe sie mir die seltenen Wesen aufzählen wie Sphinxe, Phönixe und Basilisken, vor denen ich sehr schnell weglaufen soll, laut Cian. Es ist schwer vorstellbar, dass all diese Fabelwesen wirklich existieren. Da stellt sich mir die Frage, ob es sie in meiner Welt auch gab, sie nur ausgestorben sind.

Sie zeigen mir ihre Bleibe und ich gebe zu, dass meine Forscherleidenschaft bei so vielen neuen Dingen, die ich in dieser Welt entdecken kann, geweckt ist. Während meine Wachen draußen warten, stöbere ich sogar alleine durch die Büchersammlung der Bibliothek, schaue mir Artefakte an und lerne das Leben der Elben kennen: Wie sie sich im Laufe der Jahrhunderte entwickelt und welche Kriege sie geführt haben, ihre Sitten und Bräuche. Welche Feste sie wann feiern, wie lang ihr Mondzyklus ist. Ich sauge sämtliche Informationen in mich auf. Jeder

Geschichtsprofessor würde mich darum beneiden, eine völlig neue Zivilisation zu erkunden, aber ich würde sofort tauschen, wenn es ginge.

Sie sind so anders als wir Menschen, denn sie leben im Einklang mit der Natur, in völliger Harmonie. Strom, Geld, all das ist ihnen fremd. Sie wirken viel zufriedener als wir auf der Erde. Jeder hier hat seine Aufgabe und erledigt seine Pflichten, aber nicht für Gold, sondern für das Allgemeinwohl. Dass Materielles keinen Wert für sie hat, beeindruckt mich. Ich wünsche, ich könnte dieses Leben meiner Welt zeigen, ihnen etwas davon nahelegen. Sie achten ihre Gesetze, die Tiere und die Welt, in der sie leben. Hier gibt es keine Umweltverschmutzung oder Ozonbelastung. Kein Tier wird auf Vorrat geschlachtet, sondern nach Bedarf. Sie essen, was ihnen die Natur eben bietet. Obst, Gemüse und Wurzeln. Vielleicht sind sie deswegen alle so fit und athletisch, wer weiß, möglich ist es. Einer ist schöner als der andere, ich bekomme regelrechte Minderwertigkeitskomplexe bei so vielen perfekten Menschen oder Elben. Egal, wohin ich blicke, schaut mir Perfektion entgegen.

Außer Cian und Noam redet kaum jemand mit mir. Sie beäugen mich skeptisch von der Seite, für sie bin ich eine Außenseiterin. Offiziell das Kind eines Nachtalben und eines Menschen, was eine Seltenheit darstellt und nicht von allen gebilligt wird. Wenn sie die Wahrheit wüssten, würden sie mich vermutlich mit Heugabeln jagen. Ich sehe ein, dass es besser ist, das Geheimnis, wer mein Vater ist, für mich zu behalten.

Am neunten Tag begebe ich mich gerade auf den Hof, als Cian händereibend auf mich zukommt. Ich zupfe an meinem Kleid herum, an das ich mich langsam gewöhnen kann. Wieder ist es sehr ausladend, diesmal in dunkelrot gehalten, mit goldenen Fäden und einem gewagten Dekolleté, welches meine Brüste aber derart pusht, dass ich Angst habe, sie könnten jeden Moment herausspringen. »Warum guckt er mich so komisch an«, flüstere ich Noam zu und dieser lacht leise.

»Unser Prinz heckt etwas aus, das sehe ich ihm an«, raunt er und ich weiß nicht, ob mir gefallen wird, was jetzt kommt.

Cian hat oft kuriose Einfälle. So hat er mir zum Beispiel die Quelle gezeigt, in die ich hineingefallen bin. Was gewiss seine Schuld gewesen ist, denn er hat mich in diesen unterirdischen Raum geführt und mich nicht ansatzweise vorgewarnt, dass sich dort, mitten im Berg, ein

See befindet. Ich, tollpatschig wie eh und je, bin prompt mit einem ordentlichen *Platsch* darin gelandet. Während ich dann in diesem See stand, pudelnass, hat er vor Lachen kaum noch stehen können und bitterlich Tränen vergossen – auf meine Kosten. Der Dank dafür war, dass ich ihn am Knöchel gepackt habe und er neben mir im Wasser gelandet ist, was er so gar nicht witzig fand, ich umso mehr. Die Quelle an sich, ist ein wahres Spektakel, Stalagmiten und Stalaktiten wohin das Auge reicht. Wände, die von Edelsteinen durchzogen sind und Nebel, der über den See wandert. Immerhin duzen wir uns seit diesem Erlebnis, wofür ich verdammt dankbar bin. Dieses hochgestochene Gerede nervt mich nämlich richtig.

»Alice, Alice …«, begrüßt Cian mich, während er mich anstrahlt. Sein Mund verzieht sich so weit, dass ich mich frage, ob es nicht schmerzhaft ist. Er wirft mir ein helles Bündel zu. »Zieh dich um!«

»Hier? Vor Euch? Never!« Ich mache doch keine unfreiwillige Peepshow.

»Alice, geh einfach hinter die Büsche. Meinst du, wir haben noch nie eine nackte Frau gesehen? Was bist du prüde.« Cian zeigt mit der Hand in die Richtung der dichten Büsche. Prüde, ich gebe ihm gleich prüde. Dennoch freue ich mich, das Kleid loszuwerden, also verkrieche ich mich hinter den blöden Büschen und tausche das Kleid gegen eine Tunika und eine weite Hose ein. »Weißt du, ich muss immer wieder daran denken, wie wir dich gefunden haben.«

»Am Boden liegend?«, hacke ich scherzend nach, denn ich kenne die Geschichte nur zu gut. Gern denke ich nicht an den Troll, aber ich sehe es jetzt mit Galgenhumor. Immerhin habe ich überlebt. Mit Sicherheit haben sie mir die Story schon dreimal erzählt. Einem Elben, so halten sie mir vor, wäre so etwas nie passiert. Leichtfüßig wäre er von Ast zu Ast gesprungen, während ich wie ein nasser Sack gefallen bin. Klar, erzählen können sie mir viel.

»Richtig. Hilflos, um genau zu sein.« Er grinst noch breiter, seine weißen Zähne funkeln mich dabei an.

»Ich bin nicht hilflos«, brumme ich. Ehrlich, sollen sie sich mal gegen ihren ersten Troll verteidigen, wenn sie gerade in eine andere Welt gefallen sind. Noch besser, wie würden sie wohl das erste Auto anschauen? Gott, wie gerne würde ich ihnen das zeigen. Außerdem habe ich den beiden jetzt wiederholt erklärt, dass ich mehrere Selbstverteidigungskurse belegt habe und gewiss nicht unsportlich bin. Auf dieses Mittelalter bin ich eben einfach nicht eingestellt. Es gibt ja nicht mal eine Toilette. Herr Gott! Das ist ohnehin der größte Schock überhaupt gewesen. Ganz zu schweigen von einer Dusche! In einer heißen Quelle muss ich mich waschen. Ich weiß nicht, was schlimmer ist, keine Toilette oder keine Dusche? Die Toilette, definitiv. Sein Geschäft in einem Loch am Boden zu erledigen, der über einem unterirdischen Fluss liegt, toppt alles. Meine Freunde würden sich vor Lachanfall kringeln. Beim ersten Mal bin ich fast mit dem Po im Loch gelandet, was glücklicherweise weder jemand gesehen hat, noch jemals erfahren wird.

»Doch, so niedlich und hilflos wie ein junger Wolf«, neckt Noam mich. »Oder eher ein junger Fuchs bei deinen Haaren. Winzig bist du ohnehin.«

»Ich kann auch beißen«, schieße ich zurück, woraufhin Noam mich aufmerksam mustert und keck zwinkert. Ein Schaudern durchfährt mich kurz.

»Ist das eine Drohung, meine Schöne?«

»Ein Versprechen, wenn ihr mich weiter nervt«, erwidere ich frech, woraufhin beide lachen. Sie geben sich wirklich Mühe, nett zu sein, das rechne ich ihnen hoch an. Ich sollte nicht immer so biestig sein. Wer weiß, wie lange ich hier festsitze, da ist es wichtig, nicht alleine zu bleiben. Ich bin ein geselliger Mensch, kein Einzelgänger. Alleine sein, liegt mir nicht. Viele Freunde brauche ich auch nicht, aber ein paar echte. Menschen, die mich verstehen, mit denen ich reden kann.

»Crispin verpasst was.« Cian winkt mich hinter sich her

und schicksalsergeben folge ich ihm. Er wird eh nicht nachgeben, das habe ich in den letzten Tagen gelernt. Cian beherrscht die Kunst, so lange zu nerven, bis ich das mache, was er sich in den Kopf gesetzt hat.

»Wann kommt er zurück?« Ich könnte mir bei der Frage auf die Zunge beißen, sie sollen ja nicht denken, dass ich Interesse an ihrem arroganten Prinzen hege – so ist es nämlich nicht. Dieser selbstgefällige Kerl kann mir gestohlen bleiben. Er ist einfach, ohne ein Wort zu sagen, verschwunden. Nun gut, zwar ist er mir keine Erklärung schuldig, aber … Ach, ich weiß auch nicht. Irgendwie macht mich das wütend. Er hätte sich wenigstens verabschieden können, vor allem nach der Aktion mit diesem Zauber. Als ich wach geworden bin, ist er bereits abgereist gewesen. Mich verletzt dieses Wissen. Klar, ich bin ihm egal, aber ich habe gehofft, dass er einen Hauch Interesse an meiner Person zeigt, dass er neugierig ist. Na ja, er ist fort. Punkt. Das Leben geht weiter und so ein Trottel würde es nur unnötig kompliziert machen. Noam und Cian haben mir viel über den Thronfolger erzählt und man merkt, wie nahe sie sich stehen. Allerdings passt ihre Beschreibung nicht zu dem Bild, was ich von ihm habe: Sie loben seine Hilfsbereitschaft, Humor und Loyalität, was ich kaum mit dem Mann in Verbindung bringen kann, der mich über den Flur geschleppt hat wie einen Sack Federn. Hilfsbereit ist das nicht gewesen, eher garstig. Oder der so finster guckt, dass jeder Troll freiwillig das Weite sucht.

»Bald! Er könnte jeden Tag auftauchen. Je nachdem, wie schnell sie reiten. Aber nun zu dir: Wir geben dir Unterricht.« Cian führt mich auf einen sandigen Platz, der von Büschen umringt ist. Violette Blumen sprießen aus langen Stauden und recken ihre Köpfe gen Himmel. Ein süßlicher Duft liegt in vor Hitze flimmernder Luft und steigt mir in die Nase.

»Unterricht? Worin?«, will ich wissen und mustere die beiden Elben genau. Mein Misstrauen ist geweckt, dennoch wirken Cian und Noam zufrieden.

»Mhh, ich dachte fürs Erste an Schwertkampf. Vielleicht noch Bogenschießen? Reiten, ja, kannst du reiten?« Cian plappert drauf los. »Jeder Elb, ob Mann oder Frau, kann kämpfen. Es liegt uns im Blut, somit auch zur Hälfte in deinem. Also wirst du es lernen.«

»Schwertkampf?« Ich lache verschmitzt auf. Ein Schwert, schon klar. »Nein, danke.«

»Du musst lernen, dich zu verteidigen. Außer du willst brav wie die normalen Menschenfrauen zu Hause auf deinen Mann warten«, zieht Noam mich auf. »Ich hätte nichts dagegen, wenn du mir abends ein Süppchen kochst und eine Horde kleiner süßer Babys großziehst.«

»Träum weiter.« Ich verdrehe die Augen. So ein Spinner!

»Du musst dich wehren können.« Er umkreist mich und nickt Cian zu.

Oh, das wird ein Spaß! Sie unterschätzen mich gewaltig. Denken die beiden, ich bin hilflos? Möglicherweise kann ich nicht mit Schwert und Bogen umgehen, aber ich kann mich verteidigen. Kommt nur, Jungs, macht den Anfang, denke ich innerlich lachend. Sie kennen meine Welt nicht. Meine Eltern haben drauf bestanden, dass ich mich im Notfall wehren kann, und das gelingt mir ziemlich gut. Ich spiele mit und verziehe eine ängstliche Miene, was sie mir offenbar total abnehmen. Idioten.

»Wir zeigen dir, was wir meinen«, teilt Noam mir mit und Cian setzt sich an den Rand, wodurch er etwas Sand aufwirbelt. Noam will mich packen, doch ich nutze seine eigene Kraft gegen ihn und ziehe ihn an mich, ehe ich ihm die Füße wegziehe. Mit einem *Uff* landet er auf dem Boden und starrt mich an, bevor er schallend lacht. Cian stimmt mit ein, was mich dazu verleitet, breit zu grinsen. Er hält sich den Bauch vor Lachen, steht dann auf und wendet sich mir zu. »Bei den Göttern, ich liebe diese Frau. Was ist das denn gewesen, bitte?« Noam rappelt sich ebenfalls wieder hoch. Er klopft sich den Staub von der Hose und kichert immer noch.

»Ganz hilflos bin ich nicht.« Ich klimpere mit den Wimpern, woraufhin Cian und Noam lauter lachen.

»Immer für eine Überraschung gut. Daran werde ich denken.« Cian tippt sich gegen den Kopf. »Du hast uns reingelegt. Der Troll hat wohl Glück gehabt, was? Von einem kleinen Zwerg zu Boden gerungen, das darfst du keinem erzählen, Noam. Vor allem nicht meinem Bruder, der würde dich hundert Jahre damit aufziehen.«

Er geht zu einem der Büsche und zieht zwei Holzschwerter hervor, die schon einige Kämpfe hinter sich haben. Ihre Griffe sind abgegriffen und glänzen. Ob die Jungs damit auch trainiert haben? »Dann überspringen wir eben den leichten Teil und kommen zu dem, was Spaß macht.« Komische Vorstellung von Spaß, die er da hat. Ich befürchte stark, mein Spaß sieht anders aus als seiner. Süß wäre, im Kino eine riesigen Tüte Popcorn zu essen und nicht mit Holzschwertern auf die beiden einzudreschen. Oh Gott, sie kennen ja nicht mal Popcorn. Diese armen Kerle wissen gar nicht, was sie verpassen.

ACHT

Seit geraumer Zeit bin ich zurück und stehe nun hinter einem der Büsche, um meinen Bruder und Noam zu beobachten. Eigentlich habe ich das gar nicht gewollt, aber irgendwas hält mich davon ab, mich zu zeigen. Sie albern mit Alice herum, anscheinend wollen sie ihr das Kämpfen beibringen. Zugegeben, meine Gefühle sind gemischt. Ja, sie sollte sich wehren können, doch darf man seinen eventuellen Feind unterrichten? Ist das nicht ein Vorteil für unsere Gegner, sollte sie sich gegen uns wenden?

Ihr Lachen jagt mir einen Schauder über den Rücken, was mich rasend macht. Ich will so nicht fühlen. Die Sonne lässt ihr rotes Haar glänzen wie flüssige Lava, kleine Lichtpunkte scheinen auf ihm zu tanzen, was magisch wirkt. Auch wenn die Flieder-Magnolie ihren süßen Duft verströmt, meine ich, einen Hauch von Alice zu riechen. Sie ist noch schöner, als ich sie in Erinnerung habe. Die ganze Woche ohne sie kam mir vor wie eine Ewigkeit. Ich habe wissen wollen, nein, habe wissen müssen, wie es ihr geht und alle eilig angetrieben. Statt wie sonst, die Zeit in den Buchten des *Violetten Ozeans* zu nutzen, bin ich mit meiner Mutter am gleichen Abend aufgebrochen. Unsere Rasten waren kurz und immer wieder hat sie mich fragend beäugt, doch den Grund für meine Eile würde ich nie zugeben. Niemals! Ich verstehe ja selbst kaum, wieso ich so fühle oder was mich an ihr so verdammt anzieht. Sie ist nicht wie ich. Nein, sie ist eine Albin! Das rufe ich mir abermals vor Augen. Ihr Vater ist ein grausamer Massenmörder.

Ohne mich zu rühren, sehe ich, wie sie Noam zu Boden gehen lässt und nicke anerkennend. Das ist nicht schlecht gewesen, auch wenn ich es ihr nicht zugetraut habe. Sie wirkt so klein und winzig, dass man sie vermutlich schnell unterschätzt. Das ist ihr Vorteil, ich werde es mir merken müssen. Ihre dünnen Arme sehen aus, als könnte ich sie mit einem Ruck zerbrechen. Ihr fehlen Muskeln, die man beim Kämpfen braucht. Man sieht ihr an, dass sie zwar fit, aber nicht ausgebildet ist. Sie weckt in mir das Bedürfnis, sie zu beschützen. Hinter meinem Rücken würde sie ganz unauffällig verschwinden.

Meine Zähne knirschen bei Cians Worten: »Bei den Göttern, ich liebe diese Frau.« Mir gefällt gar nicht, was ich hören muss. Was meint er damit? Als ich erkenne, wie vertraut sie miteinander sind, presse ich meinen Kiefer fester zusammen und spüre Eifersucht in mir aufsteigen. Für meinen Geschmack sind sie zu intim miteinander, wodurch ich mich irgendwie ausgeschlossen fühle. In meinem ganzen Leben bin ich noch nie eifersüchtig auf meinen Bruder oder meinen besten Freund gewesen, aber jetzt ist es wohl an der Zeit, dies durchleben zu müssen. Es macht mich sogar richtig wütend. Was hat mein Bruder eben mit den Worten, was in meiner Abwesenheit passiert sei, gemeint? Cian und Alice? Der Gedanke geht nicht in meinen Kopf. Bilder, die mich die Fäuste ballen lassen, setzen sich in meiner Fantasie zusammen: Ich sehe die beiden, sich küssend unten am Fluss, seine Hände in ihrem rotem Haar, das sich so seidig anfühlt. Was haben sie wirklich getan? Mein Vater billigt das niemals, oder etwa doch? Krampfhaft zieht sich mein Magen zusammen. Hat er sie als Partnerin erwählt?

Ich bin nur ein paar Tage fort gewesen, aber es scheint, als wären sie seit Jahren befreundet. Sie lachen und scherzen miteinander, was mich echt verrückt macht. Wie können sie so schnell Freundschaft schließen und so unbeschwert sein? Warum fällt es ihnen so leicht, andere in ihr Leben zu lassen? Und was sollte nun der Spruch, er liebt sie? Das ist ja wohl ein Scherz, ein schlechter. Natürlich weiß er nicht, wer sie wirklich ist. Oder weiß er es mittlerweile doch?

Noam erwischt sie heftig am Rücken, wodurch sie mit

dem Gesicht im Dreck landet. Staub wirbelt herum und ich höre, wie ihr die Luft beim Aufprall entweicht. Bevor ich tatsächlich weiß, was ich vorhabe, stehe ich schon auf dem Feld und stoße Noam fest vor die Brust. Er taumelt ächzend zurück und blinzelt kurz verwirrt.

»Hey, schön, dass du wieder da bist, Crispin«, höhnt er und ich erkenne, dass er ebenfalls verärgert ist. Wäre ich an seiner Stelle vermutlich auch, doch das ist mir momentan egal – ich bin nämlich richtig sauer auf alle drei. Am liebsten würde ich Alice hoch helfen, aber diesen Wunsch unterdrücke ich. Sie setzt sich in den Sand und funkelt mich ebenfalls wütend an. Warum ist sie wütend auf mich? Weil ich Noam gestoßen habe? Oder weil ich wieder zurück bin? Ist meine Vermutung korrekt und zwischen meinem Bruder und ihr mehr? Störe ich die Zweisamkeit womöglich sogar? Unvorstellbar. Sie ist eine Albin. Egal, was kommt, sie ist der Feind und mein Vater würde den Feind nie in seine Reihen lassen.

»Was soll das hier?«, verlange ich zu wissen, zeige währenddessen auf die Schwerter und auf Alice, die sich gerade eine Strähne aus der Stirn pustet. Ihr Gesicht glänzt vor Anstrengung, das Training scheint mühsam zu sein. Sie trägt eine helle Hose mit einer engen Tunika, Kleidung meines Volkes, das gefällt mir natürlich sofort. Es betont ihre helle Haut, ihr rotes Haar … und steht ihr unglaublich gut. Zu gut. Dieses Bild wird mich den ganzen Tag verfolgen, dessen bin ich mir jetzt schon sicher. Alice verschwitzt, wütend und verdammt sexy. Eine gefährliche und erotische Mischung, die mein Blut köcheln lässt, ob ich will oder nicht.

»Wir bringen ihr bei, wie sie sich verteidigen kann.« Cian zuckt mit den Schultern, als wäre nichts dabei. Das ist typisch Cian, dieser Leichtsinn.

»Verteidigen? Sie braucht sich nicht verteidigen, denn sie wird das Schloss nie mehr verlassen. »Meine Worte sind schärfer, als ich angedacht habe, und alle drei zucken sichtlich zusammen. »Sie kann in der Küche kochen lernen oder nähen wie andere Frauen«, brülle ich und weiß selbst, dass ich überreagiere, aber ich muss meiner Wut Luft machen, sonst implodiere ich.

Meine Gefühle verwirren mich zusehend. Die ganze Reise hindurch spukte Alice in meinen Gedanken herum, was mich weiterhin verrückt macht, so ein Verhalten kenne ich von mir nicht und es nervt mich. Ich handle und denke ansonsten nur für mich, und für meine Freunde, nicht für eine Frau. Auch der Wunsch, ihr nahe zu sein, ist merkwürdig. Elben binden sich stets nur an einen Partner und dies ganz bewusst. Gehen wir einen Bund ein, dann für immer. Ich werde keinen Bund eingehen. Es gibt genug Elbinnen, die es mir über die Jahrhunderte schmackhaft haben machen wollen, aber ich habe kein Interesse. Früher, vor hunderten von Jahren, hat es diesen Bund nicht gegeben, da hat jeder Elb seinen Seelenverwandten gehabt. Es ist ein *Heiliges Band* gewesen, kein Vergleich zu heute. Plötzlich haben sich die Seelengefährten nicht mehr finden können und so sind die Elben viele Jahre einsam geblieben, ehe sie angefangen haben, den Bund einzugehen, um nicht mehr alleine zu sein. Nie wirklich komplett, aber eben nicht alleine. Ich für meinen Teil will lieber für mich bleiben, bis mich die Pflicht zwingt, etwas anders zu tun.

Ich werde kein großes Mitspracherecht haben. Als Thronfolger werde ich eine Braut aus einem anderen Königshaus wählen müssen. Eine, die kein Feuer hat, nicht so wie sie. Allein, dass ich das gerade gedacht habe, zeigt, wie ernst es ist.

Cian und Noam starren mich an, als sind mir über Nacht Hörner gewachsen. Beide sind meine Brüder, Noam im Geiste und in Cian fließt das gleiche Blut. Wir streiten selten, doch jetzt sehe ich, dass sie wütend sind. »Crispin, sie hat das Recht, zu gehen, oder ist sie etwa unsere Gefangene?« Cian mustert erst mich, dann Alice. »Was verschweigst du mir? Ich bin dein Bruder. Was ist in dem Raum vorgefallen, über das Alice nie spricht?« Cians Gesicht wird rot vor Wut. »Seit wann haben wir Geheimnisse voreinander?

Du enttäuscht mich, Bruder. Du wirst Vater ähnlicher, als ich dachte. Das ist wahrlich enttäuschend.« Seine Worte treffen mich unerwartet, ich schlucke trocken.

Alice Augen funkeln ebenfalls voller Zorn. »Ja, Cris, was verschweigt der grimmigste Prinz der Elben seinem Bruder? Hm?«, verhöhnt sie mich. Cris? Was nimmt sie sich heraus? Ich schnaube, packe sie am Arm und bücke mich zu ihr hinab. Dicht an ihrem Ohr, nur für sie hörbar, knurre ich: »Überspann es nicht, Alice. Ich weiß, wer oder was du bist. Halte dich von meinem Bruder fern, sonst wird es dir schlecht bekommen. Bis jetzt hast du mich noch nicht richtig kennengelernt, weil ich Mitleid mit dir habe. Wieso auch immer, denn du verdienst mein Mitleid nicht, Albin«, drohe ich und meine Worte ekeln mich selbst an. Am liebsten will ich sie zurücknehmen, doch mein Stolz verbietet es mir. Es ist gut, wenn sie Angst vor mir hat, dann hält sie sich wenigstens von mir fern. Sie soll mich hassen, auch wenn mir der Gedanke Schmerzen bereitet.

Sie stößt mich von sich, ihr Brustkorb hebt und senkt sich rasch. In ihren Augen sehe ich neben dem Zorn, den sie gerade empfindet, bitterliche Schmerzen. »Du bist solch ein blödes Arschloch!« Alice wirft Sand nach mir und innerlich finde ich sie hinreißend, wenn sie derart außer sich ist. Sie ist klein und zierlich. Kein Troll, ach was, niemand würde sie je als Gegner ernst nehmen.

Dafür ist sie zu liebreizend. Eigentlich die perfekte Waffe, wenn sie eine Kriegerin wäre, was sie aber nicht ist und auch nie sein wird.

Sie steht auf und klopft sich den Sand von der Hose. Ihr Haar wird vom Wind erfasst und sie richtet sich stolz auf wie eine kleine Amazone. »Das Training ist für dich beendet. Geh auf dein Zimmer und bleib dort«, herrsche ich sie an. Statt Angst zu haben, hebt sie ihr Kinn in die Höhe und strahlt etwas Majestätisches aus.

»Du kannst mich mal, Crispin, aber so was von.« Dann marschiert sie erhobenen Hauptes an mir vorbei, während ich mich zwinge, ihr nicht nachzuschauen. Stattdessen halte ich den Blick starr geradeaus. Cian und Noam starren mich kopfschüttelnd an, folgen ihr daraufhin wortlos. Auch das haben sie noch nie getan, jemanden über mich gestellt. Ich fühle mich richtig beschissen. Sie hat recht: Ich bin ein, wie nennt sie es, Arschloch. Gut, dass sie es erkennt, ehe es zu spät ist. Gut für uns beide.

NEUN

Crispin macht mich rasend. Mein Herz klopft mir bis zum Hals, als ich wütend in mein Zimmer stampfe. Momentan möchte ich nur irgendetwas zerschlagen, zum Beispiel eine Vase auf seinem verfluchten Dickschädel. Er kommt zurück und hat nichts Besseres zu tun, als ein Arschloch zu sein. Dieser arrogante, eisäugige Mistkerl. Warum habe ich nur einen Gedanken an ihn verschwendet, mich gefragt, wie es ihm geht, ob alles gut ist und wie seine Reise verläuft? Hätte er nicht ein, zwei nette Worte für mich übrig haben können? Wie wäre es mit einem *Hallo* gewesen? Das wäre immerhin ein Anfang, bevor er mich behandelt, als sei ich eine Gefahr für seinen Bruder oder die Bestie aus Loch Ness. Ich habe sein Mitleid nicht verdient? Ich will sein Mitleid doch gar nicht! Das kann er sich in seinen aufgeblasenen Prinzenarsch schieben.

Er hat deutlich gemacht, was ich sowieso weiß: Ich bin eine Gefangene und unter seiner Würde. Egal, wie frei ich mich im Schloss oder auf dem Hof bewegen darf, alleine bin ich nie. Sie beobachten mich mit Argwohn auf Schritt und Tritt. So soll ich leben? Sollte ich wirklich unsterblich sein, können sie mich nicht für immer festhalten. Gibt es hier wirklich keine Gesetze oder Rechte? Es muss doch jemand existieren, der mich versteht oder mir helfen will.

»Ahrrrr«, fluche ich und werfe mein Kissen gegen die Wand. »Was glaubt er, wer er ist? Mistkerl. Blöder Arsch. Saftsack.« Ich schmolle noch die nächste Stunde vor mich hin, ehe ich mir Kleidung schnappe und die Tür aufreiße. Vielleicht habe ich ein kleines bisschen erwartet, dass er kommt und sich entschuldigt. Naiv, sehr naiv. Noam zuckt zusammen, als meine Tür gegen die Wand kracht. Er hat mich einfach toben lassen, ohne einzutreten. Sein Glück. Für heute habe ich genug von den Elben, von allen! So nett sie sich geben, sind letztlich doch alle gleich und berauben mich meines Lebens. Ihr blöder Schwertkampf, wer will so was können? »Ich geh mich waschen«, teile ich ihm wütend mit und stapfe weiter. Er wird mir ja ohnehin folgen und ich habe nicht vor, heute noch mit einem dieser blöden Typen zu reden, jedenfalls nicht mehr als nötig. Morgen vermutlich ebenfalls nicht, womöglich nie wieder. Sie können mich mal kreuzweise. Allesamt, Crispin ganz vorne weg. Diese Wichtigtuer. Ich kenne den Weg mittlerweile genau und finde mein Ziel auf Anhieb. Mein Orientierungssinn ist schon immer ausgezeichnet gewesen, sodass ich eigentlich überall hinfinde, außer zu diesem blöden Berg, wie es scheint. Ein Bad ist genau das, was ich jetzt brauche – Entspannung und Ablenkung.

Noam bleibt höflich am Eingang stehen und ich weiß, dass niemand den Raum betreten wird, solange ich hier bade. Das würde er nicht zulassen, immerhin kann ich mich darauf verlassen. Außerdem ist es die Quelle der Königsfamilie, die ich nur nutzen darf, damit ich dem Rest des Volkes aus dem Weg gehen und nichts Dummes verraten kann. Vielleicht sollte ich das tun, dann hat dieser Albtraum ein Ende und ich wäre frei. Tot, aber frei. Ist auf ewig gefangen zu sein nicht sogar das Gleiche?

Ich schlüpfe aus meiner dreckigen Kleidung und lasse mich vorsichtig ins Wasser gleiten. Die Wärme entspannt meine harten Muskeln und ich seufze zufrieden auf. Am Rand planschend, verfliegt mein Ärger nach und nach. Leichte Nebelschwaden treiben über der Oberfläche, geben der Grotte etwas Magisches. Andere Leute zahlen sicher viel Geld für so ein Bad in dieser Atmosphäre.

Nicht weit von mir höre ich den Wasserfall in die Tiefe plätschern. Ich sollte ein paar Züge schwimmen, das wird mir helfen, runter zu kommen. Die Nebelschwaden wabern leicht auseinander, um mir Platz zu gewähren. Ich weiß genau, wo die Höhle anfängt und endet. Das ist schließlich das Erste, was ich, auf der Suche nach einem Fluchtweg, erkundet habe. Da das Wasser unterirdisch abläuft, ist mir dieser Raum allerdings kaum eine große Hilfe. Er bietet keinen Ausweg, aber immerhin eine Ablenkung. Besser als nichts.

Ich gleite auf dem Rücken, während ich mir die Stalagmiten an der Decke ansehe, die wunderschön sind – nur die Natur kann solche Wunder erschaffen. Dagegen fühle ich mich klein und unbedeutend. Was bin ich im Vergleich zu so viel Schönheit? Schon deutlich entspannter entschließe ich mich dazu, zum Wasserfall zu schwimmen. Er ist ein weiteres Wunder der Natur und ich bin jedes Mal überwältigt, wenn ich ihn sehe. Die kleine Freude habe ich mir jetzt mehr als verdient.

Einige kräftige Schwimmzüge später biege ich um den großen Felsen und erstarre im Wasser. Dadurch, dass ich anhalte, tauche ich kurz unter Wasser und schieße sofort wieder in die Höhe, was ein Husten auslöst, weil ich vor Schreck Wasser geschluckt habe. Ein muskulöser, trainierter nackter Rücken ist unter dem Wasserfall zu erkennen, der meinen Kopf ungewollt leer fegt. Heilige Scheiße, denke ich und genau diesen Moment sucht Crispin sich aus, um sich umzudrehen. Ob er mein Husten gehört hat? Wahrscheinlich. Seine Gesichtszüge entgleisen kurz und ich sehe, wie sich seine Augen überrascht weiten. Mein Mund öffnet und schließt sich, ich quieke auf, tauche daraufhin bis zur Nase zurück ins Wasser, um so wenig wie möglich von mir zu zeigen. Verdammte Kacke, ich bin splitterfasernackt … und er auch. Leider habe ich mich absolut nicht unter Kontrolle, mein Verstand setzt vollkommen aus, ich muss ihn einfach anschauen. Er ist verboten attraktiv. Alles, was ich vorher nur erahnt habe, wird jetzt bestätigt. Seine Schulter ist breit, seine Brust muskulös und auf seinem Bauch zeichnet sich ein beachtliches Sixpack ab. Wahnsinn! Wer hat diesen Mann erschaffen? Seine Arme schreien geradezu danach, mich hineinzuwerfen und mich an ihn zu kuscheln. Sie sind stark und wohlgeformt, ohne überladen zu wirken. Sein ganzer Körper ist wie vom Bildhauer geschaffen und meiner reagiert auf diesen Anblick lechzend. Mein Blut rauscht in den Adern, mein Herz klopft wie wild. Ob ich will oder nicht, in mir spüre ich neben dem rasenden Herzschlag deutliches verlangen, seinen Körper zu erkunden, was ich gequält unterdrücke.

Er sieht aus wie ein Mann, bei dem sich eine Frau sicher fühlen kann, der einen vor dem Bösen der Welt beschützt. Wenn er nicht so ein Arschloch wäre, wäre er der Traum einer jeden Frau. Wie kann man so einen mürrischen und gemeinen Mann in so eine leckere Verpackung stecken? Das gleicht einer Venusfliegenfalle. Es fällt mir bei seinem Anblick leicht, seine barschen und ungehobelten Worte für einen Moment zu vergessen. Meine Augen wandern seinen Körper hinauf, bis zu seinem Gesicht, woraufhin ich feststellen muss, dass er eine Augenbraue emporzieht. Da ist er wieder, dieser arrogante Blick, zurecht diesmal. Er hat mich beim Starren ertappt – abermals.

»Gefällt dir, was du siehst? Sei wenigstens fair und stell dich ebenfalls hin, wenn du mich schon so ungeniert musterst.« Seine Stimme klingt anders als sonst, rauer. So, als würde ihn diese Begegnung ebenso wenig kalt lassen. Oder ist es Wunschdenken meinerseits? Möglich wäre es durchaus.

»Träum weiter, Prinz«, erwidere ich und merke, dass ich feuerrot werde. Hitze steigt meine Wangen hinauf und ich fühle mich, als verbrenne ich an Ort und Stelle. Crispin taucht unter, im nächsten Augenblick genau vor mir auf. Ich zittere leicht, doch nicht vor Angst. Wassertropfen laufen ihm über das Gesicht und dann an seiner nackten Brust hinunter. Ich zwinge mich, ihm ausschließlich in die Augen zu sehen. Sein Ego ist groß genug, wie alles andere an ihm auch. Es ist unmöglich, das nicht zu bemerken, so schamlos wie er vor mir steht.

Wir schauen uns einen Moment eindringlich an. Am

liebsten möchte ich ihm das nasse Haar aus der Stirn streichen. Was sagt das über mich aus? Nichts Gutes fürchte ich, ansonsten würde ich – so schnell es geht – verschwinden und nicht vor Verlangen zittern. Er ist mir so nah, dass ich kleine silberne Sprenkel in seinen blauen Augen entdecke und mich fast in ihnen verliere. Sie sind genauso außergewöhnlich wie er selbst und mein Herz klopft so laut, dass er es sicherlich sogar hört. Haben Elben nicht so gute Ohren?

In meinem Kopf suche ich nach richtigen Worten, doch er ist noch immer vollkommen leer. Crispin presst die Lippen zusammen und scheint mit sich zu hadern. Sein markantes Gesicht ist wirklich ausdrucksstark, seine Wangenknochen und sein kantiges Kinn sind mit einem leichten Bartschatten bedeckt. Oh, bei Gott, er gefällt mir einfach so unfassbar gut. Ob er mich attraktiv findet? Warum interessiert mich das überhaupt? »Ich, äh … habe nicht gewusst, dass du hier bist«, stammle ich hilflos. »Sonst hätte ich gewartet. Also mit dem Bad, meine ich.« Er schaut mich nur an, ohne darauf einzugehen, was mich noch kribbeliger macht, aber auch gleichzeitig wütend.

Was habe ich erwartet? Einen anderen Mann? Einen, der mir ein Lächeln schenkt und nett ist? Wohl kaum. Dieser Mann vor mir ist genau der, der mir im Garten klargemacht hat, was ich bin und vor allem, was er von mir hält. Nicht besonders viel. Schöne Hülle, fauliger Kern. »Weißt du was, du bist ein Blödmann. Viel Spaß beim Schwimmen«, knurre ich und drehe mich zum Wegschwimmen um, doch seine Hand liegt plötzlich auf meinem Arm, hindert mich daran, zu gehen. Ein Schauder jagt durch meinen Körper und ich vergesse kurz, zu atmen.

»Ich weiß.« Seine Stimme klingt fast bedauernd und ich wende mich ihm misstrauisch zu. An der Stelle, an der er mich berührt, setzt ein Kribbeln ein, was mich nur noch mehr verwirrt, aber ich bemühe mich, zumindest etwas konzentriert zu wirken.

»Was weißt du?«, hacke ich nach und traue meinen Ohren kaum.

»Dass ich schlecht bin. Ich bin ein Krieger, dafür wurde ich geboren und ausgebildet. Gefühle sind mir fremd, sie hindern mich«, antwortet er fast sachlich. »Ich habe nie behauptet, was anderes zu sein. Du willst etwas anders in mir sehen und bist verärgert, weil ich dem nicht gerecht werde.« Ich öffne den Mund kurz, schließe ihn aber direkt wieder. Was soll ich dazu sagen? Mich verwirrt nur noch mehr, dass er so offen spricht.

»Du hast sehr wohl Gefühle«, flüstere ich leise. »Ich sehe es in deinen Augen. Du verleugnest sie nur.« Will ich mehr in ihm sehen? Ist es das? Nein! Ich sehe mehr in ihm! So viel mehr. Vielleicht bin ich naiv, vielleicht auch nicht.

Wieder hebt sich seine Augenbraue und er schaut mich so eindringlich an, dass mir schwindelig wird. Seine Hand liegt noch immer auf meinem Arm, jagt angenehme Blitze durch meinen Körper. Ob er das ebenso spürt? »Dann musst du mich ja eindringlich mustern, wenn du dir so sicher bist, in meinen Augen lesen zu können, Alice.« Sein rechter Mundwinkel zuckt kurz, was mein Herz sehr wohl registriert.

Was passiert hier? Flirtet er etwa mit mir? Der große Macho-Elb flirtet mit mir? »Bild dir bloß nichts drauf ein, Prinzchen«, woraufhin auch mein Mundwinkel zuckt und ich mich gerade ernsthaft frage, was hier los ist. Wo ist der arrogante Macho, der sonst in diesem Mann steckt und den er jede Sekunde raus hängen lässt?

Er löst den Griff um meinen Arm, um seine Hand nach meinem Gesicht auszustrecken. Sanft streicht er mir eine nasse Strähne von der Wange, was mich wieder erschaudern lässt. Mein ganzer Körper reagiert auf ihn und steht in Flammen. Seine Finger sind nicht weich, eher rau von dem Kämpfen und der harten Arbeit. Es gefällt mir, wie sanft er mich berührt – ich sehne mich nach mehr. Meine Zunge schnellt wie von selbst nach vorne und benetzt meine Lippen. Crispin verfolgt jede Bewegung genau, in seinen Augen scheint ebenfalls ein Feuer zu brennen. Zwischen uns ist etwas, das fühle ich. So was habe ich noch nie erlebt, schon gar nicht gespürt. Es ist, als stehe ich unter Strom und werde von ihm angezogen. Ein transparentes Band, das mich zu ihm zieht und mich unfähig macht, dagegen anzugehen. Vielleicht ist es Illusion, aber sein Blick strahlt nicht aus, als würde ich ihn so kalt lassen, wie er vorgibt. Er ist auch nur ein Mensch. Nein, halt – ist er nicht. Ich schwimme vorsichtshalber einen Zug zurück, bevor ich etwas Verrücktes tue. Ihn küssen zum Beispiel, woran ich pausenlos denke. Wie seine Lippen wohl schmecken? Abstand ist das Beste, was mir momentan einfällt. Es wäre eine ganz dumme Idee, ihn zu küssen. Eine der Dümmsten, die ich je gehabt habe, glaube ich, und das sind bislang viele gewesen.

»Hast du Angst vor mir?«, fragt Crispin verhalten. Seine Stimme geht mir durch Mark und Bein. Ihr Klang setzt sich tief in mir fest, vibriert in mir nach. Sie klingt dunkel wie die eines Rocksängers, der viel gefeiert hat.

»Ja«, flüstere ich ehrlich, wobei sich unsere Blicke treffen. Unter Wasser balle ich meine Hände zu Fäusten, nur um mich abzulenken. Die Angst, die er meint, dass ich sie habe, spüre ich nicht. Ich habe Angst, mich in ihn zu verlieben, denn in seiner Gegenwart passiert etwas mit mir, was ich nicht erklären kann. Das ist jedoch eine viel schlimmere Angst, dagegen könnte ich nichts tun. Egal, wie gemein er zu mir ist, mein Körper will seinem nahe sein, mein Herz schreit nahezu nach ihm.

»Das solltest du auch, Alice. Hab Angst vor mir, fürchterliche Angst. Ich bin nicht gut für dich. Ich könnte dein Tod bedeuten.« Seine Stimme ist ebenso leise wie meine.

»Das … glaube ich nicht. Du würdest mir nichts tun«, antworte ich, woraufhin er den Kopf schief legt, und das meine ich genauso, wie ich es sage.

»Was macht dich so sicher?«, will er neugierig wissen. Leider kann ich ihm darauf keine Antwort geben, obwohl er ehrlich interessiert wirkt. Ein Gefühl, das mir sagt, er wird mir nichts Schlechtes antun. Niemals. Was auch immer er vorher angedroht hat, verletzten würde er mich nicht. Im Gegenteil. Er kämpft mit irgendetwas, ebenso wie ich. Plötzlich bin ich mir zu einhundert Prozent sicher, dass es so ist. Er hasst mich nicht. Crispin spielt eine Rolle, die er sich persönlich auferlegt hat, er will niemanden an sich heranlassen. Vielleicht täusche ich mich, mein Herz täuscht mich, denn so, wie er mich sonst behandelt, hat er eventuell doch recht. Wer weiß das schon genau. Wenn ich ehrlich bin, will ich es gerne herausfinden. Ich will einfach glauben, dass er eine sanfte Seite hat wie jetzt gerade. Das wäre die Seite, die zu den Erzählungen der anderen passt. Also antworte ich lieber nicht. Momentan traue ich mir selbst nicht ganz. »Wartet zu Hause in der anderen Welt jemand auf dich, kleiner Schmetterling?« Wir sind wohl beide über seinen Kosenamen überrascht. Es scheint ihm herausgerutscht zu sein.

»Schmetterling?« Nun muss ich lächeln. Irgendwie gefällt mir das.

Crispin räuspert sich und reibt sich den Nacken. Er wirkt sichtlich verlegen, was niedlich ist. Wird er sogar rot? Nein, das wäre zu viel. Es passt überhaupt nicht zu einem imposanten Krieger, wie er einer ist. Seine Reaktion ist so menschlich, dass sich mein Herz erwärmt. Warum interessiert es ihn, ob ich einen Freund habe? »Du bist so zerbrechlich und zart wie ein kleiner Schmetterling.« Mit nur einem Schwimmzug ist er wieder bei mir und umfasst meinen Arm erneut mit seiner kompletten Hand. »Ich könnt deinen Knochen zerbrechen, so dünn sind deine Arme.« Crispin lässt mich sofort wieder los und umkreist mich, was ich interessiert verfolge. Klar, er hat recht. An seinen Worten zweifle ich nicht. Er hat Kraft und könnte mich verletzten, gleichermaßen könnte er meinen Tod bedeuten, aber das kann auch der nächste

Bus. »So schön und seltsam, einzigartig.« Seine Worte sind zärtlich und ungeahnt sanft. Sie streicheln meine wunde Seele, während mein Herz wie verrückt klopft. Was ist das für eine Seite, die er mir hier offenbart? Werde ich ihn je wieder hassen können, jetzt wo ich ihn so erlebt habe? Eine Antwort finde ich nicht, mein Kopf ist immer noch leer. Dennoch aale ich mich in seinen Worten und sauge jeden einzelnen Buchstaben auf. »Du bist wunderschön.« Plötzlich steht er vor mir. Er überragt mich und ich schaue hinauf in sein Gesicht. Wasser tropft von seinen Haaren auf mich hinab und ich habe nur einen Gedanken: Küss mich, bitte. Tue es einfach und ich werde glücklich sterben.

ZEHN

Ich schaue in ihr hinreißendes Gesicht und in ihre neugierigen grünen Augen, die viel versprechen, ziehen mich in ihren Bann. Liebe und Güte spiegeln sich in ihnen wider, sogar ein Verlangen kann ich erkennen. Was ihr wohl gerade im Kopf herumgeht? Sie schaut mich so sanft und zärtlich an, dass mein Herz wild klopft.

Ihre Angewohnheit, sich auf die Lippe zu beißen, macht mich schier rasend. Ob sie so einladend schmecken, wie sie aussehen? Diese Geste macht sie stets ganz unbewusst, was bezaubernd und verdammt sexy ist. Sie ist selbstsicherer als die Menschen in dieser Welt und steht den Elbinnen in nichts nach. Was auch immer die Götter sich dabei gedacht haben, sie zu mir zu schicken, es ist ein Fehler. Sie führen mich in Versuchung, mir etwas, was ich nicht will, zu nehmen. Sie ist gefährlich für mich, denn sie löst Gefühle aus, die ich nicht fühlen will und schon gar nicht darf. An meiner Seite ist Alice niemals sicher. Sie wäre sogar ein Ziel, auf das meine Feinde es absehen würden. Ich habe gewusst, dass sie mir Ärger machen wird, der mittlerweile klein und komprimiert vor mir weilt. Es ist so, als zieht mich etwas zu ihr hin. Zudem hat sie mich in einem schwachen Moment erwischt, was nicht sonderlich förderlich ist. Ich muss die Mauer um mich herum erneut errichten und sie aussperren, doch ich weiß nicht, wie ich das anstellen soll – als habe ich es plötzlich verlernt. Sie verwirrt mich, reißt alles nieder. Ihre Augen blicken in mein tiefstes Ich hinein, was furchteinflößender ist als jeder Gegner auf den Schlachtfeldern. All diese Gedanken habe ich noch nie gehabt. Körperlich bin ich genügend Elbinnen nahe gewesen, aber solche Gefühle sind mir fremd. Ich kann nur an ihre Lippen denken und den Wunsch, sie einmal zu küssen, zu spüren, ob ihr Körper so weich ist, wie ich ihn mir vorstelle, ob sie so perfekt in meine Arme passt, wie ich es vermute. Nur ein einziges Mal. Vielleicht bricht das den Zauber und ich kann wieder zu mir selbst finden. Der sein, der ich sein muss und sein will: Kalt, gefühllos und der zukünftige Herrscher, zu dem ich erzogen wurde. Mitleid, Mitgefühl, Liebe, all das sind Dinge, die mir untersagt sind und doch klopft mein Herz heftig gegen meine Brust. Es widerspricht meinem Verstand, und zwar heftig. Ein komisches Gefühl. Ob sie ahnt, was sie in mir auslöst?

Der Wasserfall rauscht neben uns, die Zeit scheint still zu stehen. Ich sehe, dass sie schneller atmet als sonst. Keiner von uns sagt etwas, ihre Brust hebt und senkt sich rasant, doch ich lasse mir nicht entgehen, ihre Kurven unter Wasser genau zu mustern. Ihr Blick ist so zärtlich, obwohl ich sie wie Dreck behandelt habe. Hat sie das etwa vergessen? Was soll ich denn noch machen, damit sie auf Abstand bleibt? Was macht sie so sicher, dass ich ihr nichts antun würde? Ich bin immerhin grausam zu ihr gewesen. Warum gibt sie mir keine Antwort auf die Frage? Ich habe keine Lüge in ihren Augen gesehen, sie ist mehr als überzeugt von ihrer Antwort. Sie vertraut mir und ich weiß ehrlicherweise nicht, womit ich dieses Vertrauen verdiene. Was wärmt mich, das kann ich nicht leugnen. Ich möchte das nicht! Sie muss mich weiterhin hassen und ich sollte alles Mögliche unternehmen, damit es so bleibt. Gerade bin ich allerdings nicht stark genug, sie von mir zu stoßen, auch wenn ich es will. Ihr faszinierender Blick hindert mich daran. Der Wunsch, sie zum Lächeln zu bringen, ist allgegenwärtig, sie zu beschützen und an mich zu ziehen ebenso. Ihre Wangen sind gerötet, sie wirkt erwartungsvoll. Ich hadere mit mir und bin zum ersten Mal in meinem Leben völlig überfordert. Erfahrungen habe ich zwar, aber nicht, wenn jemand solche Gefühle in mir auslöst wie sie. Wie soll ich mich verhalten? Gott, sie macht mir Angst! Tausend Feinden stand ich gegenüber und dieser kleine Zwerg macht mir Angst? Das ist doch lächerlich.

Entschlossen beuge ich mich langsam zu ihr hinab, gebe ihr die Chance, zurückzuweichen. Egal, was später ist, diesen einen Kuss muss ich wagen. Wir sind nur Zentimeter voneinander entfernt und zu meinem Erstaunen schließt sie sogleich die Augen. Erregung schießt in meine Lenden.

»Alice, wie lange willst du noch im Wasser bleiben? Bist du eine halbe Meerjungfrau, oder was ist da los?« Noams Stimme lässt uns beide zusammenzucken. Ich löse mich sofort von Alice, ein Empfinden des Verlustes nistet sich in meinem Gehirn ein. Es ist, als breitet sich mit jedem Schwimmzug, den ich mich von ihr entferne, eine Kälte aus. Der vertraute Moment ist schlagartig vorbei. Es wird Zeit, mich der Realität zu stellen, obwohl ich mich fühle, als hätte mir jemand eine Keule über den Kopf gezogen.

Ich bin ein Volltrottel! Tatsächlich habe ich sie beinahe geküsst. Das ist der reinste Wahnsinn. »Sie kommt«, rufe ich zurück, räuspere mich und wage einen Blick zu Alice, diese mich so verletzt anstarrt, dass ich mich frage, warum? Was habe ich jetzt wieder gemacht? Sie muss doch wissen, dass das ein Fehler war, der – den Göttern sei Dank – nicht eingetroffen ist.

»Crispin?« Noams Stimme klingt überrascht und ich höre seine Schritte näher kommen. Er lehnt sich über den Felsen und schaut fragend zu uns hinab. Der Nebel verbirgt glücklicherweise Alice Nacktheit, sonst müsste ich ihn wahrscheinlich auf der Stelle köpfen. Den Gedanken, dass jemand sie so sieht, kann ich einfach nicht ertragen. Niemand hat das Recht dazu, auch nicht mein bester Freund. Es fühlt sich an, als sei dieser Körper mein und für mich geschaffen. Kein anderer Mann sollte Anrecht darauf haben, die Kurven zu erkunden, wenn ich es nicht darf, was mir wieder zeigt, wie egoistisch ich bin.

»Ja, wie du siehst«, antworte ich möglichst kühl und halte seinem Blick stand. Ich sollte ihm dankbar sein, dass er gekommen ist. Herr meiner Sinne bin ich gewiss nicht gewesen, doch ich empfinde keine Dankbarkeit.

»Was ist hier los?« Noam ist ehrlich entrüstet und schaut erst mich, dann Alice fragend an. Anscheinend ist seine Wut auf mich verraucht oder er hat sie bei unserem Anblick verdrängt, was ich ihm nicht mal verdenken kann.

»Nichts. Ich bin baden gewesen, er ist baden gewesen und jetzt gehe ich.« Alice räuspert sich und schwimmt Richtung Ausgang. Sie ist definitiv sauer. Ich schaue ihr nach und spüre den Blick meines besten Freundes an mir kleben. Fragend schaut er mich an.

»Hör auf, mich anzusehen«, knurre ich und wische mir das nasse Haar aus dem Gesicht. So schnell wie jetzt bekomme ich eher selten schlechte Laune.

»Ich kann es nicht glauben.« Er schüttelt den Kopf und ich fahre herum.

»Was? Was kannst du nicht glauben?«, zische ich und meine Augen verengen sich zu Schlitzen. Seine Worte sollte er besser mit Bedacht wählen. Ich würde meine Wut nur zu gerne an ihm ablassen.

»Nichts, vergiss es.« Noams Stimme klingt viel zu vergnügt, was mir nicht gefällt. »Ich bringe Alice zurück in ihr Verlies. Wie du es so schön verdeutlicht hast, ist sie ja unsere Gefangene. Da habe ich wohl Glück gehabt, dass ihr euch nicht die Augen ausgekratzt habt, so allein hier im Wasser. Was habt ihr die ganze Zeit gemacht?«

»Du fragst zu viel, mein Freund.« Ich wende mich ab und schwimme ebenfalls zum Ausgang. Was soll ich ihm auch antworten? Dass ich kurz davor gewesen bin, eine Albin zu küssen?

Alice schlüpft in eines der Kleider, die ich für sie vor meiner Abreise in Auftrag gegeben habe. Einen Moment sehe ich ihren nackten Rücken und mein Mund wird trocken, Begierde flammt in meinem Körper auf. Ihr Nacken ist so zart, dass ich meine Lippen darauf pressen möchte, um ihn zu küssen. Sie ist wunderschön. Viel schöner als jede Elbin, die ich jemals gesehen habe. Ich will wegschauen, aber mein Blick ist wie versteinert. Sie lässt mein Herz stolpern und ich kann gerade definitiv nicht das Wasser verlassen. Gott, Crispin, reiß dich zusammen! Alice knotet ihr nasses Haar zusammen, Wasser tropft auf den Boden. Mühsam sammle ich mich und versuche krampfhaft, ihren Körper aus meinem Kopf zu verbannen. Ihre Augen folgen mir nun ganz genau und ich steige ebenfalls aus dem Wasser. Überrascht zieht sie die Luft ein, wird so rot wie die Krabben in der Lagune. Ich mag es, dass es so offensichtlich ist, dass ich ihr gefalle. »Crispin«, zischt sie und dreht sich sofort um, schlägt dann die Hände vor ihre Augen. Fragend schaue ich zu Noam, doch der zuckt nur mir den Schultern.

»Gibt es ein Problem?«, will er wissen.

Alice hält sich weiterhin die Augen zu. »Kann dein Prinz sich bitte bedecken, er ist nackt«, haucht sie und ich erkenne an ihrer verlegenen Stimmfarbe, wie sehr sie sich schämt. Für meine Nacktheit? Ist es etwa ein Problem, dass ich nackt bin? Letztlich schaut sie immer genau hin.

»Ja, und? Noch nie so etwas Eindrucksvolles gesehen?«, necke ich sie und mir fällt auf, dass sie mir die Antwort, ob jemand auf sie wartet, schuldig geblieben ist.

»Man stellt sich nicht einfach nackt vor jemanden, verdammte Axt. Ich dachte, als Prinz hast du mehr Anstand und Schamgefühl«, jammert sie. Noam und ich lachen. Sie ist wirklich witzig.

»Du benimmst dich wie ein kleines Mädchen«, zieht

Noam sie auf. »Hast du vorher nie einen nackten Mann gesehen?«

Sie wirbelt herum und guckt bewusst in mein Gesicht. »Mehr als genug. Nur geht es bei uns in ….«, fast verhaspelt sie sich, »meinem Zuhause eben anders zu. Wir achten darauf, angezogen zu sein.«

»Immer?« Ich hebe fragend eine Augenbraue und sie verlässt fluchend den Raum, während wir in einem Gelächter ausbrechen.

»Die Arbeit ruft!« Noam läuft ihr weiterhin lachend hinterher und ich höre sie noch eine ganze Weile schimpfen, während ich mich anziehe. Der Mann, der in ihrer Gegenwart stets angezogen ist, dürfte ein Vollidiot sein. Wäre sie die meine, würden mir viele Dinge einfallen, wo sie die Kleider nicht bräuchte. Ich würde Stunden damit verbringen, sie zu bewundern und zu erkunden, ihren Körper mit Küssen bedecken, und weit mehr als das. Knurrend denke ich an etwas anderes, oder versuche es zumindest. Diese Gedanken sind nicht gut für mich. Sie gehen in die falsche Richtung. Wie komme ich auf solch eine lächerliche Idee, wäre sie die meine …

Die nächsten Tage versuche ich, Alice aus dem Weg zu gehen. Ich brauche Abstand, viel Abstand. Cian und Noam trainieren sie trotz meines Auftrittes, Fehltrittes, beim letzten Mal. Sie wird stetig besser und lernt schnell. Komischerweise macht mich ihr Erfolg stolz und manchmal beobachte ich sie sogar, wie sie mit den anderen übt. Immer mit einem Stich von Eifersucht tief in mir. Wie gern würde ich mich dazu gesellen, doch das ist leider unmöglich. Zu sehr verwirrt sie mich. Wenn ich sie treffe, nicke ich kurz, rede aber nicht mit ihr. Es ist besser unser beider Willen.

Was auch immer zwischen uns ist, muss ich im Keim ersticken, der Flamme kein Brennholz geben. Dennoch kann ich nicht leugnen, dass da irgendwas ist. Mit jeder Stunde, die vergeht, wird es deutlicher: Ich verzehre mich nach ihr, nach ihrem Lachen, ihren wunderschönen Augen und ihrer Stimme. So oft ich kann, versuche ich, ihr unbewusst unauffällig über den Weg zu laufen, quäle mich selbst damit. Es widerspricht meinem Plan, sie auf Abstand zu bringen, vollends. Heute trainiert sie im strahlenden Sonnenschein und trägt wieder diese enge Tunika. Ich schlucke und bleibe einige Meter entfernt stehen. Statt mit dem Schwert, üben die drei nun Bogenschießen, und Alice trifft jeden Tag mehr Ziele. Sie ist voller Tatendrang, obwohl ich weiß, dass sie es hasst, in ihrem Zimmer eingesperrt zu sein. Es liegt ihr im Blut, zu kämpfen – das Erbe ihres Vaters. Wie gern würde ich ihr mehr Freiheiten zugestehen, doch das Risiko ist zu groß. Mein Vater gestattet es außerdem niemals, auch er beobachtet sie genau.

Ihr glückliches Lachen verfolgt mich in meinen Träumen. Müde sitze ich einige Tage nach unserem Bad auf dem Mondfest. Es ist das Fest, an dem mein Volk den Wechsel vom Herbst in den Winter feiert. Ein heiliges Fest, dem keiner fern und kein Kelch trocken bleibt. Ausgelassen tanzt das Volk im Mondschein, der durch die vielen Fenster hineinfällt und alles in silbriges Licht taucht. Erste Schneeflocken fallen zu Boden, lassen Himmel und Boden glitzern. Es ist schon immer eines meiner Lieblingsfeste gewesen, doch heute hat es nicht den gleichen Glanz wie sonst.

Silver, mein treuer Freund und Schutztier, liegt zu meinen Füßen und nagt an einem großen Knochen. Er ist wie mein Schatten und nie weit entfernt. Als sein Rudel in den Bergen von Trollen getötet wurde, nahm ich den kleinen Wolf mit und zog ihn gegen den Willen meines Vaters auf. Es ist die beste Entscheidung meines Lebens gewesen. Dies ist nun viele Jahre her und aus dem einst so kleinen Bündel ist ein großer Wolf geworden, der mir ein wahrer Freund ist. Er ist für jeden Feind ein tödlicher Gegner, was ihn noch wertvoller macht. Ich streiche über seinen Kopf, er brummt zufrieden.

Mein Blick sucht die Menge der Tanzenden ab und ich entdecke Alice, die unweit von mir mit Cian in ein Gespräch vertieft ist. Sie lehnt mit dem Rücken an einer Säule, er hat seinen Arm links neben ihrem Kopf abgestützt und flüstert ihr etwas ins Ohr, was sie zum Lachen bringt und meinem Herzen ein Stich versetzt. Alice wirft den Kopf in den Nacken, ihr schlanker Hals lockt mich sofort an, verursacht ein wahres Feuerwerk in mir. Wie kann man einen Hals attraktiv finden? Völlig absurd, aber an dieser Frau ist einfach alles attraktiv. Sie trägt ein dunkelgrünes Kleid mit langen Ärmeln, das wie für sie gemacht ist, es lässt ihre Haut und Haar leuchten. Eifersucht macht sich in mir breit. Die beiden wirken so vertraut und gelöst. Am liebsten möchte ich auf der Stelle mit ihm tauschen. Ist mir etwas entgangen? Hat sie sich in meinen Bruder verliebt? Würde er mir so etwas nicht anvertrauen? Er hat bisher nie Geheimnisse vor mir gehabt. Sie stehen da wie ein Liebespaar. Ich beobachte die beiden genau und zerbreche fast meinen Teller, als er ihr verspielt an den Haaren zupft. Er hat nicht das Recht, sie zu berühren … so zu berühren. Mein Herz schlägt wie wild, ungezähmte Wut brodelt in mir hoch. Wut auf meinen Bruder, mein eigen Fleisch und Blut.

Ich zwinge mich, ruhig einzuatmen, und schaue zur Seite. Mir fällt auf, dass Alice nicht mehr wie eine Aussätzige behandelt wird. Oftmals sehe ich sie mit anderen Elben reden und lachen. Sie gewöhnen sich an sie, fangen an, sie zu akzeptieren, als eine der ihren zu sehen. Jeder im Schloss mag meinen Bruder sowie Noam, und wenn die beiden Alice wohlgesonnen sind, so ist es das Volk auch. Ja, ich kann mein Volk verstehen, Alice hat für jeden, der ihren Weg kreuzt, ein Lächeln übrig. Mein Blick wandert wieder zur Säule, doch sie sind plötzlich verschwunden. Das behagt mir gar nicht und regt meine Fantasie an. Was, wenn beide … Stopp! Langsam stehe ich auf und strecke mich, um über den Köpfen der anderen hinweg etwas zu sehen. Und tatsächlich, ich sehe Alice und Cian in der Menge der Tänzer. Sie dreht sich im Kreis, streckt die Arme von sich und ihr Haar weht um ihren Kopf herum. Sie strahlt pures Glück und Freude aus, was mein Herz erwärmt – so habe ich sie noch nie gesehen. Sie wirkt derart frei und losgelöst, dass ich fast neidisch bin. Wie kann sie trotz alledem so fröhlich sein?

Jetzt bin ich der, der sich schleichend nähert und unbemerkt an die Säule lehnt, sie genau im Blickfeld hat. Ich sauge ihr Lachen geradezu auf, obwohl es nicht mir gilt, sondern meinem Bruder. Wie es wohl wäre, wenn ich sie so glücklich machen könnte, wenn sie mich anlachen würde, nachts im Bett meinen Namen haucht? Verlockender Gedanke. Sollte ich meinem Bruder dieses Glück nicht gönnen, wenn es mir schon verwehrt ist? Nein, wenn ich ehrlich bin, nicht mit Alice. Er kann jede andere wählen, doch nicht sie.

Ich nippe an meinem Wein. Silver verlässt das Fest, sein Hunger ist gestillt und er spürt, dass ich ihn nicht brauche. Wäre ich ein anderer, würde ich jetzt zu ihr gehen und sie um einen Tanz bitten, aber ich kann nicht. Also begnüge ich mich damit, ihr zuzusehen, wie sie durch den Raum schwebt. Ich werde nie wie mein Bruder sein, so locker und lustig. Einer von uns muss die Rolle des Kriegers übernehmen, auf dessen Schultern die Verantwortung lastet, das verstehen nur viele nicht. Wären unsere Plätze getauscht, würde ich bestimmt anderes sein. Vielleicht wäre ich dann der Tänzer und er der stille Beobachter.

Cian zeigt unverhohlen Interesse an Alice, auch meinem Vater entgeht dies nicht. Er flüstert unserer Mutter etwas zu und sie schaut besorgt zu meinem kleinen Bruder. Anscheinend gefällt es keinem von uns, nur jedem aus anderen Gründen.

ELF

So viel Spaß habe ich seit Tagen nicht mehr gehabt. Ach, seit Wochen. Ich tanze und lasse mich von der Musik mitziehen. Der Vollmond sorgt dafür, dass die Schneeflocken glitzern, dass die Welt um mich herum noch magischer erscheint, als sie sowieso schon ist. Zum ersten Mal gefällt mir dieser Ort tatsächlich.

Cian wirbelt mich immer wieder herum und wird nicht müde, mit mir zu tanzen. Seine Augen strahlen und er hat genauso viel Spaß wie ich. Ich wiege mich im Takt der Musik, summe die unbekannten Lieder so gut es geht mit. »Ich könnte jeden Tag tanzen«, juble ich ausgelassen und mir ist ganz schwindlig vom Drehen. Es fühlt sich fast normal an. Ein herrliches Gefühl. Ich taumle leicht, halte mich vorsorglich kichernd an Cian fest, der mich sanft anlächelt, und doch wünsche ich mir, sein Bruder würde mich so ansehen.

»Wenn du dann immer so lachst, werde ich dafür sorgen, dass wir jeden Tag Grund zu feiern haben«, antwortet er. Ich schaue ihn überrascht an. Das bin ich wirklich. »Ich mag es nicht, wenn du wegen meines Bruders traurig bist.« Seine braunen Augen mustern mich einfühlsam, beinahe schüchtern, anders als die von Crispin. Sie sind so verschieden wie Tag und Nacht. Während Crispin vor Selbstsicherheit trotzt, hat Cian Angst vor einer Abweisung. Er ist bei Weitem nicht so selbstbewusst wie sein Bruder, sondern vorsichtiger, aber auch fröhlicher. Cian wäre der perfekte Freund in vielerlei Hinsichten, und doch suche ich seit Stunden im Gewühl nach eisblauen Augen. Wie soll man seinem Herzen klarmachen, dass das, was es will, nicht gut ist?

Cian schaut mich weiterhin an und grinst frech. Ist er viel fröhlicher als Crispin, weil auf seinen Schultern nicht die Zukunft des Volkes lastet? Ich weiß nicht, wie ich ihm die Frage beantworten soll, und lächle daher höflich. »Ich muss jetzt unbedingt etwas trinken, und zwar dringend, sonst verdurste ich, so viel wie wir getanzt haben.« Ich fächere mir Luft zu und Cian nickt. Geschickt abgelenkt, würde ich sagen. Meine Gedanken wandern zurück zu meinem ausgiebigen Bad in der Quelle, als ich Crispin getroffen habe. Warum hat er mich plötzlich geduzt? Nicht, dass ich etwas dagegen habe, aber es ist immer noch überraschend, nein, sogar das größte Wunder der Woche.

»Warte dort.« Cian zeigt auf eine der Nischen. »Ich hole dir einen Kelch mit Wein.«

»Wasser, nur Wasser, bitte.« Ich will keinen Wein, er

macht meinen Kopf wirr. Das brauche ich gerade nicht. Cian bahnt sich einen Weg durch die Menge und ich stelle mich in die kleine Einbuchtung. Ich weiß, er will mir damit sagen, dass er mir vertraut, denn außer Noam bewacht mich, glaube ich, niemand und er ist derzeit nirgends zu sehen. Das heißt, dass Cian mir mehr Freiraum gewährt, als er dürfte oder als Crispin zulassen würde. Er riskiert, Ärger zu bekommen, um mir ein besseres Gefühl zu geben. Diese Feststellung ist mehr als nur schön, es beruhigt mich sogar etwas. Sein Vertrauen will ich nicht ausnutzen, also warte ich und lehne mich an das dunkle Holz. Vertrauen ist wichtig, Freunde sind unentbehrlich und ich will, dass Cian mein Freund ist.

Das Holz kühlt meinen erhitzten Rücken ab, woraufhin ich tief einatme und dabei die vielen Tänzer beobachte.

»Habt Ihr Spaß mit meinem Bruder?« Als ich die Stimme erkenne, zucke ich zusammen und Crispin taucht vor mir auf. Sofort springt mein Herz vor Freude, was meinem Kopf gar nicht gefällt. Warum wählt er wieder so gehobene Worte und duzt mich nicht wie bisher? Er trägt nicht wie sonst eine Rüstung, sondern ein enges Hemd und eine helle Hose. Sein muskulöser Körper ist vorteilhaft betont, seine breite Brust kommt gut zur Geltung, was mein Inneres mit wildem Herzklopfen quittiert. Sofort muss ich an unsere Begegnung am Wasserfall denken und ich wette, ich bin schon jetzt knallrot. Eigentlich denke ich sogar ziemlich oft an dieses Treffen und daran, was wohl noch passiert wäre, wenn Noam nicht gekommen wäre. Hat er mich wirklich küssen wollen oder habe ich es mir eingeredet? Ich kann ihn wohl kaum danach fragen. Vielleicht sollte ich genau das tun, einfach mal Klartext reden.

Die letzten Tage habe ich ihn wenig gesehen. Ich frage mich, ob es Absicht ist. Geht er mir aus dem Weg? Wenn ja, warum? Ich dachte, oder habe gehofft, zwischen uns ist es jetzt anders. Freundschaftlicher. Anscheinend ist das wieder mal Wunschdenken gewesen. »Ja, ich habe viel Spaß. Danke der Nachfrage«, erwidere ich möglichst emotionslos und wende mich zügig ab. Er soll nicht denken, dass er der Nabel der Welt ist und ich in Jubel ausbreche, nur weil er den Raum betritt. Ich weiß nie, mit welchem Crispin ich es zu tun habe – dem arroganten Arschloch oder dem Crispin, der auch eine sanfte Seite hat. Leider bringen beide mein Herz zum Rasen.

Er schiebt sich vor mein Gesicht, seine Hände stützt er links und rechts neben meinem Kopf am Brett ab, wodurch sich meine Atmung beschleunigt, und seine Nähe dafür sorgt, dass meine Haut kribbelt. Crispins Gesicht kommt mir gefährlich nahe und ich halte unbewusst die Luft an. »Habe ich dir nicht gesagt, du sollst dich von ihm fernhalten?«, fragt er leise und seine Lippen streifen dabei mein Ohr. Eine Gänsehaut breitet sich auf meinem Körper aus. Gerade so kann ich ein verzücktes Seufzen unterdrücken. Sein Kopf entfernt sich von meinem Ohr, wir schauen uns eindringlich in die Augen. In meiner Vorstellung ziehe ich sein Gesicht zu mir, küsse ihn leidenschaftlich, doch das bleibt wohl reine Fantasie.

»Habe ich dir nicht gesagt, dass es mir egal ist, was du willst? Bist du etwa eifersüchtig?« Seinem Blick halte ich stand und er lacht rau auf. Ich mag sein Lachen.

»Das würde dir gefallen, kleiner Schmetterling? Eifersüchtig soll ich sein, ist es das, was du willst?«

»Nenn mich nicht so!« Ich husche unter seinem Arm hindurch und flüchte hinter seinem Rücken. Klar, dass er sich direkt von der Wand abstößt und sich den Nacken nervös reibt.

»Tue uns allen den Gefallen und lass Cian nicht zu nahe an dich heran. Das wird nicht gut enden, für keinen von euch. Ich will nicht, dass er verletzt wird.« Auch wenn ich nichts für Cian empfinde, ärgern mich seine Worte. Ich werde einfach nicht schlau aus diesem Mann.

»Und warum? Ist es so abwegig, dass mich jemand mögen könnte?« Crispins Miene wechselt so plötzlich, dass mir schwindlig wird. Sein Gesicht wirkt hart, beinahe versteinert, und ich weiß, welcher Crispin jetzt vor mir steht. Der, mit dem nicht gut Kirschen essen ist. »Du machst dir falsche Hoffnungen. Du bist zur Hälfte eine Albin und damit unser Feind. Mein Vater wird dies nie billigen. Niemals! Vorher würde er dir die Haut abziehen und sie deinem Volk übersenden«, knurrt er und ich trete von ihm weg. »Sobald Cian weiß, was du bist, wird es ihn anwidern, etwas anderes ist undenkbar.« Da ist er, der Crispin, den ich nicht mag. Seine Worte treffen mich härter, als sie sollten. Ich widere ihn an? Tränen sammeln sich in meinen Augen und ich muss meine ganze Selbstbeherrschung aufbringen, um nicht zu weinen. Diese Genugtuung gönne ich ihm nicht.

Genau in diesem Moment kommt Cian zurück und reicht mir einen Kelch. Er schaut von Crispin zu mir und wieder zurück. »Ist alles okay?«, fragt er uns misstrauisch.

»Ist es das?«, richte ich das Wort an Crispin. Cian ist nicht dumm, er sieht, dass etwas nicht stimmt.

»Kommt ganz auf dich an.« Seine Stimme klingt kalt, ich ziehe fröstelnd Luft ein.

»Okay, Crispin, was soll das?« Cian ist deutlich verärgert. »Wir feiern hier. Wenn du einen schlechten Tag hast, dann geh und lass uns in Frieden. Ich habe genug von deinen Launen.« Crispin schaut seinen Bruder fast überrascht an.

»Wie bitte?«

»Du hast mich genau verstanden. Alice hat dir nie etwas getan. Sie ist stets höflich und liebenswert. Du bist der, der sich unmöglich verhält. Wie oft habe ich ihr gesagt, dass du nicht immer so bist, doch in letzter Zeit erkenne ich dich kaum wieder, Bruder. Du wirst mir fremd, aber Vater muss stolz auf dich sein.« Cian und Crispin funkeln sich wütend an, ehe Crispin mich anschaut.

»Das ist dein Verdienst, Alice. Ist es das, was du willst, Zwietracht zwischen uns bringen? Mit deinen Spielchen hast du es geschafft. Glückwunsch.« Seine direkten Worte brennen in meinem Herzen. Ich bin in Versuchung, ihm eine Ohrfeige zu verpassen, stoppe jedoch kurz vorher und lasse meine Hand wieder sinken. Stattdessen schütte ich ihm den Inhalt meines Kelches ins Gesicht und die Leute um uns herum murmeln leise. Ich weiß zwar, dass er der Prinz ist, aber das ist mir völlig gleich. So lasse ich mich nicht behandeln, von keinem. Ich ekel ihn an, stifte Zwietracht? Gut, dann kann er dies mit auf die Liste setzen: Ich verhalte mich respektlos dem großen Thronfolger gegenüber. Soll er mich doch auf den Scheiterhaufen stecken, es interessiert mich herzlich wenig, anschließend bin ich immerhin von ihm befreit.

»Du bist unter meiner Würde, werter Prinz Crispin.

Sprich mich nie wieder an, sieh mich nicht mal an. Du und deine gespaltene Persönlichkeit bringen mich zur Weißglut. Ich habe niemals verlangt, hier zu sein, bei keinem von euch, und doch bin ich da, versuche, einen Hauch normales Leben zu führen, was du mir offensichtlich nicht gönnst. Warum hasst du mich so?« Mir schießen Tränen in die Augen, die ich wütend weg blinzle.

»Ich …« Er will etwas sagen, Wasser tropft von seinem Kinn, aber ich stoße ihn weg und lasse die beiden einfach an Ort und Stelle stehen. Noam tanzt mit einer dunkelhaarigen Elbin, weshalb ich ihn über die Musik hinweg anknurre: »Ich gehe in mein Zimmer, viel Spaß noch.« Ohne auf ihn zu warten, renne ich los. Meine Schritte hallen von den Wänden wider, Tränen laufen heiß meine Wangen hinab. Arschlöcher, sie alle. Wie kann ein so schöner Tag so grausam enden? Immer, wenn ich das Gefühl habe, es wird besser, passiert so etwas.

Ich fluche und zetere minutenlang vor mich her, als ich mein Zimmer erreiche. Was habe ich Crispin getan? In den Quellen ist er … anders gewesen. Ich habe gedacht, er mag mich. Und warum muss mein dummes kleines Herz immer wild schlagen, wenn er in der Nähe ist? Sieht er nicht, wie sehr er uns beide, mich und sich selbst, damit quält? Ich bin eine blöde Idiotin. Warum kann mein Körper nicht auf Cian reagieren, der mit Abstand viel netter ist als sein blöder Bruder? Oder bei Noam, bei einem x-beliebigen Elben, Menschen oder was auch immer. Das wäre nicht schlimmer als das. Seine Worte sind wie Säure, die sich in mein Herz frisst. Ich will weder ihm noch seinem Bruder schaden. Wie kann er nur so von mir denken?

Ein Rascheln lässt mich herumfahren. Vorsichtig mustere ich mein Zimmer, doch alles sieht aus wie immer. Wieder ein Rascheln. Meine Wut ist sofort vergessen. Hier stimmt etwas nicht, das spüre ich. Mein Blick huscht zum Schrank, dessen Tür einen Spalt weit aufsteht. Ich nage an meiner Lippe und trete vorsichtig näher. Wer weiß, was in dieser verdammten Welt alles in meinem Schrank hocken kann. Zwar könnte ich Noam rufen, der bestimmt vor meiner Tür steht, aber ich will diesem Geheimnis selbst auf den Grund gehen. Ich brauche keinen dieser blöden Elben. Langsam strecke ich meine Hand nach dem Knauf aus und öffne ihn Millimeter für Millimeter. Mein Herz pocht vor Aufregung und alles andere rutscht kurz in den Hintergrund.

Da ich nichts entdecke, vermute ich, mir das Geräusch eingebildet zu haben, dann sehe ich am Boden des Schrankes ein Stück Stoff liegen, welches sich leicht bewegt. Ich quieke auf und mache einen Satz zurück, ehe ich kichernd die Hand vor den Mund presse. Adrenalin rauscht durch meine Adern. Ziemlich albern, auch für mich, dennoch lache ich mich kurzzeitig selbst aus. Es wird wohl kaum ein Troll darin stecken. Falls doch, ist er so winzig, dass ich sicherlich mit ihm fertig werde. Ich lehne mich vor und zupfe am Rand des Stoffes, ziehe es Stück für Stück aus dem Schrank. Es ist deutlich zu spüren, dass etwas Schweres darin vergraben ist und sich wehrt. Ein gedämpftes Schnauben erklingt. Mit einem Ruck ziehe ich es auf den Boden und vernehme ein leises Fauchen wie das einer Katze, nur viel tiefer. Ob es hier Katzen gibt? Gesehen habe ich zumindest noch keine, Hunde ebenso nicht, was mir in diesem Moment bewusst wird. Meine Lippe ist schon vom ständigen Draufbeißen geschwollen, was sich durch ein leichtes Brennen bemerkbar macht. Kurz bin ich abgelenkt, schenke meine Aufmerksamkeit dann aber wieder dem Stoffhaufen und beobachte ganz genau, wie er sich immer rasanter bewegt und zischende Laute von sich gibt. Plötzlich springt ein kleines blauviolettes Wesen hinaus und faucht mich aufgebracht an. Anscheinend habe ich es verärgert. Kleine Rauchwolken steigen dabei aus seinem Mund, der mit winzigen spitzen Zähnen bestückt ist und denen ich nicht zu nahekommen möchte – sie sehen verdammt scharf aus. Perplex schaue ich das kleine Wesen an, es beäugt mich missmutig.

»Was bist du denn?«, frage ich und knie mich hin. Das kleine Wesen hat ledrige Flügel, die es dicht an seinen Rücken zieht. Er dreht sich einmal um sich selbst und starrt mich aus seinen Reptilienaugen an. Es ist groß wie einer von diesen heiß begehrten Chihuahuas … und verdammt süß. Also so richtig süß. »Bist du etwa ein Drache?«, flüstere ich und strecke meine Hand nach ihm aus. Er stapft mit einem Fuß auf und plärrt leise, sodass ich lachen muss. Ich kann ihn nicht ernst nehmen, was ihm offensichtlich absolut nicht gefällt. So muss ich wohl auch auf Crispin wirken. »Oh Gott, du bist zu süß«, hauche ich, schon ganz vernarrt in dieses Wesen. Ich will ihn unbedingt streicheln. »Was machst du in meinem Schrank, kleiner Freund?«, will ich wissen, während er an meiner Hand schnuppert, um dann schließlich eine kleine Rauchwolke hinein zu schnauben. Es kitzelt und meine Laune hebt sich beachtlich. Er beäugt mich weiterhin skeptisch, als schätzt er ab, was ich von ihm will. »Ich tue dir nichts. Ich könnte einen neuen Freund gebrauchen, der einem gewissen Prinzen in seinen eingebildeten Popo beißt«, kichere ich und der Drache rückt dichter an meine Hand. Seine Nüstern berühren meine Fingerspitze und pures Glück durchströmt mich. »Du bist so ein schönes Tier«, schwärme ich. Endlich erbarmt er sich meiner und schmiegt seinen Kopf in meine Handfläche.

Seine Haut ist weicher, als ich gedacht habe, und außerordentlich warm, fast schon heiß. Ich ging davon aus, sie müsste kalt wie die einer Echse sein, doch es ist genau das Gegenteil. Vorsichtig kraule ich mit meinen Fingernägeln über seinen Kopf, woraufhin er entzückt seufzt und sein Hinterbein zuckt, was mich erneut zum Lachen bringt und mein Herz erwärmt. »Und du hast mir Angst machen wollen? Du bist viel zu süß. Wollen wir Freunde sein?«, frage ich den kleinen Drachen und lasse mich unterdessen auf den Po fallen. »Dann brauchst du einen Namen. Ich bin Alice. Weißt du, ich fühle mich ehrlich wie eine richtige Alice, die im Wunderland gelandet ist. Alles ist so verrückt hier. Jetzt rede ich sogar mit einem Drachen. Auch wenn ich mir euch Wesen viel größer vorgestellt habe, bist du vielleicht wie ich, eine Nummer zu klein geraten.« Seine goldenen Augen suchen meinen Blick. Er tapst auf mich zu, klettert auf meinen Schoss und schnüffelt an meinem Kinn, was mich wieder zum Lachen bringt, weil es so kitzelt. »Wie gefällt dir der Name Cookie?«, frage ich und eine Rauchwolke, die mich kurz husten lässt, wird mir ins Gesicht gepustet. »Hey, ich habe verstanden. Cookie ist nicht deine erste Wahl. Nicht drachenmäßig genug? Mhh …

Du hast so schöne Augen. Wie wäre es mit Topas?« Ein Schnurren erklingt und der kleine Drache drückt seinen Kopf an meinen Hals, reibt sich genüsslich daran, riecht an mir. Mir kommen fast die Tränen, weil es so herzerwärmend ist und er anscheinend selbst Nähe sucht. Irgendwie ist diese Geste genau der Trost, der mir gerade hilft.

Bevor ich etwas sagen kann, wird die Tür aufgerissen. Ich schaue hoch und mein Blick trifft den Crispins. »Alice, ich …«, setzt er an, als er Topas entdeckt, der sofort an meinem Hals erstarrt. Beide starren sich einen Moment an, ehe Topas fauchend in die Luft geht. Er kratzt dabei meinen Hals und ich ziehe scharf Luft ein. Seine kleinen Flügel schlagen wie wild und er knurrt Crispin, der restlos weiß geworden ist und direkt sein Schwert zieht, zähnefletschend an. Noam betritt den Raum auch sogleich, beäugt Topas ungläubig. In seinem Blick liegt die gleiche Panik wie in Crispins »Ein Drache, hier?«

»Das ist Topas, er ist ganz lieb.« Ich strecke meinen Arm aus und Topas umkreist mich aufgeregt, während er kleine Aschewolken in die Richtung der Männer spuckt. Sie scheinen ihn schrecklich wütend zu machen, er ist wie ausgewechselt. Ich begreife die ganze Situation nicht.

»Alice, komm her«, fordert Crispin und streckt seine Hand nach mir aus. In seinem Blick liegt Angst, Angst um mich, die ich nicht verstehe. Vielleicht interpretiere ich auch zu viel hinein, was durchaus möglich ist.

»Sei nicht albern.« Ich bewege mich kein Stück. Was soll das alles? Sie tun so, als ist ein Säbelzahntiger in meinem Zimmer und kein kleiner Drache, der nicht einmal Feuer spucken kann.

»Alice!« Crispin schaut mich verdammt ernst an. »Komm zu mir. Sofort!« Er sagt das mit solch einem Nachdruck, dass ich kurz zögere.

»Du hast mir nichts zu befehlen«, erwidere ich dennoch störrisch, weil ich noch immer wütend auf ihn bin. Er lässt Topas nicht aus den Augen und stößt einen hohen Pfiff aus, der meine Ohren zum Klingeln bringt. Einen Moment scheinen alle zu verharren, es passiert nichts, gleicht einer Starre, doch urplötzlich kommt etwas Großes, ein sehr haariges Tier, in den Raum gestürmt. Ehe ich mich versehe, reißt es mich um. Mit einem *Uff* lande ich auf dem Rücken, als es über mich springt und nach Topas schnappt, der wiederum versucht, seine Zähne in dem Fell des Wolfes zu vergraben. Crispin und Noam umkreisen die beiden. Ich bekomme Panik. Es macht den Anschein, als wollen sie den Kleinen einfangen – danach wird er ebenso gefangen sein wie ich. Das kann ich nicht zulassen. Niemals. »Topas, weg mit dir«, fluche ich und springe, so schnell ich kann, auf die Füße. Ich schaffe es irgendwie, dem kleinen Drachen einen Stoß zu geben, und er taumelt Richtung Fenster. Seine goldenen Augen schauen mich fragend an, dann zischt er hinaus und ich sehe ihn nicht mehr. Der Wolf setzt hinterher, streckt seinen Kopf aus dem Fenster. Wütend knurrt er und fletscht die Zähne. Er ist tausendmal furchteinflößender als mein kleiner Drache.

Langsam drehe ich mich zu Crispin und Noam um. Ihre Blicke verraten mir deutlich, dass ich etwas getan habe, was mich in Schwierigkeiten bringt. Nur verstehe ich noch nicht, was. Ist es das Glas Wasser gewesen? Noam schaut mich fast ängstlich an und ich erkenne, dass er die Situation nicht begreifen kann. Da sind wir schon zwei. Schön, dass es nicht nur mir so geht. Meine Hand drücke ich auf die brennende Stelle an meinem Hals und atme tief ein. Blut benetzt meine Fingerspitzen, doch es ist lediglich ein kleiner Kratzer.

Einige Zeit später sitze ich in Kelalans Studierzimmer und ringe mit den Händen. Noam und Crispin haben mich hier wortlos abgeliefert. Egal, wie viele Fragen ich stelle, keiner von beiden antwortet mir. Stattdessen ziehen sie es vor, zu schwiegen, und wirken verschlossener denn je. Bei Crispin kein Wunder, aber Noam? Wenn er nichts sagt, wird es schlimm sein, richtig schlimm, ansonsten redet er nämlich wie ein Wasserfall. Ich verstehe nicht, warum sie so sauer oder besorgt sind. Was habe ich gemacht? Ist es wegen des Streites auf dem Fest? So derb waren meine Worte nun auch nicht. Außerdem habe ich nichts verraten, oder doch? Hat mich jemand gehört? Jegliches Kopfzerbrechen bringt mich nicht weiter, ich begreife ohnehin nicht, was los ist. Oder ist es wirklich wegen des Wassers? Das wäre mehr als albern, seine königliche Hoheit wird das ja wohl ertragen können, nehme ich an.

Die Tür wird geöffnet und Kelalan tritt ein. Er schaut mich an und seufzt schwer. »Kelalan, ich habe nichts gemacht, ernsthaft«, beteuere ich und er drückt sich zwei Finger auf den Nasenrücken.

»Ihr bereitet mir Kopfschmerzen«, murmelt er. Diese ganze Welt beschert mir vermutlich ein Magengeschwür und er redet von Kopfschmerzen? Schön, dass er sonst keine Sorgen hat, der alte Kauz. »Ihr wisst nicht, was eben passiert ist, oder?«, fragt er und setzt sich mir gegenüber, wie so oft in den letzten Tagen. Jeden Abend finde ich mich hier ein, damit er mir die Geschichte Fegorias lehren kann.

»Wie sollte ich?«, erwidere ich und erzähle ihm was passiert ist.

Nachsichtig lächelt er mich an. »Alice, Drachen, selbst so kleine wie Euer … Freund, sind tödlich. Ihre Krallen sind scharf und können Euren Hals mit einem Hieb vom Kopf trennen.« Meine Hand wandert zum Kratzer an meinem Hals, der noch leicht brennt. Mulmig wird mir schon bei dem, was Kelalan erzählt. Dieser folgt meinem Blick und nickt wissend. »Drachen hassen Elben. Noch nie ist einer alleine und freiwillig ins Schloss gekommen, weil sie hier der Tod erwartet. Manche Elben haben das Glück, einen Gefährten zu finden wie Prinz Crispin. Der Wolf hat sich ihm angeschlossen, und zwar nur ihm. Er ist immer in seiner Nähe, auch wenn man ihn nicht bemerkt. Er würde sein Leben für Crispin geben.«

»Da hat er ja Glück, dass ihn wenigstens einer mag«, murre ich. Kelalan seufzt, schüttelt den Kopf, ehe er weiterspricht.

»Bei den Alben sieht es anders aus. Albe nutzen Drachen für ihre Zwecke. Drachen sind gefährlich und bösartig. Es gibt, Gott sei Dank, nicht mehr viele von ihnen, aber ich habe gehofft, dass uns so etwas in Eurem Fall erspart bleibt und dann taucht hier ein Drache auf. Ein Drache! Wisst Ihr, was das bedeutet? Ich musste all meine Überzeugungskraft einsetzen, dass Telon Euch nicht sofort hinrichten lässt. Wir haben keine andere Wahl gehabt, als Noam in Euer Geheimnis einzuweihen, weil er Eure Wache ist und wir diese Situation nicht mehr erklären haben können. Es gerät außer Kontrolle, Alice. Wieder eine Person mehr, was ein weiteres Risiko bedeutet.«

Ich schlucke. »Ich kann nichts dafür. Meine Güte, ich will ja nicht mal hier sein. Lasst mich einfach gehen und ich finde jemanden, der mir hilft«, bitte ich zum gefühlten hundertsten Mal, doch ich stoße auf taube Ohren, auch zum hundertsten Mal.

» Alice, das geht nicht. Wenn Ihr ehrlich seid, versteht Ihr es sogar. Vielleicht ist Euch nicht bewusst, wie wertvoll Ihr für unsere Feinde seid, aber es ist nun mal so. Kota ist ein hochrangiger Krieger der Albe gewesen, er ist geradezu verehrt worden. Ihr, als seine Tochter, wärt unbezahlbar für Castiell.«

»Ich würde mich nie in einen Krieg einmischen, ich will nur frei sein«, beharre ich.

»Und dann habt Ihr dem jungen Prinzen auch noch den Kopf verdreht.« Kelalan steht auf, schreitet vor dem Kamin auf und ab. »Das ist etwas, was Telon und Keona nicht zulassen können. Ihr seid keine von ihrem Volk, sondern ihr Erzfeind.«

»Ich habe ihm den Kopf verdreht? Wir sind Freunde,

mehr nicht.« Selbst in meinen Ohren klingt das lahm, nachdem was Cian auf dem Fest gesagt hat, aber ich habe ihm nie Hoffnung gemacht, niemals.

»Wisst Ihr, die Prinzen halten stets zusammen, doch vorhin … Ihr tut ihnen nicht gut.« Kelalans Stimme ist voller Bedauern.

»Ich mache rein gar nichts. Ich atme nur und lebe, mehr nicht«, erwidere ich schwach. Das Ganze klingt so, als sei ich in großen Schwierigkeiten.

»Liebe kann ganze Völker vernichten, Mädchen. Schaut Euren Vater an. Er ist einer der gefürchtetsten Krieger, die ich je gesehen habe und doch muss er Euch aus Liebe fortgebracht haben. Ihr steht heute vor mir, ein Beweis für seinen Fehltritt, und stellt eine Gefahr dar. Wer sagt uns, Castiell hat nicht sogar geplant, dass Ihr die Prinzen entzweit? Er will uns immerhin vernichten, uns und die Menschen, um Herrscher dieser Welt zu werden.«

Es fühlt sich komisch an, ihn so über meinen Vater reden zu hören, die Anschuldigungen, die er in den Raum wirft. Ich kenne diesen Mann, der mich gezeugt hat nicht, aber ich möchte nicht dieses Bild von ihm haben. »Und wie geht es jetzt weiter?« Ich würde mich nie mit jemanden verbünden, der so grausam ist wie Castiell. Warum sollte ich? Für Topas kann ich ebenso wenig, der kleine Drache hat seinen Weg zu mir alleine gefunden und ist nun wieder verschwunden. Der Glückliche, sei ihm seine Freiheit gegönnt.

»Wir schicken Euch fort, jedenfalls für eine Weile. Elon und Keona wollen kein Risiko eingehen, was ihre Söhne betrifft. Sie wollen auch nicht, dass die anderen von Euch erfahren und das Volk in Aufruhr gerät. Es ist zu riskant. Wer weiß, ob Castiell nicht noch mehr Spione hat. Wir werden sehen, wie Ihr Euch entwickelt – zum Guten oder zum Schlechten.« Die Frage ist wohl, zum Guten oder zum Schlechten für wen, doch das spreche ich lieber nicht aus.

»Und wohin werde ich geschickt? In einen Turm und muss mein Haar hinab lassen, damit die böse Hexe mich füttern kann?« Meine Stimme trieft vor Sarkasmus und Kelalan schaut mich fragend an. Logisch, dass er diese Spitze nicht versteht.

»Warum sollten wir Euch denn in einen Turm stecken? Was würde das bringen? Euer Haar würden das gar nicht aushalten.« Kurz muss ich auflachen. Es ist ganz klar, dass er diese Geschichte nicht kennt.

»Vergiss es einfach, das ist ein Märchen aus meiner Welt.« Er will etwas erwidern, doch ich winke ab. »Vergiss es, ehrlich, großer Merlin. Wo werde ich hingeschickt und wie lange?« Der Gedanke, diesen Ort zu verlassen, lässt mich innerlich jubeln, aber andererseits habe ich auch Angst davor, was mich erwarten wird. Man soll den Tag nicht vor dem Abend loben, es kann schließlich sogar schlimmer werden. Hier habe ich zumindest so etwas wie Freunde, wenn ich Cian und Noam so nennen darf. Folglich wird Noam mein Begleiter sein, er ist immerhin meine Wache – der einzige Lichtblick.

»Ihr werdet an einen geheimen Ort gebracht. Asta, ein Freund von mir aus alten Tagen, wird Euch dort weiter unterrichten, dabei auf Euch achtgeben, bis wir der Meinung sind, dass Ihr zurückkommen könnt. Ich erwarte von Euch, dass Ihr Euch bemüht und auf Asta hört. Er wird Euer Mentor sein.«

Moment mal, was ist mit Noam? Crispin und Cian? Der Gedanke, meine einzigen Freunde zu verlassen, lässt mich fast in Tränen ausbrechen. Na ja, Crispin ist nicht mein Freund, aber … Herrje, er verwirrt mich total. Der Gedanke, ihn zu verlassen, ist, trotz der gemeinen Dinge, die er immer sagt, schrecklich und unvorstellbar. Es fühlt sich schlimmer an, als in dieser Welt gefangen zu sein. »Ich dachte, Noam ist meine Wache?«, hacke ich nach.

»Er ist aber auch der Heerführer des Königs, nach Crispin. Er wird hier gebraucht und ist kein Kindermädchen.« Ich zucke bei seinem Satz zusammen. Um ein Kindermädchen habe ich nie gebeten.

»Muss das sein? Kann ich nicht hier auf meinem Zimmer bleiben?«, bitte ich, was uns wohl beide überrascht. »Ich werde Cian aus dem Weg gehen und Crispin verachtet mich sowieso, also keine Gefahr.« Meine Worte brennen wie Säure in meinem Mund.

»Alice«, Kelalan seufzt und schaut aus dem Fenster, »wir brechen jetzt auf. Eure Sachen sind bereits gepackt und auf ein Pferd geschnürt. Wir werden einen dreitägigen Ritt vor uns haben.« Er zeigt auf einen Mantel über einem der Stühle. »Zieht den an und setzt die Kapuze auf. Wir gehen, solange das Fest noch in Gange ist. Falls Castiell Spione hat, werden die Euer Fortgehen erst morgen bemerken, was ein taktischer Vorteil ist. Niemand wird wissen, wohin wir gegangen sind. Somit wird uns niemand folgen.«

»Ich will mich verabschieden.« Mein Herz rast. Ich soll sofort los? Vielleicht kann mich dieser Asta zurückschicken, wenn ich mich gut anstelle. Das regt Hoffnung in mir, denn mein oberstes Ziel ist weiterhin, diese Welt zu verlassen.

»Nein, keine Verabschiedung, keine Risiken.« Kelalans Stimme ist bestimmend, er duldet keinen Widerspruch. Wie sehr ich auch kämpfen würde, der Kampf ist bereits verloren, ehe er begonnen hat, demnach füge ich mich.

Eisblaue Augen schieben sich in meinen Kopf und kurz verkrampft mein Herz stechend, doch dann ziehe ich mir den Mantel an und stülpe die Kapuze über. Crispin will mich weder in der Nähe seines Bruders noch seiner Freunde, also bekommt er seinen Willen. Es schmerzt, dass er mich ohne ein weiteres Wort ziehen lässt. Ich hoffe, es freut ihn. Nun ist er mich los, eine Sorge weniger für den zukünftigen König.

Ich will zur Tür, aber Kelalan stoppt mich und winkt mich zu sich. Er drückt einen Punkt an der Wand und wie von Zauberhand lässt sich diese öffnen. Steine rieseln zu Boden, als die Wand sich bewegt. »Ein Geheimgang?« Ich hebe eine Augenbraue.

»Man weiß nie, wofür man so etwas mal braucht, merkt Euch das, Alice. Man sollte immer einen Plan haben, um zu überleben.« Seine Worte bereiten mir Bauchweh. Wenn ich nicht hier wäre, wäre meine Überlebenschance richtig super. Ich würde heiraten, die Welt bereisen, Kinder bekommen und zufrieden im hohen Alter auf mein Leben zurückblicken. Aber hier? Trolle, Oger, Drachen … Ich kann froh sein, wenn ich morgen noch an einem Brot knabbern kann.

Kelalan klopft mit seinem Stab auf die Erde, murmelt einige Worte. Die Spitze beginnt zu leuchten und er deutet mir an, zuerst in den dunklen Gang zu treten. Mit einem unguten Gefühl komme ich der Aufforderung nach, während er mir folgt.

ZWÖLF

»Wie, sie ist weg?« Meine Stimme klingt sogar in meinen Ohren zornig und aufgebracht. Ich balle die Fäuste, laufe nervös im Raum auf und ab. Unruhe und Sorge packt mich, fressen sich in mich hinein. Ich schaue zum Fenster, der Morgen dämmert bereits. Seit wann ist sie fort? Jetzt gerade oder seit ich sie zu Kelalan gebracht habe? Seit Stunden warte ich in der Nähe, dass sie wieder hinaus kommt. Nun soll sie fort sein? Gewissensbisse nagen an mir. Schließlich habe ich sie, ohne ein Wort zu sagen oder ihr eine Erklärung zu geben, einfach abgesetzt. Sie hat mich wütend gemacht und gleichzeitig in Panik versetzt, als ich diesen schuppigen kleinen Drachen bei ihr gesehen habe. Ich habe noch so viel sagen wollen, mich entschuldigen. Sie versteht nicht, wie gefährlich so ein Tier sein kann. Meine Hände haben derart gezittert, dass ich kaum mein Schwert habe halten können und mich selbst sammeln musste. Verdammt, bei den Göttern, ich und zittern? Nicht aus Furcht vor dem Drachen, sondern aus Angst, dass ich nichts unternehmen kann, um sie zu schützen. Wie sollte ich ahnen, dass sie fortgeht? Das habe ich nicht kommen sehen, nicht ansatzweise.

»Was regst du dich so auf, mein Sohn?« Meine Mutter runzelt die Stirn und wechselt einen Blick mit meinem Vater, wobei dieser Bände spricht. Sie versteht meine Wut nicht, weil Alice eine Albin ist. Ich hasse Alben und sie wissen das. Auch Noams überraschten Ausdruck, der an der Tür seinen Posten bezogen hat, spüre ich in meinem Rücken. Wir haben seit dem Vorfall kein Wort gewechselt, dabei weiß er jetzt, wer sie ist, vor allem was sie ist. Warum rege ich mich überhaupt auf? Ich weiß es wirklich nicht. Aber ich weiß, dass ich immer wieder an diese Frau, die mein Feind ist, denken muss, und dass ich sie in meiner Nähe haben will, haben muss. Die Frau, die Drachen in mein Zuhause lockt, deren Vater dutzende meines Volkes ausgelöscht hat, und das schönste Lachen besitzt, welches ich jemals gehört und gesehen habe. Jetzt, wo sie weg ist, verspüre ich das Gefühl, als lasse ich sie im Stich, was total verrückt ist. Ich fühle mich unfassbar einsam. Keine Ahnung, warum ich sauer bin und die Wände vor Wut einreißen könnte. Normalerweise geistert mir keine verdammte Frau im Kopf herum, erst recht keine wie sie. Dennoch muss ich wissen, was mit ihr passiert, dass es ihr gut geht. Meine Gedanken jagen kreuz und quer durch meinen Kopf, suchen einen Ausweg, ein Schlupfloch.

»Wo ist sie hin? Ist sie tot?«, frage ich trocken. Sie hätten Alice nicht ohne mein Wissen exekutiert, oder doch? Ich traue meinem Vater so einiges zu.

»Nein, sie lebt, aber sie ist ein Risiko und das weißt du. Wir können uns nicht erlauben, dass sie Ärger macht. Erst recht keine Drachen, die verraten, wen oder was wir verstecken.« Die Augen meines Vaters funkeln mich an. Er ist erzürnt. »Dein Interesse an ihr macht mir Kopfschmerzen, Crispin. Du hast mir selbst berichtet, dass der Drache von ihr angezogen wurde. Dann ist da noch dein Bruder, der ihr ebenso ungesunde Aufmerksamkeit schenkt. Was findet ihr an dieser Albin?«

»Ich habe kein Interesse an ihr«, brülle ich. »Sie ist mein Feind und den will ich im Auge behalten.« Klar, das mit dem Drachen nagt auch an mir und, verdammter Mist, ich habe Angst gehabt, dass er ihr etwas antut. Drachen sind gefährlich und nicht zu unterschätzen. Nicht für jemanden wie sie, die kaum in der Lage ist, sich selbst zu schützen. Es ist unbegreiflich für mich, dass sie eine Nachtalbin sein soll. Sie ist so winzig, zart und lieb, das passt nicht zusammen. Nichts an ihr wirkt gefährlich auf mich. Als der Drache in ihren schlanken Hals geschnitten hat, habe ich ihn mit bloßen Händen erwürgen wollen, was ich noch immer will, wenn ich ehrlich bin. »Und für Cians übertriebene Präsenz kann ich nichts. Der Fehler liegt bei ihm und bei euch, immerhin habt ihr ihm gestattet, so viel Zeit mit ihr zu verbringen.« Ich schaue meine Eltern klagend an. Der Kopf meines Vaters wird rot vor Wut.

»Du wagst es, in diesem Ton mit mir zu reden??«

»Oh ja, und ich wage noch viel mehr«, erwidere ich überaus wütend, dass meine Mutter uns ängstlich anschaut. Mein Vater und ich geraten oft aneinander, aber nie derart wie jetzt.

Mutter steht auf und kommt auf mich zu. Sanft legt sie ihre schlanke Hand auf meine Brust. Sie würde meinem Vater nie in den Rücken fallen, ob er im Recht oder Unrecht ist, das ist vollkommen egal. »Crispin, ich bitte dich. Es reicht«, flüstert sie und ich schaue mit Mühe in ihre Augen. Kummer liegt in ihrem Blick, Sorgen um mich und Cian. »Kelalan bringt sie fort. Wohin wird niemand erfahren, das muss so bleiben. Kein Risiko! Wenn die Zeit reif ist, holen wir sie zurück und hoffen, dass sie für uns von Nutzen sein wird.« Von Nutzen? Sie ist kein Gegenstand. Kein Tier!

Mein Vater wendet sich ab, für ihn ist das Gespräch beendet – für mich nicht. »Das ist es gewesen? Wie soll ich je regieren, wenn du mich so abspeist, Vater?« Die Frage ist rein rhetorisch, offiziell bin ich der Thronfolger, doch mein Vater wird nie abdanken. Im Kampf fallen noch viel weniger, denn er verlässt das Schloss nie und die Bürde des Kampfes liegt bei mir. Also werde ich vor ihm sterben, auf einem seiner Schlachtfelder, während er Wein trinkt und in seinem Thron sitzt.

»Du hast Jahrhunderte Zeit, Crispin. Ich sage dir das, was ich für wichtig erachte, nicht mehr und nicht weniger«, brummt er und ich erkenne seine Ungeduld. Er ist es leid, mit mir zu reden. Wieso hat er überhaupt zwei Söhne gezeugt?

»Ich bin keiner deine Untertanen, Vater. Vergiss das nicht.« Ich wende mich ab und rausche aus dem Raum. Während die Tür hinter mir in den Angeln vibriert, so sehr habe ich sie zugeschlagen, muss ich feststellen, dass Noam bei meinen Eltern bleibt, ganz wie es seine Position verlangt. Es passt mir gut, dass er mir nicht nachkommt, denn ich kann momentan wirklich niemanden um mich herum erdulden. Sie alle haben Schuld. Noam und Cian, die sich mit ihr angefreundet haben. Ja, selbst ich habe nicht genug Abstand gewahrt und mich hinreißen lassen.

Meine Schritte hallen laut von den Wänden wider. Ich bin stinksauer. Auf meinen Vater, auf mich, dass mich das Schicksal dieser Frau überhaupt kümmert, und vor allem auf Alice. Wäre sie nicht aufgetaucht, würde ich einfach friedlich weiterleben. Aber nein, sie muss mir im Kopf herumspuken und dann auch noch so liebreizend sein, dass Cian Interesse an ihr hegt. Hunderte von Jahren bin ich zufrieden mit mir und meinem Leben gewesen. Ich bin gerne ein Krieger und liebe meine Freiheiten. Niemals zuvor bin ich sauer auf meinen Bruder gewesen. Und jetzt? Wie kann sich die Welt plötzlich verändern? Ich stoppe erst mit Erreichen der Ställe. Dune, mein schwarzer Hengst, schnauft erfreut, als er meine Schritte erkennt. Der Duft von Heu und Stroh dringt in meine Nase, ein vertrauter Geruch, der mich normalerweise beruhigt, nur nicht heute.

»Es wird Zeit für einen Ausritt, mein Freund«, knurre ich und öffne seinen Stall. Ohne mich mit Sattel und Zaumzeug aufzuhalten, schwinge ich mich auf seinen Rücken und er schnaubt voller Vorfreude auf. Ebenso wie meinem Wolf vertraue ich meinem Pferd, er würde mich nie abwerfen. Wir Elben haben eine andere Bindung zu Tieren. »Und los«, flüstere ich an seinem Ohr und schon donnern seine Hufen über den Boden. Elben springen uns aus dem Weg, schauen uns murmelnd nach, doch ihr Gerede ist mir egal. Der Wald zieht an mir vorbei, es ist ein Gefühl von Freiheit in diesem Tempo zu reiten. Die Hufen fliegen fast über das steinige Erdreich, so sehr treibe ich mein Pferd an. Dune gibt alles, er genießt es, sich vollends auszupowern und den Stall hinter sich zu lassen. Die Schämen der Bäume sind nur noch verschwommen zu erkennen, aber ich verlasse mich auf mein Tier, dass er sicher den Weg findet. Hinter uns höre ich Silver durchs Unterholz brechen und lächle, denn der Wolf würde nie zurückbleiben, wenn ich ausreite.

Wir erreichen den Rand des Sen, ein großes Gebirge, das sich im Norden an den Nebelwald schmiegt. Ich lenke Dune vorsichtig die steilen Abhänge hinauf, bis ich eine gute Aussicht über den Wald und die Ebene dahinter habe. Ein Mensch würde hier nicht ausreichend sehen können, aber da ich kein Mensch bin, erblicken meine Augen selbst den Adler in endloser Ferne, der sich gerade auf sein Opfer stürzt. Ich steige ab und blicke umher, halte Ausschau nach blutrotem Haar, doch erblicke ich sie nicht – keine Reiter weit und breit, kein Anzeichen von ihr oder wohin ihre Reise geht. Was Kelalan plant, weiß ich ebenso wenig. Nicht, dass ich ihm nicht vertraue, ich kenne ihn, seit ich ein Kind bin, er hat wie alle magischen Wesen ein langes Leben. Wie alt er wirklich ist, vermag niemand zu sagen, und wie viel Macht in ihm steckt, ist seit eh und je ein Geheimnis.

Ich muss unbedingt wissen, was mit Alice passiert. Tief in mir bereue ich meine letzten Worte an sie. Ob sie mir je verzeihen kann? Ich bin eben, wie ich bin und genau das habe ich versucht, ihr zu erklären, doch sie hat ja drauf bestanden, dass ich anders bin. Sollte sie mich nun hassen, wäre es sogar ihr gutes Recht.

Ich schließe die Augen und denke an sie. Dieses blutrote Haar und ihre grünen Augen, die mich an saftige Blätter im Frühling erinnern, lösen mehr als nur Verlangen in mir aus. Fast meine ich, ihren Duft zu riechen, was Unsinn ist. Ich setze mich auf einen der von der Sonne erwärmten Steine. Vielleicht ist es auch ganz gut, dass sie fort ist, rede ich mir ein. So kann ich sie wieder vergessen und zum Alltag zurückkehren, zu dem, was ich kenne und liebe. So darf ich immerhin der sein, der ich sein muss, sein will. Bald steht uns Krieg bevor und ich werde mein Volk anführen, wie ich es seit langer Zeit mache. In meinem Leben ist kein Platz für sie oder jemand anderen. Wenn ich könnte und eine Wahl hätte, würde ich mein Leben lang die Welt bereisen. Der Gedanke, eines Tages auf dem Thron zu sitzen, behagt mir ebenso wenig wie der, immer der Spielball meines Vaters zu sein. Cian wird meinen Platz aber nur einnehmen, falls ich fallen sollte, was eher unwahrscheinlich ist. Ich bin ein hervorragender Krieger und erstklassig ausgebildet. Es ist, als wäre ich für den Kampf geboren. Einfach gehen und mein Volk, vor allem Cian und meine Mutter, im Stich lassen? Das kann ich nicht. Dafür besitze ich zu viel Ehrgefühl.

DREIZEHN

Drei Tage reisen wir fast ohne Pausen. Wir lassen den Nebelwald weit hinter uns, überqueren eine staubige Ebene, ehe wir in einen neuen Wald eintauchen, der wie ein Dschungel wirkt. Er erinnert mich an einen Urlaub mit meinen Eltern im Amazonas. Große Blätter und Farne ragen in den Himmel, Lianen hängen an den Bäumen hinab. Eine bunte Vielfalt an Blumen säumt den Weg, doch ich sehe die Schönheit kaum. Umso weiter ich mich von Crispin entferne, desto schwerer wird mein verdammtes Herz. Ich verabscheue es, im Streit mit jemanden auseinanderzugehen. Das ist etwas, was meine Eltern mir immer eingebläut haben, sich vorher wieder zu vertagen. Man weiß nie, ob man hinterher noch die Chance hat, sich zu versöhnen. An diese Worte denke ich nun schon den ganzen Tag, denn ich weiß nicht, wohin mich meine Reise verschlägt.

Die Luft ist schwül und heiß, Schweiß rinnt mir unaufhörlich den Rücken hinab, lässt meine Kleider unangenehm an mir kleben. Ich würde am liebsten unter die Dusche springen und Stunden dort verbringen. »Wie kann es sein, dass das Klima hier so stark schwankt?«, frage ich und wische mir eine feuchte Strähne aus dem Gesicht. Es ist verrückt. Hier ist man innerhalb von wenigen Tagen in einer völlig anderen Witterung.

Ich blicke in die Baumkronen, denke an Crispin und die anderen. Ob sie mich jetzt für das, was ich bin, hassen? Alles nur wegen eines kleinen Drachens, der vermutlich einsam gewesen ist, keine bösen Absichten gehabt hat. Keiner von ihnen hat nach dem Vorfall mit mir gesprochen oder mir wenigstens Lebewohl gesagt. Was denken Cian und Noam jetzt wohl von mir? Ich hasse Streit und die letzte Auseinandersetzung mit Crispin nagt genauso an mir wie seine Worte. Denkt er wirklich, dass ich seinem Bruder schaden will? Warum sollte ich das tun? Was hätte ich davon? Nichts. Ich bin immer noch tief verletzt. Wie gern würde ich mit ihm reden, doch bringt es überhaupt etwas?

»Hinter diesem Wald beginnt die Eisebene, Alice. Kalt und grausam. Glaub mir, dort willst du nicht leben. Im tiefen Schnee lauern noch grausamere Kreaturen als Trolle. Im Süden, ein ungefährer Zwei-Tages-Ritt, würdest du auf die ersten Ausläufe von Escher treffen. Dort siedeln die Menschen, während im Osten Zwerge in den Bergen hausen. Weit hinter der Eisebene bewohnen Nachtalbe die *Schwarzen Lagunen*«, lenkt Kelalan mich ab, wobei ich aufmerksam zuhöre. Wir reiten tiefer in den

Dschungel hinein und schon wieder ändert sich das Klima. Schlagartig wird es kälter. Das heißt demnach, wir reiten Richtung Eisebene, wenn ich es richtig verstanden habe. Nachtalbe. Wie sind sie wohl? Was sind die *Schwarzen Lagunen*? Ich traue mich nicht, zu hinterfragen. Aus Angst, dass Kelalan denkt, ich könnte dorthin wollen. Fragen wären jedoch berechtigt, immerhin scheint mein Ursprung und meine Vergangenheit dort zu liegen.

Es ist keine Lüge: Ich würde mich nie mit jemanden wie Castiell verbünden, ausschließlich mehr über meine Wurzeln erfahren wollen. Meine Gedanken schweifen ab und ich stelle mir andere Orte vor. Escher, allein der Ausblick auf Menschen ist toll. Wie gerne möchte ich mit jemanden reden, ohne Angst haben zu müssen, etwas Falsches zu sagen. Diese Welt zu bereisen und zu erkunden, wäre nicht so langweilig, wie ich gedacht habe. Schon die letzten Tage haben mir so viel Neues gezeigt, eine andere Flora und Fauna als in meiner alten Welt. Tiere wie aus einem Fantasiebuch: Ein Hase mit einem Horn auf der Stirn, ein Fuchs mit vier buschigen Schwänzen, Schmetterlinge, groß wie Fußbälle, oder Pflanzen, die laut Kelalan ganze Menschen verschlingen können. All das und noch vieles anderes lässt mich staunen wie ein neugieriges Kind.

Nicht alles an dieser Welt ist schlecht, sondern einfach

anders. Magisch für jemanden wie mich. Unter anderen Umständen kann man hier sogar glücklich werden, ganz bestimmt. Man muss sich eben an die neuen Gegebenheiten gewöhnen, was ich definitiv nicht vorhabe.

Als die zwei Monde am Himmel aufgehen, erreichen wir ein kleines Häuschen aus Stein. Um uns herum raschelt es in den Büschen und ich schaue mich vorsichtig um. Frost überzieht die Sträucher und ich schüttle überrascht den Kopf. Vom Dschungel in den Frost? Wie macht diese Welt das nur? Wie passen sich die Tiere an? Rauch steigt aus dem Kamin in den Himmel und wir sitzen ab. Die Pferde wirken nicht einmal ansatzweise erschöpft, ich streiche über die Nüstern meines Schimmels. Da Kelalan seinen Namen nicht kennt, habe ich ihn Moonlight getauft, weil er so strahlend weiß ist. Er ist mir ans Herz gewachsen, ein derart schönes Tier braucht schließlich auch einen passenden Namen. Jeder braucht einen.

Er schmiegt seinen Kopf in meine Hand, während ich mich weiter umschaue. »Das ist wohl unser neues Zuhause«, wispere ich und seine Ohren zucken. Er hört mir genau zu, seine braunen Augen mustern mich aufmerksam. Er ist ein schlaues Tier, das merke ich an seinem Verhalten.

Kelalan dreht sich vor der Tür zu mir um. »Träumst du schon wieder, Mädchen? Komm! Asta wartet bereits und wir wollen seine Geduld nicht überstrapazieren.«

»Asta wartet bereits«, äffe ich ihn flüsternd nach und folge ihm ins Haus.

Überrascht bleibe ich stehen, als ich im Inneren eine fast vollkommene Leere feststelle. Es dampft nur ein Kessel über dem Feuer und ein mickriges Bett steht in der Ecke der Mauer. Außerdem riecht es modrig wie in einem alten Keller. Ich rümpfe die Nase und frage mich, wo ich hier schlafen soll. Auf dem Boden? Das traue ich Kelalan und Elon sogar zu. Ihnen ist es egal, was für Komfort mich erwartet. Ein Wunder, dass ich nicht doch im Kerker verrotte. Wasser und Brot, das ich mir mit Ratten teilen kann, so etwas in der Art nehme ich zumindest an.

Wo ist Kelalan nun hin, der alte Kauz? Und von diesem Asta ist auch weit und breit nichts zu sehen. Ich drehe mich im Kreis, schaue mich noch mal um. »Kelalan?«, rufe ich und plötzlich steht er vor mir. Ich kreische auf, stoße mit dem Rücken gegen die Wand und mein Puls schießt in die Höhe. »Spinnst du?« Ich drücke meine Hand auf mein Herz. »Erschreck mich nicht so!«

»Das passiert, weil Ihr immer so trödelt, Mädchen. Ich

muss mich sputen und zurück. Kommt endlich.« Schlagartig ist er wieder verschwunden. Ich hasse es, wenn er mich Mädchen nennt, was er weiß, doch es kümmert ihn nicht. Seinen genervten Unterton kann er sich zudem schenken, wenn jemand maulig sein darf, dann ja wohl ich! An der Stelle, an der er verschollen ist, sehe ich nichts Ungewöhnliches, es sieht eher danach aus, als hat er sich in Luft aufgelöst. Die Hand strecke ich geistesgegenwärtig aus, was sich anfühlt, als fasse ich in Sirup. Neugierig, kleine Schritte machend, taste ich mich vorwärts. Wie aus dem Nichts erscheint eine Treppe, die hinab in den Boden führt. Muffiger Geruch weht mir um die Nase, ich trete einen Schritt zurück … und die Treppe ist unauffindbar. Eine Tarnung, nicht schlecht. Jeder, der vorbei kommt und auf Diebeszug aus ist, muss nur durchs Fenster blicken und würde bei der jämmerlichen Behausung direkt weiter reisen. Ich schaue hinab und zögere. Ob ich es schaffe, wegzulaufen? Ich wette, Kelalan hat ein Ass im Ärmel, sonst hätte er mich nicht alleine hier oben gelassen. Vielleicht testet er mich und ein Zauber hält mich auf. Wäre ich dramatisch veranlagt, würde ich jetzt denken, er reißt mich in Fetzen, doch das hoffe ich eher nicht. Da ich keine andere Wahl habe, beginne ich die Stufen hinab zu steigen. Stufe um Stufe, es sind viele, was bedeutet, dass wir tief unter der Erde sind. Die Luft wird klamm und feuchter, eine Gänsehaut bedeckt meine Arme. Einladendes Zuhause, wirklich. Die Wände sind aus nacktem Stein, Fackeln leuchten mir den Weg. Der Gedanke, hier zu leben, ist kaum auszuhalten. Ich bin doch kein Maulwurf. Oder erwartet mich gleich Dracula persönlich? Überraschen würde es mich nicht.

Als meine Füße das Ende der Treppe erreichen, zögere ich und schaue noch einmal hinauf. Weit oben sehe ich einen schwachen Lichtschimmer. Das soll vorerst mein Zuhause sein? Na, wie wunderbar. Bei dieser Welt bin ich ja schon froh, dass ich vor kurzem eine Tetanus-Impfung verpasst bekommen habe. Wer weiß, was ich mir hier einfangen werde. Vor mir erstreckt sich ein Flur, von dem vier Räume abgehen. Ich betrete den ersten, aus dem ein Flackern austritt, und stelle fest, richtig gewählt zu haben. Kelalan und ein anderer Mann stehen dicht zusammen, scheinen ein ernstes Gespräch zu führen. Ich mustere den anderen Zauberer, der einen starken Kontrast zu Kelalan bildet. Sein Haar ist rabenschwarz, schimmert violett wie das Gefieder von Raben. Seine Nase ist riesig, genauso krumm wie ein Schnabel. Alles in allem wirkt er fast mehr wie ein Tier statt ein Mensch, was mir eine Gänsehaut beschert. Er ist kleiner als Kelalan und seine langen dünnen Finger klammern sich an einen Holzstab, worin auch die einzige Gemeinsamkeit besteht. Er wirkt viel jünger gegenüber Kelalan und ich frage mich, wie alt die beiden wohl sind. Crispin und die anderen habe ich auch immer nach ihrem Alter fragen wollen. Wenn sie unsterblich sind, wann hören sie auf, zu altern? Immerhin werden sie doch als Babys geboren, oder nicht?

Die beiden Männer werden auf mich aufmerksam und Kelalan lächelt. »Komm, Alice! Das ist Asta, Herrscher der Raben und ein Freund mir. Er wird Euch unterrichten und das lehren, was Ihr wissen müsst. Ich vertraue ihm.« Soll mich jetzt beruhigen, dass er ihm vertraut? Ich traue keinem von beiden.

Asta richtet seinen Blick auf mich, irgendetwas an ihm macht mir Angst. Seine Augen sind schwarz wie die Nacht. Nicht einmal das Feuer des Kamins spiegelt sich in ihnen, es hinterlässt den Eindruck, als saugen sie einfach das Licht ein. Richtig unheimlich, sogar so beängstigend, dass ich Kelalan am liebsten anflehen möchte, mich nicht hier zu lassen. »Hallo«, murmle ich stumpf und er presst die Lippen aufeinander, sagt jedoch keinen Ton. Das geht ja gut los. Wir werden sicher dicke Freunde, denke ich voller Ironie.

Ich schaue fragend zu Kelalan, der mit der Schulter zuckt und seinem Freund eine Hand auf die Schulter legt. »Sei nicht zu streng mit ihr, mein Freund. Sie kommt nicht von außerhalb, bedenke das. Ich werde, so schnell es geht, zurückkommen und sie holen. Niemand soll erfahren, dass sie hier ist. Du weißt, wie wichtig es ist, mein Freund. Castiell ist gefährlich. Ich werde Elon berichten, was passiert ist und was du gesehen hast.« Asta nickt kaum merklich und wendet sich dann ab. Er tritt an einen Tisch, beginnt etwas zusammenzumischen, das widerlich stinkt. Ich möchte mir die Nase zuhalten, doch ich habe vor seiner Reaktion Angst. Nervös nage ich an meiner Lippe, während Kelalan auf mich zukommt. »Sei fleißig, Alice. Ich weiß, es steckt mehr in Euch, als Ihr selbst glaubt.«

»Kelalan, lass mich nicht hier«, bitte ich leise. Wenn ich die Wahl zwischen den beiden habe, ist mir Kelalan deutlich lieber. Dieser andere Zauberer macht mir Angst.

»Seid nicht albern, Ihr seid hier sicher. Vermutlich sicherer als im Schloss der Elben. Asta ist sehr alt. Er ist einer der ersten Magier und sogar noch älter als ich.«

»Wie alt bist du genau?«, frage ich und Kelalan grinst verschmitzt.

»So alt wie die Welt selbst, Mädchen. Irgendwann habe ich aufgehört, zu zählen.«

Ich verdrehe die Augen. »Du hättest einfach sagen können, dass es mich nichts angeht.« Zum ersten Mal, seit ich ihn kenne, lacht er auf, doch dieses Geräusch wirkt an diesem Ort völlig fehl. Asta schaut uns kurz an, sein Blick ist missbilligend, als widert ihn das Lachen an.

»Versucht, in Eurer Zeit hier, viel zu lernen. Ihr kämpft gegen das an, was in Euch steckt. Fügt Euch und lasst mich nicht bereuen, Euch geholfen zu haben.«

»Dir, dir geholfen zu haben. Verdammte Axt! Ist das denn so schwer über die Lippen zu bekommen? Dieses geschwollene Gerede«, brause ich auf, aber Kelalan schüttelt nur den Kopf und wendet sich ab.

»Enttäusche mich nicht, Alice.« Kaum hat er seinen Satz beendet, verschwindet er, was mich in Panik versetzt. Ich will ihm folgen, doch ich kann meine Füße nicht auf die Treppe setzen. Überrascht schaue ich auf meine Beine, die normal aussehen. Ich trete einen Schritt zurück, was wiederum kein Problem darstellt, also versuche ich erneut, die Treppe zu betreten – es klappt nur nicht. Langsam drehe ich mich um, schaue in Astas schwarze Augen, die mich aufmerksam mustern.

»Das heißt wohl, ich darf nicht hinaus?«, frage ich, aber er bleibt mir eine Antwort schuldig.

VIERZEHN

Seit einer Woche ist Alice nun fort. Es sind sieben verflucht lange Tage, wenn man immerzu an jemanden denkt.

Kelalan ist seit gestern zurück und sofort im Arbeitszimmer meines Vaters verschwunden – seine Miene ausgesprochen ernst, die Gesichtszüge angespannt und er hoch konzentriert, mit gerunzelter Stirn und vor sich her murmelnd. Ich will wissen, wohin er Alice gebracht hat, was seitdem passiert ist, doch sie lassen niemanden in den Raum, was mir zusätzlich die Stimmung vermiest.

Mein Essen schiebe ich auf dem Teller hin und her, während ich meinen Gedanken nachhänge. Grüne Augen schieben sich in meinen Kopf, ich seufze innerlich. »Crispin, was ist nur los mit dir?« Die hellen Augen meiner Mutter sind voller Sorge auf mich gerichtet. Sie versteht mich nicht, das macht ihr Angst. Ich mag es nicht, wenn sie mich so ansieht. Sie muss sich keine Sorgen machen. Ich bin erwachsen und kein Jüngling mehr.

»Was besprechen Kelalan und Vater?« Ihrer Frage weiche ich aus, während sie seufzt. Cian, der neben ihr sitzt, schaut sie nun auch an.

»Mutter, wir haben ein Recht darauf, zu erfahren, was los ist«, stärkt er mir den Rücken, was mich überrascht. Seit unserem Streit mit Alice sind wir uns aus dem Weg gegangen. Dieses Verhalten schmerzt, aber den ersten Schritt mache ich ganz sicher nicht. Ich ahne, dass es ihm hier um Alice geht, er wissen will, wo sie ist, sonst würde er sich nicht einmischen.

»Ich weiß es wirklich nicht«, beteuert sie. »Euer Vater hat noch nicht mit mir geredet. Es muss etwas Schlimmes sein. Kelalan wirkte sehr aufgelöst.«

»Weißt du, wo sie ist?«, hinterfrage ich und alle beide wissen direkt, wen ich meine.

»Nein, ich habe es nicht wissen wollen. Ich belüge euch nicht gerne und habe geahnt, ihr würdet mich fragen. Also nein, ich weiß es leider nicht. Was findet ihr an dem Mädchen, dass sie euch beiden den Kopf verdreht hat?«

»Sie hat mir nicht den Kopf verdreht, Mutter.« Ich balle unterm Tisch meine Hände zu Fäusten, lasse sie aber unmittelbar wieder lockerer, als sie ihre Hand hebt und unter mein Kinn legt.

»Ich habe mir immer gewünscht, dass du dich endlich jemanden öffnest, und nun muss es sie sein. Die Eine, die nie an deiner Seite stehen wird«, flüstert sie traurig und schaut dann zu Cian. »Und an der deinen auch nicht. Sie ist nicht die richtige Wahl für meine Söhne, die Prinzen des Nebelwaldes. Sie ist der Feind, egal, wie lieb sie wirken mag. Der Schein trügt. Vergesst nicht, wessen Blut durch ihre Adern fließt.«

»Ich entscheide selbst, wen ich erwähle.« Cian lässt seinen Teller stehen und verlässt den Tisch. Dieses Verhalten ist unüblich für meinen sonst so sanften Bruder, dem ich hinterherblicke. Der Gedanke, dass er Alice liebt und sie ihn, ist vernichtend. Ich könnte nicht ertragen, sie jeden Tag zusammen zu sehen, es wäre mein Untergang. Zwar wünsche ich meinem Bruder alles Glück der Welt, aber nicht mit ihr. Wie kann ich ihm gönnen, was mir verwehrt bleibt? Egoistische Gedanken wandern durch meinen Kopf, stoppen kann ich sie nicht.

»Bitte, geh ihm nach und rede mit ihm.« Mutter schaut Cian ebenfalls hinterher. Knurrend erhebe ich mich und folge ihrem Wunsch, aber nur, weil ich persönlich mit ihm reden muss. Die Situation zwischen uns ist zermürbend. Mein Bruder fehlt mir mehr, als ich zugebe. Wir reden normalerweise viel miteinander. Durch unseren Streit nimmt sogar Noam von uns Abstand, weil er sich auf keine Seite schlagen will.

Wenig später entdecke ich ihn am See, der in der Sonne glitzert. Seine Füße baumeln über dem blauen Wasser, er lässt Steine darüber springen. »Darf ich mich setzen?«, frage ich ihn. Erst reagiert er nicht, doch dann deutet er auf den Platz neben sich. Ich lasse mich mit gekreuzten Beinen nieder und einen Moment starren wir beide auf das ruhige Wasser des Sees. Man merkt, dass in diesem Teil des Landes Winter wird. Der erste Frost überzieht die Pflanzen und kalter Wind umweht uns. Allerdings spüren wir die Kälte nicht wie die Menschen.

»Du bist ein Feigling, Crispin. Ich habe dich immer bewundert und wollte sein wie du. Seit meine Kindheit, bist du der mutige große Bruder, zu dem ich habe aufschauen können. Du hast mir gezeigt, wie ich kämpfen muss, und hast dir nichts gefallen lassen. Jetzt bist du der Ängstliche von uns beiden.«

Überrascht ziehe ich Luft in meine Lungen. Cian schaut mir direkt in die Augen. »Ich stehe wenigstens zu meinen Gefühlen, während du tust, als hättest du keine. Du versteckst dich vor der Welt, du Memme, und zeigst dein *Wahres Ich* so gut wie nie. Du gibst dich hart und unbarmherzig, dabei bist du großzügig und warm, wenn man dich so kennt wie ich oder Noam. Meinst du, ich sehe nicht, wie du Alice anschaust? Ich kann es dir nicht mal verdenken. Sie ist einzigartig und mir ist es egal, ob sie halb Albin ist oder gar zur Ogerfamilie gehört. Ich mag sie wirklich und stehe dazu. Du hingegen benimmst dich wie der letzte Trottel, machst dich lächerlich, indem du dich selbst belügst.« Cians Stimme hat deutlich an

Lautstärke zugenommen und ich zucke zurück, als hätte er mich geschlagen.

»So denkst du von mir?«, knurre ich ihn deutlich verletzt an.

»Ja, und du weißt, dass ich recht habe. Lüg mir ins Gesicht und sag, dass du nicht immer an sie denken musst. Wir haben uns nie belogen, Bruder. Kein einziges Mal in all den Jahren. Wenn du es nun ändern willst, mach es, werde wie Vater. Du warst eifersüchtig beim Mondfest, deswegen bist du sauer gewesen, bist es noch. Es frisst dich auf, und du hasst dieses Gefühl.« Ich hadere mit mir und reibe mir mit den Händen über mein Gesicht. Er hat recht, das gebe ich zu. Nur, wie soll ich es über die Lippen bringen?

»Was willst du von mir hören, Cian? Du weißt genauso gut wie ich, dass in meinem Leben ohnehin kein Platz für eine weitere Person ist. Stell dir vor, ich würde im Kampf fallen. Meinst du, ich will eine Frau oder gar Kinder zurücklassen? Vater wird nie freiwillig vom Thron abtreten. Ich bin seine Marionette, sein Alibi-Thronfolger. Ich bin der, der die Kriege im Namen seiner Krone ausführt, egal ob ich falle oder nicht. Sollte ich sterben, wirst du meinen Platz einnehmen, und solltest du sterben, wird ein neuer Thronfolger kommen. Während dir das Spielen gewährt worden ist, ist mir eingetrichtert worden, Liebe sei sinnlos – nicht mehr als ein Märchen. Wenn ich heirate, dann aus politischen Gründen. Liebe und Seelenverwandte gibt es nicht mehr, für mich ohnehin nicht. Ich werde eine Verbindung aus Vernunft eingehen müssen, ob ich will oder nicht. Freiheit? Ich bin ebenso ein Gefangener, wie Alice es hier war. Ich bin nur frei, wenn ich in die Schlacht ziehe und das sind die besten Monate meines Lebens.« Jedes meiner Worte befreit mich und ich fühle mich erleichtert, es endlich auszusprechen. All die Jahre habe ich es für mich behalten, doch genau so fühle ich nun mal. Er hat es ja nicht anders gewollt. Willkommen in meiner Welt.

»Meinst du, ich will hierbleiben?« Er seufzt schwer.

»Du hast es dennoch einfacher als ich, Cian. Du durftest von mir unterrichtet werden, während ich von morgens bis abends im Dreck gekrochen bin. Und ja, ich denke pausenlos an Alice und es macht mich verrückt, denn ich will das nicht. Warum fängt mein Herz an, schneller zu schlagen, wenn sie einen Raum betritt? Warum hasse ich Noam und dich, wenn ihr mit ihr flirtet? Du bist mein Bruder, ich liebe dich, aber in solchen Momenten fühle ich nur blinde Wut«, gestehe ich und Cians Augen weiten sich. Auch wenn er geahnt hat, was in mir vorgeht, ist es etwas anderes, es zu hören. »Ich fühle mich auf eine komische Art und Weise zu ihr hingezogen. Ach was, angezogen wie eine Motte vom Licht. Es ist mehr als Begehren oder Neugierde. Ich habe das Gefühl, ohne sie nicht komplett zu sein und weiß nicht, wieso. Wir streiten die meiste Zeit und obwohl ich sie wie Dreck behandelt habe, hat sie immer ein nettes Wort für mich gehabt. Bis jetzt zumindest. Nun ist sie fort, wer weiß wohin. Die Sorge frisst mich geradezu auf. Und sollten wir uns wiedersehen, wird sie mich hassen, für meine Worte, und dafür, dass ich nichts unternommen habe, als sie sie fortgeschafft haben.«

Er zieht die Beine an und schmunzelt leicht. »So wie du es beschreibst, fühle ich nicht. Ich weiß nicht, was ich fühle. Alice ist so … anders. Sie zieht mich an, ich bin gerne in ihrer Nähe. Ich möchte sie weiterhin kennenlernen, aber würde sie dir keinesfalls wegnehmen, Bruder. Niemals. Ich will einfach ihr Freund sein. Sie hat etwas Warmes an sich, das ich genieße, das mir guttut. Sie behandelt uns nicht wie Prinzen, sondern ganz normal.«

Bevor ich auf dieses Geständnis reagieren kann, werden wir unterbrochen. »Hier seid ihr, ich suche euch die ganze Zeit.« Noam kommt auf uns zu. »Habt ihr Frieden geschlossen? Euer Vater will euch sehen. Sofort!«, mahnt er eindringlich und ich stehe auf, reiche Cian die Hand. Er ergreift sie und plötzlich ist zwischen uns alles wie früher. Ein Schulterklopfer von ihm, ein Nicken von mir.

Mein Herz fühlt sich viel freier an, weil ich endlich mit jemanden darüber gesprochen habe, was ich empfinde und vor allem habe ich das Gefühl, Cian versteht mich. Etwas, was ich nie in Betracht gezogen habe. Vielleicht habe ich ihn schützen wollen und vergessen, dass er zwar immer mein jüngerer, aber nicht kleiner Bruder bleibt. Wie es scheint, hat Alice recht und ich kann nicht jederzeit stark sein, brauche ich auch nicht. Ich muss mir darüber klar werden, was ich gerade offenbart habe, dass Alice mein Herz zum Rasen bringt. Ich schwöre mir selbst, sie wiederzufinden, und dann sehen wir, ob meine Gefühle real sind oder es nur Neugierde ist. So wie es jetzt, kann ich es nicht ertragen. Diese Unwissenheit und das Gefühl des Verlustes machen mich fertig.

Kurze Zeit später erreichen wir das Arbeitszimmer meines Vaters und treten ein. »Crispin, Cian.« Er nickt uns zu. Kelalan sitzt am Kamin und raucht seine Pfeife. Ringe steigen empor, hinterlassen einen Geruch nach Kräutern im Raum. Noam will das Zimmer verlassen, doch mein Vater stoppt ihn. »Nein, du bleibst auch. Es ist wichtig und geht auch dich etwas an.« Überrascht wechseln wir einen Blick und ich lehne mich gespannt an die Wand. Es geht uns alle etwas an? Na, dann wird es ja was Großes sein.

»Was gibt es Wichtiges?«, frage ich grob, woraufhin

mein Vater die Stirn runzelt. Seit Alice Fortgang kann ich seinen Anblick kaum ertragen: feiger alter Mann auf seinem Thron.

»Kelalan berichtet mir Fürchterliches aus Escher. Dörfer werden von Zunlogg angegriffen. Er ist ein Bündnis mit Castiell eingegangen. Alle Menschen, die sich dort einfinden, werden getötet. Egal, ob Frauen oder Kinder. Sie treiben die Menschen zusammen. Immer mehr flüchten ins Schloss. Castiell beginnt die Macht an sich zu reißen und wenn wir den Menschen nicht helfen, sind sie verloren. König Rinhold hat seinen Sohn ausgesandt, um Hilfe zu ersuchen.« Mein Vater wendet sich ab und wirkt plötzlich viel älter. Ich kenne Seth, wir sind Freunde, wenn er um Hilfe bittet, wird er sie hier finden. Nie würde ich ihm ein Gesuch abschlagen.

»Die Orks und Oger kämpfen für Castiell?« Ich bin ehrlich verblüfft, normalerweise kämpfen sie nur für sich. Zunlogg ist der Herrscher der Orks, denen sich die Oger vor Jahren angeschlossen haben. Auch sie haben gemerkt, dass sie gemeinsam stärker sind.

»Ja, so können sie morden und brandschatzen, wie sie wollen. Wenn Castiell herrscht, wird er ihnen Zugeständnisse machen, die sie von keinem der anderen Völker bekommen würden. Sie gieren nach Fleisch und Blut, sie lieben den Krieg und die Gewalt. Castiell nutzt ihre

Dummheit aus. Er wird mächtiger, will uns schwächen. Wie ich gehört habe, haben die Gnome sich seiner Armee ebenfalls angeschlossen. Sie wollen Macht.« Kelalan legt die Pfeife zur Seite, er und mein Vater schauen sich einen Moment finster an. Sie kennen sich lange genug, um die Minen des anderen lesen zu können.

»Wir müssen den Menschen beistehen. Das nächste Ziel werden wir sein. Wir brauchen die Bündnisse, wenn Castiell welche hat.«

»Das heißt, du schickst mich nach Escher? Wie viel Zeit bleibt mir?« Aus mir spricht der Krieger. Gedanklich stelle ich schon die Truppen zusammen. Überlege, wen ich wie positioniere, wer am besten in meine Gruppe passt.

»Nicht nur dich. Euch drei und fünfhundert Elben. Ihr seid meine besten Krieger. Rinhold befehlt knapp dreitausend Ritter. Jeder meiner Elben ist dreimal so viel wert. Wir werden Späher aussenden, die die Routen auskundschaften. Zunlogg weiß nicht, dass wir Rinhold zur Hilfe eilen. Kelalan hat den Zwergen eine Nachricht mit Bitte um Beistand geschickt. Wir müssen unser Überraschungsmoment nutzen, Zunloggs Armee an Rinholds Festung zerschlagen, ehe Castiell zu mächtig wird. Vielleicht schreckt das andere ab, die sich ihm anschließen wollen.«

Er will, dass wir alle drei gehen? Das ist niemals zuvor vorgekommen. Noam und ich standen schon zusammen in Schlachten, aber Cian nie. Er muss hierbleiben, gesetzt den Fall, dass ich als Prinz der Elben falle. »Warum soll Cian mich begleiten?«, will ich wissen.

»Weil es Zeit wird.« Kelalan schaut auf. »Ein Freund von mir blickte in die Zukunft. Er sah euch gegen Zunlogg in die Schlacht ziehen und siegen. Wenn es das Schicksal so will, werden wir uns ihm beugen.«

»Welcher Freund?« Ich runzle die Stirn.

»Das tut nichts zur Sache, Prinz Crispin. Ein Freund, der schon lange auf dieser Erde weilt. Länger als ihr.«

»Ist Alice bei diesem Freund? Erprobt er Experimente an ihr mit solch schmerzhaftem Zauber wie Eurer?« Mein Blick ist hart, doch Kelalan hält ihm stand, auch wenn er unruhig wirkt. Von wem redet er? Hat er Alice dort einfach abgesetzt?

»Ich würde Alice nie absichtlich verletzen«, beteuert er. »Ihr Wohl ist mir wichtig.«

»Wichtig? Dass ich nicht lache. Euch ist nur wichtig, welchen Vorteil sie Euch verschafft. Mehr nicht. Lügt mir also nicht ins Gesicht, das ist eine Beleidigung, Kelalan.« Meine Stimme ist kalt und er wirkt zum ersten Mal überrascht.

»Crispin, genug! Stell deine Armee zusammen, ihr

müsst unverzüglich aufbrechen. Der Ritt ist lang, die Zeit zu knapp.« Elon zeigt zur Tür und beim Hinausgehen beuge ich mich zu Kelalan hinunter.

»Sollte ich herausfinden, dass Alice durch Eure Hand Leid zugefügt wurde, werde ich Euch ebenso leiden lassen, Kelalan. Unterschätzt mich nicht, ich bin kein Kind, was Ihr allzu gerne vergesst. Ich fürchte Euch schon lange nicht mehr, Zauberer. Und wenn die Götter es wollen, werde ich eines Tages Euer König sein, vergesst dies nie.« Ich richte mich wieder auf und Kelalan nickt ernst, er hat verstanden.

Gut.

FÜNFZEHN

Ich weiß nicht genau, wie lange ich nun schon bei Asta lebe. Da ich nur in diesem dunklen Keller hocke, habe ich nicht den Hauch einer Ahnung, wann die Sonne auf- und untergeht. Wenn es möglich ist, würde ich meinen, die Zeit läuft hier anders. Ob es ein Zauber ist?

Ein paar Tage müssen vergangen sein und mir fehlt das Licht wie nie zuvor. Die Wärme, Vogelgezwitscher, Crispin. Oh ja, am meisten fehlt mir dieser dämliche, ungehobelte Prinz der Elben. Ob Kelalan weiß, wie Asta wirklich ist? Ich bezweifle es stark. Asta ist ein Sadist, wie er im Buche steht. Ich kann vor Müdigkeit kaum noch stehen, geschweige denn ein Schwert halten, doch er lässt mich nicht ruhen. Er hält mich meist wach, seit Kelalan diesen Keller verlassen hat. Klitzekleine Ruhephasen steht er mir zu, die nicht ansatzweise genügen. Asta gönnt mir nur wenige Stunden Schlaf, die Müdigkeit frisst mich auf, zermürbt mich. Es kommt mir wie eine Ewigkeit vor, dass ich das letzte Mal mehr als zwei Stunden am Stück geschlafen habe.

Meine Beine zittern und ich will mich auf den Boden sinken lassen, aber im nächsten Moment werde ich in die

Luft gehoben. Dieses Spiel kenne ich bereits. In einem hat Kelalan recht gehabt, Asta ist mächtig. Er steht direkt vor mir, seine schwarzen Augen glühen und er legt den Kopf schief. Kälte und Bosheit spiegelt sich in seiner Miene. »Habe ich dir erlaubt, zu sitzen?«, fragt er leise. »Wir haben das Thema mehrmals besprochen.«

»Wer redet hier vom Sitzen?«, erwidere ich. »Ich will mich hinlegen.« Asta dudelt keine frechen Antworten, demnach werde ich mal wieder fest gegen die Wand gepresst. Meine Füße baumeln in der Luft, mein Kopf schlägt hart gegen die Steine hinter mir. Ich beiße die Zähne zusammen und starre ihn an.

»Tzz, so eine lose Zunge in einem schwächlichen, menschlichen Körper. Du willst Kotas Kind sein?«, verhöhnt er mich. Wie gerne möchte ich einfach weghören, doch ich schaffe es nicht. Soll er sagen, was er will, es ist mir egal. Dieses verkorkste Spiel zieht er seit Tagen mit mir ab. Der Ort ist schlimmer als der Tod. Fast wünsche ich mir, der Troll hätte mich gefressen, fast. Mein Magen knurrt und mein Hals ist ausgedörrt, Asta erlaubt mir nur ein Minimum von dem, was ich brauche. Er zehrt mich aus, um mich zu brechen. Wie kann Kelalan denken, dass er ein guter Mensch ist? Er ist der Teufel. »Weißt du, warum ich das hier mache? Ich stärke dich, schüre den Hass in dir, der in jedem Alb steckt, bloß bei dir abhandengekommen ist. Verweichlicht.« Asta tritt zu seinem Tisch und nimmt einen Kelch zur Hand. »Elben, lächerliche Geschöpfe. Zu lange stand ich hinter dem Wesen des Lichtes. Und was brachte es mir? Ich hause in einer Hütte im Wald, versteckt vor der Welt, die mich fürchten sollte. Ich bin ein Großmeister meines Faches, aber statt verehrt zu werden wie die alten Götter, muss ich Ratschläge erteilen und anderen zu Diensten sein. Warum sollte ich die Welt beschützen, wo sie mir so viel mehr bieten kann, wenn ich zu ihrer Vernichtung beitrage? Sie sollten mir dienen. Mir!« Mit einem Lächeln stellt Asta sich dicht vor mich und schlürft genüsslich das Wasser aus dem Kelch. Mein Körper verlangt ebenfalls nach Flüssigkeit, meine Lippen sind schon ganz rissig. Er will, dass ich bettle, doch das tue ich nicht. Niemals. Vorher verdurste ich. Asta ist verrückt, dem Wahnsinn verfallen. Warum hat Kelalan das nicht erkannt? Ich habe dies schon in Reportagen gesehen, erlebe es nun am eigenen Leib. Hier bin ich sicher? Ha! Ich bin dem Tode geweiht, wenn es so weitergeht. Er hätte sich den Ritt herwärts sparen können. Das hätten sie mit einem geschickten Pfeil schneller erledigt, was für uns alle angenehmer gewesen wäre. Für mich auf jeden Fall. Hat Crispin gewusst, was mir blüht? Ich glaube nicht, das traue ich ihm nicht zu. »Weißt du,« Asta lacht rau auf,

»Kelalan ist naiv und leichtgläubig. Er denkt, wir sind Freunde. Freunde, dass ich nicht lache. Er ist im Vergleich zu mir ein Wurm, den ich jederzeit zerquetschen kann, wenn ich ihn nicht mehr brauche. Ich lenke und nutze ihn, wie es mir beliebt, während er mir Informationen verschafft – als Freund.«

Antworten tue ich nicht, denn es gibt nichts, was ich sagen und was mir helfen könnte. Asta widert mich an. Es widert mich an, wie er über Kelalan spricht. Der alte Zauberer ist vielleicht nicht mein Freund, gleichwohl hat er sich auf seine Art für mich eingesetzt. Nicht unbedingt die richtige Weise, aber immerhin. Wenn mir jemand gesagt hätte, dass mir dieses Schicksal blüht, wäre ich vor dem Troll nicht weggelaufen, oh nein, ich wäre ihm entgegengetreten.

Mein Brustkorb schmerzt von dem Druck, den der Zauber ausübt, ich atme mittlerweile stoßweise. Asta schreitet durch den Raum und mischt verschiedene Phiolen. Die Gläser schlagen klirrend aneinander. »Kota kam zu mir, als er erfuhr, dass er ein Kind erwartet. Er hat Schutz für dich gewollt, das ist meine Chance gewesen. Ich habe Castiell von dir erzählt, in die Zukunft geblickt und dich gesehen, Seite an Seite mit Grim, wenn ich geschickt die Fäden des Schicksals lenke. Ihr führt die Heere an, grausam und böse bis ins tiefste Herz, doch leider hat Kota diese Zukunft nicht für seine Tochter gewollt, was ein Narr. Ich habe dich gewollt, für Austausch gegen Macht, um dich an Castiell zu verkaufen. Er ist versessen darauf gewesen, sich deiner anzunehmen. Ich weiß nicht, wen Kota um Hilfe gebeten hat oder wer deine Mutter ist, es ist mir heute auch gleich, denn seit dem Tag, als sie dich fortgeschickt haben, warte ich geduldig auf deine Rückkehr, um meine Schuld an Castiell zu begleichen und das zu bekommen, was ich will. Nun stehen wir hier. Kelalan erspart mir damit sogar die Suche und bringt dich persönlich her. Das ist höchst erfreulich.«

Asta bewegt sich stockend. Sein Kopf legt sich immer wieder schief und zuckt zur Seite wie der eines Vogels. Ist er je menschlich gewesen oder hat er die Menschlichkeit verloren? Ich bin so müde, dass ich seinen Worten kaum folgen kann oder sie überhaupt verstehe. Was will Castiell mit mir? Ich bin nutzlos. Gut, dann bin ich die Tochter eines legendären Kriegers. Und? Was macht das aus mir? Es ist nur ein Name, der nichts mit mir gemein hat. Ich kenne meinen Vater nicht mal. Es fühlt sich so an, als sehe ich durch einen Schleier, mein Kopf dröhnt unaufhörlich. Der Kelch mit dem Wasser steht nicht weit entfernt, dennoch zu weit, solange mich der Zauber gefangen hält.

»Castiell hat einen Sohn, hast du das gewusst?« Asta

grinst, seine Zähne sind unnatürlich weiß.

»Das ist mir völlig egal«, brumme ich mühsam. Von mir aus kann er zehn Söhne haben. Schön für ihn.

»Grim, sein Sohn, wird dein Gemahl werden. Zusammen werdet ihr Castiells Heer anführen und seinen Stand festigen. Hörst du mir nicht zu? Die Albe haben Kota für sein Können verehrt. Er ist mächtig gewesen, ein Held seiner Rasse. Du, als seine Tochter, wirst seinen Platz einnehmen. Eure Kinder werden …«

Ich lache leise auf. »Du bist verrückt, alter Mann.« Ein Husten schüttelt mich. »Ich kann nicht mal kämpfen. Ein Heer anführen? Nicht in diesem Leben.«

Asta greift nach meinem Gesicht und zieht es schmerzhaft in seine Richtung. »Lach nicht über mich, du naives Kind. Du weißt nichts über Magie oder was sie kann. Du bist blind für das, was dir diese Welt offenbart. In dir steckt alles, was ich brauche. Alles andere wirst du lernen.« Er lässt mein Gesicht mit einem Ruck los, auch der Zauber verschwindet schlagartig. Ich rutsche an der Wand hinab und lande schmerzvoll auf dem kalten, klammen Boden – immerhin darf ich jetzt sitzen. Mein Haar hängt mir strähnig ins Gesicht. Vermutlich rieche ich nicht besonders, meine letzte Dusche ist viel zu lange her. Ich versuche, in meinen Kopf zu flüchten, an etwas anders zu denken. Crispin … Was er wohl gerade macht?

Ob er noch einen Gedanken an mich verschwendet? Die ersten Stunden habe ich naiverweise gehofft, dass er mich rettet. Er, Kelalan oder irgendwer, doch diese Hoffnung habe ich aufgegeben. Aus den Augen, aus dem Sinn! Warum sollten sie? Wie Asta sagt, bin ich schließlich Kotas Tochter. Ich verstehe nicht, was der Verrückte damit meint, dass er mich braucht und alles in mir steckt. Kinder werde ich mit einem Psychopathen schon gar nicht bekommen. »Ich habe Kelalan von einer Vision erzählt.« Asta reibt sich lachend die Hände, wirkt dabei sehr zufrieden mit sich. »Und nun laufen sie in eine Falle. Sie alle. Das wird ein herber Verlust für die Elben, aber Castiell wird mich reicher belohnen, als erwartet. Es wird ein königliches Gemetzel, im wahrsten Sinne des Wortes.«

Ich werde hellhörig. »Was meinst du damit?«, flüstere ich heiser, zwinge mich, ihm zuzuhören. Ich erkenne meine Stimme selbst kaum wieder, doch das ist nicht wichtig. Was für eine Falle?

»Oh, habe ich dir nicht von meinem Triumph erzählt?« Asta beugt sich zu mir herab und zieht mich an den Haaren zum Tisch. Ich wehre mich verbissen, aber er ist stärker, als er aussieht. Wenn er Hass in mir schüren will, ist ihm dies nun gelungen. Ich hasse ihn, wie ich nie zuvor jemanden gehasst habe. Mir schießen Tränen in die

Augen, ich höre auf, mich zu wehren. Meine Kraft ist verbraucht und mein Körper ausgelaugt. Noch nie habe ich mich so hilflos oder schwach gefühlt wie in diesem Moment. »Die Prinzen werden sterben. Alle beide in dem Hinterhalt, der sie erwartet. Sie reisen nach Escher, um dem König der Menschen beizustehen, und ahnen nicht, dass Castiells Armee aus Orks, Ogern und Gnomen viel größer ist, als sie wissen. Wir planen dies seit Jahren. Sie werden hingerichtet werden, überrannt und zerstückelt.« Asta wirkt fast selig, als er mir dies mitteilt, und plötzlich bin ich hellwach. Er will Crispin und Cian töten? Mein Herz rast wie wild. »Und dann werden wir die Elben angreifen, sobald sie geschwächt sind. Wenn sie trauern, sind sie schließlich angreifbar. Sie lieben die Prinzen, das Volk verehrt sie. Das wird ein herber Schlag.«

»Warum tust du das? Die Prinzen sind gute, gütige Elben, die vieles verändern können. Sie sind schlau und hervorragende Krieger, haben dir nichts getan«, wende ich ein, doch das hilft nichts und ich kann es mir eigentlich genauso sparen, an sein Gewissen zu appellieren. Er hat keines.

»Gut? Arrogant und selbstgefällig, das sind sie. Egal, ob Alb oder Elb. Einer von ihnen muss endlich herrschen und die Alben haben einfach die besseren Aussichten für mich. Ich will keine Regeln, sondern Macht.

Die Menschheit soll vor Angst erzittern, wenn sie mich sehen, und das geben mir nur die Alben. Die Elben wollen Frieden, gar Gleichberechtigung mit anderen Völkern. Armselig sind sie! Elon ist ein Feigling, der seinen Sohn für sich kämpfen lässt.«

»Du bist verrückt, völlig verrückt«, hauche ich und eine Träne läuft meine Wange hinab.

Krieg.

Wenn ich Zuhause das Radio angemacht und gehört habe, was Menschen sich gegenseitig antun, wurde mir da schon jedes Mal schlecht. Hier ist es nicht anders. Warum können sie nicht zusammen in Frieden leben? Muss es immer einen Stärkeren geben, einen, der mächtiger sein muss als der Rest?

Asta geht vor mir in die Knie und kommt meinem Gesicht so nahe, dass ich seinen fauligen Geruch einatme. Es riecht nach Tod und Verwesung, als sei seine schwarze Seele wirklich der verfaulte Klumpen, den ich vermute. Ich wende mich ab, doch er greift nach meinem Gesicht, dreht es zu sich. »Willst du wissen, wie verrückt ich bin?« Er zwingt mich, ihn anzusehen. Tatsächlich erkenne ich nichts Menschliches in seinen Augen.

»Auf einer Skala von eins bis zehn hast du eine satte Zwölf verdient.« Ich reiße meinen Kopf aus seinem festen Griff, woraufhin er lacht.

»Freches Mundwerk!« Wieder zuckt sein hässlicher Schädel von links nach rechts. Er steht langsam auf, schreitet von mir weg. Sein Umhang schleift hinter ihm her und Staub wirbelt auf. »Ich werde dich töten, naives Ding«, lacht er leise. Eben hat er mich noch ausliefern wollen, aber bitte, der Tod ist besser als das, was ich hier erlebe oder was mich bei den Alben erwarten würde. Ich werde mich nie mit jemanden verbünden, der andere Spezies auslöschen will.

»Dann rede nicht, mach es endlich.« Stolz recke ich mein Kinn empor.

»Weißt du, warum?« Er legt seinen Kopf schief, nimmt daraufhin einen Dolch vom Tisch, dreht ihn in seiner Hand und mustert meine Reaktion, genießt es offensichtlich sogar. Ich zwinge mich, den Dolch nicht anzusehen, sondern stur in sein Gesicht zu blicken.

»Weil es dir Spaß macht?«, schlage ich vor und er wirkt, als denkt er kurz über meine Worte nach.

»Ja, das auch, aber nicht ausschließlich. Du bist zur lange aus Fegoria fort gewesen. Du musst sterben, um unsterblich zu werden. Was Kelalan nicht verstanden hat, ist, dass Kota dich menschlich gemacht hat, um dich in die andere Welt zu schicken. Nur so hat es funktioniert. Nun muss der Bann gebrochen werden und dieser menschliche Teil sterben, dann wird dein albisches Blut erwachen und sich dein wahres Potenzial entfalten. Die menschliche Seite steht dir nicht zu.« Er nimmt zwei Gläser aus dem Schrank, stellt sie vor sich. »Das ist die Asche deiner Eltern, dein Erbe.« Er schüttet beide in eine hohe Schale, mischt die Asche mit anderen Flüssigkeiten, ehe er sich in die Hand schneidet, um sein Blut hinzuzufügen. Die Schale beginnt zu dampfen und zu zischen.

Ich wende mich ab. Er will mich töten, weil er meint, ich erstehe wieder auf? Verstehe ich das richtig? Nun, das ist immerhin nicht das Verrückteste, was er heute gesagt hat, denke ich. Alles, was er von sich gibt, trieft vor Narrheit. Ich habe schreckliche Angst vor dem Tod, würde es jedoch niemals zugeben, das bereitet ihm nur noch mehr vergnügen. Diese Genugtuung gönne ich ihm nicht.

Er summt vor sich hin und ich überlege fieberhaft, ob es etwas gibt, wie ich Cian und Crispin helfen kann. Ich muss irgendwie aus diesem Keller kommen und ihnen eine Nachricht zukommen lassen. Hach, es wäre so einfach, wenn ich bloß aufstehen und gehen könnte. Asta ist, was auch immer er gemacht hat, fertig und kommt auf mich zu. Er greift nach meinem Arm, den ich ängstlich wegziehe. Mein Selbsterhaltungstrieb setzt ein, ich trete ihn hart vor die Brust, sodass er zurücktaumelt.

Schnell rapple ich mich auf und will aus dem Raum laufen, doch ich komme nicht weit. Die Tür schlägt vor meiner Nase zu und ich drehe mich wütend um. Meine Brust hebt und senkt sich hektisch. Einen Versuch ist es zumindest wert gewesen. Kampflos gehe ich nicht unter.

»Tzz, so viel Energie steckt noch in dir?«, höhnt er. »Gib mir deinen Arm.« Er streckt die Hand nach mir aus.

»Nein«, erwidere ich fest, verschränke die Arme hinter meinem Rücken.

»Nein?« Wieder zuckt sein Kopf von links nach rechts. Dieses Bild wird mich wohl immer in meinen Albträumen verfolgen.

»Nein«, wiederhole ich. Er lacht schallend los, hebt dabei seine Arme in die Luft. »Zeigt dem Weib, dass ich stets bekomme, was ich will«, ruft er und schaut an die Decke, die so hoch oben ist, dass ich sie in der Dunkelheit, die dort herrscht, nicht sehe.

Plötzlich höre ich das Schlagen von tausend Flügeln. Ich schreie auf, als hunderte Raben auf mich zustürmen. Sie hacken und piken nach mir, reißen an meinen Haaren, meiner Haut. Ich versuche, mich mit meinen Armen zu schützen, sinke auf die Knie. Mein Körper brennt und blutet. Nach einigen Sekunden ist es vorbei, mein ganzer Körper ist von Schnitten und Kratzern übersät. Die Raben kreisen um Astas Kopf herum, von ihren Schnäbeln tropft Blut in die Schale, die er in seiner Hand hält. Mit einem Zischen trifft jeder Tropfen auf die Flüssigkeit, die er gebraut hat. Mein Blut, das ist es, was er gewollt hat.

Es ist eine Szene wie aus einem der Horrorfilme, die meine Freunde gerne gucken, nur dass das hier kein Film ist. Die Raben lassen sich nach und nach auf dem Boden nieder, schauen mich aus ihren nachtschwarzen Augen an. Ihre Köpfe zucken ebenso hin und her wie der vom Magier. Asta schreitet langsam auf mich zu, immer noch summend. Er wirkt so zufrieden, fast glücklich, dass ich ihm am liebsten die Augen auskratzen möchte.

»Trink das«, befiehlt er und ich lache auf. Ernsthaft?

»Niemals. Ich trinke keine Asche von Toten.« Das kann er nicht verlangen. Das geht selbst für ihn zu weit. Es ist abstoßend. Es sind die Überreste meiner Eltern!

»Es ist viel mehr als das.« Seine Augen weiten sich. »Ich habe vor Jahrhunderten einen Zauber gefunden, durch den man sich das Können seiner Ahnen aneignen kann. Ein schwerer Zauber. Die Zutaten sind kaum zu beschaffen gewesen und doch habe ich alles beisammen. Du wirst die perfekte Kriegerin sein. Mit all dem, was deine Eltern dir in die Wiege gelegt haben. Nach und nach wird es in dir erwachen. Castiell wird begeistert sein, wenn du neben Grim kämpfst. Aus dem nutzlosen, kleinen Wesen, das du gerade bist, wird etwas Besonderes werden. Etwas Großes, noch größer als Kota es gewesen ist. Du wirst mächtig und grausam sein wie dein Vater. Der Zauber wird durch deine Blutbahn fließen, dich zuerst langsam töten. Stück für Stück wird der Mensch in dir zugrunde gehen, leidvoll wohlgemerkt. Es wird ein herrliches Schauspiel. Wenn du wieder erwachst, wirst du neu geboren sein, eine der Unsterblichen mit all ihrer Macht und Gaben. Du kannst mir später danken, wenn dein kleines Gehirn das Geschenk erfasst, was ich dir mache.« Er greift nach meinen Haaren, ich wehre mich kratzend und beißend, doch er ist viel stärker. »Wehr dich, so viel du willst«, haucht er und drückt meinen Mund mit Gewalt auf, wodurch mein Kiefer laut knackt. Ich zerkratze seine Hände mit meinen Fingernägeln, doch er lässt nicht los. Kriechend tropft die zähe Flüssigkeit in meinen Rachen, ich huste und würge, will es nicht schlucken, aber mein Körper übernimmt die Kontrolle, um nicht zu ersticken. Die Brühe, die nach Eisen und Ruß schmeckt, brennt wie Säure in meiner Kehle, als ich sie ungewollt schlucke. »Ja, trink alles aus«, lobt Asta mich. »Dann heißt es warten. Castiell wird bald kommen, um dich zu holen. Noch ein paar Tage und das Gift wird anfangen, zu wirken. Es wird wehtun, oh ja, das wird es und du wirst sterben. Ich freue mich darauf, schwächliches Vögelchen. Wie sehr ich dein Leiden genießen werde.«

Ehe ich antworten kann, stürzt sich etwas auf Asta und er reißt die Hände in die Luft. Die Schale zerschmettert am Boden, er brüllt wütend auf und tastet nach seinem Stab, der am Tisch lehnt. Er ist unfähig, ihn zu greifen, da er sein Gesicht schützen muss. Zornig brüllt er auf und die Raben steigen aufgeregt empor. Ihre Schreie sind ohrenbetäubend.

Asta ist abgelenkt und diesen Moment nutze ich, es ist vielleicht die einzige Chance, die ich habe. Ich wische mir den Mund ab, während ich mich hochstemme und taumelnd zur Tür laufe. Würgend verlasse ich den Raum, schaue dabei über meine Schulter. Die Raben umkreisen Asta nun, versuchen, ihm zu helfen, doch einer nach dem anderen fällt tot zu Boden. Asta brüllt abermals vor Schmerzen und ich sehe, was ihn angreift: Topas – er ist außer sich. Wütend beißt er mit seinen spitzen Zähnen nach ihm und seine Krallen reißen die Raben vom Himmel. Hier ist sein Gemetzel, seine gefiederten Freunde fallen ihm zum Opfer. »Topas«, flüstere ich, denke dabei an Kelalans Worte. Ist Topas mein Schutztier? Dies ist wirklich meine einzige Chance, um zu fliehen und Crispin zu warnen, deshalb renne ich los. Adrenalin gibt mir Kraft, die mir vorher gefehlt hat. Meine

Füße fliegen über die Stufen und ich laufe so schnell wie noch nie in meinem Leben. Der Zauber, der die Treppe versperrt hat, ist erloschen. Vermutlich, weil Topas Asta ablenkt und damit alle Hände voll zu tun hat, nicht selbst zu sterben – auch er kann nicht überall sein. Jetzt, wo ich sehe, wie Topas mit einem Krallenhieb Raben durchtrennt, verstehe ich die Sorge der anderen.

Ich erreiche die Hütte und stürme in die Nacht. Es ist bitterkalt, meine Zähne bibbern sofort, doch ich habe keine Zeit, nach einem Mantel zu suchen. Asta wird mir sicherlich bald folgen, jede Sekunde zählt. Ich renne blind in den Wald hinein. Wichtig ist momentan, für genügend Abstand zu sorgen, alles andere ergibt sich später. Äste schlagen mir ins Gesicht, reißen an meiner Kleidung, doch Schmerzen bereitet es mir kaum. Mein Körper ist vom Adrenalin betäubt.

Nach einiger Zeit bleibe ich stehen und stütze mich auf meinen Beinen ab. Ich atme wild, brauche dringend eine Pause. Meine Beine zittern, mein Puls rast und mein Körper ist vollkommen ausgelaugt. Suchend schaue ich mich um. Was hat Kelalan gesagt? Wo liegt Escher? Im Osten oder Süden? Fieberhaft rufe ich mir unser Gespräch ins Gedächtnis und bin seit Tagen nicht so klar wie jetzt. Süden, ich bin mir sicher, dass es Süden gewesen ist.

Ich grabe in meinem Kopf nach Ideen, wie ich mich zurechtfinden soll, falle auf den Boden und begutachte die Pflanzen. Das Erste, was man als Weltreisender lernt, ist die Bestimmung der Himmelsrichtungen, dafür brauche ich keinen Kompass. »Komm schon«, flüstere ich leise und schaue mir die Pflanzen im Mondlicht genauer an. Es gibt Pflanzen wie der *Stachel Lattich*, dessen Blätter der Sonne entgegen wachsen – der Kompass der Natur. Und tatsächlich, hier wächst eine Pflanze, die der Gesuchten sehr ähnelt. Darauf muss ich all meine Hoffnung setzen. Ich studiere den Wuchs der Blätter und krabble dann zum nächsten Baum. Das Moos wächst auf der Ostseite. Ich kann es schaffen und brauche nur die grobe Richtung, die ich jetzt kenne, also laufe ich los.

Weit hinter mir brüllt Asta, die Raben breiten sich am Himmel aus und verdecken den Mond, doch der Wald verschluckt mich glücklicherweise, so schnell bin ich. Mein Magen rebelliert immer stärker und ich muss mich an einem Baum übergeben, ehe ich weiterlaufen kann. Topas erscheint lautlos neben mir. Ich lächle ihn trotz allem an, denn einen Freund kann ich gerade wirklich brauchen.

Crispin, ich komme! Ihr dürft nicht sterben!

SECHZEHN

Ich schaue mich im Lager um. Es ist still, man hört nur vereinzelnd das Flüstern der Wachen, während die anderen ruhen. Mein Blick wandert zum Himmel, Wolken verdecken die Monde und Sterne. Das passt zu meiner Stimmung, denn die ist ebenso düster.

Auf leisen Sohlen laufe ich zu Dune, um zu kontrollieren, ob es ihm gut geht und um ihm ein kleines Extra zuzustecken. Er genießt diese Sonderzuwendung und hat es sich verdient. Mir ist nicht danach, mich zu den Wachen zu setzen, um mich abzulenken. An Schlaf ist ebenso wenig zu denken, der Gedanke an das Kommende hält mich wach. Die Sache mit Alice beschäftigt mich noch immer. Statt sie zu vergessen, wächst mein Wunsch, sie zu sehen von Tag zu Tag ins Unermessliche. Dune schnaubt zur Begrüßung, als er mich entdeckt. Ich ziehe den Apfel aus meinem Umhang und füttere ihn damit. Seine Decke, die ich ihm zum Schutz vor der Kälte über gehangen habe, kontrolliere ich ebenfalls.

Nebel und Frost ziehen über den Boden, tauchen ihn in weißen Reif. Irgendwas beunruhigt mich, seit wir aufgebrochen sind. Es scheint nicht nur die Sorge um Alice zu sein, sondern etwas tief in mir, das mir sagt, hier stimmt was nicht. Alles wirkt viel zu leicht, zu reibungslos vonstattengegangen, und wir kommen zu schnell voran. Nicht ein Troll kreuzt unseren Weg, niemand, der unserer Reise in die Quere kommt. Ziemlich ungewöhnlich das Ganze, es macht mich nervös. Dann ist da noch etwas in mir, ähnlich wie einem Schmerz, der unterschwellig an mir nagt. Er ist nicht fassbar, nicht wie eine Wunde beim Kampf, aber doch deutlich spürbar, so als würde er von innen nach außen dringen wollen.

Meine Gedanken schweifen zu Alice und ich frage mich, was sie gerade macht. Ist sie dort glücklich, wo sie ist, oder gar froh, dass sie nicht mehr bei mir sein muss? Ich lehne mich an Dune und schaue gen Himmel. Die Monde sind kurz zu sehen, ehe die Wolken sie wieder verschlucken. Ob sie auch ihre Augen auf die Monde gerichtet hat? Verschwendet sie noch einen Gedanken an mich oder hat sie mich bereits vergessen? Mit wem sie sich jetzt wohl den langen Tag streitet, wo ich nicht da bin? Auch wenn sie es nicht zugibt, sie mag unsere Neckereien ganz sicher. Um diese Zeit sollte Alice eigentlich in einem weichen Bett schlafen, bis zur Nase zugedeckt sein und von schönen Dingen träumen. Ohne es zu wollen, stelle ich mir vor, wie es wäre, neben ihr einzuschlafen, sie in meinem Arm zu halten, ihren Duft zu riechen, ihren Körper zu spüren. Sie langsam auszukleiden, sie danach zu erkunden …

Verlangen breitet sich in mir aus und ich seufze. Fast kann ich ihren Duft riechen, als mich die Erinnerungen an sie einholen. Ich würde die Nacht dazu nutzen, mir jedes Detail von ihr einzuprägen, statt sie mit schlafen zu verschwenden. Meine Gedanken schweifen weiter und ich erlaube ihnen, zu träumen. Wie es wohl ist, sie zu küssen, wenn sie mein wäre, für immer? Am liebsten möchte ich die Götter bitten, mir eine zweite Chance zu gewähren. Hat Cian recht? Belüge ich mich? In der Quelle ist etwas zwischen uns gewesen, etwas, das ich nicht beschreiben kann. Ich fühle die Anziehung selbst jetzt wie ein Band, das bis zum Zerreißen gespannt, aber noch da ist. Sehnsucht, von unbekanntem Ausmaß und Verlangen.

Innerlich lache ich auf. Der Gedanke, mich an jemanden zu binden, ist unvorstellbar und doch so reizvoll. Aber zudem mit einer halben Albin? Mein Volk würde uns verstoßen, sie töten. Wäre sie mein, würde ich sie hingegen bis zum letzten Atemzug beschützen. Was sie wohl fühlt? Oder ist sie meinem Bruder zugeneigt? Ich könnte es ihr nicht verdenken. Er ist sanft und gutmütig, nett und weichherzig. Er ist ein Mann, den sich Frauen für die Ewigkeit wünschen. Den bösen Bruder will man nur zum Spaß, ein Abenteuer.

Ich lasse mich neben Dune sinken. Es dauert nicht lange und ein Schatten setzt sich an meine Seite. »Silver.« Ich nicke meinem Wolf zu, der sich dicht neben mir zusammenrollt. Nachdenklich streiche ich über seinen Kopf und ein zufriedenes Grollen ertönt aus seiner Kehle. Seine Wärme breitet sich an meinem Bein aus, was mich zum Lächeln bringt. Treuer Freund. Ich wünsche, er könnte sprechen und mir sagen, was ich tun soll.

»Da bist du.« Ich blicke zur Seite und Noam tritt aus der Dunkelheit auf mich zu.

»Hat man nicht mal hier seine Ruhe?«, brumme ich und erspähe sein breites Grinsen. Zwischen uns ist alles wie immer. Seit Cian und ich Frieden geschlossen haben, ist auch er wieder an unserer Seite.

»Nein, niemals, Prinz«, neckt er mich und setzt sich zu mir. Anscheinend bin ich nicht der Einzige, der keinen Schlaf findet. »Ich bin in deinem Zelt gewesen, aber habe dich nicht finden können. Irgendetwas ist komisch, merkst du es auch?«, fragt er leise, woraufhin ich nicke. »Alles ist zu einfach, zu leicht. Wir können jeden Pfad ohne Probleme passieren.« Vor zwei Tagen sind wir mit den besten Kriegern, die ich habe, aufgebrochen. Alles verläuft ungewohnt reibungslos und zügig. Entweder haben die Götter die Hände über uns gelegt oder etwas anderes zieht auf, was uns nicht gefallen wird. Leider kann ich keinen Blick in die Zukunft werfen. »Du denkst an Alice, hab ich recht?« Noam lächelt mich schief an und ich seufze. Wieso kennt er mich so gut?

»Manchmal«, gebe ich widerwillig zu. Widersprechen ist sinnlos, er erkennt die Lüge ohnehin.

»Du lügst!« Noam lacht auf. »Aber immerhin gibst du zu, dass du manchmal an sie denkst. Ich vermute ganz stark, dass es viel öfter als nur manchmal ist. Eher ständig, denn wie oft muss ich dich zweimal ansprechen, weil du in Gedanken versunken bist?«

»Ich frage mich, was sie macht und wie es ihr geht. Haben wir falsch gehandelt, als wir Kelalan von dem Drachen berichtet haben?« Ich schaue meinen Freund an. Er wirkt überrascht und sein Lächeln verblasst.

»Das aus deinem Mund? Es ist ein Drache gewesen. Bei jedem anderen hättest du nicht lange gezögert und der Person den Kopf von den Schultern getrennt.« Jetzt muss ich schmunzeln, denn er hat recht. Alice ist eben Alice. Ihr Kopf gefällt mir.

»Ich weiß innerlich, dass es richtig war, aber irgendwie fühlt es sich an, als habe ich etwas Schreckliches getan. Dabei sind wir kein Paar, nichts dergleichen.«

»Noch nicht«, stichelt er und ich presse die Lippen zusammen.

»Noam, das wird nicht passieren.«

»Du bist verliebt, egal, was du sagst. Dich hat es erwischt. Nach all den Jahren habe ich dies kaum für möglich gehalten, aber es ist geschehen. Ich sehe es. Du wirst diese Frau zu der deinen machen, so wahr ich hier sitze. Dass dich jemand dazu bringt, eine Gefährtin haben zu wollen, grenzt an einem Wunder. Doch es macht Sinn, dass es jemand wie sie ist, jemand, der erst aus einer anderen Welt fallen musste.« Noam ist sich seiner Sache sehr sicher, sodass ich nichts dazu sage. Er führt mich in Versuchung, seinen Gedanken weiterzuführen, was nicht gut für mein Herz ist.

SIEBZEHN

Ich atme schwer, wobei mir jeder Atemzug Schmerzen bereitet. In mir brennt ein Feuer, doch laufe ich immer weiter. Den nächsten Tag renne ich ununterbrochen durch den Wald und weiß nicht, wie ich die Kraft dazu aufbringe. Mein Körper funktioniert nur noch, ohne groß nachzudenken. Meine Pausen sind kurz. Ich stärke mich an Bächen, sofern es geht. Eigentlich stolpere ich eher, als dass ich renne, wenn ich ehrlich bin. Es ist ein Wunder, dass ich auf keine grausame Kreatur treffe, die mich verspeisen will. Heute wäre ich ein leichtes Ziel – mit einem Haps im Mund. Ich darf nicht anhalten, dann ist es vorbei. Topas schwirrt um mich herum, zerrt an meinen Kleidern, als will er mich voran schieben oder ziehen. Ich liebe diesen kleinen Drachen wirklich.

Ich habe einzig ein Ziel, welches mich momentan aufrecht hält, vor Augen: Crispin und die anderen warnen. Sie müssen wissen, was Asta getan hat und dass sie in eine Falle laufen. Was auch immer Crispin von mir denkt, ich will ihnen nichts Schlechtes. Der Gedanke, dass er stirbt, lässt einen Teil in mir ebenfalls sterben. Wenn ich ehrlich bin, mag ich sie sogar. Ich vermisse mein Zuhause, aber ich habe ebenso mit Cian und Noam Spaß. Diese Welt bietet viel Interessantes. Was zwischen mir und Crispin ist, weiß ich nicht, doch den Tod haben sie nicht verdient.

Ich bete, dass ich sie in Escher treffe und es nicht zu spät ist. Allerdings muss ich dafür erst mal dorthin gelangen. Ich hoffe, dass ich den richtigen Weg eingeschlagen habe, vor allem dass mein Körper es noch schafft, denn er wird merklich schwächer. Plötzlich bleibt mein Fuß in einer Wurzel hängen und ich falle wie ein nasser Sack auf den gefrorenen Boden. Die Luft wird mir förmlich aus der Lunge gepresst, meine Hände und Füße spüre ich vor Kälte kaum, also bleibe einfach liegen. Rasselnd atme ich weiter. Ich sammle mich einen Moment und schon ist es so weit, mein Körper gibt nach. Jetzt, wo ich den Boden berühre, mein Körper ruht, ist der Gedanke, wieder aufzustehen, ungreifbar.

Eine tiefe Ruhe überkommt mich. Ich weiß, man darf nicht einschlafen, wenn es friert, aber ich bin so furchtbar müde. Nur einen kleinen Moment die Augen zu schließen, ist so verlockend, dass ich nachgeben will. »Topas, ich kann nicht aufstehen«, flüstere ich leise. Mein Körper ist wirklich am Ende. Der kleine Drache ist seit unserer letzten Begegnung ein Stück gewachsen, dennoch zu klein, um mich zu heben, viel zu klein. Er zieht an mir, schafft es jedoch nicht – wie auch. Er ist vielleicht so groß wie ein Pudel. Ich hebe meinen Arm hoch und er lehnt seinen Kopf gegen meine Handfläche. Wie kann man ihn für bösartig halten? Crispin und Noam sind blind vor Hass. Topas ist wundervoll, sanft. »Du hast mir das Leben gerettet, Topas«, hauche ich erstickt und huste dann wild, ehe ich ein *Danke* murmle. Ich blicke in den sich erhellenden Himmel. »Und das, obwohl ich nur eine Halbalbin bin, ist dir das klar?«, necke ich meinen kleinen Freund. Er knurrt und brummt, als meckert er mit mir und ich lache erstickt auf. »Topas, du musst Crispin warnen. Egal, wie«, röchle ich, doch selbst meine Stimme hat keine Kraft mehr. Ich bin schläfrig und es ist kalt, so schrecklich kalt, während ich innerlich von einem Feuer zerrissen werde.

Über mir geht die Sonne auf, der Himmel färbt sich von violetten Tönen in zartes Rosa. Es sieht wunderschön aus, so friedlich. Der perfekte Ort für ein Nickerchen. Mein Atem verursacht kleine Wolken. Frost kriecht über meine Kleidung und meine Haare. Er erobert mich, nimmt mich ein. Ein letzter Angreifer, der siegreich hervorgeht. Topas stößt eine Rauchwolke aus, in der kleine Funken glühen, den Frost können sie allerdings nicht vertreiben. »Du lernst dazu«, lobe ich ihn und er umkreist mich. »Nun geh, finde Crispin. Du musst mir diesen Gefallen tun. Halte ihn auf. Friss notfalls sein Pferd oder so was«, scherze ich schwach.

Topas landet auf meinem Bauch, schaut mit seinen goldenen Augen tief in die meinen, stupst meine Nase mit seiner an. Mir kommen die Tränen bei dieser Geste. Warm rollen sie meine Wange hinab und gefrieren nicht, bevor sie den Boden erreichen. »Weißt du was, Topas, ich erzähle dir ein Geheimnis.« Wieder erschüttert der Husten meinen Körper, ich brauche einen Moment, bevor ich sprechen kann. Der kleine Drache legt den Kopf schief, hört mir zu. »Ich glaube, ich habe mich sofort in Crispin verliebt, als ich ihn gesehen habe. Irgendetwas an ihm hat mich direkt im Herzen getroffen und das macht mich zu einer Idiotin. Er verachtet mich, trotzdem bitte ich dich, ihn zu retten.« Ich schließe langsam die Augen und bin kurz davor, einzuschlafen. »Bitte, finde ihn«, ist der letzte Satz, den ich sage, ehe mein Körper nachgibt und ich die Augen schließe.

ACHTZEHN

Wir reiten in die Morgendämmerung hinein. Das schlechte Gefühl treibt uns an, wir wollen Escher lieber heute als morgen erreichen. Ich reite mit Noam an der Spitze, Cian genau hinter uns. Es ist still, bis auf das Schnauben der Pferde und die Hufen, die klappernd auf den Kies treffen. Die Welt schläft noch. Der Weg ist schmal, es passen zwei Reiter nebeneinander – eine der riskanten Stellen des Weges, aber wir müssen ihn nehmen, einen anderen gibt es nicht. Zu meiner Linken ist der dichte Wald, dessen Ranken sich wie Fühler nach dem Berg zu meiner Rechten ausstrecken. Sie bilden einen Tunnel und die Felswand ragt in den Himmel empor. Von oben könnte man uns perfekt angreifen, doch wäre es nötig, den Berg zu erklimmen.

Am Nachmittag werden wir Escher erreichen – einige Tage früher als erwartet. Nicht nur, dass wir schneller im Nebelwald aufgebrochen sind, es gab noch immer keine Zwischenfälle. Ich bin bis zum Zerreißen gespannt, warte geradezu drauf, dass etwas passiert.

Aufmerksam schaue ich mich um und mustere den Wald neben uns. Wenn ich sonst nach Escher reite, begegnet mir mindestens ein Troll, ein Gnom oder irgendwas, was Ärger macht, doch diesmal … nichts. Es ist fast schon enttäuschend. Gegen einen guten Kampf zur Ablenkung hätte ich nichts einzuwenden, das würde vielleicht meine Gedanken an Alice verdrängen.

Noam ist genauso unruhig wie ich und wir wechseln einen stummen Blick, die Umgebung dabei die ganze Zeit genau im Auge behaltend. Über uns zieht ein Adler seine Runden und krächzt laut. Silver schaut blinzelnd nach oben. Langsam scheinen die ersten Sonnenstrahlen durch die Ranken. Sie sind nicht stark genug, die Kälte zu vertreiben, die von der Eisebene zu uns rüber zieht. Der Winter vermischt sich hier mit der sowieso schon kalten Region.

»Was für ein idyllischer Morgen.« Noam schmunzelt, doch ich bleibe ernst. In mir baut sich immer mehr Unruhe auf, die nichts mit unserer Reise zu tun hat. Es ist etwas anderes. Etwas tief in mir, das mich stört. Der Schmerz verstärkt sich, reißt an meinem Inneren. Ein Stechen, ein Ziehen, ein Zerren. Elben werden nicht krank, also ignoriere ich dieses Gefühl und schiebe es auf die Unruhe der Reise.

Die Blätter glitzern vom Frost und der Sand knirscht unter den Pferdehufen, während Atem weiße Wolken in den Himmel schickt. Ich will gerade zur Eile antreiben, als aus dem Gebüsch ein Geräusch ertönt. Mein Kopf fährt herum und auch Noam richtet seinen Blick in den Wald. Ich kneife die Augen zusammen, mustere die Bäume und Büsche. Etwas kommt schnell auf uns zu, Laub raschelt und ich sehe, wie sich die Blätter bewegen. Ich hebe die Hand, der Zug hinter mir stoppt augenblicklich. Sie warten still und achtsam auf mein Kommando, bereit zum Angriff. Diese Stelle ist ungeeignet für einen Kampf und ich ahne, dass wir nicht ohne Zwischenfälle ans Ziel gelangen, aber muss es hier sein? Was wird jede Sekunde aus dem Gebüsch preschen? Wölfe, Trolle oder nur harmlose Sylphen?

Meine Hand legt sich auf meinem Schwert und schließt sich um den Knauf. Die Krieger hinter mir sind ausgebildet und ahmen meine Bewegung nach. Jeder von ihnen hat schon hunderte Male an meiner Seite gekämpft. Sie vertrauen mir und ich ihnen. Egal, was gleich durch diesen Wald bricht, es wird sein blaues Wunder erleben. Stets stelle ich meine Armee selbst zusammen, denn ich würde nie mit jemanden kämpfen, dem ich nicht vertraue. Im Gefecht zahlt sich das letztlich aus. Noam und ich nicken uns zu, bereit, das, was kommt, zu töten, wenn es sein muss.

Sekunden verstreichen, dann geht es plötzlich ganz schnell. Etwas Blauviolettes schießt aus dem Wald, rast auf mein Gesicht zu. Ich ducke mich, muss mein Schwert loslassen, um nach dem Wesen zu greifen. Ich erwische seine Beine und schleudere es weit von mir fort. Krallen ziehen über meine Hände und ich inhaliere zischend Luft, Schmerz setzt unmittelbar ein. Sekunden später reiße ich mein Schwert aus der Scheide, Silver knurrt voller Zorn und macht einen riesen Satz in die Luft, seine Zähne schnappen nach dem Drachen, der mich angegriffen hat.

»Ein Drache«, brüllen die ersten Soldaten und die Pferde werden unruhig. Sie können nichts machen, denn sie kommen auf diesem engen Weg nicht an mir vorbei. Es liegt also an Noam und mir, ihn zu erledigen. Hinter mir ziehen die Schützen ihre Bögen und legen Pfeile an. Sie warten auf mein Kommando.

»Er will den Prinzen töten«, höre ich jemanden brüllen und da fällt mir auf, dass der Drache nichts dergleichen macht. Er fliegt vor mir her, von links nach rechts, knurrt aufgebracht, aber nähert sich mir nicht weiter. Ich habe zwar Kratzer an den Händen, doch das ist es auch schon. Er umkreist mich, zupft an einem meiner Ärmel und weicht mir dann wieder aus. Silver ist kurz vorm Durchdrehen, als der Drache ihm Rauch ins Gesicht bläst. Ich kneife die Augen zusammen, mustere das Tier dabei eindringlich.

Die Soldaten hinter mir halten inne, warten weiterhin auf meinen Befehl. Stille breitet sich aus. Sie fragen sich vermutlich, was hier passiert, wieso wir nicht angreifen. »Ist das etwa …«, stottere ich, woraufhin Noam kreidebleich wird und nickt.

»Das ist dieses Vieh aus Alice ihrem Zimmer«, bestätigt er. »Nur größer.«

Ja, ich bin mir auch sicher. Er ist größer, was mich nicht überrascht, denn Drachen wachsen rasant. Kein Zweifel, er ist es tatsächlich, diese goldenen Augen erkenne ich wieder. Der Drache schwebt vor mir in der Luft, seine Augen funkeln im Sonnenlicht, das durch die Ranken fällt. »Du willst mir nichts tun, oder?«, frage ich knurrend und alles in mir schreit danach, ihn zu töten. Die Tatsache, dass er mich nicht angreifen will, ist allerdings schwer begreiflich.

Der Drache spuckt eine Rauchwolke aus, fliegt dann Richtung Wald, aus dem er eben erschienen ist, kommt daraufhin wieder zu mir zurück. Er schnappt nach meinem Umhang, zieht abermals an ihm. Ich runzle die Stirn und schaue ihm zu. Wiederholt fliegt er zum Waldrand und zurück, was er in ununterbrochen fortsetzt. Da ich ihm nicht folge, zupft er ebenso oft mit seinem Maul an mir und meinem Gewand.

»Ich glaube, er will, dass du mitkommst.« Noam klingt ungläubig.

Was auch immer hier gerade passiert, das gab es noch nie. Will er mich in eine Falle locken? In ein Drachennest? Oder … Plötzlich wird mir kalt. »Es geht um Alice, oder? Ist sie in Gefahr?«, frage ich und der Drache brüllt leise auf. Mir schnürt sich die Kehle zu, als ich ihn endlich verstehe. Das ist mir Antwort genug und ich springe von Dune ab, der überrascht wiehert. »Silver!« Ich gebe meinem Wolf ein Zeichen, dass er aufhören soll, nach dem Drachen zu schnappen. Er knurrt zwar aufgebracht, aber wartet immerhin ab und bleibt stocksteif stehen.

»Crispin!« Noam steckt sein Schwert weg und springt ebenfalls vom Pferd. Ich habe keine Zeit für lange Diskussionen.

»Cian, bleib bei den Soldaten, bis ich zurück bin. Sollte ich binnen einer Stunde nicht wieder da sein, weißt du, was zu tun ist. Du hast jetzt die Verantwortung für das Heer«, brülle ich meinem Bruder aufgebracht zu, während ich versuche, dem Drachen durchs Dickicht zu folgen. Die Ranken halten mich auf, daher zerschneide ich sie mit meinem Schwert, um mir den Weg freizumachen. Der Drache ist verdammt schnell, doch ich bin geschickt. Nachdem ich die erste Wand aus Ranken hinter mir gelassen habe, fliegen meine Beine beinahe über sämtliche Büsche und Sträucher. Wir Elben sind in den Wäldern zu Hause und so komme ich gut voran. Hinter mir rennt Noam, auch Silver bricht durch das Gehölz. Anders als wir verbreitet er dabei einen gewaltigen Lärm. Er könnte sich zwar lautlos bewegen, ist anscheinend wegen des Drachens zu zornig. Der Drache blickt sich immer wieder um, legt ordentlich an Tempo zu, brüllt, als will er mich anspornen und ich frage mich ernsthaft, was ich hier Verrücktes mache. Laufe ich in mein Verderben? Was gibt mir die Gewissheit, dass der Drache mir nichts antun wird? Weil Alice von ihm und seiner Gutmütigkeit überzeugt ist?

Wir rennen einige Zeit durch den Wald und scheuchen Tiere auf. Aber und abermals schreien Vögel auf oder empörte Mäuse quieken, da wir über ihre Bleibe rennen. Die Bäume flüstern leise miteinander, doch ich habe keine Zeit, ihnen genau zuzuhören.

»Crispin, eventuell sollten wir umkehren«, ruft Noam. Das Stechen in mir verstärkt sich, desto weiter ich in den Wald hineinlaufe. Es zieht und reißt mich immer weiter wie ein unsichtbares Band. Jetzt wird mir klar, wohin – zu ihr. Zu Alice. Die ganze Zeit ist es da gewesen, ich hätte ihm nur folgen müssen, statt es zu ignorieren.

Hinter dem nächsten Baum schwebt der Drache in die Luft und seine Augen schauen mich direkt an. Sie funkeln wie Edelsteine, ein Feuer brennt in ihnen – das Drachenfeuer, welches in jedem Drachen schlummert, doch er ist noch zu jung, um Flammen zu spucken. Ich komme schlitternd zum Stehen und denke kurzzeitig, dass er mich jetzt angreift, aber ich täusche mich mal wieder. Etwas liegt unter ihm am Boden.

Noam kommt neben mir zum Stehen, braucht einen Moment, ehe er die Situation erfasst. Langsam trete ich näher, gehe in die Knie. Mein Herz ist schwer wie Blei. »Alice?«, flüstere ich und muss unterdrücken, nicht direkt in Panik zu verfallen.

»Ist sie …«, setzt Noam an und mag seine Vermutung sowie das *Wort Tod* offensichtlich nicht aussprechen.

Ihr Haar ist vom Frost bedeckt, es schimmert weiß. Friedlich liegt sie am Boden, ihre Kleidung ist dreckig und zerrissen. Vorsichtig beuge ich mich zu ihr, lege mein Ohr an ihre Lippen, die sich vor lauter Kälte bereits blau verfärbt haben. Kaum hörbar ist da ein rasselnder Luftzug an meinem Ohr und innerliche Erleichterung überschwemmt mich.

»Sie atmet, schwach«, teile ich ihm mit und in mir zieht sich alles zusammen. Sie ist wirklich mehr tot, als lebendig. »Was ist dir passiert?«, hauche ich, während ich sie vorsichtig in meine Arme hebe. Sie wirkt zerbrechlicher und dünner als vorher. Die Verbindung zwischen uns ist deutlich spürbar. Die Qual, die meine Blutbahnen durchströmt, muss von ihr ausgelöst worden sein. Endlich sehe ich klar: Es ist Alice, die es in mir entzündet. Wieso auch immer, wir sind verbunden. Es ist genauso, wie ich die ganze Zeit gesagt habe. Ich bin machtlos gegen das, was passiert. Anscheinend muss ich bei ihr sein und sie bei mir, denn ich fühle mich das erste Mal seit Tagen vollkommen. »Gibt mir deinen Mantel, sofort«, verlange ich. Noam reicht ihn mir augenblicklich und hilft dabei, Alice in unsere Mäntel zu wickeln. Sie ist eiskalt. Unterkühlt. Etwas, was Alben nie passieren würde.

Ich dachte, sie ist eine von ihnen? Wie kann sie dann dem Tode so nahe sein? Sie ist unsterblich! Kelalan ist sich doch sicher gewesen. Unter ihren Augen liegen tiefblaue Schatten, ihre Lippen sind aufgesprungen und gerissen. Ihr ganzer Körper ist ausgezehrt, mager, als hat sie seit Tagen nichts gegessen. Bei ihrem Anblick leide ich ins Unermessliche, in mir zieht sich alles schmerzhaft zusammen. Überall sehe ich leichte Blutergüsse und Flecken. Es tut mir leid, dass ich nicht nach ihr gesucht habe. Ich hätte Kelalan nicht glauben dürfen, dass es ihr gut geht. Wie habe ich nur so dumm sein können? Und dann die Wunden, rote entzündete Kratzer an allen Stellen, die ich sehe. Der Anblick frisst sich mir noch mehr ins Herz. Wohin hat Kelalan sie gebracht? Wer tut so etwas? Sie ist … rein, freundlich und gutherzig. Wer ist dermaßen grausam? Hat man sie gefoltert? Weiß mein Vater hiervon?

»Wir müssen sie wärmen und so schnell es geht zurück nach Escher«, murmle ich und echte Angst breitet sich in mir aus, brennt durch meine Adern. Ich weiß, wie es aussieht, wenn Menschen vom Tod ereilt werden, und eine Frau in meinen Armen stirbt – sie stirbt mir unter den Händen weg, wenn ich nichts unternehme. Nur was kann ich tun? Das macht mir mehr Angst als alles, was ich bis jetzt erlebt habe.

Noam sieht es ebenfalls, er schluckt deutlich hörbar. »Es tut mir leid, Crispin. Ich … Mir fehlen die Worte. Wie kann das passieren? Sie sollte doch unsterblich sein. Das … ist falsch.« Ich presse die Lippen zusammen. Innerlich bete ich zu den Göttern, sie mir nicht zu entreißen, mir eine zweite Chance zu geben. Endlich verstehe ich, was mit mir los ist. Ich bin ein Idiot.

Ob ich will oder nicht, ich habe mich längst gebunden. Unbewusst. Ich habe die vom Schicksal erwählte Frau getroffen und es verleugnet. Wie sollte ich es auch ahnen? Seelenverwandte sind ausgestorben, doch ich bin plötzlich sicher, dass sie die meine ist. Ich weiß es tief in mir. Bestraft man mich dafür? Dafür, dass ich nicht habe erkennen wollen, kostbare Zeit zu verschenk? Dass ich gegen das Geschenk der Götter angekämpft habe? Himmel, ich bin so arrogant gewesen. Ich habe es nicht erkannt, weil ich nicht mal geahnt habe, dass ich sie finden könnte. Wie auch, wenn diese Verbindung seit so vielen Jahren nicht mehr vorgekommen ist?

»Sie darf nicht sterben«, presse ich hervor und laufe den Weg eilig zurück. Der Drache jammert kläglich, bleibt dicht bei uns. Ich versuche, Alice kaum zu bewegen, aus Angst, dass ich sie noch mehr verletze. Ihr Körper ist so zerschunden, dass es keine Stelle gibt, die ich anfassen könnte, ohne eine ihrer Verletzungen zu berühren.

Noam rennt neben mir her, blickt mich besorgt an, während ich meine Lippen fest aufeinanderpresse. Mit ihm reden kann und will ich gerade nicht, ebenso wenig hören, was er zu sagen hat. Nehmt sie mir nicht weg! Alles, nur das nicht, bitte ich die Götter innerlich immer und immer wieder. Silver führt uns aus dem Wald heraus.

»Crispin?« Ihre leise Stimme lässt mich fast stolpern, sofort bleibe ich stehen.

»Alice, ich bin hier«, raune ich, schaue auf sie hinab. Ihre Augen sind geöffnet und blutunterlaufen. Mein Herz zerreißt erneut, jedenfalls das, was davon übrig ist. Alice streckt die Hand nach mir aus, zupft an einer Strähne meines Haares, ehe ein schlimmer Husten ihren ausgezehrten Körper erzittern lässt. Wie kann sie nach allem so lieb zu mir sein? Sie drückt die Hände auf ihren

Mund und als der Husten aufhört, erkenne ich Blut an ihren Fingern. Das ist kein gutes Zeichen.

»Bist du echt«, haucht sie.

»Ja, kleiner Schmetterling, das bin ich. Ich bin hier, bei dir. Es … » Sie schmunzelt und unterbricht mich.

»Ich dachte, ich würde dich nie wiedersehen. Dabei ist es so wichtig«, nuschelt sie benommen, kuschelt ihren Kopf an meine Brust, was ein warmes Gefühl in mir auslöst. Ich muss tief einatmen, um die Kontrolle zu behalten. Noam sagt nichts, einzig seinen besorgten Blick spüre ich. Obwohl ich viel erlebt habe, bringt mich diese Situation an meine Grenze. Hilflos ist kein Ausdruck für das, was ich fühle. Machtlos schon eher. »Du riechst so gut«, teilt sie mir mit, lacht daraufhin leise auf. »Dem Schmetterling wurden die Flügel ausgerissen. Das passiert. Böse Kinder tun so etwas.«

»Sag das nicht, du wirst wieder gesund«, widerspreche ich und drücke meine Lippen auf ihre Stirn. Sie öffnet überrascht die Augen, blickt mich eindringlich an. Den Weg setze ich umgehend fort. Sie muss ins Warme und wir dürfen keine Zeit verlieren.

»Das ist ein Traum, oder? Warum solltest du mich küssen und lieb zu mir sein?«, schmunzelt sie. »Du magst mich nicht, das hast du mir klar und deutlich zu verstehen gegeben. Mehrmals.« Ehe ich etwas sagen kann, erstarrt sie plötzlich, reißt ihre Augen erneut auf, als hat sie eine Erleuchtung erreicht. »Crispin, es ist eine Falle. In Escher wartet der Tod auf euch. Ihr müsst umdrehen.« Sie klammert sich an mich, ihr Blick sucht den meinen. »Hörst du?«

»Sie fiebert.« Noam sieht besorgt auf die Frau in meinen Armen.

»Nein, Asta hat euch verraten«, zischt sie, fleht mich stumm an, zu verstehen, bevor sie wieder hustet. Ihr Herz schlägt unregelmäßig, die Furcht in mir wächst. Sie braucht Medizin und Ruhe. Der Weg in den Nebelwald ist viel zu weit.

»Wir reden später darüber«, knurre ich und vernehme ein erschrockenes Murmeln der Soldaten, als sie Alice erkennen.

»Was ist passiert?«, fragt Cian entsetzt, doch ich wende mich an Noam, da ich meinem Bruder gerade nicht antworten kann und unfähig bin, es auszusprechen.

»Führe sie nach Escher, ich warte dort auf euch. Alleine bin ich schneller.« Noam nickt ernst. Ich übergebe ihm Alice und schwinge mich auf Dune, der unruhig tänzelt. Meinen Brustpanzer löse ich, lasse ihn zu Boden fallen. Noam wird ihn mitbringen, und selbst wenn nicht, ist es im Augenblick ohnehin unwichtig. Vorsichtig reicht Noam mir Alice zurück. Ich bette sie in meinem Arm und wickle die Mäntel fester um unsere Körper, das wird sie schneller wärmen. »Silver, achte auf meinen Bruder«, weise ich meinen Wolf an, der aufgebracht knurrt, aber ich bin mir sicher, er wird dem nachkommen, auch wenn alles in ihm mich lieber begleiten will. »Lauf, so schnell du kannst«, treibe ich Dune an, woraufhin er los sprintet.

Ich drücke Alice ihren kalten Körper fest an mich. »Bitte, verlass mich nicht, kleiner Schmetterling. Ich habe zu lange gebraucht, um zu verstehen, dass du zu mir gehörst. Viel zu lange. Bei den Göttern, halte durch, bitte.«

NEUNZEHN

Starke Arme halten mich umschlungen, ich genieße das Gefühl, Crispins warmer Körper an meinem, doch er kann weder die äußerliche Kälte noch das innere Feuer auslöschen. Ich atme seinen Duft ein, lausche dabei dem Klang seines Herzens. Es spielt nur für mich eine Melodie, jedenfalls hört es sich so an, wie es hämmernd gegen seine Brust schlägt. Es klopft derart wild, dass ich das Pochen an meiner Wange spüre. Er hat seine Rüstung abgelegt, um mich besser wärmen zu können, und ich genieße die Nähe zu ihm. Sein Geruch ist tröstlich. Es rührt mich, dass er sich um mich sorgt, auch wenn ich nicht verstehe, weshalb er das macht. Warum hört er mir nicht zu? Jedes Wort ist eine Qual. Er versteht nicht, dass dieser Prozess unaufhaltsam ist. Ich fiebere nicht, okay, vielleicht ein bisschen, aber ich bin klar im Kopf, so klar wie nie. Er muss mich gehen lassen. Immer wieder versuche ich, etwas zu sagen, doch er ermahnt mich, mich zu schonen und treibt das Pferd weiterhin an. Ich ahne, dass er das *Wort Tod* nicht hören will. Ich sehe es in seinem Blick, wenn ich anfange, zu reden. Er macht sofort dicht und schaut stur geradeaus. Schmerz verschleiert, in den Momenten, wo er zu mir schaut, seine Augen. Entschlossen presst er die Lippen aufeinander, als will er es mit dem Sensenmann höchst persönlich aufnehmen. Er will gegen das, was mit mir passiert, kämpfen, dabei ist dieser Kampf längst verloren. Wenn er genau hinsehen würde, wüsste er, dass ich schon mehr tot als lebendig bin. Ich spüre, wie die Kraft meinen Körper verlässt. Jeder Atemzug nimmt mich mit fort. Steine höre ich unter den Hufen, der Untergrund wechselt offenbar, doch ich lasse die Augen geschlossen. Es würde mich zu viel Kraft kosten, sie zu öffnen. Langsam dämmere ich weg.

Als ich erwache, liege ich in einem großen Bett, in weiche Decken gehüllt, mit einem prasselnden Feuer im Kamin. Die Decke ist bis zu meiner Brust hochgezogen und die Vorhänge des Himmelbetts aufgezogen, sodass die letzten Sonnenstrahlen im Zimmer über den Boden tanzen. Sie zaubern ein eindrucksvolles Muster auf den Steinboden. Das Feuer zischt und das Holz knackt, während Crispin an meiner Seite sitzt und meine Hand hält. Dass er so etwas Banales tut, finde ich ausgesprochen süß – diese Geste überrascht mich wirklich, rührt mich sogar. Seine Augen wirken müde, sein Blick traurig und auf mich gerichtet. Ich versuche, mich aufzurichten, doch mein Körper hat keine Kraft und ich sinke sofort wieder zusammen. Ohne es zu wollen, schäme ich mich für meine Schwäche – gerade vor Crispin, der so verdammt stark ist. Er beobachtet jede meiner Bewegungen genau, müde lächle ich ihn an. Selbst diese Bewegung schmerzt, sodass ich es nicht lange aushalte. Leider habe ich das Gefühl, dass es sowieso eher einer Grimasse gleicht, denn seine Miene wirkt noch besorgter. »Hey«, flüstere ich, was von einem schrecklichen Husten begleitet wird, der mich wirklich quält. Es rasselt in meiner Brust wie ein kaputter Motor.

Er presst seine Lippen zusammen, scheint nach Worten zu suchen, aber keine zu finden. Ich weiß, wie schwer ihm so etwas fällt. »Ich … Du musst dich ausruhen.« Seine Stimme klingt belegt, was mich verwirrt. Er kommt mir nicht wie der Typ Mann vor, der schnell in Tränen ausbricht, eher wie der, der lieber sterben würde, als zu weinen. Ich will ihm erneut alles erklären, aber in diesem Moment klopft es an der rustikalen Holztür. »Jetzt nicht«, brüllt er und egal, wer es ist, müsste jetzt vor Angst die Flucht ergreifen, dennoch öffnet sich die Tür.

»Wir sind angekommen.« Noam betritt wie selbstverständlich den Raum. Dicht gefolgt von Cian und einem Mann, den ich noch nie gesehen habe. Er ist ein Mensch, das erkenne ich auf dem ersten Blick. Seine Nase, die leicht schief steht, muss einmal gebrochen gewesen sein. Erstes Indiz, dass es kein Elb ist. Ich schätze ihn auf Ende zwanzig. Sein hellbraunes Haar reicht ihm lockig bis zu den Schultern. Er ist attraktiv, aber kein Vergleich mit der Schönheit der Elben. Sein Körper ist untersetzter als der, der drei Elben. Kleiner, dennoch trainiert. Er schaut besorgt zu Crispin und dann zu mir.

»Geht es ihr besser?« In seiner Stimme klingt echtes Mitgefühl mit. Sie ist tief und ich muss bei ihrem Klang an das Gebrüll eines Bären denken. Das bringt mich innerlich zum Schmunzeln, denn für einen Bären wäre er zu schlaksig.

»Nein.« Crispin räuspert sich. Ich erkenne, wie er mit sich kämpft. Ihn so niedergeschlagen zu sehen, tut mir weh, mehr als er ahnt. Er soll nicht traurig sein. Eigentlich bin ich immer jemand gewesen, der gesagt hat, alles kommt, wie es kommen muss. Nichts passiert ohne Grund. Eventuell hat all dies mit mir passieren müssen. Ist es etwa meine Aufgabe gewesen, die Prinzen zu retten? Ein tröstlicher Gedanke.

Die drei schließen die Tür hinter sich und stellen sich neben mein Bett. Vermutlich sollte mich das stören, aber das tut es nicht. Wenn ich Erfolg habe, hören sie mir zu, wenn Crispin es schon nicht macht.

»Alice?« Cians Gesicht ist schmerzerfüllt, als er mich

anschaut. Ich muss bedauerlich aussehen, wenn er so eine Miene zieht. Er will meine Hand greifen, doch Crispin knurrt ihn leise an, sodass er sie sofort sinken lässt, ohne mich zu berühren. Überrascht schaut der fremde Mann ihn an, bemerkt dann, dass ich ihn mustere. Er lächelt schwach.

»Ich bin Seth.« Ich versuche, zu lächeln, die Betonung liegt wieder auf dem Versuchen. Er ist der Sohn vom König, so viel weiß ich von Kelalans Erzählungen, außerdem ist er ein Mensch, ich habe also richtig gelegen.

»Noam?« Ich richte meinen Blick auf. »Du musst mir endlich zuhören. Es ist wichtig. Das ist eine Falle«, flüstere ich.

»Sie fiebert noch immer.« Seth runzelt die Stirn und schaut Crispin an. »Wir würden euch nie eine Falle stellen.«

»Nicht ihr, sondern Asta. Der Herr der Raben«. Der Husten unterbricht mich und ich krümme mich vor Schmerzen, Blut bedeckt das Betttuch. Das sieht gar nicht gut aus und ich weiß, dass Asta recht gehabt hat.

»Sie stirbt«, flüstert Cian, schaut seinen Bruder bestürzt an, wartet auf eine Reaktion.

»Sie stirbt nicht.« Crispin steht auf und schlägt mit der Faust gegen die Wand. Putz rieselt von der Decke auf uns herab. »Sie stirbt nicht, habt ihr verstanden? Sie ist eine Albin. Sie ist unsterblich.« Er schreit diese Worte geradezu heraus und atmet schnell. Dann wendet er sich ab und fährt sich durch sein schwarzes Haar. Es bleibt in allen Richtungen stehen. Ihn so zu sehen, lässt mein Herz bluten und mir kommen die Tränen. Der sonst so perfekte Prinz, herrlich unperfekt.

»Crispin«, wispere ich, woraufhin er zu mir schaut. Seine Mine spricht Bände. »Cian hat recht. Du weißt das. Ihr müsst mir jetzt zuhören, es ist lebenswichtig. Castiell und Asta haben sich verbündet«, teile ich ihnen endlich mit, denn ich weiß, dass die Zeit drängt. »Sie planen euren Tod. Es gab keine Vision, wie Kelalan glaubt. Castiell hat ein Heer aus Trollen, Orks und Gnomen. Sie sind auf dem Weg hier her und weitaus mehr, als ihr erwartet. Ihr müsst fliehen. Sie wollen die Prinzen töten, Noam. Das ist ihr Plan, um euch zu schwächen. Danach werden sie den Nebelwald angreifen. Es wird so viele Tote geben, wenn ich Asta glauben kann.« Mein Atem wird hektischer, das Reden strengt mich an, aber sie hören mir endlich zu. Noam und Seth werden schneeweiß, während die beiden Prinzen keine Miene verziehen. Crispin lehnt an der Wand, schaut nicht mehr mich, sondern die Decke an. Auch er atmet schwer. Ich sehe, wie er mit sich kämpft, seine Augen wirken glasig. »Crispin, sieh mich an«, beschwöre ich, doch er bleibt stur. Das ist so typisch. Ich sterbe und er will sich mit mir streiten. Ich versuche noch einmal, mich aufzusetzen. »Crispin, bitte!« Langsam dreht er seinen Kopf zu mir und ich erkenne den Wunsch, dass ich es nicht aussprechen soll, in seinen Augen. Er fleht mich stumm an, doch diese Bitte kann ich nicht gewähren.

»Ich verkrafte das nicht«, flüstert er. »Ich habe dich im Stich gelassen. Wie habe ich nur gekonnt?« Seine Stimme klingt rau. »Ich bin zu arrogant und zu blind gewesen, um zu erkennen, welches Geschenk mir gemacht worden ist. Jetzt bestrafen mich die Götter, nehmen mir weg, was sie mir vorher großzügig vor die Füße gelegt haben.« Er schaut kurz erneut zur Decke, ehe er weiterspricht. »Dich so zu sehen, ist mehr, als ich ertrage. Ich hätte für dich da sein müssen, bei den Göttern, wie blind ich gewesen bin.« Entsetzt wird mir bewusst, dass er sich die Schuld gibt, was völliger Unsinn ist. Ich verstehe nicht genau, was er damit meint, dass er es erst jetzt erkennt. Was erkennt er? Zuletzt sind wir im Streit auseinandergegangen, und ich dachte, er hasst mich. Anscheinend habe ich mich getäuscht. Definitiv habe ich das..

»Crispin, es ist nicht deine Schuld«, versichere ich ihm leise mit Tränen in den Augen. Die anderen mustern uns traurig, doch niemand von ihnen sagt etwas. Ich vermute, dass sie diese Seite an Crispin zum ersten Mal sehen.

Seine verletzliche Seite, die er so gut verstecken kann. »Du musst mich gehen lassen. Ich werde sterben, das wissen wir alle. Sieh mich an.« Voller Schmerz und Schuld kommt er dem nach, worum ich ihn gebeten habe. »Ich verbrenne innerlich, Crispin. In mir lodert ein Feuer, frisst mich auf. Asta hat mich vergiftet. Er hat die Theorie gehabt, ich könnte nur menschlich in die andere Welt gelangen, wo es keine Albe gibt. Er glaubt, dass ich sterben muss, um als Albin erneut zu erwachen. Ich … will ihm glauben, aber mein Kopf kann es nicht. Sein Gift wirkt allmählich, vernichtet mich, gleichgültig, was du sagst oder tust. Du kannst mich nicht retten, Crispin, dennoch trägst du nicht die Schuld. Ich gebe sie nicht mal Kelalan. Asta hat euch eine Falle gestellt, nun müsst ihr dafür sorgen, dass er nicht gewinnt. Versprich es mir«, flehe ich ihn an. Ich hole Luft, drücke meine Hand fest auf meine linke Brust, die unsagbar wehtut. Crispins Augen sind geweitet, doch er schweigt, presst noch immer die Lippen aufeinander, während sein Kiefer deutlich mahlt. »Das Einzige, was ich gewollt habe, ist, euch zu retten. Belanglos, was du von mir hältst.« Meine Stimme wird leiser, das Reden strengt mich an. Endlich stößt er sich von der Wand ab, um sich vor mich zu knien. Vorsichtig nimmt er meine kleine Hand in die seine. Sie wirkt darin winzig, doch fühle ich mich gleich besser, er gibt mir Kraft. Er lehnt sich weit vor, um mich besser zu verstehen, glaube ich, denn meine Stimme bricht langsam. »Ich habe vom ersten Moment an gewusst, dass ich dich lieben werde, Crispin. Trotz deiner harten Schale hat mich etwas an dir angezogen. Sofort, bei unserer ersten Begegnung. Es ist Schicksal gewesen.« Die anderen hören meine Worte nicht, nur er, das ist auch gut so. Sein Gesichtsausdruck ist liebevoll und weich, wirkt nicht mal ansatzweise überrascht. Seine Fingerspitze fängt eine Träne auf, wischt sie beiseite und hinterlässt ein Prickeln auf meiner warmen Haut. »Und weißt du was, das ist nicht das Verrückteste, was ich hier erlebe.«

Ich höre ihre Worte, doch ich will sie nicht glauben. Sollte sie sterben, werde ich Asta jagen und ihn bis zu seinem Tode quälen, diese Qualen fügt er uns schließlich auch zu. Alice' Anblick, wie sie dort liegt, die Schmerzen aushalten muss, die er ihr bereitet hat. Elben binden sich einmal, egal, ob der Partner stirbt oder nicht, dieses Bündnis bleibt bestehen. Für immer. Ich werde nie wieder eine andere Frau lieben können und will es auch nicht, denn Alice ist mein Gegenstück, meine Seelenverwandte. Obwohl ich es zu spät erkannt habe, ist es unwiderruflich. Mein Schicksal ist besiegelt, ebenso ihres. Die Person, die für mich geschaffen ist, mein Ausgleich, wenn man so will.

Ich versuche, ihre Worte zu verarbeiten. Sie liebt mich? Weiß sie, was sie da sagt? Wie kann sie mich lieben? Nach all dem, was sie hier durchstehen musste? Ich streiche ihr das schweißnasse Haar aus dem Gesicht. »Ich bin grausam zu dir gewesen, kleiner Schmetterling. Dafür schäme ich mich.«

»Nein, du bist … unsicher, nicht grausam. Du denkst, du hast nichts Gutes verdient und verkaufst dich unter deinem Wert.« Sie lächelt mich erschöpft an, während mein Herz pausenlos schmerzt. »Du glaubst, du kannst nur ein Krieger sein, wenn du dein Herz verschließt, aber das stimmt nicht. Du lässt die anderen doch auch in dein Herz. Vielleicht findest du ja noch eine Ecke für mich.« Ihre grünen Augen sind voller Hoffnung.

»Ach, kleiner Schmetterling«, raune ich, will eigentlich sagen, dass ihr mein Herz längst gehört. Würde sie es verstehen? Sie kennt keine Seelenverwandten oder die Kraft, die uns verbindet. Sie wird denken, dass ich lüge. Ich küsse ihre Stirn, woraufhin sie die Augen schließt.

»Ihr müsst fliehen«, flüstert sie und hustet wieder.

Nein, wir werden kämpfen, bis zum letzten Mann. Wenn wir eines sind, dann stolz. Wenngleich Castiells Heer größer ist, als erwartet, so können wir Vorkehrungen treffen. Es ist sowieso zu spät. Der Weg wird mit Sicherheit abgeschnitten sein, aber das werde ich Alice nicht sagen. Sie soll sich jetzt keine Sorgen machen müssen. Außerdem würde ich sie nie zurücklassen, sie ist zu schwach für eine lange Reise. »Danke, dass du uns gewarnt hast«, sage ich stattdessen und sie lächelt erleichtert. Soll sie glauben, dass wir flüchten, solange es ihre Seele erleichtert.

Ich spüre die Blicke der anderen im Rücken. Sie wissen, dass wir nicht fliehen, nichtsdestotrotz werden sie ihr sicherlich nichts sagen. Niemand will ihr mehr Kummer bereiten, sie wollen ihr ebenso wie ich den Weg erleichtern. Ich habe fast vergessen, dass die anderen mit uns im Raum sind. Vermutlich sind sie geschockt, denn so wie jetzt kennt mich niemand von ihnen. Ich erkenne mich selbst kaum wieder. Die Liebe, die ich für Alice empfinde, macht mir Angst, gibt mir darüber hinaus ungeahnte Hoffnung und Kraft. Ich bin nie sanft gewesen, aber wenn ich sie anfasse, wachse ich über mich hinaus. Dass Liebe so was vermag, habe ich nicht geahnt. Sie stärkt mich auf eine ganze andere Weise.

Alice' Brust hebt sich langsamer und ich höre ihr Herz leise schlagen, stetig etwas schwächer. Meine Augen werden feucht. Sie stirbt, hier in meinen Armen, wobei ich hilflos zusehen muss. Das wird meine persönliche Hölle sein, oder die Strafe der Götter. Machtlos muss ich zusehen, wie der kleine Schmetterling in meinen Armen zugrunde geht und in das Reich der Schatten hinabsteigt. Sie sollte nicht leiden, nicht sie. Alice ist zu gut für die Welt, die so grausam zu ihr ist. Aus tiefster Seele wünsche ich, sie wäre in ihrer Welt geblieben, dann hätten wir uns niemals getroffen, aber sie würde leben – glücklich leben.

»Asta hat mir etwas gegeben, etwas Widerliches«, flüstert sie.

»Was hat er dir gegeben«, frage ich nach, bemühe mich, bei seinem Namen nicht die Beherrschung zu verlieren. Ich werde ihn jagen und töten, das steht fest.

»Das Gift bestand aus der Asche meiner Eltern. Ich musste es trinken. Er glaubt, dass ihre Macht auf mich übergehen kann. Es ist ein Zauber, der nach meinem Tod ihre Kräfte auf mich überträgt.«

Sie hört sich nicht an, als schenkt sie diesem Zauber großes Vertrauen. Ich schaue kurz zu den anderen, die die Stirn runzeln. So etwas habe ich noch nie gehört. Warum kann Kelalan nicht hier sein, um uns Antworten zu geben? Er wird wissen, ob es wahr ist, doch befindet er sich natürlich im Schloss meines Vaters in Sicherheit. Alice' Atem wird flacher. »Lasst uns alleine«, fordere ich die anderen forsch auf und sie nicken. Ich sehe in ihren Gesichtern, die schmerzvoll verzogen sind, wie nahe ihnen das geht. Sie mögen Alice, sie hat in der kurzen Zeit unsere Herzen erobert, eine Albin.

»Crispin?« Ihre Stimme ist kaum hörbar.

»Ja?«, flüstere ich heiser zurück. Ich fühle mich … menschlich, schätze ich. Es ist, als löst Alice etwas in mir aus, das ansonsten verborgen bleibt. Ihre Hand ist eiskalt und ich halte sie fest umschlungen, frage mich, wer hier eigentlich wen tröstet.

»Würdest du … dich zu mir legen und mich festhalten? Ich habe Angst. Was, wenn er sich irrt und ich nicht wieder aufwache? Was ist auf der anderen Seite?«

Ich lege mich behutsam neben sie, ziehe sie vorsichtig an meine Brust. Sie ist nur noch Haut und Knochen. Zufrieden kuschelt Alice sich an mich, was mir ausgesprochen gefällt. Ungewohnt, aber schön. Ich schließe die Augen, streiche über ihr Haar, versuche, mir jede Sekunde einzuprägen und wünsche mir, dass die Zeit stehenbleibt. »Du musst keine Angst haben«, zwinge ich mich mit einen Kloß im Hals, zu versichern. »Astas Zauber wird wirken.« Ich hasse es, sie anzulügen, aber wie soll ich ihr die Wahrheit sagen, wenn ich sie selbst nicht kenne? Ich hoffe, dass er wirkt, doch die Angst, dass es nicht so ist, lähmt mich innerlich. Wir haben zu wenig Zeit gehabt, viel zu wenig. Es liegt ein unsterbliches Leben vor mir, und das ohne meine Gefährtin? Die Welt wird ohne sie dunkler sein. Ich kann bloß beten, dass sie wieder erwacht und eine von uns ist, eine Unsterbliche. Für immer an meiner Seite. Egal, ob Albin oder nicht, ich will sie nicht verlieren. Cian hat recht. Ich bin mutig und werde für sie kämpfen. Wenn es sein muss, werde ich sie vor meinem ganzen Volk beschützen und ihr beweisen, dass ich sie liebe und sie davon überzeugen, dass wir zusammen gehören. Was, wenn dieser verrückte Zauberer sich irrt und sie nicht aufwacht? Was hat mein Leben dann noch für einen Sinn?

»Hat er … gesagt, wie lange es dauert?« Ich drücke meine Lippen auf ihren Scheitel und verharre dort.

»Nein«, antwortet sie kaum vernehmlich. »Crispin?«

»Hm?« Ihr Geruch umweht mich. Ich fühle mich geborgen.

»Ich bin froh, dass ich hier bin, bei dir. Ich glaube ans Schicksal. Alles muss so kommen, wie es kommt. Und ich mag es, wie du jetzt bist. So warst du auch in den Quellen.«

Ich muss lächeln. »Wenn du erwachst, schwöre ich dir, dass ich dich jeden Tag auf Händen tragen werde. Ich kann nicht versprechen, dass es mir gelingt, immer so wie heute zu sein, aber ich werde meine Zeit auf der Welt dazu nutzen, dich glücklich zu machen. Du musst nur wieder zu mir zurückkommen.«

Eine Träne fällt auf meine Finger, als ich über ihre Wange streiche, dann ist der Moment gekommen. Ich spüre, wie sie ihren letzten Atemzug macht und an meiner Brust erschlafft. Ihr Herz schlägt ein letztes Mal, während meine Welt zusammenbricht. Es fühlt sich an, als zersplittere ich innerlich. Erstmalig, seit ich auf dieser Welt weile, weine ich bittere Tränen und … schreie meine Trauer hinaus.

EINUNDZWANZIG

Die Schmerzen sind verschwunden und ich stehe vorsichtig auf. Alles fühlt sich weich und wattig an. Langsam schaue ich mich um. Überrascht sehe ich Crispin, wie er sich weinend über meinen Körper beugt und mich anfleht, zurückzukommen. Noam und Cian stürmen ins Zimmer. Sie wollen Crispin trösten, doch er stößt sie weg. Dass er je weinen würde, habe ich nicht erwartet. Und dann wegen mir. Wegen mir? Ich schaue an mir hinab. Wie kann ich hier und dort sein?

»Ich bin hier«, rufe ich ihm zu und strecke meine Hand nach ihm aus, aber er spürt es nicht. Mein toter Körper liegt in seinen Armen. Ich sehe neben diesem stattlichen Mann wie eine kleine Puppe aus. Seine große, schlanke Gestalt gegen meinen winzigen, vom Gift abgemagerten und ausgezehrtem Leib.

»Hallo, Alice.« Erschrocken drehe ich mich um. Hinter mir ist der Raum verschwunden, geblieben ist ein helles Licht.

»Wer ist da?«, frage ich, schirme meine Augen ab.

»Es wird Zeit, dass du mit mir kommst« Die Stimme klingt sanft und männlich. Angst kriecht in mir hoch. Ich drehe mich wieder zu Crispin, der meinen Körper in seinen Armen wiegt.

»Ich will ihn nicht verlassen«, erwidere ich. »Er braucht mich. Ich muss zurück.«

»Du musst ihn für kurze Zeit verlassen. Ich verspreche, wenn du wünschst, zeige ich dir den Weg zurück zu ihm.«

Ich schaue zum Licht. »Wer bist du?« Während ich diese Frage stelle, tritt eine Person aus dem Licht. »Du?« Entsetzt starre ich meinen Vater an. Ich erkenne ihn sofort aus den Erinnerungen des Zaubers. Er trägt weiße Gewänder, wirkt dabei durchsichtig, als ist er gar nicht wirklich da. Ob ich auch so aussehe? Er lächelt mich an und ich mustere ihn von oben bis unten.

»Ich bin hier, um dich in die *Heiligen Hallen* zu begleiten, meine wunderschöne Tochter. Ich habe dich vor all dem Leid bewahren wollen, jedoch versagt. Unser Opfer ist umsonst gewesen. Es bereitet mir mehr Kummer, als du ahnst. Wir haben gedacht, wenn wir dich aus dieser Welt fortschicken, hast du ein besseres Leben. Eines ohne Krieg und Schmerzen.«

»Aber ich … Du hast gesagt, ich kann zurück.« Von was für *Hallen* spricht er?

Kota schaut an mir vorbei, zu Crispin. »Astas Zauber hält dich fest. Es steht dir frei, mit mir zu kommen oder zu Crispin zurückzukehren.«

»Ich habe eure Asche …«, schaudere ich und er lächelt.

»Denk nicht mehr daran. Mit dem Gift sind die letzten Reste ausgelöscht worden. Asta denkt, dass du böse bist, allerdings irrt er sich. Du bist rein und gut, voll mit Liebe, nicht mit Hass oder Wut. Du wählst dein Schicksal selbst.«

»Wer ist meine Mutter?«,

»Sie ist meine Seelengefährtin gewesen. Wir alle sind über all die Jahre blind geworden, die Alben sowie die anderen Völker. Wir haben vergessen, dass die Natur unsere Seelengefährten nicht nur in unseren eigenen Völkern versteckt. Im Gegenteil. Um in Frieden zu leben, mischt die Natur unsere Völker und sichert es somit. Normalerweise. Durch einen Twist ist Krieg entstanden, durch Hass und Wut haben sich die Seelen nicht mehr gefunden. Du und Crispin seid die Ersten seit vielen Jahren, außer mir und Yara, einer Nixe. Sie hat mir das Leben gerettet und wir haben sofort erkannt, was uns verbindet. Du bist das Beste von uns beiden, das Resultat wahrer Liebe.« Stolz schaut Kota mich an.

»Sie sagen, du bist böse«, teile ich ihm mit, wobei mir die Tränen kommen, als ich meine Augen in denen von meinem Vater erkenne – das gleiche Grün. Das Wissen, mein echter Vater steht vor mir, ist unfassbar.

»Ich bin, was ich bin. Ich habe Schlimmes getan, aber dann deine Mutter gefunden. Sie hat mir gegeben, was ich nicht gekannt habe, Liebe und Vertrauen. Das hat mich verändert. Sie hat mich Mitgefühl gelehrt« Ich glaube seinen Worten. Er wirkt offen und ehrlich. »Castiell hat beabsichtigt, dich für seine Zwecke zu nutzen, doch ich habe mehr für dich gesehen. Ich will, dass du glücklich wirst, unser Volk rettest. Du kannst ihnen zeigen, was sie verloren haben. An Grims Seite wärst du falsch gewesen, Castiell hat mir nur nicht glauben wollen. Jetzt, an Crispins Seite, sehen die Völker, dass sie sich verbinden können. Ihr seid Albin und Elbe, gibt es Außergewöhnlicheres als diese Verbindung? Die Evolution hat das Undenkbare geschaffen, was vielleicht dauerhaft Frieden bringen kann. Es hat euch verbunden.«

Kota zieht mich langsam von Crispin fort. Ich will bei ihm bleiben, vertraue gleichwohl auf das Wort meines Vaters, dass ich zurückdarf. »Ich … Er ist so verzweifelt. Werde ich ihn wirklich wiedersehen? Versprichst du es?« Crispins Anblick macht mich wahnsinnig traurig.

»Wenn es dein Wunsch ist, ja«, Kota nickt und ich wende mich schweren Herzens ab, folge ihm ins Licht. Es fühlt sich warm und weich an, wie Sonnenstrahlen im Sommer.

»Was passiert jetzt?« Das hier ist … merkwürdig. Bin ich im Himmel? Sind das Nahtoderfahrungen?

»Das liegt an dir, mein Kind. Ich kann dich mitnehmen, somit wirst du ganz und gar sterben. Deine menschliche Hülle, die wir dir gaben, ist bereits gestorben. Du wirst nie wieder in die andere Welt zurückkehren können. Dieser Weg ist dir verschlossen. Wenn du dich entscheidest, bei Crispin zu bleiben, dann mit allen Konsequenzen. Das heißt, du wirst für immer in Fegoria bleiben müssen. Überlege wohlbedacht.«

»Weißt du, was danach mit mir passiert?«, will ich wissen, woraufhin er den Kopf schüttelt.

»Ich kann nicht in die Zukunft sehen.«

»Wohin werden wir gehen, sollte ich mit dir kommen? Sehe ich Crispin wieder?« Ich blicke zurück, doch das Zimmer ist plötzlich verschwunden.

»Nur wenn er stirbt. Wir Elben und Albe reisen nach unserem Tod in die *Großen Hallen*, dort leben unsere Seelen weiter. Wenn Crispin lebt, werdet ihr alleine bleiben und sich eure Seelen erst mit dem Tod vereinen. Das, was du und Crispin spürt, dieses Band, es wird euch immerfort verbinden. Eure Seelen gehören zusammen, bilden ein Ganzes. Licht und Schatten, hell und dunkel – sie gleichen sich aus. Crispin ist dein dir vorherbestimmter Seelenpartner, deswegen fühlst du, wie du fühlst. Ihr seid von Anfang an machtlos gegenüber dem Schicksal gewesen. Eure Liebe ist vorherbestimmt.« Seine Worte ergeben Sinn. Sie erklären, wieso Crispin so eine Anziehung auf mich ausübt und warum ich in seiner Gegenwart Herzrasen habe. »Wenn die Alben und Elben nicht so verbissen wären, würden sie merken, dass sie mitunter zusammen gehören. Du könntest ihnen Frieden bringen, aber der Weg wird nicht leicht. Viele werden sich euch in den Weg stellen, Asta ist erst der Anfang gewesen.

Er erwartet viel von mir. Wer würde mir zuhören? Keiner. Ich bin unwichtig, ein Niemand. »Wie kann es sein, dass sich viele binden, wenn es nicht die wahre Liebe ist?«, hinterfrage ich ehrlich neugierig. Ich muss an Crispins Eltern denken und die Geschichte, dass nur die Elben sich binden, es allerdings seit vielen Jahren keine Bindungen aus Liebe gab, sondern aus reinem Eigennutz, um nicht einsam zu sein.

»Nicht jeder Alb oder Elb hat seinen Seelenpartner in den anderen Reihen. Es gibt sehr wohl auch Paare unter ihnen, die füreinander bestimmt sind. Und doch will die Natur die anderen Völker verbinden.«

Wir sitzen schlagartig auf einer grünen Wiese, Wind spielt mit meinem Haar, weht es wild herum. Fasziniert blicke ich mich um. »Wo sind wir?«

»Überall und nirgendwo.« Mein Vater streckt die Arme aus, dreht sich um seine Achse. »Das ist nicht real. Ich erschaffe es für dich aus meinen Erinnerungen. So sah die Welt vor tausend Jahren aus.« Er lässt die Worte wirken und ich betrachte die Umgebung abermals. Solch eine wilde Schönheit habe ich noch nie gesehen. Hohes Gras, saftig und grün, mischt sich mit großen Blumen in allen Farben des Regenbogens. Der Himmel ist tiefblau mit dicken weißen Wolken. Ein Handteller großer Schmetterling fliegt an meiner Nase vorbei und lenkt mich von den wattigen Wolken ab. »Wie entscheidest du dich? Kommst du mit mir oder gehst du zurück ins Leben?« Die Frage kommt unerwartet, ich zucke überrascht zusammen.

»Ich …« Nervös nage ich an meiner Lippe, mustere meinen Vater, dessen Gesichtsausdruck sanft und abwartend ist. Ich habe viele Fragen. Auch wenn ich dachte, dass er mir fremd wäre, ist er es nicht. Dann ist da noch Crispin und sein Schmerz. Er soll für immer leiden? Habe ich ihm nicht versprochen, zurückzukommen? Er hat sich endlich geöffnet, jetzt soll ich mich gegen ihn stellen, denn das würde ich, wenn ich diese Welt verlasse. »Ich muss zurück. Er wartet auf mich«, flüstere ich, mein Vater nickt wissend. Er kennt die Antwort offenbar bereits.

»Du wirst nie alleine sein.« Seine Hand legt er auf mein Herz. »Hier sind wir zusammen, ich werde auf dich achten.«

»Asta meinte, ich würde eure Gaben übertragen bekommen. Wie kann das sein?«

»Ich stimme Asta in einem zu, in dir stecken unsere Gene, unser Erbe. Durch seinen Zauber wird etwas in dir freigesetzt, meine Erinnerungen an mein Leben und all das, was dazu gehört wie mein Training, mein Können und meine Gaben, wenn man so will. Sie werden dir helfen, schnell zu lernen und eine hervorragende Kämpferin zu werden.« Mein Vater schaut mich eindringlich an, während ich leichte Angst verspüre. Eine Kämpferin? Ich? »Du wirst gut sein, und du wirst mich stolz machen. So ungern ich es zugebe, ich glaube, der Prinz der Elben ist ein guter Mann. Er ist tapfer, ehrlich und ehrenvoll, aber sag es ihm nicht«, zwinkert er mir zu, woraufhin ich lachen muss.

Er ist anders, als ich erwartet habe – lustig und nett. Ich wünsche, Crispin könnte ihn so reden hören. An Crispins Seite möchte ich Castiell die Stirn bieten und seiner würdig sein. Mein Körper ist im Vergleich zu dem der Elben schwächlich gewesen – das einzig Wahre, was Asta gesagt hat. Ich straffe die Schultern, komme was wolle, ich werde es durchstehen und mich bemühen, den Wunsch meines Vaters zu erfüllen, den Alben und Elben helfen. »Du musst los, mein Schatz. Es schwindet zu viel Zeit in der anderen Welt.«

ZWEIUNDZWANZIG

Die Stunden ziehen an mir vorbei und ich raffe mich auf, nicht in meiner Trauer zu versinken. Seth hat Wachen abgestellt, die Alice beschützen, und will mir sofort Bescheid geben, sollte sie sich rühren. Mein Herz zerreißt bei dem Wunsch, bei ihr zu sein, und gleichzeitig meinen Pflichten nachzugehen. Wenn sie erwacht, möchte ich an ihrer Seite sein, ihr Halt geben und zeigen, dass ich es ernst meine, aber das Schicksal hat andere Pläne. Ich kann sie nur schützen, indem ich kämpfe. Angst und Trauer muss ich tief in mir einsperren wie all die Jahre. Diese Gefühle sind Ablenkungen, die ich mir gerade nicht erlauben darf. Ich muss mich konsequent auf meine Aufgabe konzentrieren, sie meistern und dann können wir sicher leben. Das Bild, wie sie leblos und still auf dem Bett liegt, ihr Herz nicht mehr schlägt, verbanne ich aus meinem Kopf. Hoffnung ist das Einzige, was mich vorantreibt, sie hält mich am Leben.

»Wir müssen den Wall stärken!« Seth steht neben seinem Vater, König Rinhold, dessen graues Haar sich langsam lichtet. Er ist ein starker und gerechter König, der weise und klug handelt, das schätzt sein Volk, ich ebenso. Ich kannte schon seinen Großvater, stand Seite an Seite mit ihm auf dem Schlachtfeld. Es ist ein komisches Gefühl, dass wir so viele überdauern, die nicht unsterblich sind, doch die Erinnerungen an sie bleiben bestehen. Auch wenn Seth eines Tages geht, werde ich seinen Kindern zur Seite stehen, ganz so, wie ich es damals schwor. Ich halte meine Versprechen. Seth ist der erste Mensch, zu dem mich dazu noch diese tiefe Freundschaft verbindet. Mit seinen Ahnen ist es nur ein Bündnis gewesen, mit ihm ist es Freundschaft, viel mehr als Pflichtgefühl.

»Wir brauchen mehr Männer!« Noam rauft sich die Haare. »Die Späher haben bestätigt, was Alice zuvor gesagt hat. Wir sind in eine Falle gelaufen. Heerscharen von Orks, Gnomen und Trollen umschließen das Schloss von allen Seiten. Vielleicht noch ein Tag, dann erreichen sie uns. Es wird ein Gemetzel geben.«

Mein Körper spannt sich an, ich sortiere mich, ehe ich zu meinem Bruder blicke. Es wird sein erster richtiger Kampf, außerhalb unserer Heimat, werden. Er ist erstklassig ausgebildet, ein grandioser Kämpfer, und doch habe ich Sorge, dass er es sein könnte, der fällt, denn nicht alle werden überleben.

Es klopft, Seth wirkt verärgert. »Herein.« Die Tür öffnet sich und eine unserer Wachen tritt ein.

»Lona«, nicke ich der Elbin zu. Sie lächelt mich aufreizend an, was unter Umständen früher auf mich gewirkt hätte, aber jetzt lässt es mich kalt. Es gibt eine kurze Vergangenheit zwischen uns, ein Zeitvertreib, als wir eine lange Mission gehabt haben. Allerdings waren keine romantischen Ambitionen dabei und der derzeitige Zeitpunkt ist sowieso unangebracht.

»Majestät.« Sie nickt dem König zu, wendet sich infolgedessen an mich. »Mein Prinz, wie Ihr wünscht, habe ich die westliche Route erkundet. Es gibt keinen Fluchtweg für Frauen und Kinder aus dem Schloss. Sie würden den Angreifern in die Arme laufen.«

Das habe ich befürchtet. Mit dem Daumen und Zeigefinger drücke ich kurz meine Nasenwurzel, denke angestrengt nach. »Danke, Lona. Entfernt Euch und geht auf Euren Posten.« Ich wende mich ab, aber sie stellt sich dicht an meine Seite.

»Wenn Ihr noch eine Ablenkung wünscht, sucht mich auf«, flüstert sie leise, wobei meine Augen sich zu Schlitzen verengen. Sie ahnt nicht, wie frech ihr Vorschlag ist, weil sie nicht weiß, was ich für Alice empfinde. Kein Elb würde es wagen, jemanden, der seine Gefährtin gefunden hat, derart zu beleidigen. Deswegen zügle ich mich bei meinen nächsten Worten: »Ich sagte, raus.« Selbst ohne Alice wäre die Situation nicht passend für dieses Angebot und ihr Verhalten eine Schande. Sie ist deutlich überrascht sowie verletzt und entfernt sich zügig.

Ich verschwende keinen weiteren Gedanken an sie oder ihre Gefühle, es gibt Wichtigeres. Wir brüten über den Landkarten, langsam fühle ich mich müde – etwas, das selten vorkommt, aber heute steckt mir die Müdigkeit in den Knochen, macht sie bleiern und schwer. Geschwächt verweise ich auf einen der Flüsse abseits. Mich nimmt die Situation mehr mit als jeder Krieg zuvor, was an Alice liegt.

»Cian, wir benötigen Hilfe, mehr Verbündete. Die Menschen brauchen die anderen Völker von Fegoria, wir alleine reichen nicht.«

Ich schaue meinen Bruder an, der aufrichtig nickt. »Ich weiß. Kelalan hat vor unserer Abreise Gesandte zu den Zwergen geschickt, aber noch haben wir keine Nachricht erhalten. Man weiß nie, wie sie sich entscheiden. Du kennst sie. Es gibt hier kein Gold oder Edelsteine, die sie locken könnten.« Nein, es geht um viel mehr als Reichtümer, doch das spare ich mir. Sehen die Zwerge dies nicht, oder warum sind sie nicht an unserer Seite? Werden sie mit uns in den Kampf ziehen oder uns im Stich lassen?

Der Fluss … Ich studiere die Landkarte genau, eine Idee reift in mir. Waghalsig, dennoch … Automatisch greife ich meinen Hals, spüre die kleine unscheinbare Kette, die dort baumelt. Cians Augen folgen meiner

Hand. Er ahnt, was ich vorhabe. Wir haben uns immer ohne Worte verstanden. Es wird Zeit, eine alte Bekannte um Hilfe zu bitten, auch wenn uns dies vermutlich einen hohen Preis kosten wird. Den werden wir zahlen müssen, um zu überleben.

Noam mustert uns beide, Seth und der König wirken ebenfalls gespannt, jedoch will ich ihnen keine Hoffnung machen, ehe ich nicht weiß, dass meine Idee funktioniert. »Wir treffen uns hier in einer Stunde«, teile ich ihnen mit, nicke Cian zu und gemeinsam eilen wir aus dem Zimmer. Da wir keine Zeit für einen gemütlichen Marsch und Plauderei haben, hasten wir durch die Gänge. Unsere Schritte hallen laut von den Wänden wider, während Menschen ausweichen und fluchen.

»Sie werden nicht für uns kämpfen, Crispin.«

»Werden wir sehen.« Wir sprinten aus dem Schloss, folgen einem kleinen ausgetretenem Pfad, der den Abhang hinab führt.

»Sie wird dich nicht hören, wir sind viel zu weit weg.« Cian klingt nicht zwar nicht überzeugt, trotzdem setze ich alle Hoffnung in meinen Plan. Immerhin ist es besser, als darauf zu warten, kampflos vernichtet zu werden – das widerspricht meinem Charakter.

»Hast du eine bessere Idee«, will ich wissen, doch er antwortet mir nicht, weil er sicherlich keinen angemesseneren Vorschlag hat. Er muss mir vertrauen, Punkt. Es ist nicht mein erster Kampf und, wenn die Götter es wollen, auch nicht mein letzter.

Als Seth ein Jüngling gewesen ist, habe ich einige Zeit auf dem Schloss verbracht, ihn auf Wunsch seines Vaters im Schwertkampf und Bogenschießen unterrichtet – ein besonders pfiffiges Bürschchen, stets auf der Suche nach verwunschenen Orten, und ich weiß, dass unterhalb des Schlosses eine kleine Höhle ist, dessen Wasser unterirdisch durch die Berge ins Meer fließt. Winzig, kein Versteck für Frauen oder Kinder, aber sie bietet mir eine andere Hoffnung, meine letzte Hoffnung.

Wir erreichen die kleine Höhle, fischartiger Geruch schlägt mir entgegen und ich muss den Kopf einziehen, um mich nicht an der Decke zu stoßen. »Woher hast du von der Höhle gewusst?« Cian schaut sich um. Er dachte wahrscheinlich, wir laufen zum Fluss.

»Aus meiner Zeit am Hofe.« Ich ziehe die Kette unter meiner Rüstung hervor und mustere die winzigen Muscheln an ihr. Sie ist unscheinbar, bräunlich und doch wertvoller als eine Kiste mit Gold. Cian trägt die gleiche Kette unter seinem Harnisch, die uns die Herrscherin der *Violetten Lagunen*, Jade, zu unserer Geburt überreicht hat, als Zeichen ihres Respektes unserer Mutter gegenüber.

Ich streife meine Kleider ab, springe ohne zu zögern

ins kalte Wasser. Cian setzt sich auf einen Felsen, wartet ab, seine Miene ist ernst und angespannt. Jetzt heißt es, hoffen, also ich tauche unter, setze die Muschel an meine Lippen, während ich hinein puste.

DREIUNDZWANZIG

Alles an diesem Ort fühlt sich unwirklich, aber auch auf eine ganz eigene Art real an. Es ist wie ein Traum, in dem man nicht weiß, dass man träumt. Ich sitze auf der grünen Wiese, die Grashalme kitzeln mich an den Beinen und schaue meinem Vater zu, wie er mir ein paar Schwertgriffe zeigt. Wie viel Zeit ist vergangen? Es ist leicht, sich in diesem Ort zu verlieren, denn jegliches Zeitgefühl ist verschwunden. Tage oder lediglich Stunden – ich weiß es nicht. Es fühlt sich unwichtig an. Tiefer Frieden erfüllt mich, ich habe mich noch nie so ruhig gefühlt wie jetzt, so ausgeglichen, mit mir im Reinen.

Mein Vater hat mir verraten, dass hier tatsächlich die Zeit still steht, aber nur hier. Nicht in der Welt, in der Crispin um mich trauert. Bald werde ich gehen müssen, doch ein paar Minuten haben wir noch, die wir gänzlich auskosten. Es wird das einzige Mal bleiben, dass ich meinen Vater treffe, dabei habe ich so viele Fragen an ihn. Doch welche ist wichtig, welche nicht??

Ich mustere ihn, dabei ziehe ich meine Beine dicht an die Brust. Nachdenklich lege ich mein Kinn auf meinen Knien ab. Es ist verrückt, wie mein Leben sich in ein paar Wochen verändert hat. Alles, wofür ich sonst gelebt habe, wie etwa mein Studium, ist unwichtig geworden. Meiner Familie werde ich nie wieder nahe sein, ebenso wenig meinen Freunden. Was wohl aus ihnen wird? Ich bin adoptiert worden, komme aus einer anderen Welt, das muss man sich mal vor Augen führen. Es ist, als bin ich von Aliens entführt und in ein anderes Universum gesteckt worden, in eines, in dem es Fabelwesen und Märchengestalten gibt, wo Schwertkämpfe an der Tagesordnung stehen, man keine Toilette kennt, aber Einhörner treffen kann. Das Verrückte hierbei ist, ich gewöhne mich daran, was am Anfang undenkbar gewesen ist. So schlimm wie vor ein paar Wochen ist diese Welt nicht mehr. Ich habe neue Freunde gefunden, bilde ich mir jedenfalls ein. Meinen echten Vater habe ich ebenfalls kennengelernt, somit weiß endlich, wer ich bin.

Mein Vater ist nicht böse oder brutal. Wahrscheinlich hat er recht, dass die Liebe ihn verändert hat. Was weiß ich denn schon von Liebe … Hat nicht jeder einen anderen Menschen, den er von ganzem Herzen liebt? Jeder Tyrann, jeder Schläger? Ich bin mir sicher, dass die Antwort darauf *ja* lautet. Jeder hat einen Menschen, für den er alles geben würde. Wie es scheint, ist es bei meinem Vater meine Mutter gewesen oder gar ich, das weiß ich nicht genau, aber in meinen Augen ist er definitiv kein

Monster und so werde ich ihn auch in Erinnerung behalten. Ich wünsche, ich hätte ebenso die Chance, meine Mutter zu treffen, was sicherlich unmöglich ist. Ob sie lebt? Das Geschenk, wenigstens ihn zu treffen, weiß ich jedoch zu schätzen.

Ich wippe vor und zurück, während er lächelt. Aufmerksam verfolge ich seine Anweisungen. Er sagt, dass ich mich beeilen muss und uns nicht viel Zeit bleibt. Ich weiß, wenn ich erwache, werde ich eine völlig andere sein: Alice Field, der Mensch, ist somit tot, während Alice, die Albin, Tochter von Kota, ihren Platz einnimmt.

Werde ich mir selbst treu bleiben oder werde ich mich anders fühlen? Vor Angst könnte ich mir in die Hosen machen, denn ich habe verdammt Schiss. So richtig. Nur der Gedanke an Crispin zieht mich zurück an den Ort, wo er ist, wo es so friedlich ist, dass ich hierbleiben würde, würde er nicht auf mich warten. Jeglicher Kummer ist wie weggespült, Hoffnung und Zuversicht erfüllen mich. Blinzelnd schaue ich in die Sonne, ahne, dass die Zeit zu gehen, gekommen ist. Crispin braucht mich und ich ihn. Ich habe noch eine Aufgabe zu erfüllen, mein Weg ist noch nicht zu Ende, er fängt gerade erst an.

VIERUNDZWANZIG

Ich steige aus dem kalten Wasser, ziehe mich sofort wieder an, wobei die Kleider unangenehm an mir kleben. Mein ganzer Körper steht unter Anspannung. Alles hängt davon ab, ob mein Plan funktioniert. »Wie lange sollen wir warten?« Cian beobachtet das Wasser ganz genau. Es liegt ruhig vor uns, nicht eine Welle ist zu sehen. Langsam setze ich mich neben ihn, während Silver ebenfalls angeschlichen kommt. Einleuchtend, dass er uns findet. Ich klopfe neben mir auf den Boden, daraufhin rollt er sich zusammen, legt den riesigen Kopf auf seine weichen Pfoten. Er wirkt sanft und friedlich, dabei schlummert ein tödlicher Kämpfer unter diesem kuscheligen Fell. Man sollte nie den Fehler machen, ihn zu unterschätzen.

»Wie geht es dir?« Cian schaut mich von der Seite an. »Du scheinst gefasst zu sein, doch ich ahne, dass es dir schlechter geht, als du zeigst.« Ich habe gewusst, dass er mich darauf ansprechen wird, will aber nicht darüber reden, solange Alice nicht erwacht ist. Die Wunde ist zu frisch, zu tief in meinem Herzen. Jedes Wort über sie reißt es weiter ein, also antworte ich nicht, sondern schaue aufs Wasser. Es liegt noch immer still vor mir, was mich nervös macht. »Crispin, ich bin dein Bruder«, ermahnt er mich und ich seufze.

»Und deswegen kann ich dich verhauen, wenn du nicht den Mund hältst.«

»Die Zeiten sind vorbei, du wirst alt«, neckt er mich und ich lächle schief.

»Willst du es darauf ankommen lassen?«

Er rollt die Augen. »Das würde dir mal guttun und dein Ego dämpfen. Es ist ein Wunder, dass du das Mädchen überhaupt bekommen hast, du eingebildeter Klotz.« Mein Ego dämpfen? Dass ich nicht lache.

»Ich bin unwiderstehlich«, erwidere ich. Diese Schäkerei heitert mich ein wenig auf.

»Wie ist es, seinen Seelengefährten gefunden zu haben?« Cian wirft einen Stein ins Wasser, der dreimal aufschlägt, ehe er abtaucht.

Wie soll ich ihm seine Frage beantworten? Es ist nicht leicht, dies in Worte zu fassen oder richtig zu beschreiben. »Es fühlt sich … gut an, mehr als das. Seit ich Alice das erste Mal gesehen habe, ist da etwas zwischen uns. Ein Band, das sich straffer gezogen hat«, beginne ich und er hört aufmerksam zu. »Ich habe nie gemerkt, dass mir irgendwas gefehlt hat, bis Alice erschienen ist – plötzlich bin ich komplett. Sie schafft es, dass ich mich besser fühle. Sie nimmt mir die Einsamkeit, die in mir getobt hat.« Ich erzähle ihm, dass ich Alice' Schmerz gespürt und umgehend gewusst habe, etwas stimmt nicht, nur nicht einordnen habe können, woher das Gefühl gekommen ist. »Ich habe mich nicht binden wollen, doch anscheinend hat man kein Mitspracherecht. Es passiert einfach.« Ich lächle leicht. Ich habe gewusst, dass Alice mir Ärger machen wird, aber dass sie mein Gegenstück sein wird, das hätte ich in meinen kühnsten Träumen nicht erwartet. Niemals. Dennoch bin ich froh, dass es so gekommen ist.

»Es ist verrückt. Nicht nur, dass du dich bindest, dann noch ausgerechnet an sie. Eine Albin mit einem kleinen Drachen, der an ihrem Bett hockt.«

»Halbe Albin«, werfe ich ein. Er hat recht, es ist tatsächlich verrückt – mehr als das. Gegen meine Gefühle habe ich keine Chance, gegen das Schicksal ebenfalls nicht, was ich auch gar nicht will. Sie ist tapfer und verdammt sexy, was mich zu einem wahren Glückspilz macht.

»Unsere Eltern werden das nie billigen. Niemals. Du weißt, Elon will, dass du eine politisch gute Ehe eingehst. Aber weißt du, egal was passiert, ich werde dir zur Seite stehen, Bruder.«

Seine Worte wärmen mich. »Danke.« Ich nicke ihm zu.

»Vater hat lange genug geglaubt, er könnte über mich herrschen. Ich bin der, der seine Kriege anführt, während er sicher hinter seinen Mauern sitzt. Ab jetzt bestimme ich selbst. Ich bin kein Kind mehr, sondern erwachsen, das muss er lernen. Vielleicht wird es Zeit, unser Zuhause zu verlassen, gar die Welt zu bereisen. Wie viele Jahrhunderte verschwende ich schon meine Zeit?«

Ehe Cian antworten kann, bricht etwas durchs Wasser und die Tropfen glitzern im Licht. Violette Augen funkeln uns aus einem bildschönen Gesicht entgegen. Die ovalen Pupillen verengen sich bei dem Lichteinfall, während eine Nixe auf uns zu schwimmt. Ihr grünes Haar breitet sich wie ein Fächer hinter ihr aus. »Der Prinz der Elben«, nickt sie mir zu. »Crispin, du hast nach uns gerufen? Jade schickt mich, ich bin Triel. Was kann ich für dich tun?« Sie bettet ihren Kopf auf ihren Armen, die sie vor sich auf den Uferrand legt, dabei mustert sie mich von oben bis unten, ächzt daraufhin. »So ein schöner Mann, da bekomme sogar ich Appetit.« Dann richtet sich ihr Blick voller Neugierde auf Cian. »Und noch so ein schönes Exemplar. Allein dafür hat sich der weite Weg gelohnt.« Sie leckt sich über ihre vollen Lippen, lehnt sich weiter vor, womit sie einen sehr freizügigen Blick auf ihr Dekolleté freigibt, ich jedoch bemüht bin, ihr stur in die Augen zu schauen. Sie wirkt enttäuscht, zwinkert

Cian zu, der rot wird, sich räuspert und offensichtlich ziemlich verlegen ist. So sind die Nixen, liebreizend, aber gleichermaßen todbringend, wenn sie dir nicht wohlgesonnen sind. Hinter ihrem hinreißenden Aussehen verbergen sie tödliche Kraft und Kaltblütigkeit. Sie können ihren Gegnern die Kehle mit einem Hieb heraus reißen. Ich kann nicht sagen, dass ich ihnen blind vertraue, doch immerhin so weit, dass ich sie um Hilfe bitte.

Triel klimpert mit ihren großen Augen, wartet auf unsere Antwort. »Wir brauchen eure Hilfe.« Ich berichte ihr, was passiert ist, während sie aufmerksam zuhört.

»Du willst, dass wir euch zur Seite stehen?« Ein Lächeln legt sich auf ihren Mund. Sie genießt, dass wir etwas wollen, was sie hat, sie aalt sich geradezu in diesem Wissen.

»Ja«, erwidere ich fest, »das erwarte ich von euch. Wir sind Verbündete und ich werde eines Tages König sein.«

Ihre Schwanzflosse peitscht einmal aufs Wasser, sodass uns Tropfen treffen. »Dir ist bewusst, dass Jade das nicht aus Nächstenliebe machen wird, egal, wie hübsch du bist oder was du sein wirst.« Sie liebt es offenbar, mich zappeln zu lassen.

Cian wirkt unruhig. »Was wird sie dafür verlangen?« Triel richtet ihren Blick fest auf mich. Ihr ist klar, dass Cian in der Hierarchie unter mir steht, also verhandelt sie nicht mit ihm. Er ist in diesem Moment völlig abgeschrieben.

»Was erwartet Jade als Gegenleistung?« Ich straffe die Schultern. Es ist nie vorhersehbar, was Nixen wollen.

»Mhh, das ist die Frage. Wer kann das im Vorfeld sagen? Wie dringend ist dein Wunsch nach Hilfe, schöner Prinz? Sie würde dir helfen, wenn du ihr den Wunsch offenlässt. Irgendwann wird sie ihn einlösen, ganz gewiss. Du weißt ja selbst, wie lange ein unsterbliches Leben ist. Wie soll sie heute erahnen, was sie morgen will?« Ihre violetten Augen funkeln vergnügt, wir haben keine andere Wahl, das nutzt sie aus. »Akzeptierst du?«

Cian greift meinen Arm. »Nein, Crispin, du gehst einen arglistigen Pakt ein, wir können uns nicht mal im Ansatz vorstellen, was sie einfordern wird. Es könnte sogar so weit gehen, dass es dein Kind sein wird.«

Triel stößt ein Schnauben aus. »Ich bitte dich, sein Kind? Sind wir Monster? Was sollen wir mit einem Elbenkind, es fressen?«

»Wir haben keine Wahl, Cian. Wir werden sonst überrannt. Die Orks kennen keinerlei Gnade, außerdem haben wir keine Nachricht von den Zwergen.« Ich reiße mich los, ziehe im gleichen Atemzug mein Schwert. Triel grinst von einem Ohr zum anderen und reicht mir ihre schlanke Hand. Schwimmhäute verbinden ihre Finger, mit denen sie direkt vor meiner Nase wackelt.

»Das ist ein Fehler«, flüstert Cian, doch ich höre bewusst weg. Er versteht nicht, was auf dem Spiel steht. Ich bin der Heerführer und Strategieplaner. Er muss noch viel lernen, vor allem mir in diesen Dingen zu vertrauen.

Ich fahre mir mit der Klinge über meine Hand, die Haut öffnet sich, Blut tropft auf den Boden, dann reiche ich die Klinge an Triel weiter. Unser Blut vermischt sich am Boden. »So sei es, mit Blut besiegelt unter Zeugen.« Im nächsten Augenblick ist sie verschwunden und das Wasser vor uns unberührt, als ist sie nie da gewesen.

»Du bist einen gefährlichen Pakt eingegangen, Bruder«, brummt Cian und Silver knurrt zur Zustimmung. Er läuft unruhig auf und ab, schnuppert am Wasser.

Ich wende mich dem Ausgang zu und beginne den Aufstieg zum Schloss. Jetzt habe ich getan, was in meiner Macht steht. Alles Weitere liegt bei den Göttern. Manchmal hat man keine andere Wahl, als Dinge zu machen, die einem nicht gefallen. Um Leben zu retten, muss ich dieses Risiko eingehen. »Ich gehe kurz zu Alice«, teile ich ihm mit, aber warte nicht auf seine Zustimmung. Die Zeit rennt mir durch die Finger, ich will sie noch einmal sehen und schauen, ob es eine Veränderung gibt.

Mit gemischten Gefühlen betrete ich ihr Gemach und frage mich, was mich erwartet. Ich schicke die Wachen hinaus, sie sollen vor der Tür warten, während ich zögerlich an ihr Bett trete. Vorsichtig ziehe ich die Vorhänge zur Seite und schaue auf die Frau, die ich liebe. Mein Herz klopft heftig gegen meine Rippen, Hoffnung ringt mit Angst. Alice wirkt so klein und verloren auf dem großen Bett, dass mich der Anblick verletzt. Leblos liegt sie in den weichen Kissen. Eine Veränderung sehe ich nicht. Die Tränen an ihren dunklen Wimpern sind getrocknet, das rote Haar unterstreicht ihre blasse Haut, unter ihren Augen liegen immer noch die tiefen Ringe und ihr Körper weist weiterhin die Verletzungen von Asta auf.

Ich knie mich vor ihr Lager und lege ihre kalte Hand in die meine. Sanft streiche ich über ihre Haut. »Kleiner Schmetterling«, flüstere ich. »Komm zurück. Ich brauche dich hier. Wenn ich dich verloren habe, wie soll ich dann die Kraft haben, zu kämpfen? Gib mir etwas, woran ich glauben kann. Stark, ich will stark sein, für dich und für uns, weil ich an uns glauben will.« Ich lege meinen Kopf auf das Laken und atme tief ein. Ihr Duft steigt mir in die Nase, wärmt mich von innen. Ich darf die Hoffnung nicht verlieren.

Topas lugt vorsichtig unter der Decke hervor. Zu meiner Überraschung stupst er sogar meine Hand an, schmiegt sich dann hinein. »Was soll das denn?«, frage ich leicht verwirrt, dennoch belustigt. »Ein Frieden, weil wir beide Trost brauchen?« Wieder stößt er mich an, also gebe ich nach. Vorsichtig streiche ich über seinen Kopf, ein Schnurren entfährt ihm. »Dafür, dass du so gefährlich bist, bist du ganz schön … zutraulich«, stelle ich belustigt fest. Seine goldenen Augen fixieren mich, dann tapst er zu Alice, um sich auf ihrem Bauch zusammenzurollen. »Du passt auf sie auf, wenn ich fort bin?«, frage ich und er lässt mich nicht aus den Augen, bevor er seufzt, was ich als Zustimmung sehe. Das ist wohl ein *Ja* gewesen. Bei den Göttern, ich rede hier mit einem Drachen. Wo soll das enden?

Ich stehe auf, küsse Alice auf die Stirn und inhaliere ihren Duft ein weiteres Mal. Daraufhin verlasse ich das Zimmer, verbanne meine Trauer in meinem innerlichen Gefängnis.

FÜNFUNDZWANZIG

»Du wirst mir fehlen«, flüstere ich, versuche dabei, nicht in Tränen auszubrechen. Abschiede waren noch nie meine Stärke, dieser ist besonders schlimm.

»Nein, werde ich nicht. Ich bin immer da, schon vergessen? Hier drinnen.« Kota legt die Hand auf mein Herz. »Wenn dich etwas bedrückt, rede mit mir. Ich werde dich hören. Jederzeit.« Ich falle ihm in die Arme, wobei eine Träne aus meinen Augen kullert und vom Stoff seiner Tunika aufgesogen wird. Wenn das so einfach wäre. Als ich ihn nicht gekannt habe, ist es leicht gewesen, zu sagen, dass er nicht mein Vater ist, doch jetzt, wo ich ihn kenne, fällt mir der Abschied so verdammt schwer. Der Gedanke, unsterblich zu sein, ihn nie wieder zu sehen, ist unerträglich. Ich weiß zu wenig über ihn … und über mich. Wen soll ich fragen, wenn nicht ihn?

Mein Vater nimmt mich energisch in den Arm. »Du bist so erwachsen, wie du wunderschön bist. Ich bin stolz auf dich. Du machst mich zum glücklichsten Mann der *Heiligen Hallen*. Ich durfte eine wunderschöne Frau lieben, die mich mit einer einzigartigen Tochter beschenkt hat. Du bist mein ganzer Stolz.«

Mir wird warm ums Herz und ich lächle ihn an. »Ich habe dich lieb, Dad.« Das Wort kommt mir wie von selbst über die Lippen.

Er lächelt schief. »Was ist ein Dad?«

Ich muss lachen. »Es ist das Gleiche wie Vater. In meiner Welt sagt man das so.«

»Vater, klingt ungewohnt, aber … gut. Sehr gut sogar. Danke für dieses Geschenk.« Die Zeit des Abschiedes ist gekommen. Ich weiß, dass ich gehen muss. Mein Herz zieht mich zu Crispin. »Du kannst noch immer mit mir kommen«, erinnert er mich, doch ich schüttle den Kopf. Er versteht, wieso. Ich sehne mich nach meinen mürrischen Prinzen, der hoffentlich ebenso sehnsüchtig auf mich wartet – zumindest wäre es besser für ihn.

Wie soll man einer geliebten Person Lebewohl sagen? Ich will noch so vieles bekunden, aber mir fehlen die Worte. Ein Kloß sitzt tief in meinem Rachen, blockiert alles. Dad löst eine Kette von seinem Hals, hängt sie mir vorsichtig um. »Das ist die Kette deiner Familie, unserem Fleisch und Blut. Jeder Alb wird sie erkennen. Unsere Familie ist angesehen und gefürchtet. Trage sie mit Würde. Vergiss nicht, wer du bist, vor allem was du erreichen kannst.« Seine grünen Augen, die auch meine sind, strahlen. »Vielleicht kannst du den Krieg beenden. So lange bin ich selbst blind gewesen, habe nur auf Befehle gehört. Es gibt genug Albe, die sich gegen Castiell stellen würden. Sie brauchen nur jemanden, der ihnen den Weg weist. Du könntest dieser Jemand sein, du und dein Elbenprinz.« Ich lache schluchzend auf.

»Nenn ihn nicht so. Ich wünsche, du würdest mich begleiten können«, flüstere ich heiser, woraufhin mir nun doch die Tränen kommen.

»Nicht weinen, Liebes.« Er drückt mich fest an sich. Wie eine sanfte Sommerbrise wird er mir immer in Erinnerung bleiben.

Ich trete mit feuchten Augen von ihm weg und wische mir über die Nase. Schön, das Letzte, was er von mir sieht, ist eine laufende Rotznase. »Wirst du Schmerzen haben, wenn ich gehe?«, frage ich besorgt, aber er schüttelt den Kopf. Ich schaue hinter mich, dort ist das Licht, das mich schon hergeführt hat. Es wird mir den Weg an den Ort zeigen, wo Crispin wartet. Zögernd schaue ich wieder zu meinem Dad.

»Du musst den Weg gehen, den wir gekommen sind. Auf der anderen Seite wirst du als Unsterbliche erwachen. Der Mensch in dir ist gestorben, für alle Zeit.«

Ich fasse an die Kette. »Werde ich sie mitnehmen können?«

»Ja, sie wird mit dir gehen.« Ich drehe mich um, will stark sein. Schritt für Schritt gehe ich ins Licht, wirble allerdings schleunigst herum und renne auf meinen Vater zu, dem ich ein letztes Mal um den Hals falle.

»Ich werde dich nie vergessen, Dad. Versprochen!«

SECHSUNDZWANZIG

Die Tür zu unserem Gemach wird aufgerissen und Rinhold stürmt herein. »Sie kommen!« Ein weiterer Tag ist vergangen, ohne dass Alice erwacht ist. Ein weiterer Tag, der mich quält, gar meine Hoffnung zu behalten. Ich nicke dem König entgegen, daraufhin verlässt er mit sorgevollem Blick das Zimmer.

Ich wende mich dem Fenster zu, stehe dabei auf und sehe die friedlichen Sonnenstrahlen, die sich ihren Weg in den Raum bahnen. Langsam, Stück für Stück, erhellen sie die Dunkelheit. Wir werden Fegoria nicht im Stich lassen. Ich atme tief durch, streiche Alice über ihr Haar, ehe ich mich für die Schlacht ankleide. Das Anlegen der Rüstung ist ein Automatismus für mich, keine Herausforderung mehr, das Gewicht des Waffengurtes spüre ich kaum noch und stecke die Schwerter hinein, die ich gestern geschärft habe. Heute werden sie morden und vor Blut glänzen, meinen Feinden das Fürchten lehren. Mein Dolch verschwindet im Stiefel, man sollte stets einen *Plan B* haben, danach schultere ich meinen Bogen, ebenso den gefüllten Köcher. »Du lässt dir viel Zeit, kleiner Schmetterling. Aber es ist gut, verschlafe diese

Schlacht. Wenn du erwachst, werden wir siegreich daraus hervorgegangen sein. Ich verspreche es dir.« Und ich bin fest davon überzeugt, mein Versprechen zu halten. Dies wird nicht unser Ende sein. Es gibt keine Schlacht, die ich bis jetzt verloren habe, heute wird nicht der Tag sein, an dem ich damit beginne. Zuviel steht auf dem Spiel. Niemals gebe ich auf. Nicht, solange ich Hoffnung in mir trage. Die anderen haben recht, ich bin arrogant, doch diese Arroganz rettet mir meist das Leben.

»Crispin?« Noam erscheint in der Tür. Sein Blick ist eindringlich, draußen ertönen die ersten Hörner der Orks. Sie jagen mir einen Schauder über den Rücken, ich habe genug Zeit geschunden. Es ist so weit, dies wird einer meiner größten Kämpfe, das spüre ich. Ein letztes Mal gebe ich Alice einen sanften Kuss auf die Stirn und verpasse Topas, der seinen Schwanz unters Kissen zieht, einen Stups. Komisches, vor allem faules Tier. Ich habe erwartet, dass Drachen mehr … Feuer haben, stattdessen verschläft das Vieh den halben Tag, während die andere Hälfte gefressen wird. Wie soll man so ein Tier weiterhin als Killer betiteln? Meine Unruhe, was Alice betrifft, wächst stündlich, aber das kann ich mir selbst kaum eingestehen. Es muss einfach klappen!

»Lona?« Ich rufe nach der Wache vor der Tür, die mit undurchdringlicher Miene eintritt. Ihr Gesicht verzieht sich zu einer Grimasse, als sie Alice auf dem Bett sieht, was mich schon fast knurren lässt. »Lass niemanden in ihre Nähe, beschütze sie mit deinem Leben«, befehle ich ihr, woraufhin sie zerknirscht nickt, dann trotzig den Kopf hebt und meinen Blick sucht.

»Ich will an deiner Seite kämpfen, wie früher«, wendet sie ein. Sie legt die Hand auf meinen Arm, doch ich schüttle ihn ab.

»Nein, ich brauche dich hier. Du bist eine meiner besten Kriegerinnen. Ich muss mich auf dich verlassen können.« Ich zeige auf Alice. »Das ist deine zukünftige Königin, also schütze sie, wie du mich schützen würdest.«

Lona reißt die Augen auf. »Wie bitte? Sie ist …«, setzt sie erschrocken an.

»Ich habe mich an sie gebunden, von jetzt bis in alle Ewigkeit. Sie ist meine Seelengefährtin«, beende ich ihre Worte.

»Crispin, sie ist ein verdammter, toter Mensch«, brüllt sie mich an, schaut daraufhin zu Noam. »Er ist verrückt geworden, oder? Sag es ihm! Seelengefährtin? Die gibt es nicht, Crispin. Das ist ein Märchen!«

»Zügle deinen Ton, Lona«, erwidere ich aufgebracht. »Sie ruht, denn sie steht unter einem Zauber. Willst du dich meinem Befehl widersetzen?« Ich hebe eine Augenbraue, woraufhin sie die Lippen zusammenpresst.

»Nein, My Lord, das würde ich nie wagen.«

»Gut.« Ich mustere sie noch einen Moment, doch dann wendet sie sich ab. Wütend knirscht sie mit den Zähnen, widerspricht angenehmerweise nicht erneut. So habe ich sie zu keiner Zeit erlebt, aber ich vertraue ihr. Sie ist eine gute Kämpferin und wird Alice im Notfall schützen können.

Kurze Zeit später stehe ich vor dem Rest meiner Armee und lasse meinen Blick über sie schweifen. »Wir werden die Wälle sichern, von dort die Orks und Trolle mit unseren Pfeilen spicken. Wir sind bessere Bogenschützen als die Menschen.« Meine Männer schauen mich vertrauensvoll an. Angst kennen sie nicht. »Die Gnome werden versuchen, die Mauern zu erklimmen, hindert sie daran. Sie dürfen nicht ins Schloss gelangen, unter keinen Umständen.« Die Männer nicken, also fahre ich fort. »Ich bin stolz auf jeden von Euch, ob Elb oder Elbin. Seid mutig, tapfer und siegreich. Denkt daran, was von unserem Sieg abhängt, der Fortbestand von Fegoria, wie wir es kennen und lieben. Wir werden ihnen zeigen, dass wir uns nicht fürchten. Nicht vor ihnen, nicht vor dem Tod. Dies wird unsere bisher größte Schlacht und wir werden siegen.« Nun jubeln sie mir zu, halten dabei ihre Bögen in die Luft. Mit einem Lächeln entlasse ich sie, woraufhin sie ihre Positionen einnehmen. Cian, Seth,

Noam und ich bleiben zurück. Rinhold ist schon am Tor und gibt dort letzte Anweisungen an seine Armee.

»Ich bleibe bei Cian.« Noam nickt mir zu, er will mir damit sagen, dass er auf ihn achtgeben wird, so gut er es kann. Ich weiß, dass mein Bruder ein guter Kämpfer ist, doch manchmal überschätzt er sich. Wir benehmen uns vielleicht albern, aber es ist nun mal sein erster Kampf außerhalb des Nebelwaldes.

»Passt auf euch auf«, murre ich, ziehe Cian dann in eine kurze Umarmung, die er überrascht erwidert. Wir sind nicht gerade körperlich, dennoch habe ich das jetzt tun müssen, um ihm zu zeigen, was er mir bedeutet.

»Pass auf dich auf, alter Mann«, neckt er mich, ehe er ernst wird. »Es sind keine Truppen mehr gekommen und keine Nixen in Sicht. Der Fluss im Osten liegt still und glasklar im Sonnenlicht.«

»Die Nixen werden kommen. Warte ab!« Ich habe die Verteidigung so aufgebaut, dass der besagte Fluss ungeschützt ist. Die Nixen werden niemanden passieren lassen. Darauf vertraue ich, denn ich habe ihre Zusage, dass sie mit Blut bezahlt haben. Jade steht zu ihren Versprechen, wird es somit gewiss nicht brechen.

»Dein Wort in den Ohren der Götter, mein Freund.« Seth klopft mir auf die Schulter. »Ohne dich und deine Freundschaft stände ich hier heute alleine, wir wären verloren. Auch wenn die Chancen schlecht stehen, so sterbe und kämpfe ich lieber mit einem Freund an meiner Seite.«

»Wirst du sentimental?« Ich hebe eine Augenbraue. »Lass es, du bist kein kleines Mädchen.« Er lacht rau auf, Cian und Noam stimmen ein.

»Es gibt keinen Grund, sich zu verabschieden. Wir werden es schaffen.« Ich schaue jeden von ihnen tief in die Augen. »Danach werden wir feiern und in einhundert Jahren können wir unseren Kindern von diesem glorreichen Sieg berichten«, lächle ich und Seth schnaubt auf.

»In einhundert Jahren kannst du es meinen Urenkeln erzählen, wenn ich tot bin. Nicht alle werden so alt wie du, alter Kauz. Und ich warne dich, wenn du mich nicht besonders heldenhaft darstellst, dann werde ich dich heimsuchen. Das schwöre ich bei den Göttern.«

Wieder ertönen die Hörner der Feinde, was uns zum Wall schauen lässt. Genug der Scherze und Geplänkel. Die Elben stehen reglos auf den Mauern, schauen auf die Massen der Gegner. Ihren Mienen ist nichts abzulesen. Die Menschen warten mit Bogen und Schwertern hinter ihnen, sie wirken deutlich nervöser. Im Hof sammeln sich noch mehr Kämpfer, während die Frauen mit ihren Kindern in der Burg Schutz suchen. Solange wir den Wall halten, sind sie dort sicher. Sollten wir fallen, müssten sie ebenso kämpfen, wenn auch chancenlos. Es geht um so viele Leben.

Rechts verläuft der breite Fluss, der von der Burg hinab fließt, um dann hinter dem Berg direkt im Meer zu enden. Er wirkt leer, doch das kann ebenso täuschen, Cian wird sehen. Wir trennen uns und ich nehme meinen Platz neben Seth und Rinhold ein, vorne an der Spitze auf der Mauer, während Noam mit Cian zur anderen Seite geht, um diese zu stärken. Ich blicke hinunter, sehe die Fackeln der Feinde und ihre verzehrten Gesichter. Widerliche und grausame Kreaturen. Alice hat nicht gelogen, es sind dreimal so viele wie wir. Trolle, Oger und Gnome, kein einziger Alb, der sich die Hände schmutzig macht. Feiglinge, lassen die anderen Völker für sie kämpfen, um uns für die weiteren Kämpfe zu schwächen. Das ist gewiss, es wird weitere Kämpfe geben, in denen sich entscheidet, wer herrscht – Elben oder Albe. Der Gestank der Orks weht mir zu, woraufhin ich die Nase rümpfe. Sie stinken nach Unrat und altem Blut. Abartige Wesen.

Meine Gedanken sind ein letztes Mal bei Alice. Ich rufe mir ihre Stimme in Erinnerung, ihr Lachen. Erwache, sonst könnte ich auch genauso gut sterben. Ich kämpfe für unsere Zukunft. Es ist so, als würde ich in diesem Moment einen Schalter umlegen, aber jetzt denke ich nur noch an den Kampf vor mir, alles andere ist wie ausgesperrt. Ich schaue zum Himmel, der von grauen Wolken durchzogen ist. Der Tag bricht an, mit ihm die Schlacht.

»Zeigt keine Angst.« Rinhold spornt seine Männer an, sie jubeln ihrem König zu, während mein Volk einfach weiter das Feld beobachtet. Wir harren aus, denn wir werden nicht den Anfang machen. Bisher haben wir keinen Krieg begonnen, dabei bleibt es. Es gebietet unsere Ehre.

Die Minuten vergehen, die Monster vor uns beginnen einen brummenden Singsang – ihren Kampfessgesang. Dann, wie aus dem Nichts, fliegen die Pfeile. Sie prasseln auf uns hinab, aber wir schicken eine Salve an Pfeilen zurück. Schneller, als es jedes Auge wahrnehmen kann, ziehe ich einen Pfeil nach dem anderen über meinen Bogen und schicke damit Feinde in den Tod. Jeder meiner Pfeile findet ein Ziel und mit einem Lächeln quittiere ich die gefallenen Feinde. Jaulen und Brüllen hallen über das Feld, als unsere Pfeile ihre Ziele finden – keiner geht daneben. Zufrieden schmunzle ich. Sie wollen uns vernichten? Es wird ihr Ende sein!

Neben mir wird ein Mensch niedergestreckt und fällt vom Wall. Ich kann ihm nicht helfen, denn meine Aufmerksamkeit gilt dem Feld vor mir – ein wahres Gemetzel. Er bleibt nicht das einzige Opfer. Immer mehr folgen ihm in den Tod, doch ich schieße weitere Pfeile ab. Es ist wichtig, viele von ihnen zu töten, ehe sie die Mauern erreichen.

Aus der Ferne haben wir einen großen Vorteil, den ich solange nutze wie möglich. Viele der Menschen sind einfache Bauern, ihre Hände zittern so sehr, dass die Pfeile der Orks sie zwar verletzen, aber nicht töten. Diese passieren in diesem Augenblick den Fluss. Mit einem breiten Lächeln erkenne ich, wie Nixen auftauchen, die Orks an den Beinen hinabziehen. Zu überrascht, um zu handeln, finden viele ihr Ende unter Wasser, das jetzt zu sprudeln scheint. Sie müssen sich enger formatieren, um dem Fluss auszuweichen, in deren Tiefe die Nixen warten. Tritt einer zu dicht ans Ufer, schießen ihre Hände empor und reißen denjenigen hinab. Das Wasser ist aufgewühlt, die toten Körper treiben wieder an die Oberfläche und werden flussabwärts ins Meer getragen. Die Nixen helfen uns, gehen jedoch nur minimale Risiken ein, sich selbst zu verletzen. Es ist besser als nichts, also bin ich dankbar für jeden Feind, der ertrinkt und somit den Weg der Gegner schmälert.

»Die Nixen, du hast recht gehabt«, ruft Seth mir aus der Ferne zu. Ich nicke nur, über den Preis für diese Hilfe muss ich heute nicht nachdenken.

»Sie haben Rammböcke«, schreit es von vorne. Mehrere Trolle rennen mit schweren Blöcken auf die Tore zu. Wir strecken sie mit Pfeilen nieder, doch ihre ledrige Haut, die sehr dick ist, hält vieles stand.

»Mehr Pfeile«, brülle ich den Kämpfern zu, wedle mit den Armen. Jetzt müssen sie an zwei Fronten kämpfen, das Tor verteidigen, aber auch das Feld ausdünnen. Schweiß rinnt meinen Rücken hinab, was ich gekonnt ignoriere. Meine Muskeln brennen vor Anstrengung, doch ich habe keine Zeit für eine Pause, da sie immer näher kommen. Jeder Schlag lässt die Holztür einige Zentimeter weiter bersten, sie werden das Tor bald stürmen, denn beginnt das noch viel größere Blutbad. »Sichert die Mauern, tötet so viele, wie ihr könnt«, fordere ich und laufe den Wall entlang, zu Cian und Noam – sie sind dichter am Tor als ich. »Wir müssen in den Hof, wenn sie eindringen.« Ich schaue hinab, das Meer der Angreifer nimmt einfach kein Ende. Wie schwarze Ameisen tummeln sie sich unter uns, bereit, ihre Zähne und Klauen in uns zu vergraben, wenn ihre Äxte und Schwerter nicht genügen sollten. Die Sonne steht schon hoch am Himmel, der Boden vor dem Schloss ist rot getränkt vom Blut. Sein Geruch weht zu uns hinauf, liegt schwer in der Luft.

Die Gnome versuchen nun, die steinernen Wände emporzuklettern, flink wie sie sind. Wenige von ihnen haben Erfolg. Es sind zu viele Stellen, an denen wir kämpfen, sie nutzen jede Lücke, die wir ihnen bieten. Die ersten Schwerter treffen laut klingend aufeinander und die Luft ist von Schlägen erfüllt. Ehe ein Gnom es über die Mauer schafft, säble ich ihm den Kopf ab, der infolgedessen vom Geschirr rollt, und sein Körper vor mir liegen bleibt. Einem weiteren Zwerg trete ich von der steinernen Umrandung zurück in die Tiefe, wo er hergekommen ist. Schreiend stürzt er hinab, reißt einen weiteren hässlichen Gesellen mit sich, bevor sie im Gewusel verschwinden. Seine Kameraden kümmert es nicht, sie zertrampeln das, was von seinem Körper übrig ist.

»Cian, pass auf«, brülle ich meinem Bruder zu, woraufhin er herum wirbelt und den Gegner, der ihn angreifen will, enthauptet. Blut spritzt ihm ins Gesicht, besprenkelt seine Rüstung. Mit einem Arm streicht er sich angewidert die warme Flüssigkeit aus den Augen. Das ist knapp gewesen. Adrenalin schießt durch meine Venen, pusht mich zusätzlich. Noams Wange ziert ein dicker Schnitt, vermutlich von einem Pfeil, doch er kämpft verbissen weiter. Mit lautem Gebrüll stürzt er sich auf die Massen der Angreifer, die nicht zurückweichen, sondern ihn willkommen heißen.

Ich drehe mich um, suche im Getümmel nach Rinhold, ebenso nach Seth. Beide sind etwas abseits im Knäuel aus Körpern von Feinden und Freunden. Die Tore unten knarren und krachen. Nicht mehr lange und sie brechen durch, ich kann es nicht verhindern. Die Trolle sind dumm, aber stark. Die perfekten Rammböcke für die Orks. Seth hört es auch, schaut die Mauer hinab. Genau in diesem Moment reißt ein Gnom, der sich über die Mauer schwingt, Rinhold in die Tiefe. Ich will vortreten, doch ich bin zu weit entfernt, es geht viel zu schnell, um zu handeln.

»Vater!« Seth eilt vor, ebenso wie ich, doch es ist zu spät. Rinhold verschwindet unter dem Meer der Feinde, wird zermalmt. Wir hören nicht einmal seinen Schrei, er ist einfach verschwunden. Ein herber Schlag für die Menschen. »Vater?«, brüllt Seth und ich kämpfe mich weiter zu ihm durch.

»Seth?« Ich greife ihn, schüttle ihn. »Seth, nicht jetzt. Später ist Zeit, zu trauern. Er würde nicht wollen, dass du ihm in den Tod folgst. Dein Volk braucht dich, wir brauchen dich.« Seth schaut mich aus leeren Augen an, nickt aber, denn er hat verstanden. Mit einem wütenden Brüllen stürzt er sich wieder in die Schlacht. In diesem Moment höre ich die Tore bersten. Das Geräusch geht mir durch Mark und Bein. Das ist nicht gut, gar nicht gut. Die Menschen brüllen und Seth bellt ihnen Befehle zu. Er ist jetzt ihr Anführer, muss sich schneller in die Rolle einfinden, als erwartet.

Ich springe auf die steinerne Umrandung, die Wand hinab, greife dabei einen Fahnenmast und schwinge mich an ihm zum Boden. Sicher lande ich auf den Füßen, ziehe sofort mein Schwert und lasse wie eine Todesfee das Ende bringen. Aus dem Stiefel fische ich noch mein Dolch und renne auf die hereinströmenden Orks und Oger zu. Mein Dolch landet im Auge eines Trolls, der daraufhin tot zu Boden fällt. Strike, ein Treffer auf ganzer Linie! Als ich an ihm vorbeikomme, ziehe ich den Dolch, der sich mit einem Schmatzen löst, aus dessen Schädel. Hirnmasse und Gewebe kleben an ihm, doch das ist jetzt egal.

Die Gnome bringen Kämpfer aus dem Gleichgewicht, indem sie zu zweit angreifen. Einer wirft sich gegen die Beine und der andere schlitzt dem Opfer die Kehle auf, wenn er taumelt. Ich kneife die Augen zusammen. Schweiß, Dreck und Blut brennen übel nach. »Silver«, brülle ich und der Wolf rast an mir vorbei, reißt die Gnome mit seinen Klauen nieder. Sie brüllen vor Angst, stehen sich auf der Flucht vor ihm teilweise selbst im Weg und rempeln sich um. Feiglinge! Sobald es gefährlich wird, retten sie nur ihre knochigen Ärsche. Silver hat kein Erbarmen. Einer nach dem anderen findet sein

Ende, wenn er seine spitzen Zähne in sie bohrt. Sie hätten in ihren Erdlöchern bleiben sollen.

Ich ziehe mein glitschiges Schwert aus dem nächsten Troll, als ich ein Horn höre. Mein Kopf fährt herum und ich halte die Luft an. Ich schaue durch eines der geborstenen Tore. In der Ferne erkenne ich wehende Fahnen und muss leicht schmunzeln. Ich bin nicht der Einzige, der die Fahnen wahrnimmt. »Die Zwerge«, brüllt jemand. »Sie kommen!« Die Rufe werden aufgenommen, immer lauter. Hoffnung klingt ihn ihnen nach, dieses Auftauchen könnte eine Wende bringen. Die Zwerge verbünden sich mit uns, wir ziehen gemeinsam in die Schlacht. Nun ist der Kampf ausgeglichen, die Orks und Trolle müssen sich von drei Seiten verteidigen, vier Völker gegen sie vereint. Das gab es lange nicht mehr in der Geschichte Fegorias. Zwerge, Menschen, Elben und Nixen. Seite an Seite. Davon werden noch unsere Urahnen sprechen. Silver springt an mir vorbei, einem Troll an die Kehle, und reißt ihn zu Boden, während ich meinen Dolch tief in seinen Hals stoße und ihn umdrehe. Mit einem Gurgeln erstickt er an seinem eigenen Blut.

Auf in den Kampf! Für Rinhold und für die Zukunft.

SIEBENUNDZWANZIG

Mit einem tiefen Atemzug kehrt das Leben in meinen Körper zurück und ich öffne die Augen. Das Licht brennt, schmerzt im ersten Moment. Mühsam blinzle ich einige Male, ehe ich sie richtig öffnen kann. Allmählich lässt die Benommenheit nach, weicht neuen Empfindungen.

Ich lasse meine Hand vorsichtig über das Laken streifen. Es fühlt sich sehr weich und kühl an. Von draußen dringen glasklare Schreie in mein Ohr, denen ich aufmerksam lausche, während ich mich sammle.

Die Stille der Seite, des toten Ortes, verglichen mit dem Krach an diesem, ist ein krasser Unterschied. Bei jedem Geräusch zucke ich unwillkürlich zusammen. Sämtliches fühlt sich plötzlich komisch an. Das Gegenteil der letzten Stunden, wo auch immer ich gewesen bin. Die Konturen sind härter, die Farben satter und selbst ich bin verändert, fühle mich anders als früher. Langsam bewege ich die Augen, schaue zum Fenster und horche dabei in mich hinein, erkunde mein neues Ich.

Ich höre definitiv besser. Der Kampflärm ist so lautstark, als kreuzen sie ihre Klingen direkt vor der Tür.

Sogar meine Augen sehen schärfer als in meinem Menschenleben, denn früher hätte ich mit Blick aus dem Fenster nie einen Vogel am Himmel erkannt. Ich kann beobachten, wie er seine Kreise zieht, ein Aasgeier, der sich an den Opfern laben will.

Neben mir erklingt ein erschreckter Aufschrei, gefolgt von einem lauten Poltern, das mir in den Ohren schmerzt. Eine braunhaarige Elbin ist neben meinem Bett vom Stuhl gefallen, ihre Augen sind riesig und vor Verwirrung weit aufgerissen. Wer ist das? »Ihr wart tot«, zischt sie, rappelt sich dabei wieder auf. Sie wirkt nervös, kneift die Augen kurz zusammen und öffnet sie dann erneut, als will sie sichergehen, dass ich wirklich da bin. Topas umkreist brummend meinen Kopf, reibt obendrein seine Nase an meiner Wange. Es fühlt sich vertraut an, endlich etwas, an dem ich mich festhalten kann – ein Gefühl, das nicht fremd ist.

»Topas«, freue ich mich, drücke den kleinen Drachen an meine Brust, der zufrieden schnurrt. Auch er hat mir gefehlt. Ich freue mich, dass er hier ist. Anscheinend akzeptiert Crispin ihn mittlerweile, obwohl er angeblich sein Feind ist. Oje, er ist ordentlich gewachsen. Jetzt, wo ich ihn richtig ansehe, bin ich leicht erschrocken.

»Das … ist unmöglich.« Die Elbin ist ganz weiß im Gesicht, lenkt meine Aufmerksamkeit auf sich. »Ihr wart eben noch ein Mensch«, haucht sie, mustert mich akribisch. »Ein sehr, sehr toter Mensch, um genau zu sein.«

Wo ist Crispin? Ich schaue mich um. Warum sitzt die fremde Elbin bei mir, statt er? Ich habe gehofft, ihn zu sehen und keine Fremde. Eine Welle der Enttäuschung breitet sich in mir aus, ehe ich es verhindern kann. Gegenüber von mir ist ein kleiner Spiegel, mein Blick wird fast magisch angezogen und ich mustere die Frau, die mir entgegenblickt. Mein Spiegelbild erschreckt mich, mein Haar, das vor meinem Tod knapp über die Schultern ging, reicht mittlerweile bis über meinen Po. Es fällt in langen Wellen meinen Körper hinab, der nicht mehr abgemagert und ausgezehrt ist, sondern sogar richtige Muskeln aufweist. Wie ist das möglich? Meine Wunden sind verschwunden, man sieht keine Narbe, keinen blauen Fleck, nichts. Makellos. Mein Gesicht leuchtet geradezu im Kontrast zu meinen Haaren, meine Augen strahlen in einem viel satteren Grün. Mein Gesicht wirkt schärfer, kantiger, meine Wangenknochen treten deutlich hervor, betonen meine Augen, die verdammt groß aussehen. Ich bin ja vorher schon nicht dick gewesen, doch jetzt ist mein Körper tatsächlich genauso athletisch wie der von Crispin und den anderen. Stolz erfüllt mich. Das soll ich sein? Ich fasse an meine Ohren, die oben spitz zusammenlaufen, mein Mund formt ein überraschtes *O*.

Es ist verrückt, wenngleich ich mich langsam daran gewöhne, dass hier alles wie verzaubert ist.

Ich bin Alice – in meinem ganz persönlichen Wunderland. Weiße Hasen habe ich keine, aber einen kleinen Drachen. Mein Hutmacher ist ein sturer Prinz, der mir das Leben gerettet hat, und zudem heißer ist, als es erlaubt sein sollte. »Ich bin eine Albin«, hauche ich völlig fasziniert von meinem neuen Erscheinungsbild und die Elbin schaut mich eindringlich an, zieht Luft ein.

»Eben wart Ihr noch ein Mensch, nun seht Ihr aus wie eine von denen, es stimmt. Das ist …. Weiß Crispin, was Ihr seid?« Sie mustert Topas mit Vorsicht, spuckt mir die Worte wie eine Beleidigung entgegen. Die Abneigung ist ihr ins Gesicht geschrieben, ich wecke puren Ekel in ihr. Automatisch greife ich nach der Kette meines Vaters. Ich muss mich nicht schämen, rufe ich mir selbst in Erinnerung.

»Crispin weiß, wer ich bin«, erwidere ich deshalb, so kalt ich kann. Sie mustert mich eingehend, taxiert mich geradezu, wiegt ihre nächsten Schritte genau ab.

»Habt Ihr ihn verhext? Ist es das? Ein Trick, um uns zu schaden?«

»Eifersüchtig?« Meine Tonlage ist nun leicht bissig. Was bildet sie sich ein? Wer ist sie überhaupt? Wieder erklingt von draußen Gebrüll, mein Kopf fährt zur Tür herum. »Ist es so weit, hat der Kampf angefangen?« Mein Herz pocht plötzlich viel schneller. Wo sind meine Freunde, wie geht es ihnen? Ich habe hier wertvolle Zeit verschwendet, indem ich mich selbst bewundere, mich mit der Elbin streite, während draußen um Leben und Tod gekämpft wird. Schamgefühle durchfluten mich.

»Ja, seit Stunden tobt der Kampf, den dein Volk angezettelt hat.« Die Elbin schaut besorgt zur Tür und dann mit hasserfüllten Augen zu mir. »Wir sind in der Unterzahl. Sie brauchen jedes Schwert, was kämpfen kann, aber ich sitze hier, soll dich schützen. Man sollte dich als Warnung erhängen. Was auch immer du mit Crispin gemacht hast, er wird wieder klarsehen und ich in der ersten Reihe stehen, wenn du dein Ende findest.«

Die gemeinen Worte lassen mich innerlich zusammenzucken. Sie kennt mich doch gar nicht. Blödes Miststück. »Worauf warten wir noch? Ich kann kämpfen.« Ich springe aus dem Bett, ignoriere die Beleidigungen, die weiterhin unverschämt aus ihrem Mund hervordringen. Was bringt es mir, mit ihr zu streiten? Sie hasst mich offensichtlich, das muss ich akzeptieren. Vielleicht ist sie tatsächlich eifersüchtig, was ich sogar verstehen kann. Crispin ist ein toller Mann, die eine oder andere Elbin hat sich sicher Chancen ausgerechnet.

»Ihr wollt mit uns kämpfen?« Die Elbin beäugt erst

mich, dann mein weißes Kleid und lacht daraufhin auf. »Lächerlich.«

Ich antworte ihr nicht, sondern schlüpfe in die weichen Lederstiefel vor meinem Bett, schnappe mir den Gürtel, um ihn mir festzubinden. Auf dem Tisch liegt ein Dolch, den ich mir ebenso nehme und bewundernswert in meiner Hand wiege. Er ist leicht, genau richtig für mich. Noam und Cian haben mir erklärt, welche Kampfgeräte mir einen Vorteil bieten oder welche ich meiden soll. Äxte werden mich beispielsweise behindern, meinen Armen fehlt die Kraft für diese Art von Waffe, sie würde mich zu langsam machen, zu unhandlich für mich. Kurzschwerter, Dolche, Bögen, all das sind Gegenstände, die mir und meiner Körpergröße gerecht werden. Die Kette meines Vaters baumelt an meiner Brust. Sanft stecke ich sie unter mein Kleid. Zum Umziehen habe ich später Zeit, die anderen brauchen uns. Ich nehme den Dolch, setze ihn am Stoff an und mit einem Ratsch ist das Kleid nur noch oberschenkellang – mehr Beinfreiheit und weniger Stolperfallen für mich. Danach schiebe ich den Dolch in meinen Stiefel, wie Noam es mir gezeigt hat. »Worauf warten wir?«, frage ich die Elbin und versuche, so kampfbereit wie möglich zu gucken.

»Ich glaube kaum, dass Crispin will, dass Ihr kämpft.« Sie redet in einem ganz komischen Ton mit mir, von oben herab, als bin ich Dreck unter ihren Füßen. Was hat Crispin ihr erzählt? Bin ich weiter eine Gefangene?

»Ach ja? Und Ihr meint, das kümmert mich? Er ist nicht mein Boss, du genauso wenig.« Ich hebe eine Augenbraue. Sie schnaubt aufgebracht.

»Das sollte es. Immerhin ist er, soweit ich weiß, Euer zukünftiger Gemahl, was völlig lächerlich ist. Ihr seid unser Feind. Ich erfülle hier nur den Befehl meines Prinzen, Ihr verlasst dieses Zimmer nicht, Albin.«

Wieder dieser Unterton. »Hat er das gesagt?« Ich muss lächeln, denn es hört sich toll an, dass er mein Gemahl sein soll. Verlockend, vermutlich grinse ich wie ein Honigkuchenpferd.

»Ja, es ist sehr plötzlich und überraschend.« Sie stellt sich vor die Tür, will mir den Weg versperren, doch sie unterschätzt meinen Willen. »Und nun warten wir, bis er zurückkehrt. Wenn es nach mir ginge, wäret Ihr tot geblieben. Oh ja, das habe ich sogar gehofft.«

»Ihr könnt ja tatenlos hier sitzen, ich nicht.« Ich zucke mit den Schultern, ihre Worte prallen an mir ab. »Topas?« Ich rufe meinen Drachen, woraufhin die Elbin nervös ihre Hand auf den Schwertknauf legt. Sanft lässt Topas sich auf meiner Schulter nieder. Ich spüre sein Gewicht kaum, was deutlich zeigt, wie mein Körper sich verändert hat. Kräftiger, belastbarer. »Lasst mich vorbei.«

Ich versuche, mich so groß wie möglich zu machen, doch leider bin ich immer noch so klein wie vorher, womit sie mich natürlich überragt.

»Nein.« Sie reckt ebenfalls das Kinn vor. Na gut, wenn sie es auf die harte Tour will, bitte, wir können uns eh nicht leiden, dann kann es auch so enden.

»Topas«, flüstere ich, woraufhin der kleine Drache seinen Kopf zu mir wendet. Seine goldenen Augen mustern mich aufmerksam, warten ab. »Mach mir den Weg frei«, flüstere ich und mit einem lauten Kreischen steigt er auf, saust dann auf die Elbin zu, die erschrocken schreit, die Hände zum Schutz emporreißt. Grinsend schubse ich sie kraftvoll zur Seite, zerre ihr das Schwert aus dem Gürtel und stürme aus der Tür hinaus. Topas schwebt an meiner Seite mit und ich höre die Elbin hinter mir her rennen und fluchen. Überrascht bemerke ich, dass ich viel schneller laufen kann, lege sogar noch an Tempo zu. Meine Muskeln arbeiten im Einklang, ich fliege geradezu durch die steinernen Gänge des Schlosses, die wie ausgestorben sind. Lärm und Schreie leiten mich, ich habe keine Zeit, mich mit meiner Verfolgerin zu befassen. Sie sagt, sie brauchen jedes Schwert und ich habe eines. Am Ende des Ganges sehe ich eine Seitentür, ein schmaler Schlitz Licht dringt dahinter hervor, der Lärm wird immer lauter. Ich öffne sie mit Schwung und trete in die untergehende Sonne.

Auch wenn ich gedacht habe, ich bin vorbereitet, trifft mich die Realität wie ein Schlag, als ich das Schlachtfeld vor mir erblicke. Angewurzelt bleibe ich abrupt stehen, halte den Atem an und kann nur auf das Massaker vor mir blicken. Überall blitzen Schwerter im Sonnenlicht auf, der Boden ist rot vom Blut der Gefallenen, ein Geruch von Eisen weht zu mir herüber, lässt mich würgen. Es ist ein schreckliches Bild, das sich direkt in meinen Kopf einbrennt. Kein Film wird dem gerecht, was ich hier sehe oder rieche. Ich höre das Stöhnen der Verletzten, schmatzende Geräusche, über die ich nicht weiter nachdenken will, und schreckliche Aufschreie. Die Trolle reißen die Reste von einem Tor aus den Angeln, während die Orks mit Äxten auf die Menschen und Elben einschlagen. Vom Feld, vor dem Wall, höre ich ebenfalls Kampfschreie, dort müssen weitaus mehr sein. Es ist ein Gemetzel epischen Ausmaßes und ich schlucke. Mein Blick fegt über das Feld, aber ich sehe weder Crispin noch die anderen. Geht es ihnen gut? Sind sie am Leben? Sorge durchschießt mich wie ein Blitz. Allein der Gedanke, dass einer von ihnen Tod sein könnte … Nein! Ich habe sie alle gerade erst gefunden.

Die Elbin reißt hinter mir die Tür auf, läuft dann mit Schwung in mich hinein, was mich zum Stolpern bringt. Mir bleibt keine Wahl, ich muss die Stufen hinab springen, um nicht zu stürzen, doch das katapultiert mich mitten in das Gemetzel der Kämpfer. Automatisch umgreife ich den Schwertknauf mehr als eisern, meine Knochen knacken dabei, meine Finger zittern unaufhörlich. Ach, du meine Güte. Topas schwebt fauchend über mir und ich bemerke, dass ich angestarrt werde. Langsam wende ich mich nach links, finde mich Auge in Auge mit einem Ork wieder. Obwohl, er hat nur ein Auge, das andere ist ein dunkles vernarbtes Loch. Wir mustern uns kurz, ehe er mir seine Wut ins Gesicht brüllt, sodass sein Speichel mir entgegenfliegt. Den Drang, mir über das Gesicht zu wischen, unterdrücke ich, denn ich will ihn nicht aus den Augen lassen. Mein Herz pocht, ich habe schreckliche Angst, mein ganzer Körper ist angespannt wie die Sehne eines Bogens. Er sieht aus wie ein wahr gewordener Albtraum, kein Fantasyfilm wird der Realität gerecht. Gott, gib mir Kraft, denke ich panisch.

Zwar bin ich der Meinung gewesen, bereit zu sein, aber die Wirklichkeit sieht anders aus. Kann man hierfür je bereit sein? In meiner Vorstellung bin ich deutlich mutiger, glorreicher – wie naiv. Auch wenn mein Körper nun ein anderer ist, stecke ich doch drin und bin die alte Alice. Schaffe ich es wirklich, ein Leben zu beenden? Jemanden, egal wie widerlich er ist, ein Schwert in den Leib zu rammen? Das werde ich jetzt wohl herausfinden müssen, denn der Ork schwingt seine blutige Axt, also reiße ich mein Schwert in die Höhe, fauche ihn ebenfalls an – meine Sprache scheint er immerhin zu verstehen. Sie treffen klingend aufeinander, der Rückschlag lässt meine Muskeln vibrieren. Ich halte Stand, obwohl ich innerlich wie erstarrt bin. Panik breitet sich weiter in mir aus, völlige Überforderung trifft auf diese neuen Eindrücke. Was habe ich mir nur dabei gedacht? Ich bin hier völlig fehl am Platz. Mut hin oder her, so viel Blut lässt mich würgen.

»Elbenmiststück«, zischt er, stößt mich dann mit der anderen Klaue nach hinten gegen die Wand. Mein Rücken schlägt hart an den kalten Stein und ich presse mich dagegen, während er die Axt erneut schwingt. Wendig ducke ich mich unter seinem Beil hinweg, kauere mich auf den Boden, weiche aus. Kleine Steine krachen auf meinen Kopf, als die Axt die Wand trifft. Es ist wie ein Donnern in meinen Ohren. Topas kreischt zornig über mir, lenkt kurz die Aufmerksamkeit von mir ab. Er dreht einen Salto in der Luft, bringt einen Troll aus dem Gleichgewicht, ehe er sich mit rasiermesserscharfen Krallen auf den Ork stürzt. Dieser schreit auf, als die Klauen ihn treffen und seine Haut in Fetzen reißt. Mit der Akttakte hat er mir definitiv das verdammte Leben gerettet, schon wieder. Auf jeden Fall sorgt es dafür, dass ich aus meiner Starre erwache, mein Schwert ebenfalls hebe und mich aufrichte. Cian und Noam haben mir viel gezeigt, ich bin nicht schwach. Ich kann das, verdammte Scheiße, sage ich mir immerfort. Lieber Gott, wenn es dich wirklich gibt, lass mich hier heute nicht verrecken. Ernsthaft, ich habe so viel durchgemacht, lass mir etwas Zeit mit Crispin und dieser Neuen Welt. Das habe ich verdient, beende ich mein stilles Gebet. Vielleicht nicht die beste Fürbitte, aber ich bete sonst nie. Die Augen kneife ich zusammen, zähle innerlich bis drei und nehme all meinen Mut zusammen, ehe ich brüllend losstürme und mein Schwert mit sämtlicher Kraft in dem Ork versenke, dessen Gesicht aussieht, als hat er den Kopf in einen Müllschlucker gehalten.

Es geht leichter, als erwartet, doch kaum sehe ich Blut aus der Wunder laufen, muss ich würgen. So viel Blut und der Geruch ist widerlich, liegt mir schwer im Magen. Der Ork grunzt, lässt seine Axt los und zieht mich mit meinem Schwert dicht an sich heran. Ich kreische wild, drücke meinen Fuß gegen seinen Bauch, um Abstand zu bekommen. Wieder spritzt mir Speichel, gemischt mit Blut, ins Gesicht. Schwungvoll drücke ich mich ab, ziehe mein Schwert mit einem widerlichen Geräusch aus seinem Bauch und schlage ihm den Kopf ab. Er scheint wie in Zeitlupe zu fallen und rollt mir vor die Füße, das Auge

Richtung Himmel gedreht, die Zunge hängt aus dem mit braunen Zähnen bedecktem Mund. Ich atme stockend, ehe ich kotzen muss. Keine Ahnung, wie ich geschafft habe, diesem Ding den Kopf abzutrennen, aber der Anblick übertrifft alles, ebenso das Wissen, dass ich gerade jemanden das Leben genommen habe. Fressen oder gefressen werden, macht plötzlich mehr Sinn als früher. Anscheinend wachse ich über mich hinaus. Nein, eigentlich will ich nur überleben und dann endlich einen verdammt geilen Kuss von Crispin, ein großes Bett, in dem ich Stunden schlafen kann, und Schokolade. Viel Schokolade.

ACHTUNDZWANZIG

Ich wische mir mit dem Arm übers Gesicht, um Schweiß, Dreck und Blut loszuwerden, was wie eine zweite Haut an mir klebt. Meine Muskeln brennen, ich spüre die Müdigkeit in meinen Gliedern, doch wir können es schaffen, ich darf nicht nachlassen, egal, wie sehr ich an meine Grenzen gehe. Jedes Schwert zählt, gerade meins. Schwäche ist hier fehl am Platz, Mitleid ebenfalls, und ich weiß, dass mein Körper noch mehr aushalten kann.

Die Gnome, feige und mickrig wie sie sind, stürmen in Scharren vom Feld, rennen in die Berge, um sich dort zu verstecken und ihre Wunden zu lecken. Mit einem kalten Lächeln auf den Lippen beobachte ich ihre Flucht, so haben sie es sich sicherlich nicht vorgestellt. Sie hat leichte Beute machen wollen, plündern, hinter den Trollen und Orks in Deckung gehen. Für den Nahkampf sind sie nicht geschaffen, so klein wie sie sind. Es ist vorhersehbar gewesen, dass sie ihre Verbündeten im Stich lassen werden, was gut für uns ist. Für Castiell sind es eh bloß Kollateralschäden. Ob Troll, Ork oder Gnom, nichts ist für ihn von Bedeutung, es sollte uns nur ermüden und schwächen.

In einer Wendung pariere ich einen harten Schlag einer Axt, die klingend auf mein Schwert trifft. »Das hättest du wohl gerne«, zische ich, wirbel herum, ehe der Ork getroffen zu Boden geht. Ich trampel über ihn hinweg, schwinge dabei mein Schwert gegen die Angreifer, die – vor Blutdurst getrieben – auf mich einstürmen. Der Knauf ist blutverschmiert, der dreckige Geruch der Orks und Trolle klebt an mir, doch das blende ich aus. Nach all den Stunden kann ich das. Auch wenn der Gestank bestialisch ist, konzentriere ich mich nur auf die Dinge, die wichtig sind: überleben, kämpfen und töten. Meilenweit erstreckt sich das Feld der Gefallenen, deren leblose blutbefleckte Gesichter leer in den Himmel blicken. Auf beiden Seiten gibt es viele Verluste.

Aus den Augenwinkel sehe ich hellbraunes Haar, richte meinen Blick automatisch auf. Lona? Verärgert verharre ich kurz, schaue sie ungläubig an, wie sie einem Troll von hinten die Kehle durchschneidet und Siegesgebrüll ausstößt. Was tut sie hier? Sie soll auf Alice achtgeben. Ignoriert sie meinen direkten Befehl? Das wäre das erste Mal in hunderten von Jahren. Sie ist nicht begeistert gewesen, aber muss meinem Befehl Folge leisten, alles andere kann ihre Hinrichtung bedeuten. Was, wenn jemand das Schloss einnimmt? Sie ist für den Schutz zuständig, hat mir ihr Wort gegeben. Ein Wort unter

Elben wiegt mehr als Gold, es ist kein leeres Versprechen.

Ich ducke mich gerade so unter einer Axt hinweg und wende mich ab. Selbst wenn ich will, der Weg zum Schloss ist durch dutzende Orks und Trolle versperrt. Mir bleiben nur der Kampf und die Hoffnung, dass es niemand ins Schloss schafft. Lona wird mir später Rede und Antwort stehen müssen, während ich versuche, meinen Zorn, der heiß in mir glüht, zu zügeln und ihn gegen die Gegner zu verwenden.

Silver prescht an mir vorbei wie ein schwarzer Blitz, doch er ist abgelenkt von seiner Gier und passt nicht auf, sodass ihn ein Troll von der Seite erwischt. Ein riesiger Knüppel trifft auf seine ungeschützte Flanke. Er jault auf, fliegt über das Feld und ist einen Moment aus meinem Blickfeld verschwunden. »Silver!« Ich bin mehr als erschrocken, aber er rappelt sich wieder auf, springt mit fletschenden Zähnen, die rot vor Blut sind, zwischen den Kämpfern hervor. Unsere Blicke treffen sich für eine Sekunde, er humpelt auf mich zu. Seine braunen Augen sind zornig und voller Wut. »Ab mit dir«, brülle ich ihm zu, doch er knurrt mich nur an, ehe er anscheinend seinen Schmerz ignoriert und mit geleckten Zähnen seinem Widersacher entgegenspringt. Silver wird bis zum letzten Atemzug kämpfen, an meiner Seite stehen oder sterben.

Egal, was ich sage. Er ist flink, todbringend und furchteinflößend, der schwerfällige Troll hat auf Dauer keine Chance, also findet er sein Ende durch Silvers scharfen Zähne, als er ihm die Kehle herausreißt, und das Blut sein Fell bedeckt. Als er zusammensackt, bildet ein roter Blutfluss in Windeseile eine große Pfütze auf dem Boden. Immer wieder springt mein Wolf an Gegnern hoch, verbeißt sich in ihrer ledrigen Haut, bis sie sich nicht mehr wehren.

Meine Beine zittern vor Anstrengung, dennoch springe ich auf einen herausgebrochenen Felsen und schaue mich auf dem Schlachtfeld um. Die Tore der Burg hängen zersplittert in den Angeln, Tote säumen den Boden, auch die Menschen haben tapfer gekämpft, kämpfen noch. Nur im Tod sind Freund und Feind vereint und liegen gemeinsam im Dreck. Schrei und Gebrüll hallen über das Feld, aber wir siegen, es ist vorausschaubar. Die Reihen der Feinde lichten sich zusehend, immer mehr flüchten in dem Wissen, dass sie sonst ihr Ende finden. Ich lächle grimmig. Sie haben uns unterschätzt und Castiell wird vor Wut toben. Er kann sich warm anziehen. Das werden wir nicht auf uns sitzen lassen. Wir werden auf diese Botschaft antworten und die Antwort wird ihm nicht gefallen. Das Eingreifen der Zwerge hat den Kampf deutlich gewendet, denn die Zwerge sind mutig, fast schon übermütig, überschätzen sich selbst und sterben lieber ehrenvoll, als klein beizugeben. Sie sind in meiner Achtung deutlich aufgestiegen.

Ich entdecke Noam und Seth, Rücken an Rücken. Sie schlagen sich heldenhaft, sind beide von Blut und Dreck besudelt, doch zusammen sind sie unaufhaltsam. Gegenseitig stärken sie sich den Rücken, die Orks fallen der Reihe nach. Schwachstellen finden sie hier keine, die beiden ergänzen sich perfekt.

Cian entdecke ich einige hundert Meter entfernt, wie er gerade von zwei flüchtenden Gnomen ins Straucheln gebracht wird. Sie rennen an ihm vorbei, rammen ihn aber derart heftig, dass er schwankt. Ein Troll dreht sich um, entdeckt ihn, bevor er sich wieder fangen kann. Sein massiger Körper setzt sich in Bewegung, reißt alles auf seinem Weg nieder. Er ist im Blutrausch. Sein Ziel: mein Bruder, um seinen Hunger zu stillen. Er tritt auf einen der Gnome, der zerquetscht wird, doch steuert weiter auf meinen kleinen Bruder zu, ohne es zu bemerken. »Nein!«, schreie ich, will losrennen, aber ein anderer Troll versperrt mir brüllend den Weg. »Aus dem Weg«, zische ich, ramme ihn mit meiner Schulter, woraufhin er mich zurückstößt. Ich verliere Cian kurzzeitig aus den Augen, blicke den Feind finster an. »Aus dem Weg!«, wiederhole ich meine Worte erneut mit Nachdruck und erkenne glitzerndes Blut an seinen Lippen. Ob es seines ist oder das einer meiner Freunde, will ich besser nicht wissen. »Cian«, brülle ich wieder, nehme dabei den Kampf mit halben Blick auf meinen Bruder auf, der nicht schnell genug reagiert. Er schaut hoch, zu spät, denn in diesem Moment packt ihn der Troll. Seine Pranke schließt sich um Cians Hals, hebt ihn in die Luft. Seine Füße baumeln über dem Boden und sein Schwert fällt ihm aus der Hand, als er versucht, den eisernen Griff um seinem Hals zu lösen. Er stemmt seine Beine gegen die Brust des Trolls, doch dieser hält sein Opfer verbissen fest. Speichel läuft ihm aus dem Mund, während seine Augen vor Gier weit aufgerissen sind. Panik breitet sich in mir aus. Nicht mein Bruder! Nicht auch noch er, das können die Götter nicht ernst meinen, so grausam sind sie nicht. »Cian«, brülle ich erneut. Meine Stimme hallt über das Schlachtfeld, aber niemand von uns ist nahe genug, um ihm zu helfen.

Noam und Seth hören mich. Entsetzen zeichnet sich auf ihren Gesichtern ab, als sie ihren Freund entdecken, der um sein Leben kämpft. Mit all seiner Kraft versucht er, sich zu befreien, vergebens. Alles scheint wie in Zeitlupe abzulaufen. Schreiend stoße ich dem Troll mein Schwert in den Rumpf, während er gleichzeitig ausholt. Dadurch, dass ich abgelenkt bin, erhascht er mich mit einer Pranke am Kopf, woraufhin ich gegen den Felsen taumle, mein linker Arm über den steinernen Untergrund schrammt und ich ihn mir aufreiße. Ich spüre es kaum, da all meine Konzentration auf den Todeskampf meines Bruders gerichtet ist. Mein Fuß rutscht vom bröckeligen Stein ab. Fluchend schlittere ich vom Felsen auf den Boden, der mir dabei den Stoff meiner Hose zerreißt und auch hier mit seinen scharfen Kanten in mein Fleisch schneidet. Das heizt den Troll nur noch mehr an und Gier blitzt in seinen Augen auf. Er wittert Blut, lechzt danach.

»Du glaubst doch wohl selbst nicht, dass du siegreich sein wirst«, zische ich aufgebracht. Er hält mich viel zu lange auf. Nochmals holt er aus, bereit, meinen Kopf am Felsen zu zerschmettern, aber ich rolle mich aus dem Weg. Während seine Faust einen Stein trifft, stoße ich mich ab und springe auf, mein Schwert fest umklammert. »Komm und hols dir.« Blut sammelt sich in meinem Mund, ich spucke es ihm vor die Füße, winke ihn zu mir. »Komm her, du Bastard«, locke ich. Er umkreist mich, sucht nach einer Schwachstelle, die er nicht finden wird. Wir haben genug Zeit vergeudet, weil ich abgelenkt gewesen bin. Ehe er angreifen kann, komme ich ihm zuvor. Meine Muskeln spannen sich an, dann stoße ich mich vom Boden ab und springe in die Luft. Er grunzt überrascht, folgt meinem Sprung mit den Augen, während mein Schwert seinen Schädel spaltet, er tot zu Boden geht und Hirnmasse sich ausbreitet. Seine gierigen Augen werden stumpf, rollen ins Schädelinnere. Sofort suche ich auf dem Schlachtfeld nach meinem Bruder, doch das Bild, welches sich mir bietet, ist unverändert.

Cian kämpft noch immer verbissen, endlich kann ich losrennen. Meine Füße berühren kaum den matschigen Boden. Ich springe über Leichen, stoße Kämpfer grob zur Seite. Seine Bewegungen werden deutlich langsamer und ich sehe, wie er verzweifelt nach Luft schnappt. Seine Augen sind blutunterlaufen, die Adern darin bereits geplatzt.

Aus dem Augenwickel erkenne ich etwas Rotes aufblitzen, schaue automatisch kurz nach links. Jemand springt dem Troll von hinten auf den Rücken, reißt kräftig an seinem Kopf, woraufhin mich pure Dankbarkeit durchflutet, für den, der eingreift. Der Troll brüllt verärgert, nimmt eine Hand von Cians Hals, um seinen Widersacher zu erwischen, was meinem Bruder die Chance gibt, gierig nach Luft zu schnappen. Ich renne schneller, dann erkenne ich, wer meinem Bruder das Leben rettet. Alice! Mein Herz setzt kurz aus, um daraufhin im wilden Galopp weiterzuschlagen. Sie zieht einen Dolch, will es dem Vieh in den Körper rammen, doch er packt sie mit seinen Pranken. Cian landet auf dem Boden, röchelt dabei verzweifelt nach Luft.

Ich habe den Troll fast erreicht, als er Alice an den Haaren zu packen bekommt, sie mit Schwung über seinen Rücken reißt. Sie kracht auf dem Boden auf, Staub und Dreck wirbeln herum, wobei sie einige Meter rollt, ehe sie still liegen bleibt. Nein! Nun bin ich es, der den Troll erreicht. Er bekommt meinen gnadenlosen Zorn zu spüren. Noam erreicht uns ebenfalls, stürzt sich mit in den Kampf, treibt den Troll in meine Richtung, lenkt ihn ab, damit ich es beenden kann, und genau das tue ich in diesem Moment.

NEUNUNDZWANZIG

Das habe ich definitiv anders geplant gehabt, denke ich, stöhne auf und versuche dabei, herauszufinden, ob ich mir etwas gebrochen habe. Bei all den Schmerzen ist es schwer, zu beurteilen. Mir tut alles weh, jeder einzelne Knochen ist durchgerüttelt worden, glaube ich, aber vermutlich ganz geblieben. Verdammte Scheiße, ich habe Cian helfen wollen, nicht im Dreck landen. Da habe ich gerade einen neuen Körper und lasse ihn gleich zu Hackfleisch zermatschen, typisch für mich.

Cian kriecht zu mir herüber, seine Kleider sind größtenteils zerfetzt und der Rest steht beinahe vor Dreck. »Alles okay?«, japst er, seine Stimme ist angeschlagen und heiser. Er hustet trocken, reibt sich den Hals, an dem ich die Finger des Trolls zählen kann. Das Schlimmste sind seine Augen, in denen jede Ader geplatzt zu sein scheint, so rot sind sie. Eine Gänsehaut überzieht meinen Körper bei dem Gedanken, dass er hätte sterben können.

»Ja, ich denke schon«, brumme ich, »nur mein Stolz ist verletzt.«

Langsam setze ich mich auf, reibe dabei meine Seite. Das wird ein fetter blauer Fleck, darauf wette ich. Er wird mir tagelang Freude bereiten, mich an diesen Scheißtag und meinen Freiflug erinnern.

Mein Dolch sowie mein Schwert sind ebenfalls verschwunden. Selbst Topas habe ich im Getümmel aus den Augen verloren, nachdem er sich in den Kampf eingemischt hat. Um meinen kleinen Freund mache ich mir allerdings wenig Sorgen, er verträgt sicherlich mehr als wir alle zusammen.

Noam und Crispin erledigen den Troll mit wenigen Schlägen, ich kann nicht anders, als sie zu bewundern. Sie sind ein eingespieltes Team, jede ihrer Bewegungen ist fließend, anmutig und kraftvoll. Es wirkt fast wie ein tödlicher Tanz, den einzig und allein sie kennen. Wenn ich nur halb so gut wäre wie sie, hätte der Troll mich nicht wie eine Lumpenpuppe herum werfen können. Beschämt erröte ich. Theorie und Praxis eben. Nun habe ich die Ewigkeit, um es zu lernen. Eines Tages werde ich ebenfalls hervorragend mit dem Schwert umgehen können, dann bin ich nicht mehr auf den Schutz anderer angewiesen.

Crispin wirbelt zu uns herum, kaum dass der Troll auf dem Boden aufschlägt. »Alice«, zischt er, wirkt deutlich verärgert und besorgt zugleich. Er ist sauer, glasklar. Das alte Spiel, damit kann ich umgehen. Der Kampf ist vorüber. Um uns herum flüchten immer mehr Angreifer, also haben wir gewonnen. Er sollte sich freuen, nicht schauen, als hat er in eine Zitrone gebissen. Innerlich wappne ich mich gegen eine Standpauke, doch zu meiner Überraschung lässt er sich vor mir auf die Knie fallen, tastet mich mit seinen Händen ab, was mir einen Schauer über den Rücken schickt. »Alles okay? Tut dir was weh?« Er wartet meine Antwort nicht ab, sondern zieht mich fest an sich, um dann wieder von mir abzurücken und mein Gesicht in seine Hände zu nehmen. Er mustert mich intensiv. Verblüfft lasse ich die Luft, die ich unbewusst angehalten habe, aus meinen Lungen. Damit habe ich definitiv nicht gerechnet. Kurz schließe ich die Augen, atme seinen Duft ein. Ja, es fühlt sich richtig an. Hier gehöre ich her. Seine Reaktion überrascht mich wirklich sehr, sie ist liebevoll und untypisch für ihn. »Ich bin wütend, dass du hier bist, aber … du lebst. Bei den Göttern. Musst du dieses Leben gleich wieder aufs Spiel setzen?«, blafft er. »Du bist lebensmüde und verrückt. Darüber reden wir noch, das schwöre ich dir. Wie kannst du mir so einen Schrecken einjagen? Willst du mich mit Absicht um den Verstand bringen?«

Ich schaudere, hebe leicht mein Kinn. Vorsichtig löse ich mich von ihm und stehe gleichzeitig mit ihm auf. »Ich habe deinen Bruder gerettet«, rufe ich ihm in Erinnerung und er knurrt leise. Anscheinend ist ihm das durchaus bewusst. Schicksalsergeben seufzt er und legt seinen Arm um mich, dann drückt er seine Lippen auf meinen Scheitel, verweilt dort für einen Moment. Mir wird bei dieser Geste ganz warm ums Herz.

»Alice …«, setzt er an, tritt einen Schritt zurück. Sein Daumen fährt sanft über meine Wange. »Du bist so schön. Vertraut, aber doch anders«, flüstert er. Sanfter als zuvor zieht er mich zurück in seine Arme, schafft es damit, dass ich mich sofort geborgen fühle – zum ersten Mal seit langer Zeit. Meine Vorstellung wird der Realität nicht gerecht, es ist so viel besser. Crispin mustert seinen Bruder, muss ihn auch gleich necken. »Wirst du es überleben?« Dieser brummt etwas, lässt sich dabei von Noam aufhelfen. Sein Hals ist mittlerweile blau und grün, die Hände des Trolls sind sehr deutlich zu sehen, eines seiner Augen beginnt ebenfalls anzuschwellen und lässt ihn wie einen Preisboxer aussehen.

Neben uns rennen zwei Zwerge vorbei und reißen einen flüchtigen Ork von den Füßen. Er rollt zum Fluss und im nächsten Augenblick ziehen ihn Hände ins Wasser, dann ist er verschwunden. Ich starre die Wasseroberfläche an, schaudere. Hier werde ich zu keiner Zeit unbeschwert baden können. Nicht nachdem ich gesehen habe, wie diese grünliche Hand einen ganzen Ork ins Wasser zieht. Einer der Zwerge tritt zu uns, grinst von einem

Ohr zum anderen. »Prinz Crispin!« Er neigt den Kopf leicht zu Crispin, eine respektvolle Geste, der seinen Arm weiterhin fest um meine Hüfte geschlungen hat. Der Zwerg hat rostrotes, drahtiges Haar und einen langen Bart, der geflochten bis auf den Boden reicht. Er ist dreckig bis zur Nasenspitze, weiße Zähne bilden einen starken Kontrast dazu. Sein dicker Bauch lässt ihn schwerfällig wirken, doch ich habe ihn kämpfen sehen, lasse mich also nicht täuschen.

»König Algrim.« Crispin nickt ihm lächelnd zu. »Ich danke Euch, dass ihr Euch entschieden habt, mit uns zu kämpfen. Das werde ich Euch nie vergessen.«

Algrim schaut über das Feld. »Wir Zwerge gehen keinem guten Kampf aus dem Weg, ich würde einem Elben nimmer den ganzen Spaß überlassen, Prinzlein.«

Crispin schnaubt entrüstet auf »Prinzlein?« Er wirkt leicht verärgert, während Algrim lacht.

»Nehmt nicht alles so ernst, junger Prinz. Ihr verpasst den Spaß am Leben. Ihr müsst noch viel lernen, aber habt ja genügend Zeit.« Dann mustert er mich. »Wie ich sehe, wisst Ihr schon, was Spaß macht. Was für eine hübsche Gefährtin. Da könnte ich auf meine alten Tage neidisch werden. Oh Mann, erzählt das nicht meiner Gemahlin, sie macht mich einen Kopf kürzer oder kappt mir im Schlaf gar meinen Bart.« Er lacht, was brummig wie ein Bass klingt, und ist mir so sympathisch, dass ich ihn einfach angrinsen muss.

»Äh, danke«, murmle ich verlegen mit einem Lächeln und der Zwerg lacht abermals grölend auf, während sich zwei weitere Zwerge hinter ihn stellen. Sie wirken ebenso fröhlich und ausgelassen. Diese Stimmung passt nicht zu dem, was hier gerade passiert ist.

Noam stützt Cian, stellt sich ebenfalls zu uns, auch er wirkt mitgenommen. »Der König ist tot«, teilt er uns mit und das Lachen verstummt augenblicklich.

»Ja, ich sah ihn über die Mauer fallen.« Crispin wirkt traurig, was mich dazu veranlasst, seine Hand zu drücken, um ihm zu zeigen, dass ich da bin, ihn verstehe. »Kein Kampf ohne hohe Verluste.« Er schaut zu Seth, der versucht, tapfer zu sein, doch seine Augen glitzern verräterisch, was mir ebenfalls sofort Tränen in die Augen treibt. Ich verstehe ihn. Er tut mir so leid, aber ich weiß nicht, wie ich ihm Trost aussprechen soll, wir kennen uns schließlich kaum. »Seth, du musst noch heute seinen Platz einnehmen, bei eurem Fest der Toten.« Crispin blickt ihn besorgniserregend an. »Du darfst und kannst dir keinen Schwächen erlauben. Nimm den Thron ein und festige deinen Stand, zeige dem Volk, dass es keine Furcht haben muss.« Ich starre Crispin an, bin sprachlos über so wenig Feingefühl. Meint er das wirklich ernst? Wie kann er das verlangen? Seth ist in Trauer, sein Vater ist heute gestorben. Er bemerkt meinen Blick, legt seine Stirn an meine. »Du musst das nicht verstehen, kleiner Schmetterling. Wenn Seth jetzt nicht stark ist, werden andere allerdings versuchen, sich seinen Thron zu holen, das wäre fatal für uns alle.« Ich wende mich ab, mustere die anderen, für die es offensichtlich völlig normal ist, was er gerade verlangt. Seth reibt sich über das Gesicht, wirkt ausgelaugt und müde, doch er nickt. Anscheinend verstehe ich diese Welt weniger, als ich ursprünglich gedacht habe.

»Crispin hat recht.« Noam legt seine Hand auf Seths Arm, selbst Cian nickt betreten, wirkt wenigstens leicht beschämt. Sein Hals sieht schlimm aus, ich mag gar nicht mehr hinsehen. Er redet keinen Ton, vermutlich hat er ziemliche Schmerzen, jedenfalls sieht es schmerzhaft aus. Wenn ich daran denke, wie Asta mich am Hals gepackt hat, ist das einfach nur schrecklich gewesen, obwohl er selbst nicht die Kraft eines Trolles hat. Ein Wunder, dass sein Genick nicht gebrochen ist – der Troll hat ihn langsam sterben lassen wollen, dabei jede Sekunde genießen.

»Wir müssen die Verletzten versorgen und die Toten bestatten.« Crispin ist ganz in seinem Element, delegiert, diktiert und verteilt Aufgaben. Ich bemerke, dass alle auf sein Kommando hören, sogar der Zwerg nickt, brüllt dann seinen Untertanen Befehle zu, die sie weitertragen. Die zwei Zwerge laufen, so schnell ihre kurzen Beine es erlauben, davon, ihre langen Bärte hüpfen dabei auf und ab. Ich frage mich, wie sie es schaffen, nicht darüber zu stolpern. Bei meinem Können würde ich zumindest alle drei Meter drauf treten.

Crispin hat etwas an sich, dem die Menschen folgen. Er ist der geborene Herrscher, strahlt Autorität aus. Mir wird flau im Bauch, weil mir klar wird, wie verschieden wir sind. Eine Führungspersönlichkeit? Bin ich niemals gewesen, werde ich wohl auch nie sein.

Ich schaue ihn einen Moment länger an, er bemerkt es, lächelt kurz, ehe er weitere Befehle austeilt, somit dafür sorgt, dass sich das Schlachtfeld leert und den Verletzten geholfen wird. Die Spuren des Kampfes zeichnen sich obendrein an ihm ab. Sein Gesicht ist schmutzig, ein blauer Fleck ziert seine linke Gesichtshälfte, strahlt in satten Blau-, Violett- und Grüntönen. Seine Hose ist an einem Bein zerrissen und blutig, während sein Hemd mehrfache Schnitte aufweist, dennoch sieht er unverschämt attraktiv aus – gefährlich, wild, einfach zum Anbeißen. Ganz und gar ein Krieger, der vor Männlichkeit nur so trotzt.

Wie soll ich ihm je gerecht werden? Ich habe gehofft, dass ich eine bessere Kriegerin bin als eben, dass ich mir nicht gleich vor Angst fast in die Hose mache oder quer über das Feld fliege, um dann Dreck zu schlucken. Vermutlich erwarte ich zu viel von mir selbst, aber wie könnte ich das nicht?

Immer noch starre ich den Mann vor mir an und frage mich, wie es zwischen uns weitergeht. Was erwartet er von mir, was erwarte ich? Klar, er hat gesagt, ich muss bei ihm bleiben und weitere tolle Dinge, doch da hat er gedacht er, dass ich sterbe. Nun ist es aber so, dass ich eben nicht gestorben bin. Vielleicht sieht er das Ganze jetzt nicht mehr so, wo ich quicklebendig bin oder wieder lebe – wie nennt man es bestenfalls? Himmel Herrgott, als bin ich ein Vampir. Ich meine, wie oft streiten wir? Es ist nicht zu leugnen, dass etwas zwischen uns ist, was ich nicht erklären kann, aber … Ja, aber was? Wenn ich ehrlich bin, habe ich eine Scheißangst vor der Zukunft. Im Gegensatz dazu kann ich hier so vieles nicht erklären, womöglich sollte ich es auf mich zukommen lassen.

Ich nage an meiner Lippe, trete dabei nervös von einem Bein aufs andere. Wie geht es mit mir weiter? Ich will nicht wieder eine Gefangene sein, nie wieder, aber ich bin mir auch sicher, dass ich diesen verdammten Prinzen wirklich liebe. Es soll keiner solch eine Macht über mich haben wie vor meinem Tod.

»Alles okay?« Noam mustert mich besorgt und ich nicke eilig.

»Klar, alles gut«, antworte ich viel zu schnell, woraufhin er mich misstrauisch beäugt. Er ahnt, dass ich lüge, also bemühe ich mich um ein netteres wie zwangloses Lächeln. Verdammte Elben! Irgendwie haben sie einen Radar dafür.

»Du siehst … verändert aus.« Seine Mundwinkel heben sich, dann grinst er breit. »Allein deine Haltung ist besser, dein Körper hat viel mehr Muskeln, damit können wir arbeiten, kein kleines Menschlein mehr.«

»Eine anbetungswürdige Unsterbliche.« Crispin wendet sich uns gefährlich langsam zu. Seine Augen verengen sich zu Schlitzen. Er findet das offensichtlich nicht witzig. Noam schaut zu seinem Freund, dabei erkenne ich, dass er kurz davor ist, zu lachen. Er macht das extra, um Crispin zu ärgern, dieser Lump. Auf der anderen Seite hebt er damit die Stimmung, was wir alle gebrauchen können.

»Findest du?« Ich gehe auf den Spaß ein, denn Crispin hat mich schon oft genug in den Wahnsinn getrieben. Ein wenig Ablenkung kann nicht schaden. Es fühlt sich herrlich normal an, also streiche ich an meinem Körper hinab, schaue Noam mit den Wimpern klimpernd an.

Er tritt auf mich zu, legt seine Hand um meine Hüfte,

drückt leicht zu. »Soll ich dich hineinbringen? Du könntest ein Bad vertragen.« Seine Stimme ist neckend, ich muss leise kichern.

»Bin ich so dreckig?«, frage ich zwinkernd, woraufhin er eilig nickt.

»Und wie. Ich könnte dir behilflich sein, deinen Rücken waschen eventuell, oder deine zarten Füße massieren.« Crispin räuspert sich, seine Lippen sind aufeinandergepresst. Er guckt so angefressen, dass ich jetzt tatsächlich lache, bis mir der Bauch wehtut.

»Ich weiß, was für einen Spaß es dir bereitet, mich zu quälen, Noam, du sogenannter Freund, aber wenn du nicht sofort deine Hände bei dir behältst, schlage ich sie dir ab, deine lose Zunge gleich dazu«, droht Crispin trocken, was mich noch mehr lachen lässt. Japsend hole ich Luft, eifersüchtig ist er süßer als ohnehin schon. Ich weiß, dass er Noam nie etwas tun würde und Noam weiß es ebenfalls.

»Das würde Alice dir keinesfalls verzeihen, oder, Kleines?« Er streicht über mein Haar, schnuppert vernehmlich daran und seufzt schwerfällig. Crispins Auge zuckt leicht.

»Nein, nie. Du bist ein attraktiver Mann, Noam. Es wäre eine Schande, dir irgendwas abzuschneiden, was du später vielleicht noch brauchst.«

»Attraktiver Mann?« Crispin schnaubt, fährt sich durchs Haar, das in allen Richtungen absteht, und ist dann mit zwei Schritten bei uns. »Dass du ihn anspornst, ist unfassbar.« Ehe ich etwas sagen kann, wirft er mich über seine Schulter, die Männer johlen, spornen ihn an.

»Oh nein, nicht schon wieder. Lass mich runter, du Volltrottel«, kichere ich, was selbst Seth ein halbherziges Lächeln entlockt.

»Was ist ein Volltrottel?«, hinterfragt er.

»Crispin ist ein Volltrottel. Jemand, der so schlau wie ein Höhlenmensch ist und sich genauso benimmt. Nicht zu vergessen, wie einer riecht – du stinkst bis zum Himmel.«

»Wie ein Höhlenmensch?«, knurrt Crispin, doch man hört, dass er dabei lächelt. »Dann würde ich hier vor aller Augen ganz andere Dinge mit dir anstellen, das kannst du mir glauben. Es wäre wild, und das verspreche ich dir, danach wäre es dir egal, was man Noam abschneidet.«

Seine Worte jagen mir die Röte ins Gesicht, ich kann nichts darauf erwidern. Mir vergeht das Lachen, während Hitze in mir aufsteigt. Ein wohliges Kribbeln durchzuckt mich und sammelt sich in meinem Bauch, wandert weiter in meinen Schoß. Allein die Vorstellung erregt mich.

»Wir bereiten alles Weitere für die Krönung vor.« Cian räuspert sich, lenkt vom Thema ab, worüber ich verdammt froh bin. Seine Stimme ist so leise, dass wir genau hinhören müssen.

Meine Gedanken schweifen immer wieder zu Crispins Worte von eben, ich kann mich nicht richtig konzentrieren. Diese einfühlsame, lustige Seite an Crispin ist mir noch fremd. Das ist die Seite, von der Noam und Cian mir erzählt haben. Unglaublich. Es gefällt mir, sehr sogar.

»Und wenn du mit Alice nicht klarkommst, ruf mich. Ich könnte …«, setzt Noam erneut an, fängt sich dafür eine Kopfnuss von Crispin ein. Ob ich will oder nicht, bei dem Anblick von Noam muss ich schmunzeln, auch wenn ich es gar nicht will. Ich bin einfach glücklich, dass alle leben. Alles hat sich verändert, nicht nur ich. Es ist, als gehöre ich plötzlich dazu, obwohl ich bin, wer ich bin – dabei mache ich mir natürlich nichts vor, nicht jeder wird es akzeptieren wie diese drei Elben. Wir haben einen Kampf gewonnen, aber ich ahne, dass es erst der Anfang ist, weitere stehen uns bevor. Castiell weiß von mir, er muss heute eine Niederlage kassieren. Asta wird sicher wieder auftauchen, was ich inständig hoffe, denn ich will ihn ebenso leiden lassen wie er mich. Eines Tages werde ich ihm Auge in Auge gegenüberstehen, es wird mir eine Genugtuung sein, es ihm heimzuzahlen. »Hey, das tat weh«, beschwert sich Noam über die

Kopfnuss und Crispin lacht rau auf, wendet sich daraufhin ab, um mich über das Feld zu tragen.

»Du bist selbst schuld, ich habe dich gewarnt«, ruft er Noam zu, der die Augen verdreht.

»Du bist verliebt noch unausstehlicher als sonst, nur damit du es weißt. Vorher mochte dich schon kaum einer, aber jetzt …« Verliebt? Crispin ist verliebt? In mich? Mein Herz klopft vor Aufregung, irgendwie ist es ein komischer Gedanke, dass Crispin tatsächlich jemanden liebt.

Vielleicht ist es verrückt, dass wir bei all den Toten um uns herum lachen können, aber mehr als lachen oder weinen bleibt uns nicht. Geweint und gelitten, das habe ich genug. Ich möchte nach vorne sehen, jede Sekunde genießen, denn ich habe hier gelernt, dass ich nie weiß, was als Nächstes passiert.

»Lass mich runter, du Neandertaler!« Ich trommle Crispin auf den Rücken, doch durch seine Rüstung spürt er meine Schläge wohl kaum.

»Was ist ein Neandertaler?«, fragt er amüsiert. Nun bin ich es, die die Augen verdreht.

»Gott, ich bin an einen Idioten geraten«, brumme ich gespielt entsetzt und lasse mich bewusst hängen. Crispin haut mir mit der Hand auf den Po. Es klatscht laut und ich schnaube entrüstet. Was bildet er sich ein?

»Hey!«

»Dein Versuch, dich schwer zu machen, ist niedlich. Ich könnte dich stundenlang tragen, ohne Probleme, kleiner Schmetterling.«

»Gut zu wissen, Volltrottel. Jetzt lass mich runter. Ich habe zwei Beine, die ich sehr gerne benutze.« Ich sehe die belustigten Blicke der anderen Elben, Menschen und Zwerge, werde dadurch noch röter. Diese ganze Aufmerksamkeit ist nichts für mich.

»Warum sollte ich?« Crispin genießt das Schauspiel sichtlich.

»Was willst du dafür?«, setze ich dagegen. Abrupt stoppt Crispin, fährt mit den Händen meine Beine hinauf, stoppt an meiner Hüfte und lässt mich an seinem Körper hinab gleiten, Zentimeter für Zentimeter. Erregung durchfährt mich wie ein Blitz und ich werde gleich zu einer Pfütze schmelzen. Die Hitze in meinem Bauch verstärkt sich, mein ganzer Körper kribbelt vor Begierde. Als meine Füße den Boden berühren, schaue ich zu ihm auf. Wir sind uns so nah, dass ich seinen Herzschlag unter meiner Hand fühle, die auf seiner Brust ruht.

»Ich will einen Kuss.« Seine Stimme ist erstaunlich sanft, diesen Ton kenne ich noch gar nicht. Er neigt vorsichtig, nahezu fragend, den Kopf und wartet ab. Hat er Angst, dass ich ablehne? Ich stelle mich auf die Zehenspitzen, genieße das Gefühl, dass er sich ebenso nach einem Kuss sehnt wie ich.

Anscheinend ist ihm das Zustimmung genug, denn er senkt seinen Kopf und seine Lippen fahren sanft meine Schläfe entlang, wandern zu meinem Ohr. Daraufhin beißt er neckend in die weiche Haut meines Halses, um dann sanfte Küsse auf mein Kinn zu hauchen, ehe er bei meinen Lippen endet, und ich vor Erregung beinahe umfalle. Ein zufriedener Seufzer entschlüpft mir, was Crispin brummend auflachen lässt.

»Gefällt dir das, kleine Schmetterling?«

»Annehmbar«, kontere ich, doch er zieht mich noch dichter an sich.

»So klein und so frech.« Er schüttelt den Kopf und seine Lippen legen sich erneut auf meine. Seine Zunge verlangt nach Einlass, was ich ihm zu gerne gewähre. Ich brauche dich, denke ich, während der Kuss mich erzittern lässt und sich meine Beine wie Pudding anfühlen. Seine Hände wandern meinen Körper hinab, legen sich unter meinen Po, und er hebt mich hoch. Automatisch schlinge ich meine Beine um seine Hüften, jegliches Publikum ist vergessen. Nein, es ist mir schlichtweg egal, denn gerade zählt nur, dass wir endlich zusammen sind. Es fühlt sich so fucking richtig an, wie nichts zuvor in meinem Leben. Sein Kuss ist nicht mehr sanft, sondern fordernd und wild. Ich könnte stundenlang so verweilen und nichts anderes tun, als ihn zu küssen. Seine Lippen sind wundervoll weich, er jagt Gefühle durch meinen Körper, die mich schon jetzt süchtig machen. Wenn die Küsse so vielversprechend sind, wie ist dann der Rest? Er löst sich langsam von mir, streicht mir sanft eine lose Strähne aus dem Gesicht, schaut mir schließlich eindringlich in die Augen. Ich kann nicht anders, als ihn anzustarren, doch er runzelt augenblicklich die Stirn. »Was ist los?« Er tritt einen Schritt zurück, seine Hand liegt jedoch weiterhin auf meinem Arm.

»Du bist so ausgewechselt. Ich weiß nicht, irgendwie erwarte ich jeden Moment eine Gemeinheit von dir, dass du wieder der alte Crispin bist«, gebe ich zu und er fährt sich mit seiner freien Hand verlegen durchs Haar. Dann zeigt er abermals dieses schiefe Lächeln, welches sein Grübchen zum Vorschein bringt.

»Ich kann nicht versprechen, dass es nicht erneut vorkommt. Ich werde bestimmt tausend Fehler machen, denn auch für mich ist das neu. Du verstehst noch nicht, was es bedeutet, seinen Seelenpartner gefunden oder sich gebunden zu haben. Du bist jetzt mein, ich dein. Niemand wird je etwas daran ändern können.« Crispin zeigt von sich zu mir, weil wir eins sind, füreinander bestimmt. Es ist mehr als Liebe, es ist unser Schicksal und ein *Heiliges Band.*«

»Und das akzeptierst du einfach so, vor allem nachdem du mich gehasst hast? Du hast sehr wohl die Wahl. Ich zwinge mich dir nicht auf, Crispin.« Ich kann nicht glauben, dass es so leicht sein soll. Es klingt zu schön, um real zu sein, dass dieser Mann mein Mann sein soll. Außerdem klingt es, nach Maßstäben meiner *Normalen Welt*, verrückt, von jetzt auf gleich zu wissen, dass er mein – für immer – sein soll. Aber er hat recht, so fühlt es sich auch in mir an.

»Gehasst? Ich habe dich nie gehasst, bin nur misstrauisch gewesen. Und ja, ich akzeptiere es, da es nun mal ist, wie es ist. Ich habe Glück gehabt, dich zu finden, und hätte dich fast wieder verloren, weil ich zu arrogant gewesen bin, es zu sehen. Dich an meiner Seite zu wissen, ist das Beste, was mir je passiert ist, oder passieren wird. Du ahnst nicht, wie selten so etwas vorkommt. Ich habe nicht gewusst, was Liebe ist oder wie es sich anfühlt. Zuneigung, ja. Lust, sicher, aber du löst viel mehr in mir aus. Wünsche, über die ich vorher nicht mal nachgedacht habe, an ein Leben mit einer Frau an meiner Seite, Familie, in ferner Zukunft.«

So wie er es sagt, klingt es hoffnungsvoll – genau das brauche ich jetzt. Hoffnung auf ein besseres Leben, eine Zukunft. Nervös ringe ich die Hände, finde keine Worte, doch das muss ich auch nicht. Ich will es jetzt einfach genießen, das habe ich mir verdient.

»Ich werde dich in den Wahnsinn treiben«, teile ich ihm ernst mit. Er soll nicht sagen, ich habe ihn nicht gewarnt. Er denkt, er ist schwierig? Ha! Ich bin nicht am Kuschen wie die anderen hier, ich bin ganz anders aufgewachsen und werde weiter hinter meiner Meinung stehen.

»Mehr als jetzt, das kann ich kaum glauben. Apropos, ich will dich nie wieder auf dem Schlachtfeld sehen, denn das treibt mich wirklich in den Wahnsinn.«

»Vergiss es. Ich werde nicht nur zu Hause auf dich warten, Crispin, sondern Abenteuer erleben, die Welt sehen, mein Leben genießen – mit dir. Du kannst mich nicht einsperren, ich will bei dir sein, werde dir ebenbürtig sein, warte ab.«

»Diesen Streit können wir fortsetzen, wenn es soweit ist, aber ich habe nicht vor, nachzugeben«, brummt er und ich zucke überrascht zusammen, als er mühelos losläuft, immer noch mit mir auf seinen Hüften. Automatisch klammern sich meine Beine fester um ihn, während er den Weg ins Schloss rasant fortsetzt.

Unterwegs nicken ihm Menschen, Elben sowie Zwerge zu. Er erwidert ihre Grüße, indes ich meinen hochroten Kopf an seinem Hals vergrabe. »Kannst du mich herunterlassen«, bitte ich, doch er zieht misstrauisch die Augenbrauen zusammen.

»Warum?«

»Weil es peinlich ist.«

»Ich dachte immer, Frauen wollen auf Händen getragen werden, jedenfalls sagen sie das andauernd.«

»Nicht so wortwörtlich, Crispin.« Er weißt genau, was ich meine.

»Ich hab dich vermisst, kleiner Schmetterling.« Seine Lippen drücken sich auf mein Haar.

»Ich dich auch, obwohl du dich tatsächlich wie ein Höhlenmensch verhältst.« Zwar mag ich das, nur sage ich ihm es nicht.

DREIßIG

Mein Arm liegt auf Alice’ schlanker Taille, sanft streicht mein Daumen über ihre Hüfte. Sie trägt ein dunkelgrünes, weit fallendes Kleid, das sie von einer der Menschenfrauen erhalten hat. Es steht ihr hervorragend. Der Stoff fließt an ihrem Körper hinab, der Samt schimmert im Licht der Fackeln, verleiht ihr etwas Verführerisches und Wildes. Jeder Mann wäre überwältigt, solch eine bezaubernde Gefährtin zu haben wie ich, denke ich und lege meinen Kinn auf ihrem Kopf ab, auch wenn ich mich dazu ein bisschen zu meinem winzigen Schmetterling bücken muss.

Immer wieder ertappe ich mich dabei, Angst zu haben, dass ich sie verletzten könnte. Allein durch meine Kraft, nicht, weil ich es will. Ich würde sie nie bewusst verletzen, aber wenn ich ihre Arme betrachte und meine riesigen Hände … Es kommt mir so natürlich vor, hier mit ihr zu verweilen, als ist es das Normalste der Welt – ziemlich merkwürdig. Gedanken daran, dass sie keine Elbin ist, verschwende ich nicht, es ist unwichtig für mich. Wie könnte es auch? Ich habe den Göttern geschworen, mich zu ihr zu bekennen, wenn sie zu mir zurückkommt und … nun ist sie hier. Das ist alles, was zählt. Ich werde sie bis zu meinem Tod verteidigen und lieben. Wenn andere jetzt meinen, ich sei verweichlicht, täuschen sie sich. Ich bin weiterhin der alte Crispin, nur nicht zu ihr. Ihr gebührt meine Liebe.

Meine Aufmerksamkeit richtet sich auf das Geschehen vor uns, wo Seth gerade von einem der Berater zum König gekrönt wird. Er versucht, es mit Fassung zu tragen, seine Miene ist verkniffen und angespannt. Wer kann es ihm verdenken? Ich bin ebenso in Gedanken bei seinem Vater, gebiete ihm stillen Respekt, dennoch muss das Leben der Lebenden weitergehen.

Hocherhobenen Hauptes verfolge ich das Geschehen. Er hat korrekt gehandelt, heute noch den Thron zu besteigen. Rinhold hätte genau das gleiche getan, als starker König muss man eben Zeichen setzen. Dies ist unmissverständlich, denn genauso hat er seinen Sohn erzogen. Der König ist beliebt und gutmütig gewesen, ein König der Herzen, was in den Reihen der Menschen nicht oft vorkommt. Seth wird in große Fußstapfen treten und wie er sein: das Volk führen, von ihnen geliebt werden und sich den Respekt verdienen, nicht erzwingen. Er wird ebenso gütig und gerecht sein, dessen bin ich mir sicher. Ich kenne meinen Freund.

Genau in diesem Moment wird ihm die goldene Krone

aufs Haupt gesetzt, somit ist es offiziell. Seth ist der König von Escher. Seine Ahnen frohlocken wahrscheinlich vor Stolz in den *Heiligen Hallen*. Eindrucksvoll steht er da, dreht sich langsam zu seinem Volk um, während die Menschen applaudieren. Wir stimmen ein, freuen uns mit ihm, und ich neige ihm lächelnd meinen Kopf zu, als sein Blick den meinen trifft. Er wird als König mit starken Verbündeten einen guten Start haben, das hat keiner vor ihm gedurft. Elben und Zwerge vereint mit den Menschen, das gab es seit Jahrhunderten nicht mehr. Wir müssen dieses Band festigen und schützen. Gemeinsam sind wir stärker, unsere Feinde werden erzittern und das dürfen wir nicht vergessen.

Alles ändert sich derart rasant, dass es unfassbar ist. Meinem Vater wird dies nicht gefallen. Wenn er ehrlich ist, sieht er sich über den anderen Rassen, genau wie Castiell. Sie halten sich für erhaben, für etwas Besseres, doch diese Gedanken verdränge ich. Zum Trübsal blasen ist später genügend Gelegenheit. Die Welt ist im Wandel und wir mit ihr, während die Alten festgefahren sind.

Innerhalb weniger Tage habe ich plötzlich eine Gefährtin, die Menschen einen neuen König, ebenso neu geschlossene Bündnisse. Das sind Gründe zum Feiern, weiß Gott nicht zum Grübeln, ermahne ich mich selbst. Es gibt viele Tote zu betrauern. Von den fünfhundert

Elben, die mit mir gekommen sind, werden bloß dreihundertzweiundzwanzig in den Nebelwald zurückkehren. Ein herber Verlust. Ich habe alle persönlich gekannt, sie sind mein Heer, meine Armee. Eigenhändig habe ich sie auserwählt, mit mir zu kämpfen, was für sie eine Ehre ist, denn ich wähle nur die Besten der Besten. Sie sind mir in den Krieg gefolgt, haben mir ihre Treue geschworen und sind mit dem Glauben an mich in den Tod gegangen. Mögen sie ruhmreich in die *Goldenen Hallen* aufgenommen werden. Sie sind die ehrvollsten Krieger, die ich gefunden habe, jedem von ihnen vertraue ich mein Leben an.

Um uns herum werden die Menschen unruhig, Aufbruchsstimmung kommt auf. Sie wollen die Krönung feiern. Mein Blick wandert über die Gesichter, bleibt kurz bei Lona hängen. Sie schaut mich mit zusammengekniffenen Augen an, wendet sich dann schnell ab, wirkt schlagartig beschämt. Damit befasse ich mich später. Ich verstehe diesen Blick nicht. Habe ich sie verärgert? Sie schuldet mir eine Erklärung für ihr Verhalten. Eigentlich hätte sie dies Gespräch von selbst mit mir suchen müssen, ich bin ihr Kommandant. Alice schweigt verbissen darüber, was vorgefallen ist, während Lona mich meidet. Ich bin nicht dumm, zwischen beiden Frauen ist etwas passiert, nur was?

»Er wird ein guter König werden.« Noam stellt sich zu uns, lenkt mich ab und prostet dem König zu. Wir wechseln einige Worte über die Krönung, während Alice sich an mich schmiegt. Noam quittiert dies mit einem Lächeln.

Die Totenfeier beginnt und wir schließen uns dem Zug der Menschen an, die auf die Gefallenen anstoßen. Harfen werden gezupft, Gesang ertönt, während Trinksprüche gebrüllt werden. Es ist ihr Brauch, die Toten durch solch eine Feier zu ehren.

Die Zwerge grölen und poltern an den langen Tischen und leeren einen Humpen nach dem anderen. Essensgerüche wabern durch die Luft, Lachen erklingt, vertreibt traurige Gedanken. »Crispin?« Algrim hebt seinen Krug, reckt ihn mir entgegen. »Kommt an meinen Tisch, Freund. Ich will mit Euch anstoßen.« Ich schaue Alice einladend an, sie soll sich nicht ausgeschlossen fühlen. Oft vergesse ich, wie das alles auf sie wirken muss. Sie nickt zögerlich, lächelt aber und folgt mir. Sie mag den Zwergenkönig, das hat sie mir vorhin anvertraut und ich verstehe es. Staunend blickt meine Gefährtin sich immer wieder um. Wie fremd muss das alles für sie sein? Elben, Zwerge, Trolle, das kann ich mir nicht ansatzweise vorstellen. Alles, was sie mir aus ihrer alten Welt erzählt, klingt wie ein schauerliches Märchen. Umweltverschmutzung, Feuerwaffen, Atombomben, verseuchte Meere, Kriege und so vieles, was ich kaum glauben kann.

»Macht Platz für den Prinzen.« Algrim stößt den Zwerg neben sich von der Bank, dieser landet mit einem lauten Scheppern am Boden. Alice hält erschrocken ihren Atem an, während ich lachen muss.

»Algrim!« Ich schüttle den Kopf, lasse mich dann auf die Bank fallen, die leise knarrt. Alice ziehe ich auf meinen Schoß, die sich am mich lehnt, meine Nähe sucht, und versuche, ihr Halt zu geben. Es ist wahnsinnig laut hier und völlig überfüllt. Die Leute grölen, tanzen und trinken, als gäbe es keinen Morgen. Mit dem Daumen streiche ich über Alice' Bauch, wobei sie schaudert, was mich erfreut. Männlicher Stolz erfüllt mich, dass ich solche Gefühle in ihr auslöse, und – bei den Göttern – ich will noch viel größere Verzückung in ihr auslösen. Ich mag es, wenn sie so auf meine Berührungen reagiert, stelle mir sofort vor, wie es wäre, wenn meine Finger über nackte Haut wandern, statt wie jetzt anstandsvoll über ihr Kleid.

Noam und Cian setzen sich einige Bänke weiter und

ich richte meine Aufmerksamkeit auf den Zwergenkönig, der freudig grinst. »Jungchen, Ihr müsst uns alsbald besuchen kommen, damit wir unser Bündnis offiziell machen können.« Algrim wird übergangslos ernst, senkt die Stimme. »Ich gehe dieses Bündnis mit Euch ein, nicht mit Eurem Vater, dem feigen Hund. Das wisst Ihr längst, oder? Ihr seid ein kluger Bursche, klüger als ich angenommen habe. Ich hoffe, dass ich Eure Regentschaft noch erleben darf. Es ist etwas, worauf sich das Warten lohnen wird. Euer Vater ist zu festgefahren, verlässt zu selten seinen Thron, um zu wissen, was in der Welt passiert. Das ziemt sich nicht für einen Herrscher. Er sollte mit seinem Heer in den Krieg ziehen, stattdessen sitzt er wie ein Mütterchen zu Hause und wärmt sich die Füße am Herd. Ich beobachte Euch schon lange, Prinz der Elben. Euer Volk sieht in Euch den wahren König, und Ihr wisst es. Sie reden in purer Bewunderung von Euch und Euren Taten.«

Ich mustere den Zwerg und wiege meine nächsten Worte genau ab. »Ich danke dir, Algrim, mein Freund.« Mehr sage ich nicht, denn er versteht mich sicher so. Wir stoßen an, trinken auf unsere neue Freundschaft.

Offiziell kann ich mich nicht gegen meinen Vater äußern, das wäre Hochverrat. Und das, was Algrim beschreibt, ist ein bekanntes Problem. Weil mein Vater seinen Thron hütet, haben wir schließlich alte Bündnisse verloren, aber er bemüht sich auch nicht um Erneuerungen. Er verlässt sich zu sehr auf Kelalan, statt selbst Kunde einzuholen. Heute sieht man, wohin es führt. Sein Heer folgt mir in den Krieg, nicht ihm.

»Hier, trinkt, Mädchen.« Jemand drückt Alice einen Humpen in die Hand, den sie kaum halten kann, weil er so groß ist und ich muss lachen. Ich habe mich lange nicht mehr derart frei und gelöst gefühlt wie heute, als ist eine große Last von mir abgefallen. Alice schnuppert an dem Inhalt des Kruges und verzieht angewidert die Nase.

»Was ist das zum Henker?«, flüstert sie, drückt ihn mir unauffällig in die Hand.

»Kräuterwein. Widerliches Gebräu, aber die Zwerge lieben es.« Ich drücke meinen Lippen auf ihren Nacken, der so einladend wirkt, und sie seufzt wohlig. Ich kann es kaum erwarten, mit ihr alleine zu sein, mehr von ihr zu entdecken. Tief in meinem Inneren lodert bereits ein Feuer, welches immer wieder aufs Neue durch ihre Nähe entfacht wird, und sich nicht einfach stillen lässt. In meiner Vorstellung ist es ganz anders gewesen, eine Gefährtin zu haben. Ich habe stets gedacht, ich würde mich gefangen fühlen, doch überraschenderweise ist das Gegenteil der Fall. Es fühlt sich hervorragend an, zu ihr zu gehören. Ich fühle mich nicht eingesperrt, sondern frei wie mein Lebtag nicht. Ich genieße ihre Nähe in vollen Zügen. Ihre weiche Haut, ihren exotischen Duft, auch ihre scharfe Zunge – wie sollte man diese Kombination nicht lieben? Dass sie nicht kuscht wie andere und zu ihrer Meinung steht, imponiert mir, mehr als sie ahnt.

Der Abend schreitet voran, irgendwann setzen sich Noam und Cian zu uns, was in lustigen Anekdoten unserer Reisen endet. Sie erzählen Alice wirklich fiese Details meiner Jugend, was ich ihnen heimzahle, in dem ich Geschichten über sie preisgebe, die sie niemals erzählen würden. Beispielsweise als Noam von einer ehemaligen Geliebten bestohlen worden ist, während er im See gebadet har, und dann nackt, wie Gott ihn geschaffen hat, durch das Schloss laufen musste. Oder der Abend, als Cian von einem Einhorn, die sonst so sanft sind wie zuckersüße Kätzchen, gebissen worden ist. Ein Kelch folgt dem nächsten, wir scherzen, lachen und feiern mit unseren Freunden. Nach all den letzten Ereignissen ist dieser Abend eine wahre Offenbarung.

»Willst du tanzen?« Cian reicht Alice die Hand, die sie freudestrahlend ergreift. Ich blicke meinen Bruder finster an, worauf er genervt die Augen verdreht und sie von meinem Schoß zieht. »Entspann dich. Glaubst du, ich entführe sie?«

Ich hätte mit ihr tanzen sollen, wird mir klar, ich Idiot. Sie schaut von Cian zu mir und zwinkert schelmisch. Anschließend zieht sie ihn mit sich ins Getümmel und streckt mir die Zunge heraus, was ich mit einem Lächeln quittiere. Zunge ausstrecken … als wäre sie ein Jüngling. Ja, sie ist wirklich sonderbar und frech, allein wie sie redet, oft verstehe ich nur die Hälfte der vielen fremden Begriffe, dennoch ist sie genau meine Kragenweite. Sie hat den nötigen Pfeffer, was mir bei anderen Frauen fehlt. Sie hat keine Angst vor mir, stellt sich mir entgegen. Ich behalte die beiden trotzdem im Blick und muss erkennen, dass ich damit nicht der Einzige bin. Die Gafferei der anderen Männer fällt mir sehr wohl auf, doch ich empfinde puren Stolz, dass dieses Geschöpf zu mir gehört, aber auch Missgunst, dass andere es wagen, so zu starren. Noch habe ich sie nicht öffentlich als die Meine meinem Volk vorgestellt – das werde ich allerdings zeitnah in Angriff nehmen. Sie lacht ausgelassen, dreht sich im Kreis, ehe Cian sie wieder herumwirbelt. Ihr Kleid weht sanft, ihr rotes Haar wirkt im Schein der Fackeln selbst wie eine Flamme. Mein Herz lodert, ich ahne, dass ich wie ein verliebter Volltrottel aussehe. Genauso wie die Männer, über die ich immer gelacht habe.

Cian zieht sie dicht an sich und wirft sie sodann hoch in die Luft. Plötzlich ist die Eifersucht, die ich ansonsten verspüre, wenn ich die beiden sehe, verschwunden, denn er hat recht. Er ist mein Bruder und somit auch ihrer, wenn sie meine Frau wird. Familie, wir sind eine Familie. Er würde mich nie verletzen.

»Nicht jeder versteht, was mit Alice passiert ist«, flüstert Noam und beugt sich zu mir. Er nippt an seinem Honigwein, seine Nase ist bereits gerötet. Ich wende mich ihm halb zu, Alice weiterhin aus dem Augenwinkel beobachtend.

»Gibt es Probleme?«, will ich leise wissen, worauf er nickt.

»Du solltest mit den Männern reden, sie aufklären. Sie wissen, dass Alice eine Albin ist. Jemand stiftet Unfrieden in deinen Reihen, arbeitet gegen dich. Wer auch immer es ist, will Alice schlecht machen, ihr Schaden und hat Erfolg damit, wenn du nichts unternimmst.« Ich runzle die Stirn, so etwas ist noch nie vorgekommen. Wer sollte sich gegen mich stellen, vor allem warum?

»Danke für den Hinweis, Noam. Wird es reichen, morgen mit ihnen zu reden? Wie ist die Gemütslage unter den Männern?« Noam ist mein Auge und mein Ohr, wenn ich nicht da bin. Er kann die Stimmung meiner Krieger einschätzen, weiß, wann Handlungsbedarf besteht.

»Sie würden sich nicht offen gegen dich stellen, Crispin, dafür haben sie zu großen Respekt vor dir. Sie vertrauen dir weiterhin, doch sie sind verwirrt. Zurecht.«

»Das verstehe ich sogar.«

»Lass sie heute feiern, die Bilder vom Schlachtfeld vergessen. Morgen früh rufen wir sie zusammen, dann kannst du Alice offiziell zu der deinen machen. Niemand wird somit wagen, sie derart anzuschmachten.« Noam legt seine Hand auf meine Schulter, drückt diese leicht. Ich nicke zustimmend und lehne mich zurück.

EINUNDDREIßIG

Die Kondition meines neuen Körpers ist der Wahnsinn, ich könnte die ganze Nacht tanzen, ohne außer Atem zu kommen. Jede Sekunde des Abends genieße ich in vollen Zügen, es fühlt sich endlich wieder nach Leben an. Cian ist ein verdammt guter Tänzer, das muss ich ihm lassen. Er wirbelt mich über die Tanzfläche, als gäbe es kein Morgen, lacht mich dabei so offen an, dass man merkt, wie viel Spaß er hat. Die Male an seinem Hals verblassen bereits, was ich ziemlich krass finde, dennoch froh drüber bin, denn bei dem Anblick wird mir immer noch ganz anders. Ob ich auch so schnell genesen werde wie er? Scheiße, das wäre ja mal ein cooles neues Upgrade.

Cian wirft mich mit Schwung in die Luft, mein Kleid flattert hoch. Das erinnert mich an unseren letzten Tanz, aber ebenfalls an den Ausgang des Abends, doch diese Erinnerung verdränge ich umgehend. Es kommt mir vor, als ist es vor einem Jahrhundert gewesen, und das ist nichts, woran ich denken will. Altes Leben abhacken – Punkt. Ich will darauf vertrauen, dass mein Leben jetzt besser wird, dass ich keine Gefangene mehr bin. Ab jetzt wird alles gut werden, Crispin hat mir sein Wort darauf gegeben und ich glaube ihm. Genau in diesem Moment fange ich seinen Blick auf, lächle ihm zu. Er ist in einem Gespräch mit Noam verwickelt, zwinkert mir trotzdem schelmisch zu. Sofort kribbelt mein Bauch aufgeregt, ich möchte am liebsten zu ihm laufen, mich in seine Arme werfen und ihn küssen, allerdings bin ich mir nicht sicher, wie er das finden würde, also verkneife ich es mir lieber. Soll er sich langsam an mich gewöhnen.

»So wie du meinen Bruder anstrahlst, kann man fast neidisch werden.« Ich richte meine Aufmerksamkeit wieder auf meinen Tanzpartner, vielleicht bin ich gerade etwas unhöflich gewesen.

»Ich lache dich doch auch an, Cian.«

»Aber nicht so«, neckt er mich. Die Musik wechselt zu einem langsamen Stück und Cian will mich zu sich zerren, als warme Finger sich um die meinen schließen. Ein Kribbeln rauscht durch meinen Körper und ich lasse mich willig in starke Arme ziehen.

»Dieser Tanz gehört mir.« Crispins Mund ist dicht an meinem Ohr, sein Atem kitzelt dabei meinen Nacken, mir wird warm und mein Herz wummert unaufhaltsam vor Vorfreude auf diesen Tanz. Cian verbeugt sich galant und setzt sich zu Noam. Ich schmiege mich in Crispins Arme, lasse mich von ihm zu der Musik führen, genieße jede Sekunde. Seine Hand liegt knapp über meinem Po, viel anständiger, als ich erwartet habe, oder es mir wünsche. Er überrascht mich immer wieder. Anscheinend lebt doch ein wohlerzogener Gentleman in meinem Freund. Mein Freund, das Wort zergeht mir auf der Zunge wie Schokolade. Er dreht mich einmal um mich selbst, zieht mich dann wieder an sich. Mein Körper schmiegt sich automatisch an den seinen. Langsam blicke ich auf. Seine blauen Augen funkeln verführerisch und ich seufze wie ein verliebtes Mädchen, was ihm ein Lächeln entlockt. Crispins Hand löst sich von meinem Rücken, streicht über meine Seite bis zu meinem Gesicht. Sein Daumen fährt leicht meine Wange entlang, er beugt sich vor und seine Lippen finden die meinen. Sanft fährt seine Zunge über meine Unterlippe, neckt mich, ehe er den Kuss vertieft. Ich erschaudere. Seine Hand wandert zu meinem Nacken, während sein Kuss hungrig ist, und ich denselben Hunger in mir verspüre. Seine Wärme dringt durch mein Kleid. Ich fahre mit einer Hand durch sein Haar, es ist weich und voll. Das Lied wechselt, und er lässt zu, dass ich den Kuss unterbreche, hält mich aber weiterhin sanft im Arm, sodass unsere Körper dicht aneinander stehen. »Du bist wunderschön, kleiner Schmetterling«, raunt er mir zu und ich senke verlegen den Kopf. Mit Komplimenten habe ich noch nie gut umgehen können.

»Danke.«

»Weißt du, ich habe beschlossen, dich jetzt von diesem Fest zu entführen. Ich habe den ganzen Abend die Blicke der Männer geduldet, ohne sie umzubringen. Jetzt will ich dich für mich alleine. Ist das egoistisch? Eigentlich ist die Frage rhetorisch, denn egal wie die Antwort lautet, verschleppe ich dich zur Not wie ein Neandertrottel.« Ich könnte ihn korrigieren, aber finde diesen Versprecher derart süß, dass ich es dabei belasse. Das meint er doch nicht ernst? Wer sollte mich anschauen und warum? Es sind so viele schöne Frauen auf dem Fest, hundertmal schöner und eleganter als ich. »Ich hasse es, wenn du mit anderen Männern tanzt«, gibt er leise zu, währenddessen seine Lippen wieder meinen Hals streifen und mir stumm eine unvergessliche Nacht versprechen. Ich kann ihm kaum zuhören, wenn er an meinem Hals knabbert, das sind unfaire Mittel.

»Ich habe nur mit deinem Bruder getanzt. Du hättest mich jederzeit auffordern können«, necke ich ihn.

»Glaube mir, niemand anderen hätte ich mit dir tanzen lassen. Der Gedanke, dass dich jemand so berührt wie ich, bringt mich um«, murmelt er an meinem Haar und seine Hand rutscht tiefer, viel tiefer, um in dieser Welt als anständig zu gelten.

»Soll ich meine Drohung wahr machen, oder fügst du

dich?«, flüstert er. Die ganze Situation ist so erotisch, dass ich mich frage, ob ich noch träume. Bin ich vielleicht tot? Zugegeben, ich bin etwas überfordert und habe Angst, dass er bald das Interesse an mir verliert. Jemand wie er wird viel Erfahrung haben. Klar, ich bin auch kein unbeschriebenes Blatt, aber ich habe nie das gefühlt, was ich jetzt fühle, wenn er mich berührt. Er lässt meinen Körper singen, mein Herz rasen und meine Gefühle im Kreisel fahren. »Also?« Er dreht meine Hand um, küsst die Innenseite meines Handgelenkes. Diese Berührung hat etwas derart Intimes, dass mir fast die Tränen kommen. So etwas liest man sonst nur in Kitschromanen, auf die ich eigentlich nie besonders gestanden habe, aber es am eigenen Leib zu erleben, ja, das gefällt mir.

»Mit dir gehe ich überall hin, Crispin«, flüstere ich, denn zu mehr reicht meine Stimme momentan nicht, vermutlich ist selbst das nur ein Fiepen.

Er schenkt mir dieses schiefe Lächeln, macht uns den Weg frei, ohne mich loszulassen. Sein Körper schirmt den meinen von jeglichen Tänzern und Betrunkenen ab. Wir verlassen das Fest, ohne uns zu verabschieden. Nicht, dass ich darauf Wert legen würde. Alles was ich gerade will, ist endlich den Druck abbauen, der sich in mir aufgebaut hat.

Kaum haben wir die *Hallen* verlassen, tauchen wir in einen von Fackeln erhellten Gang ein. Unsere Hände verschränken sich ineinander und sein Daumen fährt weiterhin zärtlich über meinen Handrücken, der ganz feucht vor Aufregung ist. Ich habe ihn keineswegs für den Händchenhalter gehalten, aber … Ach, was weiß ich. Was er jetzt wohl erwartet?

Es ist komisch. Wir haben nie wirklich ein Date gehabt, alles übersprungen. Sind wir jetzt zusammen? Ich meine, er ist ein Prinz. Nicht nur das, er ist der Thronfolger und Kelalan hat klar gemacht, was seine Eltern von mir halten. Unsicher schaue ich ihn von der Seite an, wobei er meinen Blick auffängt.

Ehe ich mich versehe, stehe ich mit dem Rücken an der kühlen Wand, spüre die Steine durch den Stoff meines Kleides. Seine Arme sind links und rechts neben meinem Kopf abgestützt, ich bin dazwischen gefangen. »Worüber zerbrichst du dir den Kopf?«, will er wissen, mustert mich dabei eindringlich. Seine blauen Augen wirken forschend.

»Nichts Besonderes«, flunkere ich. Sofort wird mir heiß, ich bin eine miserable Lügnerin.

»Immer wenn du nervös bist, knabberst du an deiner Lippe, kleiner Schmetterling. Das machst du, seit wir das Fest verlassen haben. Also, was beunruhigt dich?« Oh

Gott, wie soll ich ihm das erklären? Irgendwie ist mir das peinlich, mehr als das sogar. Immerhin bin ich keine zwölf Jahre mehr. Willst du mit mir gehen? Kreuze an … Er nimmt mein Kinn in die Hand, hebt es leicht an, sodass ich ihn anschauen muss. Seine Hände sind nicht weich, sondern rau, groß und männlich. »Du kannst mir alles sagen. Habe ich etwas falsch gemacht?« Seine Augen wirken im Dämmerlicht des Ganges schwarz. Die Fackeln spenden nur wenig Licht, flimmern bei jedem Windzug.

»Nein, es ist nur …« Ich spiele nervös mit den Händen.

»Nur was?«

»Ich weiß nicht, alles geht so schnell. Du, ich, wir. Das alles. Ich kann nicht glauben, dass du mich plötzlich liebst«, gebe ich zu. So nun ist es raus.

»Du hast gesagt, dass du mich ebenfalls liebst«, hält er dagegen, woraufhin ich seufze.

»Ja, aber ich bin auch niemals gemein zu dir gewesen.«

»Du hast mir Wein über mein Hemd geschüttet.«

Ich muss grinsen. »Das zählt nicht, außerdem ist es Wasser gewesen.«

»Oh klar, das zählt nicht. Natürlich. Es ist sehr nett von dir gewesen, dies zu tun.« Wir mustern uns kurz, mein Blick wandert wie von selbst zu seinen Lippen. Ich sehne mich nach einem Kuss von ihm, doch ich will auch sichergehen, dass er mich wirklich liebt. Die Angst, verletzt zu werden, sitzt tief in meinen Knochen.

»Na, du hast mich zum Beispiel nie ausgeführt.«

»Macht man das so bei euch?« Crispins Blick ist göttlich.

»Eine Verabredung, zum Essen zum Beispiel oder ins Kino, man bekundet Interesse.« Als ob ich essen gehen wollen würde. Gott, was stimmt nicht mit mir? Ich sollte jetzt einfach die Klappe halten.

»Ich verstehe, ich habe dich nie umworben. Ist es das?« Er zupft an einer meiner Haarsträhnen. »Ich habe gedacht, es genügt, dass du meine Seelenpartnerin bist. Tut mir leid, du hast recht. Ich sollte um dich werben, wie es sich gehört.«

»Nein, so meine ich das nicht. Ich weiß nicht. Bevor ich ansonsten zu einem Mann nach Hause gehe, kenne ich ihn schon länger und …. weiß nicht. Ich ziehe nicht gleich mit ihm zusammen oder so. Normalerweise hat man erst ein paar Dates, ehe man sich küsst oder andere Dinge tut.« Ich werde feuerrot und Crispins Miene verfinstert sich merklich.

»Andere Männer haben dich geküsst und angefasst?«, knurrt er. *Fuck*! Ich möchte im Boden versinken. Logisch, hier ist es vermutlich eine Schande, während es in meiner Welt normal ist, doch ich will nicht lügen. Er muss mich lieben, wie ich bin, mit meiner Vergangenheit.

»Ja«, antworte ich leise. »Und ich bin auch nicht mehr … äh, unschuldig.« Die letzten Worte flüstere ich, traue mich kaum, ihn anzusehen. Mein Kopf platzt gleich vor Scham. Sein Mund ist eine gerade Linie, so fest presst er ihn zusammen. Ich sehe, wie seine Zähne aufeinander mahlen. Er stößt sich von der Wand ab, dreht sich um und fährt sich mit den Händen durch die Haare. »Crispin?«, flüstere ich nach einem Moment, wage es aber nicht, ihn zu berühren. Ich habe es verkackt, definitiv. Ich hätte die Klappe halten sollen. Jetzt wird er mich nicht mehr wollen. Er antwortet mir nicht, sondern steht steif mit dem Rücken zu mir und schaut aus dem Fenster. »Crispin, bitte!« Mir kommen die Tränen, meine Stimme bricht. »Ich … Keine Ahnung. Bei uns in der Welt ist das alles normal. Wir heirateten nicht gleich, nur weil wir … nun ja. Manche heiraten sogar nie.« Er wirbelt zu mir herum.

»Nicht weinen, das ertrage ich nicht«, bittet er und wischt mir eine Träne aus dem Augenwinkel.

»Ich bin jetzt nicht mehr das, was du willst, oder?« Mit Mühe und Not reiße ich mich zusammen.

»Natürlich will ich dich, wie kannst du das sagen?«, brummt er und überrascht mich, indem er mich hochhebt. Meine Beine umschlingen ihn, allerdings mehr aus Reflex. Er hebt mich so hoch, dass wir uns Auge in Auge sehen und mein Rücken sich wieder an die Wand drückt. »Ich liebe dich wirklich, kleiner Schmetterling. Der Gedanke, dass dich ein anderer Mann auch nur angesehen hat, bringt mich um. Ich möchte in deine Welt reisen und ihn töten. Wartet dort jemand auf dich?« Ich sehe, wie ihn diese Frage quält, lege meine Hand auf seine Wange.

»Nein, niemand wartet auf mich, Crispin. Ich bin wegen dir zurückgekommen, nur wegen dir. Ich habe die Wahl gehabt. Mein Körper ist gestorben, ich hätte gehen können, doch ich habe dich nicht zurücklassen können. Du und ich, wir gehören jetzt zusammen.« Er atmet schnell, sein Blick ist so intensiv, dass es mich ganz kribbelig macht. Er wirkt verletzlich.

»Daran mag ich nicht denken«, gesteht er. »Dass du nicht wiedergekommen wärst. Ich bin ein Idiot gewesen, bin es jetzt auch. Ich bin eifersüchtig und wie. Du bist mein, niemand hat das Recht, dich so zu besitzen, wie ich es will. Ich will dich spüren, dich lieben, stundenlang, dich zum Seufzen bringen und dich dabei alles andere vergessen lassen, weil du meine Frau bist.« Seine Worte jagen erneut Schauder der Erregung durch meinen Bauch. Oh bitte, lass uns gleich damit anfangen, denke ich. »Dich bringe ich jetzt auf dein Zimmer und ich schlafe bei Cian. Ab morgen werde ich um dich werben, ganz wie es sich gehört«, teilt er mir mit und ich denke nur: Nein! Gott, nein, mach jetzt nicht so einen Mist. Das kann er nach dieser Ansprache echt nicht bringen. Ich brauche viel mehr von dem, was wir vorhin genommen haben. Mein Herz springt gleich aus meiner Brust. Es ehrt ihn ja, dass er das plant, aber … Nee. Er will mich herunterlassen, doch ich klammere mich an ihm fest, drücke meinen Körper an seinen. Gequält stöhnt er auf. »Mach das nicht! Ich bin auch nur ein Mann, du bringst meine guten Vorsätze gefährlich ins Wanken.«

Ich beuge mich vor, ziehe sein Ohrläppchen zwischen meine Zähne und beiße sanft hinein. »Sehr gut, denn ich werde diese Nacht nicht alleine verbringen«, teile ich ihm mit, was ihn auflachen lässt.

»Ich versuche gerade, das Richtige zu tun.«

»Tue es nicht, ich flehe dich an.« Ich weiß es, zu schätzen, dass er es will, wirklich, aber irgendwie ist bei uns sowieso alles anders, also kann ich meine Moral gleich hinter mir lassen.

Er küsst meinen Hals und seine Hände wandern meine Beine hinauf, verschwinden unter dem Unterrock, gleiten langsam den Oberschenkel entlang und lassen meine Muskeln erzittern.

»Nicht?«, flüstert er.

»Nein, sei wie immer, so mag ich dich.«

»Ich glaube, du bist dir dem Ausmaß dessen, was du dir wünschst, nicht bewusst, kleiner Schmetterling.« Er haucht die Worte zwischen einzelnen Küssen auf meinen Hals, mir entfährt dabei ein Stöhnen, wie aus einem dieser Pornofilme, jedenfalls glaube ich das. Seine Augen verdunkeln sich bei dem Geräusch, es erregt ihn. Unerwartet nähern sich Stimmen und Schritte.

Kurz schauen wir uns an, dann schafft es Crispin irgendwie, seine Arme so unter meine Beine zu legen, dass er mich plötzlich auf Händen trägt. Kurz bin ich perplex, während er entschlossen den Gang entlang, weg von den Stimmen, schreitet. Die flimmernden Fackeln verleihen ihm dabei eine gefährliche und sexy Aura, vor allem mit den Bartstoppeln, die sich allmählich auf seinem Gesicht zeigen.

Die Nacht ist kurz, sehr kurz, aber Crispin hat sich, Gott sei Dank, dazu entschieden, weiterhin der Bad Boy zu sein und mir nicht erst den Hof zu machen. Es ist die richtige Entscheidung gewesen, auf Dates zu verzichten, die Moral einfach zu vergessen, denn … Wow! Er kann mit meinem Körper Dinge anstellen – allein daran zu denken, treibt mir die Schamesröte ins Gesicht. Mein Kater lässt zwar sämtliche meiner Muskeln schreien, doch der Rest summt vor wohliger Entspannung, die nur guter Sex auslösen kann, und dieser Sex ist mehr als das gewesen. Zufrieden kuschle ich mich an seine nackte Brust, höre seinem Herzschlag zu, verstecke mich dabei vor den Sonnenstrahlen, die durchs Fenster auf mein Gesicht fallen. Ich bin rundherum glücklich, aber auch verdammt müde. Crispins Brust hebt und senkt sich leicht, er schläft noch. Das gibt mir Zeit, ihn ausgiebig zu mustern, wobei ich am liebsten vor Glück schreien möchte. Wenn ich mit diesem Mann mein Leben verbringen kann, bin ich ein Glückspilz. Auf seinen Wangen haben sich die Bartschatten vertieft, es juckt mich geradezu in den Fingern, darüber zu fahren. Er wirkt viel jünger, wenn er so entspannt da liegt. Was der Tag wohl heute für uns bereit hält? Weitere Katastrophen, oder gönnt uns das Schicksal eine Pause? Die Antwort lässt nicht lange auf sich warten: Es klopft an unserer Tür, was mich überraschend zusammenzucken lässt. Crispins Augen flattern augenblicklich auf, er ist sofort hellwach. Wie macht er das nur? Sein Blick wandert verärgert zur Tür, ehe er mich anschaut und sein Blick weicher wird.

»Guten Morgen, kleiner Schmetterling.« Er streicht mir übers Haar, zieht mich daraufhin auf seine Brust, um mich zu küssen, ignoriert das Klopfen vollkommen. Ich muss kichern, denn es wirkt immer so, als sei ich eine Feder, was sehr charmant ist. Mein Gewicht macht ihm keine Mühe und das gefällt meinem Ego sonderlich gut, welcher Frau würde das nicht so gehen? Es klopft wieder, diesmal lauter, bestimmender. »Ich werde ihn töten müssen, egal, wer es ist«, brummt Crispin, küsst meine Nasenspitze. »Ich habe vorgehabt, den Morgen damit zu beginnen, womit wir heute Nacht aufgehört haben.« Sein Blick wandert an mir hinab, als ich mich zu Seite rolle, bleibt an meinen nackten Schenkeln hängen. Wohlige Wärme durchströmt mich. »Ich liebe das Geräusch, wenn du voller Lust meinen Namen stöhnst.« Gott! Ich beiße mir auf die Lippe, als mich Erinnerungen durchfluten. Seine Hand fährt langsam meinen Schenkel hinauf, quälend langsam. Er weiß genau, wie sehr mich das anmacht, und schon heben sich seine Mundwinkel. Die Matratze gibt leicht nach, als er sich vor lehnt und mich nach unten drückt. Wo eben noch seine Hand gewesen ist, legen sich jetzt weiche Lippen auf die warme Haut meines Beines.

»Hölle«, fluche ich leise, während er mich sanft beißt.

»Gefällt dir das?« Seine Stimme ist heiser vor Lust.

Stück für Stück wandert er weiter, ehe es erneut energisch klopft. Frustriert lasse ich mich tiefer ins Kissen senken. Crispin verharrt kurz, hebt dann den Blick zur Tür. Er wirkt nicht weniger verärgert als ich.

»Vielleicht gehen sie weg, wenn wir uns tot stellen?«, schlage ich vor. »Oder du tötest sie einfach.«

Wieder klopft es und Noams Stimme ertönt. »Crispin, ich weiß, dass du wach bist. Ich höre euch reden, in zwei Minuten komme ich rein. Bedeckt euch.«

»Dann muss ich dich umbringen, Freund«, ruft Crispin deutlich unfreundlicher zurück. Ich schaue an mir hinab, ja verdammte Axt, ich sollte mich schleunigst bedecken, so splitterfasernackt wie ich bin. Crispin folgt meinen Blick, seine Augen verdunkeln sich merklich und eine gewaltige Erektion drückt sich an mein Bein.

»Crispin!«, droht Noam, doch dieser seufzt schwer.

»Und das will ein Freund sein?«

ZWEIUNDDREISSIG

Ich schaue in die ernsten Gesichter meiner Männer und mustere sie der Reihe nach streng. Jedes Gesicht ist mir vertraut, viele von ihnen kenne ich seit Jahrhunderten. Sie stehen in Reih und Glied, haben den Blick nach vorn gerichtet. Respektvoll warten sie auf meine Ansprache. Es ist mucksmäuschenstill, niemand würde es wagen, jetzt die Stimme zu erheben.

Noam und Cian stehen links neben mir, während Alice weiter rechts in einer der Ecken wartet, und nervös von einem Bein aufs andere tritt. Sie wird von einer Säule verborgen, keiner meiner Männer sieht sie. Ich muss ihnen erst Rede und Antwort stehen, denn das haben sie verdient. Geheimnisse, Mutmaßungen und Misstrauen sind fehl am Platz. Sie wissen, dass Alice eine Albin ist. Sie verstehen nur nicht, was sie bei uns macht oder warum sie noch lebt. Die meisten kennen sie schon aus der kurzen Zeit im Schloss, bevor sie zu Asta geschickt worden ist, und sie ist ihnen sympathisch. Das ist ein Vorteil, den ich nutzen werde. Sie ist stets höflich und zuvorkommend gewesen, hat sich Achtung verdient. Ich darf allerdings nicht vergessen, dass sie da ein Mensch gewesen ist, während jetzt nichts Menschliches mehr an ihr weilt.

Ich weiß nicht, wer hinter ihrem Rücken Unfrieden stiftet, doch ich kann es nicht dulden. Früher oder später werde ich es herausfinden, dann wird dieses Verhalten Konsequenzen haben. Erst einmal muss ich das verarbeiten, was Alice mir heute Morgen erzählt hat, ihr Treffen mit Kota. Die Einzelheiten, wie sie trainiert haben, dass sie die Wahl gehabt hat, und dass es Seelengefährten in den Reihen der anderen Rassen gibt. Es ist zu früh, Öl ins Feuer zu gießen oder die Hunde wild zu machen. Das werde ich erst mit Kelalan und den anderen besprechen müssen, wenn wir zurück im Nebelwald sind.

Der Gedanke, dass jeder seinen Seelengefährten finden könnte, wenn der Krieg endet, ist unfassbar. Sollte das stimmen, haben wir viele wertvolle Jahre verschwendet. Ich räuspere mich, habe sofort die volle Aufmerksamkeit. Stolz recke ich mein Kinn und schaue auf die anderen hinab. Die Worte von Algrim, dass das Volk mich als König betrachtet, haben sich in meinem Kopf festgesetzt. Hat er recht? Und wenn ja, soll ich dies nutzen?

»Ich weiß, dass Ihr viele Fragen an mich habt, die Ihr nie offen stellen würdet. Der eine oder andere zweifelt vielleicht an mir und ich möchte erklären, warum eine Albin unter uns verharrt.« Ein Raunen geht durch die

Menge, doch niemand stellt Fragen. »Viele von Euch haben Alice schon vor diesem Krieg getroffen, als sie zu Gast in unserem Haus war. Zu jener Zeit ist sie ein Mensch gewesen, ganz und gar. Sie hat unter einem Zauber gestanden und nach ihrem Tod ist sie das geworden, was sie jetzt ist - eine Unsterbliche wie wir. Allerdings ist ihr Vater ein Alb, und das bestreite ich nicht, aber wenn Ihr sie genau anschaut und Euch die Zeit nehmt, sie kennenzulernen, werdet Ihr merken, dass sie nichts mit unseren Feinden gemein hat. Sie ist liebevoll und warmherzig.« Ich atme tief ein, wiege meine nächsten Worte genau ab, denn ich weiß, sie werden einschlagen wie ein Blitz. »Außerdem ist sie meine Seelengefährtin.« Die Männer holen erschrocken und verblüfft Luft. Stimmengewirr breitet sich aus und ich lasse ihnen einen Moment, um sich zu sammeln. »Ruhe«, brülle ich kurz darauf und augenblicklich wird es wieder still, obwohl ich die Anspannung der Männer sehe. Alle starren mich an, einige ungläubig, andere voller Neid, weil ich meinen Seelengefährten gefunden habe, und andere mit Hoffnung in ihren Augen.

»Es ist unglaublich, aber es stimmt. Meine Seelengefährtin ist eine Albin. Ihr wisst, wie heilig uns dieses Band ist. Ich werde sie nicht aufgeben, nur weil sie ist, wer sie ist oder was sie ist. Das würde niemand von

Euch, der das fühlt, was ich fühle. Endlich, nach all den Jahrhunderten, fühle ich mich komplett, als ein Ganzes, so wie es in den alten Schriften überliefert wurde. Ich bin immer noch derselbe Mann wie zuvor, doch jeder, der nun an mir zweifelt, darf gehen, ohne Konsequenzen fürchten zu müssen. Ich habe jeden von Euch persönlich in meine Armee geholt, vertraue Euch. Dieses Vertrauen erwarte ich auch von Euch. Wenn es nun erschüttert ist, verstehe ich es. Jeder, der mir dennoch folgen will, ist willkommen, denn ich weiß nicht, wie es im Nebelwald weitergehen wird. Wenn es sein muss, werde ich mit allem kämpfen, was ich habe. Für mein Volk, für meine Partnerin und das *Heilige Band*, welches uns verbindet.«

Mein Blick huscht zu Noam und Cian, beide nicken und lächeln. Noam tritt vor mich, kniet sich vor mir nieder, neigt sein Haupt respektvoll. »Ich schwöre dir meine Treue, Prinz Crispin. Früher, heute und für alle Zeit sollst du mein König sein.« Überrascht hole ich Luft, starre meinen besten Freund an. Was er hier macht, könnte mein Vater ihm als Hochverrat auslegen und seinen Kopf fordern. Er ist der König, nicht ich. Noam steht auf, Cian nimmt seinen Platz ein.

»Auch ich schwöre dir meine Treue, Bruder. Früher, heute und für alle Zeit sollst du mein König sein«, wiederholt er Noams Worte, womit sie etwas ins Rollen bringen, dessen Zeit möglicherweise zu früh ist.

Es ist gespenstisch still im Raum, dann tritt Juan vor – wir haben schon als junge Elben zusammen gekämpft. Er kniet sich ebenfalls nieder, wiederholt die Worte. Plötzlich nimmt es gar kein Ende, alle meiner Krieger treten nach und nach vor, schwören mir die Treue. Ich bin sprachlos, das habe ich nicht erwartet: Meine Männer, treu als Linie hinter mir.

Als der Letzte sich erhebt, tritt Alice vor, kniet ebenfalls vor mir. Alle Blicke sind auf sie gerichtet. Ich will sie aufhalten, doch Noam greift meinen Arm und schüttelt den Kopf. Er hat recht, sie zeigt meinen Männern, dass sie zu mir gehört, sich zu uns bekennt und unsere Traditionen ehrt, dass ich ihr König sein werde. Sie zollt mir Respekt, das darf ich nicht unterbinden. Ihre Stimme ist fest, ihre Augen schauen mich an, als sie die gleichen Worte wiederholt wie der Rest. Ich reiße sie danach an mich, drücke meine Lippen auf die ihren und erkenne, dass meine Gefühle nun völlig durcheinander sind.

Die nächsten Tage vergehen rasch. Die Wunden der

Verletzten sind genug verheilt, um die Reise nach Hause antreten zu können. Es wird Zeit. Der Reise begegne ich mit gemischten Gefühlen. Hier am Hof sind Alice und ich frei. Freier als wir es im Nebelwald je sein werden. Niemand schaut uns mehr schief an, sie haben sie als das akzeptiert, was sie ist, meine Gefährtin ohne Wenn und Aber. Diese Akzeptanz tut gut, nicht bloß mir, vor allem Alice. Sie blüht auf. Jeder meiner Männer würde das Leben für sie geben, wenn ich es verlange. Dieses Wissen lässt mich nachts besser schlafen.

Mein Vater wird außer sich sein, wir haben ihm keinen Boten gesendet, ganz bewusst. Nicht nur, dass Alice an mich gebunden ist, ich damit sämtliche möglichen Allianzen mit anderen Häusern zerschlage, nein, meine Männer stellen mich über ihn. Und dann habe ich Bündnisse mit Nixen und Zwergen geschlossen. Ich mache mir nichts vor, es werden mich wohl keine wehenden Fahnen erwarten, weiß Gott nicht, doch das ist mir gleich. Die letzten Tage habe ich Alice vollends kennen und lieben gelernt. Sie ist so schlau und lustig, dass ich mich wieder ärgere, anfangs so viel Zeit vergeudet zu haben. Ich weiß jetzt, was Cian und Noam in ihr gesehen haben und immer noch sehen.

Wir satteln die Pferde und der Morgen graut. Alice wird ein Pferd, eines der gefallenen Krieger, übernehmen.

Auch wenn ich sie gerne bei mir hätte, wird die lange Reise zusammen auf einem Pferd zu beschwerlich für das Tier. Es sind treue Pferde, Alice hat lange Zeit im Stall verbracht, um das richtige Pferd auszuwählen. Es ist wichtig, das Pferd und Reiter sich verstehen und mögen, nur so können sic sich im Ernstfall aufeinander verlassen, denn sie wählen sich gegenseitig. Pix, ein Fuchs, der zuvor Dylan gehört hat, ist jetzt ihr Tier und sie verwöhnt es trotz meiner Mahnungen schon maßlos. Es wird verzogen. Sie verstaut ihre Tasche, während Topas auf dem Sattel sitzt und sich sonnt. Man kann ihm fast beim Wachsen zusehen. Der kleine Drache wird jeden Tag größer, bald wird er zu groß sein, um dort zu sitzen. Er wird ebenfalls mächtiger und ich bin froh, dass er auf unserer Seite ist, nicht auf der der Gegner. Er ist ein wertvoller Begleiter für meine Gefährtin, ihr Schutztier – noch eines der Dinge, die meinen Vater rasend machen werden: Wir bringen einen Drachen mit nach Hause. Ich muss schmunzeln. Eigentlich wird ihn alles rasend machen.

Alice bekommt die Tasche nicht festgezogen, flucht wie einer der Zwerge. Mein Mund verzieht sich bei ihrer Wortwahl zu einem breiten Grinsen, auch wenn ich nicht weiß, was ein verfickter Sattel ist, oder eine blöde Arschgeige. Einigen Männern geht es nicht anders, sie beobachten das Spektakel amüsiert, lachen dabei leise.

Ich will ihr gerade helfen, als Juan zu ihr tritt, ihr zeigt, wie sie die Tasche richtig befestigen muss.

»Sie findet Anschluss.« Noam tritt neben mich und ich nicke erfreut. »Sie akzeptieren sie, weil sie dir blind vertrauen.«

»Das weiß ich.«

»Wir sind so weit, Seth wird jeden Moment hier sein und uns verabschieden.«

»In Ordnung, dann komm.« Ich drehe mich um, zähle – so gut es eben geht – durch. Mein Blick fällt kurz auf Lona, doch sie schaut nicht in meine Richtung. Ihr Treueschwur kam überraschend, nachdem sie meinen Befehlen nicht gefolgt ist, aber vielleicht täusche ich mich auch. Noch habe ich keine Zeit für das Gespräch mit ihr gefunden, das wird sich allerdings in Kürze ändern.

»Kommt dir Lona merkwürdig vor?«, frage ich Noam verhalten, der sofort zu der Elbin aufschaut, sie kurz mustert und dann den Kopf schüttelt.

»Sollte sie?«

»Ich weiß nicht, sie … Ach, vergiss es«, winke ich ab. Ich sehe Gespenster, wo keine sind. Genau in diesem Moment schreitet Seth auf mich zu. Seine Miene wirkt betrübt.

»Ich wünsche, ihr würdet bleiben. Wir könnten euch mehr als gut gebrauchen, mein Freund.«

Ich lächle, klopfe ihm auf die Schulter. »Der Wald würde uns fehlen, ebenso der gute Wein.«

Alice schaut zu uns herüber, ich zwinkere ihr zu, was sie erröten lässt und ich jedes Mal hinreißend finde.

»Ihr seid hier immer willkommen, das wisst ihr ja.« Seth fordert meine Aufmerksamkeit zurück. Ich nicke nur, denn er wird stets so sentimental bei Abschieden. Das ist mir wirklich fremd und zu menschlich, aber ich lasse es Seth durchgehen. Währenddessen kommt Alice auf uns zu und ich lege meinen Arm um sie, ziehe sie dicht an meinen Körper.

»Hallo, Schönheit«, begrüße ich sie, was sie mit einem Lächeln belohnt. Mein Herz macht einen erfreuten Satz und mein Körper reagiert sofort auf ihre Nähe, verzehrt sich nach einem Ort, an dem wir allein sind.

»Alice, es ist schön gewesen, dich kennenzulernen. Du hast Crispin ordentlich den Kopf verdreht.« Seth zieht mir Alice aus dem Arm, umarmt sie fest. Anders als wir Elben umarmt sie ihn gleichermaßen herzlich und ich beäuge dies leicht verstimmt, aber nehme es hin. Sie ist lange ein Mensch gewesen, diese Gepflogenheiten sind ihr vertrauter als mir.

»Du solltest sie loslassen. Crispin kommt Rauch aus den Ohren und seine Kopfnüsse sind nicht ohne«, kommentiert Noam die Umarmung und einige meiner Männer johlen.

»Sehr lustig.« Ich verdrehe die Augen, schnappe mir Alice' Hand und ziehe sie wieder in meine Arme. Schon besser.

»Als ob sie jetzt noch so einen schwächlichen Menschen wollen würde, nachdem sie die Vorzüge eines Elben kennt.«

»Crispin!« Sie haut mir auf den Arm und nun lachen wir alle.

DREIUNDDREISIG

Ich reite hinter Noam und Crispin, mustere die breiten Schultern meines Gefährten eingehend. Ein wohliges Kribbeln macht sich in mir breit. Erinnerungen an das Gefühl, in seinen Armen zu liegen, lassen mich ganz zappelig werden und ich wünsche, wir wären schon am Ziel.

Topas liegt vor mir auf dem Pferd gequetscht und döst vor sich hin, während Silver wachsam neben Crispin her stolziert. Und das tut er wirklich, er stolziert wie ein Pudel auf einem Wettkampf. Ein derart schönes Tier, dessen Fell so weich wirkt, dass ich mein Gesicht darin vergraben will. Na ja, bis jetzt habe ich ihn nicht einmal gestreichelt. Er beäugt mich stets misstrauisch, sodass ich ihn nicht provozieren will. Er und Topas hassen sich ohnehin, so wie sie sich immer anfauchen. Noch hoffe ich, dass sie eines Tages Freundschaft schließen werden. Wie alt wird ein Drache? Sanft streiche ich über Topas Kopf, er brummt zufrieden. Das muss ich Crispin unbedingt fragen. Der Gedanke, dass ich Topas eines Tages verliere, lässt mich jetzt schon praktisch in Tränen ausbrechen.

Ich atme tief ein, schaue nach links. Cian macht den Eindruck, als schläft es bald ein. Seine Augen werden immer kleiner, er gähnt leise mit vorgehaltener Hand. Das wäre ja was, wenn er beim Reiten vom Pferd fällt – mein Highlight des Tages, was mich unwillkürlich zum Schmunzeln bringt. »Müde?«, frage ich ihn unschuldig und er zuckt zusammen.

»Hm?« Er blinzelt einige Male, schaut mich daraufhin verschlafen an.

»Ob du müde bist? Du fällst ja gleich vom Pferd.«

»Ein wenig.«

»Aha, wie kommt das denn? Mit wem hast du die Nacht verbracht?« Ich will ihn eigentlich nur ärgern, aber seine Ohren werden verdächtig rot. Interessant. Sehr interessant. Jetzt ist meine Neugierde geweckt. Er kratzt sich den Nacken, schaut dann verlegen nach vorne.

Ich lenke Pix dichter an Cians Pferd. »Nun sag schon«, bohre ich und er wird noch röter, was für ein Spaß. »War es eine Elbin? Ein Mensch? Oder gar eine Zwergin?« Ich hebe die Augenbrauen, wackle damit und Cian murmelt etwas, das ich nicht verstehe. »Obwohl? Waren Zwergenfrauen dabei? Nein, ich glaube nicht. Also Mensch oder Elbin? Oder gar beides zusammen? Cian, du alter Casanova.«

»Lass diese Fragen«, brummt Cian und ich beiße mir auf die Lippe. So leicht kommt er mir nicht davon.

»Ist sie hier?« Ich drehe mich um, mustere den Zug hinter uns. Viele Elbinnen sind nicht unter uns, aber einige, die genauso tapfer gekämpft haben wie die Männer. Eigentlich ist es diskriminierend, dass Crispin immer *meine Männer* sagt. Na ja, weiter mit dem viel wichtigeren Thema. »Ciaaaaan«, flöte ich und ziehe seinen Namen bewusst in die Länge, doch er schaut mich noch gequälter an.

»Hör jetzt auf.«

»Erst wenn du mir einen Tipp gibst. Nur eine kleine Hilfestellung, sonst frage ich Crispin. Obwohl, nein, der ist bei mir gewesen. Ich frage Noam, ihr hockt schließlich dauernd zusammen. Oder ist es keine Frau, sondern ein Mann?« Nun werden meine Ohren rot und Cian lacht lauthals.

»Deine Fantasie geht mit dir durch.«

»Na komm, sag es mir. Wir sind Freunde, die erzählen sich solchen Kram.«

»Bei euch vielleicht.«

»Ja, bei uns erzählen Freunde sich aaaalleeesss.«

Er grinst. »Alles?« Ich nicke energisch. »Gut, wie ist mein Bruder so im …«, setzt Cian an und ich kreische auf.

»Cian, sprich es nicht aus.«

»Aber wir sind Freunde«, setzt er unschuldig nach und

ich weiß, mein Gesicht glüht. Das Schlimmste ist, dass Crispin uns jetzt seine volle Aufmerksamkeit schenkt und sich uns zuwendet.

»Was ist mit mir?«, will er wissen. Schlagartig wünsche ich, dass mich der Boden verschlingt. Warum muss ich neugierig sein? Das habe ich jetzt davon.

»Alice und ich sind jetzt Freunde, die erzählen sich alles. Sie hat ein reges Interesse an meinem Sexualleben und ich will wissen, wie du so bist. Man hört ja vieles, aber ob das stimmt?« Ich vergrabe mein Gesicht in Pix' Mähne, stöhne dabei peinlich berührt. Verdammte Elben. Hinter mir lachen einige der Männer, Topas brummt unzufrieden, weil ich ihn wecke.

»Und was hat sie geantwortet?«, will Crispin wissen und ich höre, dass auch er sich königlich amüsiert. Ich bin viel prüder als die Elben. Sie sind so freizügig mit Nacktheit und allem, was dazugehört. Er weiß, dass ich mich geniere.

»Sie hat geschrien und gesagt, ich soll nicht fragen. Ist das jetzt gut oder schlecht?«, neckt Cian seinen Bruder, der daraufhin laut loslacht.

»Da musst du noch fragen?«

»Wenn ihr nicht sofort aufhört, darüber zu reden, stürze ich mich vom Pferd«, knurre ich und wieder erklingt Gelächter des gemeinen Volkes.

»Du bringst deine Zukünftige in Verlegenheit, Prinz«, donnert es von hinten und ich schalte ab, als immer mehr Witze über Crispin und mich gemacht werden.

Wir kommen problemlos voran. Mein Körper schmerzt von all den langen Stunden auf dem Pferd und der Tag zieht nur so an uns vorbei. Ich sehne mich nach einem Bad, das den Dreck wegspült, und einer Toilette, denn Pipi machen im Wald nervt mich total an. Vor allem mit derart vielen Leuten, die ausgesprochen gut hören. Alle anderen wirken, als bemerken sie nichts, doch mein Po fühlt sich wie Hackfleisch an. Jede Bewegung tut weh und ich schaue sehnsuchtsvoll in den Himmel.

Es wird langsam dunkel. Wir reiten seit Stunden, brauchen sie denn nie eine Pause?

Topas ist vor einiger Zeit im Wald verschwunden, ich vermute, dass er sich sein Abendbrot jagt. Ich mache mir keine Sorgen um meinen kleinen Freund, er wird schon wieder auftauchen. Immerhin hat er mich auch bei Asta gefunden.

Wir verlassen den engen Pfad, reiten auf eine schneebedeckte Wiese, und eine kalte Brise weht uns entgegen. Der Schnee knirscht unter den Hufen, mein Atem steigt in kleinen Wolken in den Himmel und ich reibe meine Hände um sie zu wärmen. Es ist kalt, aber komischerweise friere ich nicht so, wie früher. Nur ein bisschen. Ich puste mir dennoch noch mal in die Finger, um sie etwas zu wärmen.

Crispin dreht sich zu mir um, lächelt dabei wissend. Ich lächle zurück und versuche, mir nicht anmerken zu lassen, wie sehr mein Körper leidet. Er hebt die Hand, seine Stimme hallt klar und deutlich über das Feld. »Wir rasten hier. Im Morgengrauen reiten wir weiter.«

»Gott sei Dank«, schicke ich ein Dankesgebet gen Himmel. Ich recke mich, beobachte einen Moment das Gewusel um mich herum. Alle wissen genau, was ihre Aufgaben sind. Ich bin wirklich beeindruckt, wie schnell die Zelte ausgeladen, das Holz gestapelt und die Pferde versorgt sind. Ich glaube, mir steht sogar der Mund offen.

»Na, kleiner Schmetterling, soll ich dir helfen?« Crispin lehnt plötzlich an Pix, zieht fragend eine Augenbraue in die Höhe, während er schief grinst.

»Nein, nicht nötig«, antworte ich stolz, will ihm zeigen, dass ich sehr wohl alleine vom Pferd absteigen kann. Ich bin doch kein Baby.

»Bist du schon mal so lange geritten?«

»Nein, nicht ohne Pause.«

»Deine Beine werden sich daran gewöhnen, dennoch solltest du dir von mir helfen lassen. Sie werden wackelig sein.«

»Hör auf, zu schnacken, du willst mich nur wieder wie ein Höhlenmensch herumtragen.« Ich verdrehe die Augen. »Ich habe dich durchschaut, Crispin.«

Er schüttelt belustigt den Kopf. »Du wirst auf deine hübsche Nase fallen«, warnt er mich, doch ich glaube ihm kein Wort.

Ich schwinge meine Beine übers Pferd, lasse mich heruntergleiten, aber kaum berühren sie den Boden, sinken sie unter mir weg und ich verdanke es Crispins schneller Reaktion, dass ich nicht im Schnee lande.

»Uff«, entfährt es mir, während er mich dicht an seine Brust zieht. Seine Augen funkeln. »Kein Wort«, drohe ich und er beißt sich auf die Lippen. Ich hasse es, wenn er so selbstgefällig grinst, weil er recht gehabt hat, also löse ich mich von ihm, streiche meine Sachen glatt, und versuche dabei möglichst ernst auszusehen.

Irgendwie ist die Situation komisch. Er hat etwas an sich, sodass ich mich wie ein richtiges Mädchen fühle. Nicht, dass ich mich sonst nicht wie eines fühle, aber eben anders. Zart und weich. Er ist mein harter Fels, der aufpasst. Ein schönes Gefühl. »Geht es?«, fragt er, ohne mich zu ärgern, sondern ernsthaft besorgt. Meine Beine zittern weiterhin leicht, doch es geht einigermaßen und ich nicke. »Sehr schön.« Er greift nach meiner Hand, zieht mich mit Schwung wieder an sich. Ich lasse mich nur zu gern in seine Arme gleiten, lehne meinen Kopf an seine Halskuhle, während er seinen auf meinen Scheitel legt und die Arbeit um uns herum verfolgt.

Immer noch schwirren alle wie wild um uns herum, nehmen augenscheinlich keine Notiz von uns.

Einige Sekunden später nimmt er mein Gesicht in seine Hände, drückt seine Lippen sanft auf meine. »Ich hasse es, dass wir heute so wenig Zeit füreinander gehabt haben«, brummt er mürrisch und ich stimme ihm still zu. Wie eine Ertrinkende klammere ich mich an ihn, stelle mich dann auf die Zehenspitzen und beiße ihm leicht in die Unterlippe, was ihm ein leises Stöhnen entlockt. »Du spielst mit dem Feuer.« Ich mag es, wenn ich solche Reaktionen in ihm auslöse, daher beiße ich etwas fester zu und er zieht zischend die Luft ein. Es stachelt mich an. Mutig vertiefe ich den Kuss, vergrabe meine Hände in seinem weichen Haar und ziehe ihn dichter zu mir heran. Aus seiner Kehle dringt ein tiefes Brummen. Er löst seine Lippen von mir, beugt sich vor und küsst die weiche Stelle hinter meinem Ohr, während seine Hand sanft in meinen Nacken wandert. »Du bist so verführerisch, kleiner Schmetterling«, haucht er und lässt die Hand sinken, streicht über meine Arme, ehe er mir in die Augen sieht und sich wieder aufrichtet. Ich atme schwer, will ihn am liebsten auffordern, weiter zu machen. »Wir müssen aufhören oder ich muss dich in den Wald verschleppen. Am liebsten würde ich dich hier und jetzt …«, setzt er an und ich lege meine Hände auf seinen Mund, um ihn zu stoppen. Er redet viel zu laut und ich wette, alle hören zu. »Du machst mich verrückt«, murmelt er unter meiner Hand weiter. Sehr schön, denn ich bin ebenso verrückt nach ihm. Der Gedanke, dass er mich in den Wald schleppt, ist verlockender, als ich gedacht habe.

»Crispin«, brüllt einer der Elben und er verdreht die Augen. »Die Arbeit ruft.«

Ich überlege eine Sekunde, ob ich schmollen soll, aber ich weiß, er hat seine Pflichten zu erledigen. »Geh ruhig, ich kümmere mich um Pix«. Schweren Herzens löse ich mich von ihm, will mich zu Pix umdrehen, doch er ist verschwunden. »Hä?« Ich drehe mich im Kreis.

»Yuno hat ihn mitgenommen und versorgt ihn.«

»Wann denn das?« Also mal ehrlich, das hätte ich ja wohl gemerkt.

»Vor ein paar Minuten.« Crispin grinst breit. »Du vergisst in meiner Gegenwart eben alles andere, das passiert den Besten.«

»Oh Himmel, dein Ego ist der Wahnsinn. Merk dir, dass andere Frauen die Welt vergessen, wenn du sie küsst, will keine Frau hören, Crispin. So toll ist der Kuss auch gar nicht gewesen«, behaupte ich frech. Der Gedanke, dass er andere zum Stöhnen gebracht hat, ist nicht angenehm, doch damit muss ich leben. Er muss das ja nicht zwingend unnötig betonen.

»Ach? Das klang aber eben noch ganz anders«, höhnt er, woraufhin ich stampfend abziehe.

»Wir sehen uns später«, rufe ich hinterher und kämpfe ein wenig mit meiner Eifersucht. Er muss sich mal reden hören. Ungehobelter Klotz.

Ich laufe über die Wiese, schaue, ob jemand Hilfe braucht, aber alle wissen anscheinend genau, was sie tun müssen. Niemand braucht Unterstützung, ich fühle mich nutzlos. »Tja, und nun?«, rede ich mir zu, wippe auf den Füßen vor und zurück. Wo steckt eigentlich Topas? Ich schaue zum Waldrand, der schon im Dunklen liegt. Die ersten Sterne blitzen am Himmel auf und Noam entfacht mit einer Elbin ein riesiges Lagerfeuer. Es flackert einladend in der Dunkelheit, knistert laut und vielversprechend. Er sieht mich nicht, eigentlich achtet niemand darauf, was ich mache. Ich schaue zum Waldrand, hadere mit mir. Sollte ich jemanden Bescheid sagen? Ach, was. Ich bin erwachsen und bleibe ja in der Nähe. Ich gehe den Weg zurück, den wir gekommen sind, rufe nach meinem kleinen Drachen. »Topas?« Mein Ruf verhallt im Wald und ich zögere, schaue zurück zum Zeltplatz, auf dem jetzt mehrere Fackeln die Nacht erhellen und Essensdüfte zu mir schweben. Mein Magen knurrt erbost. Es wirkt so gemütlich und friedlich wie ein Zeltlager im Feriencamp. Ich drehe mich wieder zum Wald um, der dagegen aussieht, als entstamme er einem Horrorfilm. Unentschlossen nage ich an meiner Lippe, finde mich selbst albern. Ich habe schon Höhlen erforscht und was weiß ich, stelle mich jetzt aber an wie ein Kleinkind. Also laufe ich weiter, dringe tiefer ins Unterholz ein und halte Ausschau nach Topas, doch der bleibt verschwunden. Langsam mache ich mir Sorgen.

Gerade will ich mich umdrehen, da sehe ich, dass jemand hinter einem Baum steht. Der Elb scheint mit jemanden zu sprechen, nickt dezent. Ich sehe keine andere Person, bin jedoch neugierig. Schleichend umrunde ich die Bäume, um eine bessere Sicht zu bekommen. Der Elb ist kein Elb, sondern eine Elbin, gleichwohl ich sie nur von hinten sehe. Genau in dem Moment trete ich auf einen Ast, er knackt unüberhörbar. Natürlich. Das Geräusch echoet geradezu durch den Wald und die Elbin zuckt zusammen, zieht ihren Bogen und wirbelt zu mir herum.

»Wer ist da?«, zischt sie aufgebracht.

»Äh, ich. Alice, du erinnerst dich? Crispins Freundin«, setze ich präventiv hinterher. Wer weiß, was sie sonst macht. Ich habe Crispin nichts von ihrem Verhalten erzählt, aber geheuer ist sie mir nicht.

»Spionierst du mir etwa nach?« Sie spuckt mir die Worte schlechthin vor die Füße, was mich nicht daran hindert, dichter heranzutreten. Sie ist alleine, was komisch ist. Nur einige Vögel fliegen auf und verschwinden im Nachthimmel. Ich habe ein eigenartiges Gefühl, das ich nicht genau benennen kann. Hat sie etwa gesungen? Ehrlich gesagt, ist mir vollkommen egal, was sie hier treibt.

»Ich, äh, gehe dann mal zurück.« Rückwärts gehend ziehe ich mich zurück, denn irgendwie mag ich ihr nicht den Rücken zuwenden. Sie lächelt spitz, senkt aber den Bogen. »Habt Ihr Angst vor mir?«, schnurrt sie zufrieden.

»Pf, träum weiter«, erwidere ich, drehe ihr trotz meiner Furcht den Rücken zu. Mutig stolziere ich von ihr weg. Mein Herz rast dabei. Die Zelte sind schon in Sicht und ich trete aus dem Wald, als mich etwas hart an der Schulter trifft und umreißt. Ich lande im Schnee, die Feuchtigkeit dringt sofort durch meine Kleider, lässt mich schaudern. »Hey«, schnauze ich das Miststück an und sie schaut ganz unschuldig.

»Bist du etwa gestolpert?« Sie hat mich angerempelt, von wegen gestolpert. Solch eine blöde Kuh. Ich wische mir den kalten Schnee aus dem Gesicht. Eigentlich müsste er verdampfen, so wütend bin ich. »Mir ist neu, dass Crispin auf Bauerntrampel steht. Zu meiner Zeit hat er eher Geschmack an etwas Besserem gehabt.«

Ich sehe rot, rapple mich wütend auf. »Was willst du damit sagen?«

»Nichts, er wird dir mit Sicherheit gesagt haben, dass er und ich … nun ja, viel Spaß gehabt haben, bevor er ein neues Spielzeug gefunden hat. Nur, damit du es weißt, niemand von uns glaubt daran, dass du wirklich seine Seelengefährtin bist. Du bist eine Ablenkung für ihn, nicht mehr, nicht weniger. Und zack, wirst du Geschichte sein. Ich freue mich auf den Moment, wenn dein Kopf rollt, und werde in der ersten Reihe stehen und applaudieren.«

Ich schnappe nach Luft, aber ehe ich irgendetwas sagen kann, dreht sie sich um und läuft zum Feuer. Dieses verdammte Miststück. Stimmt das? Er und sie … Nein. Das hätte er mir erzählt. Hätte er das? Es gibt so viel, was ich nicht weiß.

Voller Zorn bücke ich mich, greife nach dem Schnee, forme daraus eine Kugel und werfe sie dieser blöden Kuh mit aller Kraft gegen den Kopf. Und ich treffe sie voll auf die Zwölf. Ha! So, da hast du es, denke ich erfreut. Sie zuckt zusammen, wirbelt dann herum. Ihre Augen sprühen vor Zorn. »Du wagst es«, knurrt sie, während ich die Schultern straffe.

»Oh ja, ich wage es.«

VIERUNDDREIẞIG

Wo steckt diese Frau? Zum zweiten Mal laufe ich den gesamten Zeltplatz ab. Sie kann doch nicht plötzlich wie vom Erdboden verschluckt sein. Mit solchen Aktionen treibt sie mich irgendwann in den Wahnsinn. Ich habe ihr Raum geben wollen und zack, ist sie weg. Ob ich will oder nicht, ich mache mir Sorgen. Sie überschätzt sich zu oft, auch wenn hier über dreihundert Elben sind, die über sie wachen. Jeder von ihnen würde sie schützen, aber egal, wen ich frage, niemand hat sie gesehen. Alleine das macht mich rasend. Sie haben eine mächtige Standpauke bekommen und ab jetzt wird jeder zweimal hingeschaut, wenn es um Alice geht.

»Cian«, ich sehe meinen Bruder neben Mogalas stehen und laufe zu den beiden rüber. »Habt ihr Alice gesehen? Ich suche sie schon eine Ewigkeit.«

»Nein, nicht seitdem sie abgestiegen ist. Ich dachte, sie ist bei dir?« Mein Bruder runzelt die Stirn. Wenn es um meine Gefährtin geht, sorgt er sich genauso schnell wie ich. Ich zögere und er bemerkt sofort, dass etwas vorgefallen ist. Er kennt mich leider zu gut. »Was hast du gemacht?«, brummt er.

»Nichts.« Ich hebe die Hände und er greift sich an die Nasenwurzel, drückt sie, als hätte er Kopfschmerzen. »Ich kenne dich. Du hast sie verärgert, stimmt's? Womit? Was hast du Trottel jetzt wieder angestellt.«

»Wieso sollte ich irgendwas gemacht haben?«, verteidige ich mich und mein Bruder blickt mich finster an. Ich seufze und erzähle schließlich von unserem Gespräch. Ist sie vielleicht wirklich über meinen unbedachten Kommentar verärgert?

»Du bist echt ein Volltrottel. Tut mir leid, zwar bist du mein Bruder und ich liebe dich, aber von Frauen verstehst du nichts.«

»Hallo? Ich bin viel älter als du und bis jetzt hat sich niemand beschwert.«

»Ja, weil es dir egal war, was sie denken oder fühlen. Alice hingegen ist dir wichtig. Du musst dein blödes Ego runterschrauben. Stell dir vor, sie würde dir um die Ohren hauen, wie toll andere Männer die Zeit mit ihr fanden.« Der Gedanke lässt mich gleich rot sehen. Schlechtes Beispiel, doch er hat recht. Zorn steigt in mir empor, weil ich diesen Gedanken jetzt nicht loswerde. Ehe ich antworten kann, sehe ich Lona wütend an uns vorbei stapfen. Sie flucht vor sich her und an ihrem Hinterkopf klebt Schnee. Cian und ich wechseln einen Blick, merkwürdig. Was hat sie so verärgert?

Kurz nach ihr kommen Noam und Alice aus dem Schatten zweier Zelte. Wieder runzle ich die Stirn, wo sind sie zusammen gewesen? Und warum ist Alice komplett durchnässt? Auf die Erklärung bin ich tatsächlich gespannt. Sie entdecken uns und Alice blickt mich düster an. Okay, sie ist ehrlich wütend. Das kann hingegen nicht meine Schuld sein, oder? »Wo wart ihr?«, hinterfrage ich, wobei ich leider mehr knurre. Ich räuspere mich zusätzlich verkrampft. »Und warum bist du nass?«, schiebe ich in einem milderen Tonfall hinterher.

»Hast du was mit dieser Elbin gehabt?« Sie zeigt auf Lona, die in einem Zelt verschwindet.

»Wie meinst du das?« Ich bin mir nicht sicher, ob ich sie richtig verstehe. Sie drückt sich komisch aus. Habe ich was?

»Hast du mit … ihr … geschlafen?« Alice presst die Wörter nahezu heraus und bekommt dabei kaum den Mund auf. Ich bin kurz still, Noam und Cian schauen mich mitleidig an.

»Ist das bedeutend?«, will ich wissen, doch ihr Blick verrät mir, dass ich gleich ein toter Elb bin.

»Ja, mir schon.« Grüne Augen blitzen, sie sieht aus, als würde sie mich am liebsten auf der Stelle erschlagen.

»Du bist so niedlich, wenn du sauer bist«, lasse ich sie wissen und merke sofort, dass dieser Satz ein Fehler gewesen ist, ein gewaltiger Fehler.

Schneller, als ich sehen kann, habe ich Schnee im Gesicht und starre Alice perplex an. »Mach dich nicht über mich lustig.« Ihre Stimme wird immer lauter und einige Elben drehen sich unauffällig zu uns. Manche wirken betreten, andere schwer belustigt.

»Vielleicht solltet ihr da alleine darüber reden«, schlägt Cian vor und Noam nickt eilig. Beiden ist das offenbar unangenehm.

»Warum? Anscheinend wissen es hier ja alle, also reicht ein Ja oder ein Nein.« Alice verschränkt die Hände vor der Brust.

»Ja, ist es das, was du hören willst? Ja, lange bevor ich überhaupt gewusst habe, dass es dich gibt. Möchte ich es rückgängig machen? Ja, jetzt wo ich weiß, dass ich eine Seelengefährtin habe. Kann ich es? Nein!«

Sie holt wütend Luft. »Und du meinst nicht, dass du es mir hättest sagen müssen? Deine Ex reitet mit uns quer durchs Land und du lässt sie sogar über mich wachen?«

»Meine Ex?«

»Deine Freundin. Die Frau vor mir.«

Ich reibe mir über die Augen, sie versteht das vollkommen verkehrt. Sie sieht das zu … menschlich, was ein Problem ist. »Sie ist nicht die Frau vor dir. Sie ist … Wir haben vor Jahren, während eines Auftrages, Spaß zusammen gehabt. Mehr nicht.«

»Mehr nicht? Sie hasst mich, beschimpft mich und hat mich in den Schnee geschubst.« Ich lache auf. Das ist albern. Lona ist eine Kriegerin, mein Untertan. Sie würde Alice nie etwas tun. Das ist kindisch und töricht.

»Sie hasst dich nicht.«

»Sie hat mich gestoßen, dann behauptet, ich sei gestolpert«, beharrt sie.

»Der Schnee ist tief, Lona würde das nicht tun. Du täuschst dich in ihr«, besänftige ich sie.

»Ich täusche mich? Du nimmst sie auch noch in Schutz? Gut, wie du meinst, Crispin. Leck mich! Echt.« Sie wirbelt herum, stapft davon, während ich mich fühle, als hätte mich eine Herde Orks überrannt, die vermutlich leichter zu verstehen sind. »Noam«, brüllt sie übers Feld und er hebt entschuldigend die Schultern, rennt ihr unverzüglich nach.

»Was«, setze ich an und bin völlig überfordert, »habe ich falsch gemacht?«

»Alles, Bruder.« Cian stöhnt, schlägt mir auf die Schulter. »Einfach alles.« Ich habe ihr nur die Sorge nehmen wollen, dass Lona sie hasst. Sie ist zu keiner Zeit als Gefährtin für mich vorgesehen gewesen. Freundin? Was für ein komisches Wort. Ex-Freundin.

Ich stehe da und weiß nicht, ob ich ihr nachlaufen soll oder nicht. Ihr Abgang macht mich rasend. Keiner würde es wagen, derart mit mir zu reden. Gott, diese Frau und ihr Temperament. Ist es nicht gerade das, was mir so gefällt, dass sie kein Blatt vor den Mund nimmt? Na ja, nicht in diesem Fall.

»Ich kläre das mit Lona«, brumme ich und lasse Cian stehen, um zu Lonas Zelt zu gehen. Eine andere Lösung sehe ich momentan nicht. Dass sie und Noam so dicke Freunde sind, liegt mir ebenfalls schwer im Magen.

Lona finde ich schnell. Sie steht in ihrem Zelt mit dem Rücken zu mir, bürstet sich ihr Haar, wobei Schneebrocken zu Boden fallen. Ich ahne, dass sie Alices Wut ebenfalls zu spüren bekommen hat. Meine Gefährtin ist … speziell. Ich räuspere mich, sie dreht sich überrascht um und lächelt, als sie mich erblickt. »Crispin, was führt dich zu mir?« Ihre Stimme ist fast ein Schnurren, aber das kenne ich auch nur so von ihr. Ich denke mir nichts dabei. Sie weiß, woran sie bei mir ist.

»Ich muss mit dir sprechen.«

»Oh, du wirkst ernst.« Sie schaut mich aus gesenkten Wimpern an, doch ich habe keine Lust auf solche Spiele, sie weiß, was ich will.

»Lona, bitte unterlasse dieses Getue. Was ist mit Alice vorgefallen?«

»Mit Alice? Nichts. Sie ist sehr … stürmisch, oder? Sie ist aus dem Wald gekommen, ich bin in Sorge um ihre

Sicherheit gewesen. Sollte sie alleine in den Wald gehen?« Ihre Worte machen mich noch wütender. Sie ist alleine im Wald gewesen? Nachts? Gut, dass Lona mitgedacht hat.

»Und dann?«, knurre ich aufgebracht und sie schaut mich entschuldigend an.

»Ich wollte zu ihr und sie ist gestolpert. Als ich nach ihr gegriffen habe, erwischte ich nur ihren Arm und sie fiel in den Schnee. Daraufhin hat sie behauptet, ich hätte sie gestoßen. Wie kommt sie nur auf so etwas?« Lona zuckt mit den Schultern. »Vielleicht hat sie das irrtümlich gedacht, weil ich sie berührt habe? Ich habe ihr versichert, dass ich ihr nie etwas Böses antun würde, vor allem da sie die deine ist und ich weiß, was für ein Glück sie hat.« Lona seufzt. »Ich glaube, ich habe erwähnt, dass wir … Es ist keine Absicht gewesen, Crispin. Ehrlich.« Ich streife mir das Haar aus dem Gesicht, wende mich kurz ab. So viele Missverständnisse. Wie kann Alice das Lager ohne Begleitung verlassen? Ist sie lebensmüde oder einzig verrückt? »Soll ich vor reiten und deinen Vater über unsere Ankunft informieren?« Lona taucht neben mir auf, legt ihre Hand auf meinen Arm. »Crispin, sie ist so fremd bei uns. Sie versteht uns Elben nicht.«

»Sie wird es lernen.«

»Ich hoffe es.« Lona wirkt bedrückt. »Ja, du solltest meinen Vater informieren. Alleine wirst du schneller vorankommen und ein einzelner Reiter erregt keine Aufmerksamkeit.« Vielleicht ist es besser. Alice stört es, dass Lona mit uns reitet, weil sie noch zu menschlich denkt. Sie versteht nicht, dass keine Gefühle zwischen uns herrschen. Ihr muss nichts unangenehm sein vor den anderen, aber wenn es sie bekümmert, ist es besser so.

»Ganz wie du wünschst, Crispin.« Lona nickt und tritt zurück. »Es macht mich traurig, wenn es dir schlecht geht«, flüstert sie und ich schaue sie eindringlich an.

»Ich bin nicht traurig, Lona. Ich bin glücklich wie nie zuvor in meinem Leben. Alice hat lange Jahre als Mensch gelebt. Ihr sind die Elben fremd, mir die Welt, aus der sie kommt. Wir haben glücklicherweise die Ewigkeit, um voneinander zu lernen. Ich werde sie niemals aufgeben, außer sie will es – sogar dann würde ich kämpfen.«

Überrascht schaut sie mich an. »Ist sie so besonders?«

»Sie ist alles, was zählt.«

Ich verlasse Lonas Zelt und setze mich eine Stunde ans Feuer. Meine Wut verraucht, ich sehne mich nach Frieden und will keinen Streit. Der Schock über ihren Tod sitzt mir viel zu tief in den Knochen. Seufzend stehe ich auf, dann mache ich eben den ersten Schritt. Was ich zu Lona gesagt habe, stimmt. Wir kommen aus fremden Welten. Das muss ich mir selbst nur öfters in Erinnerung rufen. Alice ist nun mal Alice.

Unser Zelt ist leer und ich suche Cians auf, was aber ebenso verwaist ist. Ist denn heute jeder verschwunden? Wollen mich alle verrückt machen? Ich stapfe weiter zu Noam, rausche einfach hinein. Er muss wissen, wo Alice ist. Ich bleibe wie angewurzelt stehen, als ich eben genau die gesuchte Frau sehe. Ihr Rücken ist nackt und ich sehe rot. Mehr als das, Eifersucht und Wut rollen über mich hinweg. Was macht sie halb nackt bei Noam im Zelt? Ich öffne den Mund, doch es kommt nur ein Schnauben heraus. Alice wirbelt herum, bedeckt sich dabei.

»Was machst du hier?«, zischt sie und ist ganz offensichtlich noch immer wütend. Passt gut, ich jetzt nämlich auch. Und wie.

»Die Frage ist, was machst du hier?«

»Ich? Ich wasche mich, wenn du nichts dagegen hast.« Sie presst sich ein Tuch vor die Brust, die sich wütend hebt und senkt. Ihr Blick ist zwar tödlich, verängstigt mich dennoch nicht.

»Ist Noam auch hier?« Mein Freund würde mir das nie antun, oder doch?

»Sag mal, für was hältst du mich, du Esel? Noam ist am Feuer und wartet, bis ich ihn rufe.«

»Warum solltest du das tun?«

»Weil ich hier schlafe?« Sie verdreht die Augen und mit zwei Schritten stehe ich vor ihr.

»Du schläfst nicht bei einem fremden Mann.« Meine Stimme klingt dunkel, doch sie zuckt nicht einmal zusammen. Was denkt sie sich nur in ihrem hübschen Kopf?

»Bei dir aber auch nicht. Er ist ein Freund und ich kann tun und lassen, was ich will, Crispin. Merk dir das.«

Ich balle die Fäuste, atme tief ein und aus. Meine Stimme hätte so manch anderen jetzt das Fürchten gelehrt, sie hingegen zuckt nicht mit der Wimper, das sture Weib.« Du bist mein und ich würde das Zelt eher abbrennen, als dich heute Nacht hier zu lassen.«

Sie lacht ungläubig auf. »Du spinnst.«

»Provoziere es nicht, Alice. Ich liebe dich, aber teile nicht. Du kannst nicht einfach bei einem anderen Mann übernachten. Das ist hier nicht Sitte. Außer du entscheidest dich für ihn gegen mich. Ist es das?« Mein Herz fühlt sich kalt an, ich mustere sie. Ihre Züge entgleiten kurz. Sie reißt die Augen auf, schaut bekümmert drein.

»Wie kommst du auf so etwas?«

»Was soll ich denn denken?«

»Ich …« Sie zieht sich das Tuch vors Gesicht, ob ich will oder nicht, mein Blick huscht zum Ansatz ihrer Brüste und mir wird fürchterlich heiß. Lust wallt in mir auf, alles an ihr schreit danach, mich mit ihr zu vereinen. »Ich liebe dich, Crispin, aber ich … hasse es, sie sehen zu müssen und zu wissen, dass du das, was du mit mir gemacht, auch mit ihr angestellt hast. Das Schlimmste ist, dass sie damit hausieren geht wie ein Flittchen.« Mein Ärger verraucht und ich ziehe sie an mich. Sie gibt nach, das Tuch fällt dabei zu Boden. Ihr nackter Körper drückt sich weich gegen mich und ich habe Schwierigkeiten, mich bei all der nackten Haut zu konzentrieren. Ihr Duft steigt mir in die Nase. Ich schließe die Augen.

»Das habe ich nicht mit ihr gemacht, nichts von dem, was wir tun. Und weißt du, wieso? Ich liebe dich, Alice, du bist mein Herz, meine Seele. Bitte verstehe, dass die Welt, in der ich jetzt lebe, eine völlig neue und andere ist. Damals bin ich einsam gewesen, jetzt nicht mehr, denn du gehörst zu mir, auch wenn du mich zur Weißglut treibst wie sonst niemand.«

»Du treibst mich ebenfalls zur Weißglut, du Blödmann«, brummt sie an meine Brust und ich hebe sie hoch. Ihre Beine schlingen sich um meine Hüfte und wir schauen uns in die Augen. In ihren blitzt dasselbe Verlangen auf, dass mich übermannt, sodass ich sie stürmisch küsse. Ihre Arme legen sich um meinen Hals, sie erwidert den Kuss ebenso stürmisch. Ich küsse ihren Hals abwärts, stoppe an der Halsbeuge, während ich uns vorsichtig zu Boden gleiten lasse. Behutsam lege ich sie ab, streife mit den Fingern über die zarte Haut ihrer

Brust. Sie erschaudert unter mir und ich kann an nichts anders mehr denken, als an ihren wunderbaren Körper, der sich mir entgegenreckt. Zorn und Streit sind vergessen. Ich will sie für immer an meiner Seite haben und der Welt zeigen, dass sie mein ist. Das weiche Fell unter uns hält die Kälte ab. Wieder finden sich unsere Lippen und sie schmiegt sich an mich, lädt mich somit geradezu ein, in sie einzudringen. Ihre Hüften strecken sich mir entgegen und ich stöhne ungehalten auf. Sie ist die reinste Versuchung. Meine Hände streichen über ihre weiche Haut und entlocken ihr wohlige Seufzer, lassen sie erzittern. Sanft folgen meine Lippen meinen Händen und ich bedecke ihren Körper mit Küssen, knabbere an ihrem Schlüsselbein und küsse mir einen Weg zu ihren Brüsten, die sich einladend wölben. Immer wieder schaue ich auf und bewundere die Frau, die unter mir liegt. Ich streife ihr den Rest des Kleides über die Beine, werfe es zur Seite. Sie hebt das Becken, um mir zu helfen, zieht mein Gesicht dann zu sich hinauf und küsst mich leidenschaftlich. »Deine Küsse machen mich verrückt«, flüstert sie an meinen Lippen.

»Ich will, dass du nie wieder an einen anderen Mann denkst, ausschließlich an mich«, knurre ich und lasse meine Finger langsam Richtung Oberschenkel wandern.

»Wie könnte ich an andere denken, wenn ich den perfekten Mann vor mir habe?« Ihre Worte entlocken mir ein animalisches Knurren. Sie stöhnt meinen Namen, die Welt um mich herum gerät in Vergessenheit, als wir uns vereinen.

FÜNFUNDDREISSIG

Ich spüre, dass Crispin aufsteht. Sofort fühle ich mich einsam. Er drückt mir einen Kuss auf meine nackte Schulter, zieht das Fell sanft über mich. Diese Geste erwärmt mich von innen. Er hat eine harte Schale und so einen liebevoll sanften Kern. Unglaublich.

Der arme Noam, denke ich innerlich lachend, da haben wir einfach sein Zelt beschlagnahmt. Mein ganzer Körper zieht und ziept von dem langen Ritt gestern, ich bin viel zu müde, um schon aufzustehen. Der Gedanke, dass wir heute wieder derart lange reiten, ist schrecklich, demnach kuschle ich mich bis zur Nasenspitze ins Fell und versuche, einzuschlafen.

»Ich höre an deinem Atem, dass du wach bist«, lässt Crispin mich wissen, also brumme ich vor mich hin. »Es wird Zeit, die anderen bauen längst ab.«

»Nur noch eine Stunde«, flehe ich, öffne eines meiner Augen.

Crispin schnürt sich gerade die Hose zu und ich bewundere seine muskulöse Brust. Macht es mich oberflächlich, wie perfekt ich seinen Oberkörper finde und wie gern ich ihn ansehe? Jeder Steinhauer in der Antike hätte ihn verewigen wollen. So stelle ich mir Adonis vo… Vielleicht ist Adonis auch ein Elb gewesen.

»Eine Stunde?« Er lacht leise, zieht sein Hemd über und knöpft es zu. Das gefällt mir gar nicht. Der Anblick seines unverhüllten Oberkörpers ist wenigstens eine kleine Motivation gewesen.

»Du solltest nackt bleiben«, schlage ich vor, stütze mich auf den Ellenbogen ab. Das Fell rutscht dabei über meine Brust und ich schaue ihn erwartungsvoll an. So keck bin ich für gewöhnlich nicht, aber bei ihm bin ich mutig, was mich selbst überrascht. Er sorgt dafür, dass ich mich sexy fühle, mehr Mut habe als sonst, was diese Dinge betrifft.

»Ach, sollte ich das?« Amüsiert blickt er zu mir, mustert mich. Seine Augen verdunkeln sich, ich weiß prompt, was das heißt: Er will mich auch und muss mit sich kämpfen. Sehr gut.

»Ja, du gefällst mir nackt. Da vergesse ich, was für ein Idiot du bist«, necke ich ihn. Mit zwei Schritten ist er bei mir, beugt sich über mich. Lachend lasse ich mich auf den Rücken fallen und er küsst meine Nasenspitze.

»Du bist frech.«

»Und du unfassbar sexy. Ich sollte dir so etwas nicht sagen, du bist eh schon verdammt eingebildet.« Er zupft an einer Haarsträhne und ich wette, ich schaue aus wie ein Löwe – morgens sehe ich nicht ansatzweise so perfekt aus wie die ganzen Heldinnen aus den Filmen. Von draußen dringen immer mehr Stimmen an meine Ohren und ich seufze.

»Ich würde auch lieber den Tag mit dir im Bett verbringen«, lässt er mich wissen und ich gebe mich geschlagen. Ein Finger streicht über meine Haut und ich seufze verzückt. »Hast du Hunger?«, fragt er leise und ich will am liebsten *Ja, auf dich!* schreien, aber ich beherrsche mich. Er steht auf, reicht mir die Hand. Mit Schwung zieht er mich zu sich hoch und das Fell landet auf dem Boden.

»Das hast du doch geplant«, werfe ich ihm mit einem Lächeln vor und er grinst schief. »Selbstverständlich.« Er studiert jeden Zentimeter meines Körpers und ich drehe mich einmal im Kreis. »Zufrieden? Ich dachte, wir haben es eilig?«

»Wenn du so vor mir stehst, klingt eine weitere Stunde im Bett mit dir viel zu verlockend«, brummt er, liebkost meine nackte Schulter. Genussvoll schließe ich die Augen. Jetzt bin ich es, die ihm ein hoffentlich verführerisches Lächeln schenkt.

»Ach, ja?« Ich lasse meine Hände über seine Brust gleiten, aber blöderweise sucht Noam sich diesen Moment aus, um zurückzukommen.

»Crispin, wir müssen los. Die Sonne geht bereits auf«,

ruft er, während er ins Zelt stürmt. Wir starren uns kurz an, dann schnappt er wie ein Fisch auf dem Trockenen nach Luft.

»Verschwinde!«, brülle ich kläglich und Crispin erwacht aus seiner Trance.

»Raus hier, sofort!«, setzt er nach und ich schwöre, es ist nur eine Staubwolke von Noam zu sehen.

»Du bekommst nicht genug von mir, oder?« Crispin streicht über meine Arme und bückt sich anschließend, um mir meine Sachen zu geben.

»Jetzt muss ich gehen und meinen ersten Kommandanten köpfen, was ganz klar deine Schuld ist, weil du nicht aufstehen wolltest.« Murrend nehme ich diese entgegen und bleibe ihm die Antwort schuldig.

Eine Stunde später stehen wir vor den Pferden. Ich kann es nicht fassen, Pix ist fort. Erst Topas, jetzt er? »Komisch. Er würde nicht davon laufen.« Crispin reibt sich über den Nacken.

»Vielleicht hat Lona sie mitgenommen?« Noam, der seinen Kopf noch auf den Schultern hat, wirkt ebenso ratlos wie wir.

»Warum sollte sie? Sie hat kaum Gepäck.« Crispin seufzt. »Dann reitest du mit mir auf Dune. Leider wird es für dich nicht so bequem sein, wie alleine zu reiten.« Er schaut mich entschuldigend an. Ich wette, das hat dieses Miststück mit Absicht gemacht, doch den Gedanken verbeiße ich mir. Mir glaubt eh keiner. Diese Schlange! Immerhin muss ich ihre Visage die nächsten Tage nicht mehr ertragen.

»Kein Problem, ich reite gern mit dir. Mein Po ist sowieso grün und blau.«

»Das ist mir vorhin gar nicht aufgefallen.« Ich werde rot, da Noam und Cian jedes Wort hören können. Crispin weiß das genau, denn seine Augen strahlen mich an.

»Hallo, wir sind auch noch da«, mischt Cian sich ein. »Wenn das den ganzen Ritt so geht, reitet Alice mit mir.«

»Träum weiter, kleiner Bruder.« Crispin küsst mich sanft.

»Alle sind bereit, wir warten nur auf euch.« Noam mustert das Heer vor uns. Er hat recht. Die Meisten sitzen schon auf. Crispin nickt ihm zu, ist schneller, als ich schauen kann auf dem Rücken seines Pferdes und reicht mir die Hand. Gegen ihn steige ich wie eine Achtzigjährige auf. Er erspart mir diese Blamage und zieht mich zu sich hoch, als wäre es nicht mal eine Anstrengung. Ich kuschle mich an ihn und murre innerlich ein wenig, dass er die harte Rüstung trägt. Seine Sicherheit geht vor, immerhin ist er der Kronprinz. Mir hat er ebenfalls eine Rüstung verpasst, die definitiv zu groß für mich ist und dementsprechend unbequem. Eine der Elbinnen hat sie mir überlassen. Crispin betont, dass er mir eine anfertigen lassen wird. Ich bin davon wenig begeistert.

Wir reiten drei weitere Tage und es ist keine Untertreibung gewesen: Zu zweit auf einem Pferd ist eine Stufe unbequemer. Obwohl ich Crispins Nähe genieße, finde ich nach den langen Strecken kaum noch einen Fleck, auf dem ich sitzen kann. Der Pferderücken ist nicht für zwei Personen ausgelegt, ganz sicher nicht. Wir haben die Berge und den Wald hinter uns gelassen und reiten jetzt über eisbedeckte Wiesen. In der Ferne ist der Wald am Horizont zu sehen. Wie lange hier wohl der Winter Einzug hält? Der Himmel ist klar und wolkenlos, während der Schnee unter uns glitzert. Es ist traumhaft und wunderschön. Kein Haus weit und breit und kein Mensch. In solchen Momenten fehlt mir meine alte Welt am wenigsten. Überall Häuser, Autos, Strommasten.

Alles ist überfüllt gewesen. Unberührte Natur, eine Seltenheit. Die Luft ist frisch und kühl, ich ziehe sie tief in meine Lungen.

Ein Kichern dringt an mein Ohr und ich schaue mich verstohlen um. Es klingt weiblich, dicht bei uns, doch ich sehe niemanden. Wieder erklingt ein glockenhelles Lachen, ich wirble zur anderen Seite. Plötzlich beginnt der Schnee durch die Luft zu kreisen, wirbelt Fontänen gen Himmel. Geblendet vom hellen Lachen und Kichern, steigt immer mehr Schnee in die Höhe und tanzt um uns herum. Crispin zieht mich an sich, ich bin leicht nervös. »Was ist das?«, frage ich leise.

»Luftgeister, sie spielen mit der Luft und wollen uns beeindrucken.«

»Ich bin beeindruckt«, gebe ich zu, beobachte das Schauspiel mit großen Augen. Ein wirbelnder Bogen schießt über uns und verschwindet auf der anderen Seite, während der Reiter hinter uns eine Ladung Schnee ins Gesicht bekommt. Er flucht und hustet, während ich hinter meiner Hand kichere. Das scheint die Luftgeister anzuspornen und weitere Reiter bekommen Schnee ins Gesicht. Ich drehe den Kopf, soweit es geht, und muss Tränen lachen. Sie sehen alle weiß und missmutig aus.

»Sie sind wie Kinder.« Crispin spornt Dune an und schon bald lassen wir die Luftgeister hinter uns. Diese

Welt zeigt mir aber und abermals neue Seiten von sich. Der Schnee auf den Häuptern der Reiter schmilzt und langsam werden ihre grimmigen Mienen weicher. Dabei habe ich gedacht, Elben frieren nicht. Na ja, ich würde auch keine Schneeladung ins Gesicht bekommen wollen und verstehe das gut.

Morgen werden wir den Nebenwald erreichen und innerlich bin ich vollkommen in Aufruhr. Wie wird der König reagieren? Ich werde mich nicht wieder einsperren lassen, niemals. Mit jeden Schritt, den wir dichter ans Schloss kommen, wächst meine Anspannung. »Beruhige dich«, flüstert er mir ins Ohr, als ich zum wiederholten Male seufze.

»Du hast leicht reden. Dich haben sie ja nicht zu Asta geschickt.«

»Und dich werden sie nie wieder von mir trennen, vertrau mir«, bittet er und ich kuschle mich dichter an ihn.

Wir reiten die Nacht hindurch. Seine Wärme durchdringt meine Kleider und sein Duft umhüllt mich. Ich fühle mich geborgen. »Ich freue mich auf ein normales Bett. Die nächsten Wochen will ich gewiss nicht mehr reiten«, jammere ich.

»Wenn es nach mir ginge, kleiner Schmetterling, könnten wir die nächsten Wochen einfach im Bett verbringen.«

Mhh, der Gedanke gefällt mir. Sehr sogar. Ich könnte seinem Vater aus dem Weg gehen und hätte Crispin für mich alleine. Das wäre eine Win-win-Situation. Vielleicht sollten wir gleich auswandern, das wäre noch besser. Seine Lippen finden ein Stückchen nackte Haut an meinem Hals und er drückt einen sanften Kuss darauf. Ich erschaudere wohlig und drehe mich so gut es geht um. Ich lächle ihn glücklich an und sehe das Verlangen in seinen Augen. Sofort wird mir wärmer. Ich strecke die Hand nach seinem Gesicht aus und streiche über seine Wange. Sie ist stoppelig und ein leichter Bartschatten ist im Mondlicht zu erkennen. »Ich liebe dich, Crispin«, flüstere ich leise und er lächelt mich schief an.

»Ich liebe dich mehr, kleiner Schmetterling.«

Mittlerweile habe ich mich an meinen Spitznamen gewöhnt, auch wenn ich ihn nicht sonderlich mag, aber Crispin weigert sich, damit aufzuhören, und so muss ich es wohl hinnehmen. Ob ich will oder nicht.

SECHSUNDDREIßIG

Ich würde es niemals zugeben, doch Alice' Nervosität steckt mich an. Nicht, weil ich Angst habe, sondern weil ich nicht will, dass ihr jemand Leid zufügt und ich meinen Vater kenne.

Er wird toben, ein Wort wird das andere ergeben. Ich bin das gewohnt, Alice nicht. Wenn er sie verletzt, werde ich wütend, dann wird auch mein Wort das andere ergeben. Ich hoffe, dass sie es schafft, dass sie bereit ist, für uns zu kämpfen – das wird sie nämlich müssen. Das Leben am Hof ist nicht zu vergleichen mit dem, welches wir die letzten Tage bei Seth gehabt haben. Hier habe ich Pflichten und Verantwortung, alle Blicke sind auf mich gerichtet. Ob Alice bewusst ist, was auf sie zukommt? Mich macht ebenso nervös, dass es für sie zu viel Druck ist und sie lieber ein anderes Leben möchte, abseits von mir und meinen Aufgaben. Wenn ich könnte, würde ich all dem hier den Rücken kehren, aber ich kann Cian nicht im Stich lassen. Er ahnt nicht, welche Aufgaben ich bewältige, weil ich ihn nie damit behellige. Ich habe immer gewollt, dass er ein anderes Leben führen kann, freier und sorgloser, was mir letztlich gelungen ist.

Mit der Morgendämmerung erreichen wir den Nebelwald und Alice schläft unruhig in meinem Arm. Ich ziehe den Mantel fester um uns und lasse sie schlafen, solange sie kann. Der Duft der Bäume umweht mich und die Waldgeister flüstern aufgeregt. Ja, ich bin zu Hause. Auch hier ist der Winter eingekehrt und die Pferde stapfen beruhigt durch den hohen Schnee, sie könnten die Strecke im Schlaf laufen. Unseren Palast erblicke ich schon, als Alice in meinem Arm erwacht. Ihre Atmung verändert sich und ihr Körper spannt sich sofort an. »Guten Morgen.« Ich küsse ihren Nacken und freue mich auf den Moment, wenn ich sie wieder richtig im Arm halten kann.

»Ich muss eingeschlafen sein«, murmelt sie leicht benommen und ein Lacher entfährt mir.

»Du hast seit Stunden geschlafen, wir sind da.« Sie setzt sich stocksteif hin und ihre Benommenheit ist prompt verflogen.

»Oh! Wir sind da? Warum hast du mich nicht eher geweckt?«, zischt sie aufgebracht.

»Warum? Wolltest du weglaufen? Ich hätte dich eingefangen.«

»Das ist nicht witzig.« Ihr Tonfall ist vorwurfsvoll.

»Es ist ja auch mein voller Ernst.«

»Crispin«, knurrt sie und ich weiß, dass ich sie gerade wütend mache, aber so denkt sie zumindest weniger nach.

»Ja, Liebling?«

»Halt deine Klappe!« Wieder lache ich und höre ebenso Gelächter von den Männern hinter mir. Alice sorgt mit ihrer frechen Zunge für allgemeine Erheiterung. Die Männer finden es zu lustig, dass ich ständig eins auf die Hörner bekomme. Ich stimme ins Lachen ein und spüre die entfremdeten Blicke der anderen im Rücken. Sie sind es nicht gewohnt, dass ich so viel lache wie jetzt, doch sie werden sich daran gewöhnen.

»Wenn du das im Schloss sagst, werden sie dich verhaften«, teile ich ihr vergnügt mit.

»Ja, weil du ein Feigling bist, der sich nicht verteidigen kann. Da sperren sie lieber die einen Meter sechzig große Frau ein, um deine Ehre zu verteidigen, schon klar, Prinz.« Ich sehe, wie sie die Augen verdreht.

»So ist es, du würdest mich niedermachen, kleiner Kampfzwerg.«

»Kampfzwerg? Dann bist du … ein … Clown. So!«

»Was ist ein Clown?«, frage ich interessiert und sie vergräbt ihr Gesicht in Dune seiner Mähne, brummt irgendetwas, das ich nicht verstehe. »Was ist denn nun ein Clown?«

»Ernsthaft?« Sie dreht sich, so gut es geht, zu mir um. Ihre grünen Augen blitzen und sie weiß sicher nicht, ob ich es ernst meine oder sie necke.

»Ja, wirklich.«

»Ein Gaukler. So etwas in der Art, nur bunt bemalt mit einer großen roten Nase.«

»Warum bemalt er sich?« Ich könnte tausend Sachen fragen, einfach um sie weiter zu ärgern, aber wir sind fast am ersten Grenzposten und ich sollte mich zügeln. Ich gebe ihr einen Kuss auf die Wange. »Wir reden später darüber.« Sie bemerkt sofort, dass sich die Stimmung ändert, und lehnt sich wieder an mich, in der Sicherheit meiner Arme. Eigentlich wirkt es, als wolle sie sich unter dem Mantel vergraben. Cian scheint ebenso angespannt und wir wechseln einen Blick.

Wir passieren den ersten Wachposten, der für fremde Augen nicht sichtbar in einem der Bäume sitzt. Er nickt uns zu und wir grüßen. Auf jedem fünften Baum treffen wir nun auf weiteren Wachen, die den Weg zum Schloss sichern. Wir legen die letzten Meter zurück und geben die Pferde im Stall ab. Alice ist verstummt, jeglicher Schalk verschwunden. Meine sonst so mutige Gefährtin wird immer langsamer. Seit wir das Schloss betreten haben, zittern ihre Hände und mir wird bewusst, wie schrecklich ihre ersten Tage hier gewesen sein müssen, wie wenig ich getan habe, um das zu ändern. Schuldgefühle breiten sich wie ein Gift in mir aus und ich schlinge meine Finger um ihre kleine zierliche Hand. Sie ist derart klein, dass ich sie zerbrechen könnte und ich seufze innerlich gequält auf. Ihre Finger ziehe ich an meine Lippen und drücke sie dagegen, was ihr ein schwaches Lächeln entlockt. Cian läuft neben uns und wirkt ebenfalls angespannt, während Noam das Schlusslicht bildet.

Wir werden im ganzen Schloss freudig begrüßt, aber ich höre auch das Tuscheln. Sie wissen jetzt, wer Alice ist oder eher was. Das sorgt für Aufruhr. Einer der Wachen hat es mir leise mitgeteilt, um mich vorzuwarnen. Der König ist außer sich gewesen, als Lona hier mit den neusten Berichten eingetroffen ist. Es ist die richtige Entscheidung gewesen, sie vorauszuschicken, so hat er sich immerhin mit der neuen Situation auseinandersetzen können, das wird er ohnehin müssen.

Komischerweise fühle ich keine Angst mehr, nichts dergleichen. Ich fühle eine völlige Ruhe in mir, denn das, was Alice und ich haben, kann mir keiner nehmen. Dieses Band ist heilig für Elben. Niemand wird es wagen, Hand an sie zu legen, jetzt, wo sie die meine ist. Auch wenn sie ihr noch misstrauen, werden sie bald lernen, sie zu akzeptieren und merken, dass sie nichts mit unseren Feinden gemein hat. Ihre Sanftmütigkeit und Freundlichkeit wird schnell dafür sorgen, dass anderen Elben ihr Misstrauen fallenlassen. Dann wird sie nicht mehr voller Furcht den Blick senken. Sie wird wieder lachen, so wie sie es in Escher getan hat und voller Stolz durch die Gänge schreiten.

Wir betreten den Salon und werden von zornigen Augen empfangen. Innerlich wappne ich mich und hebe das Kinn. Ich halte dem Blick meines Vaters stand und er schaut zuerst weg. Sehr gut. Sein Blick richtet sich auf unsere ineinandergeschlungenen Hände, sein Mund wird eine dünne Linie. Ich schaue an ihm vorbei. Meine Mutter starrt uns ebenfalls an, doch in ihrer Miene spiegeln sich gemischte Gefühle: Freude und Trauer, keine Wut. Sie hat stets gewollt, dass ich glücklich bin. Vermutlich nicht mit einer Albin, aber das Schicksal geht eben seine eigenen Wege.

»Wachen!«, brüllt Vater, winkt aus dem Gang zwei Wachposten heran. »Begleitet unseren Gast auf ihr Zimmer und sorgt dafür, dass sie dortbleibt.«

»Nein.« Alle Anwesenden zucken bei meinem barschen Ton zusammen, die Blicke richten sich auf mich. Ich ziehe Alice dicht an meine Brust, lege meine andere Hand auf meinen Schwertknauf. Eine erste Warnung. Herausfordernd suche ich den Blick der Wachen und warte ab. Diese stehen stocksteif da, schauen nervös von mir zu meinem Vater und warten auf weitere Anweisungen, was meinen alten Herren noch zorniger macht.

»Wie bitte?« Mein Vater hebt eine Augenbraue und

schaut mich mit einer herablassenden Arroganz an, die mich wütend machen sollte, tut sie aber nicht. Im Gegenteil. Ich kenne beide Wachen und wir wissen alle, dass ich sie locker schlagen würde, sollten sie es auf einen Kampf anlegen.

»Ich sagte *Nein*!«, wiederhole ich gelassen, doch meine Hand bleibt an meinem Schwert. Sicher ist sicher. Alice tritt unruhig von einem Fuß auf den anderen. Ihre Hände sind feucht von kaltem Schweiß. Dass sie sich vor diesem alten Mann fürchtet, macht mich wirklich zornig.

»Crispin, ich kann …«, setzt Alice an, aber ich schneide ihr das Wort ab, ehe sie den Satz beendet: »Du bleibst bei mir.« Ich sehe die Erleichterung in ihrem Blick, was mich bestärkt.

Die Tür hinter uns öffnet sich und Kelalan tritt ein. Ich lasse ihn nicht aus den Augen, bis er meinen Vater erreicht hat und sich hinter ihn stellt. »Crispin, Cian.« Er nickt uns zu, doch wir erwidern seinen Gruß nicht. Ich habe ihm geschworen, dass er sich mir gegenüber verantworten muss, sollte Alice etwas zustoßen. Diesen Schwur habe ich nicht vergessen und er auch nicht, das sehe ich an seinem Blick. Er wirkt verunsichert. »Du überschreitest deine Grenzen, Crispin.« Die Stimme meines Vaters ist kälter als Eis, dennoch imponiert mir das nicht.

»Nein, ich setze neue Grenzen, Vater. Du überschreitest deine Grenzen. Alice ist meine Gefährtin und das steht über deinem Wort. Es ist ein *Heiliges Band*, was nicht mal du infrage stellen kannst. Kelalan wird dir dies bestätigen.« Kühl blicke ich den Zauberer an und er räuspert sich.

»Wenn es stimmen sollte …«, beginnt er, aber mein Vater springt auf.

»Schweig, Kelalan. Du machst dich lächerlich, Sohn. Sie ist eine Albin. Einen Zauber hat sie über dich gelegt, ich sollte sie hinrichten lassen. Das hätte ich sofort tun sollen, als sie ihre dreckigen Füße über meine Schwelle gesetzt hat.«

»Achte auf deine Wortwahl«, knurre ich und meine Hand ballt sich um mein Schwert. »Du kannst gerne versuchen, deine Hand an sie zu legen.« Ich zucke mit den Achseln und das macht ihn rasend, was ich ihm ansehe. »Dann musst du die Konsequenzen tragen wie jeder andere, der dies versucht. Und wir wissen beide, wie das für dich enden würde.«

»Crispin«, zischt meine Mutter voller Entsetzen.

»Wachen!«, knurrt mein Vater und ich lächle ihn kühl an.

»Was? Nicht einmal dies tust du eigenhändig? Du bist schwach geworden, Vater. Dir stärke ich schon viel zu lange den Rücken. Du hast uns in einen Hinterhalt geschickt und statt dich über unsere Heimkehr zu freuen, willst du die Frau, die deinen anderen Sohn gerettet hat, wegsperren? Selbst von dir habe ich mehr erwartet.«

Meine Mutter schaut Alice mit großen Augen an. Ich sehe die Fragen in ihrem Blick. Sie weiß anscheinend nichts von dem Hinterhalt. »Deine Frechheiten grenzen an Hochverrat«, zischt mein Vater, der währenddessen aufsteht. »Willst du dich gegen mich stellen und für dieses Weibsbild sterben?«

»Ja, würde ich. Ich würde gegen jeden deiner Männer kämpfen, auch wenn es mein Schicksal ist, bei dem Versuch, sie zu schützen, zu sterben.«

Meine Mutter zieht scharf Luft ein und Cian schaut mich eindringlich an. Er weiß, dass ich jedes Wort ernst meine. Mein Vater lacht auf. »Für eine Albin? Bei den Göttern. Du willst dein Volk verraten?« Mein Volk verraten? Was habe ich für dieses Volk alles geopfert?

»Er verrät sein Volk nicht«, wirft Cian ein, doch ich hebe die Hand. Dies ist mein Kampf und er ist längst überfällig. Zu lange bin ich still gewesen, weil ich keinen Grund zum Kämpfen gehabt habe, was jetzt anders ist. »Dann schicke mich fort, es wäre mir ein Vergnügen, nicht länger für dich den Kopf hinzuhalten, König. Führe dein Heer eigenmächtig an, wie es sich gehört für einen wahren König. Du wirst mich nie gehen lassen, weil du mich brauchst. Mich und mein Schwert. Mich gibt es ab sofort nur mit Alice, egal, wie lange du mit mir diskutierst, ich werde meine Ansichten hierzu nicht ändern. Du kannst mich verachten, das ist mir egal. Du kannst sogar deine Enkel verachten, die ich dir eines Tages schenken werde, so die Götter wollen, aber ich werde zu meiner Gefährtin stehen. Bis zum Ende. Sie steht über dir.«

Alle im Raum halten den Atem an. Noam wirkt nervös, fast ängstlich, was völlig unbegründet ist. Es ist, wie ich gesagt habe. Vater braucht mich. Es ist arrogant vor mir, aber diese Arroganz kann ich mir leisten, denn ich weiß, dass ich der Beste seiner Krieger bin.

»Crispin«, fleht meine Mutter, doch ich schüttle den Kopf.

»Nein, Mutter, du verstehst nicht, was ich fühle. Das kann ich dir nicht verübeln. Du hast eine politische Ehe gewählt, die auch ihr für mich wolltet. Ich hingegen habe die Wahl und meine zweite Hälfte gefunden. Selbst wenn sie ein Gnom wäre, würde ich sie lieben, schließlich ist es ein magisches Band, das uns verbindet. Mehr als nackte Gefühle. Jeder, der die Hand an sie legt, muss sich vor mir rechtfertigen und wird meine Klinge zu spüren bekommen. Egal, wer es ist. Das schwöre ich bei den Göttern.« Meine Stimme ist hart wie Stein, ich lasse keinen Zweifel an meinen Worten, oder daran, dass ich Taten folgen lassen werde. Sie müssen es ein für alle Mal verstehen. Jeder muss es verstehen, dass es für ihn schlecht ausgeht, wenn er sie verletztzen sollte. Genau dies soll sich verbreiten, ich stelle meine Gefährtin über alles andere.

Die Wachen sind sichtlich angespannt, Kelalan tritt nervös zu meinem Vater. »Elon, wenn sie seine Gefährtin ist, so hat er recht, dann ist er machtlos gegen das, was sie verbindet. Das Gleiche gilt für sie. Sie würde ihn nicht verletzen.«

»Ich verbürge mich für Alice.« Cian tritt vor. »Sie ist nicht wie die anderen Albe.«

»Ich ebenfalls, mein König.« Noam geht tief in die Knie. »Ich habe mit ihr Seite an Seite für unser Volk gekämpft. Sie hätte uns nicht warnen müssen und doch hat sie es getan. Ihre Liebe zu Eurem Sohn ist so groß, dass sie freiwillig wieder hierher zurückkommen wollte und ihre eigene Welt zurückgelassen hat.«

SIEBENUNDDREISSIG

Die Worte der Männer berühren mein Herz. Sie nehmen mich vor dem König in Schutz und stellen sich auf meine Seite. Das ist mehr, als ich erwartet habe. Ach was, mehr als ich gehofft habe. Ich merke, wie sich die Angst verringert. Ich habe Freunde und einen starken Geliebten, der für mich durchs Feuer gehen würde. Crispin steht so groß und eindrucksvoll neben mir, den Blick fest auf seinen Vater gerichtet.

In diesem Moment weiß ich, dass er es ernst gemeint hat. Er würde mich nie verlassen. Er und ich gegen den Rest der Welt. Die Liebe und Leidenschaft in seinen Worten ist unüberhörbar und ich schmiege mich noch fester an seine breite Brust. Egal, was passiert, er wird mich beschützen. er wird für mich da sein und ab jetzt sind wir ein gemeinsames Team. Für immer er und ich. Wir haben einen Kampf gewonnen, doch das ist nur der Anfang gewesen. Wer weiß, was Castiell und Asta für Pläne haben oder wie der König reagieren wird. Angst habe ich hingegen keine mehr, denn Crispin nimmt sie mir.

Durch seine Liebe erwacht – Vertrauen in mir.

DANKSAGUNG

Danke an alle, die Alice auf dem Weg durch Fegoria begleitet haben. Sie steht erst am Anfang einer langen Reise und noch viele Gefahren erwarten sie, doch auch Liebe und Freundschaft.

Ich hoffe, ihr hattet ebenso viel Spaß beim Lesen wie ich am Schreiben.

Eure Annika Kastner

Elben

Crispin - Kronprinz der Elben

Cian - jüngerer Prinz

Noam - bester Freund von Crispin und Cian

Elon - König der Elben

Keona - Königin der Elben

Lona - Kriegerin

Yuno - Krieger

Mogala - Krieger

Albe

Alice Field

Kota – Alice' Vater

Castiell – König der Albe

Grimm – Prinz der Albe

Zauberer

Kelalan - Vertrauert von König Elon

Asta - Herr der Raben

Zwerge
König Algrim

Orks
Zunlogg - Herr der Orks

Nixen
Jade - Herrin der Nixen
Triel

Tiere
Silver - Crispins Wolf
Dune - Crispins Pferd

Topas - Alice' Drache
Pix - Alice' Pferd

Orte
Fegoria – Welt der Albe und Elben
Nebelwald – Heimat der Elben
Sen Gebirge – Berge neben dem Nebelwald
Escher – Land der Menschen
Eisebene
Schwarze Lagunen – Heimat der Albe
Violetter Ozean – Heimat der Nixen und der Königin

DIE AUTORIN

Annika Kastner wurde 1987 in Niedersachen geboren, wo sie noch heute mit ihrem Mann und Sohn lebt. Beide teilen ihre Leidenschaft für Bücher, worüber sie wahnsinnig froh und dankbar ist. Geschichten und Märchen hat sie schon immer geliebt und liest sie nicht, nein, sie verschlingt sie.

Viele Jahre hatte sie auf Fanfiktionseiten geschrieben sowie gelesen, ehe eine Freundin sie dazu drängte, ihr eigenes Buch an einen Verlag zu senden.

Sie hofft, dass ihre Geschichten den Menschen genau-so viel Freude machen wie ihr andere Bücher - dass sie in die von ihr erschaffenen Werke eintauchen können, den Alltag vergessen und etwas träumen.

www.booklounge-verlag.de